Zu diesem Buch

Zu jener Zeit, als es noch Urpferde, Mammuts und Höhlenbären gab, lebte das Mädchen Uba – schön, klug und mit besonderen Kräften der Natur begabt. Als Nachfolgerin ihrer Großmutter soll sie eine weise Heilerin werden, aber vorerst ist sie ihre eifrige Schülerin. Ihr Stamm lebt friedlich in seinen Höhlen, der Natur als gute Jäger und Sammler im Kampf ums Überleben gewachsen, bis eines Tages die Katastrophe über sie hereinbricht. Eine Horde blonder, hochgewachsener Menschen überfällt mordend das Lager, der «homo sapiens» bricht in den Lebensraum des Neandertalers ein. Als einzige Überlebende ihrer Gattung steht Uba den Fremden allein gegenüber. Ein von Mißtrauen und Mißverständnissen immer wieder überschatteter Prozeß der Annäherung beginnt.

«Tochter des Feuers» ist ein Roman voll urtümlicher Leidenschaft und Poesie. Spannend und in Übereinstimmung mit den Erkenntnissen der Forschung schildert Barbara von Bellingen das dramatischste Kapitel unserer Vergangenheit – die Morgendämmerung des Menschen.

Von Barbara von Bellingen erschien außerdem: «Luzifers Braut» (rororo Nr. 12203).

Barbara
von Bellingen

Tochter des Feuers

Roman aus der Morgendämmerung
der Menschheit

rororo

Rowohlt

24.–26. Tausend Januar 1991

Veröffentlicht im Rowohlt Taschenbuch Verlag GmbH,
Reinbek bei Hamburg, Januar 1985

Umschlagentwurf Dieter Ziegenfeuter
Satz Bembo (Linotron 202)
Gesamtherstellung Clausen & Bosse, Leck
Printed in Germany
980-ISBN 3 499 15478 1

Dieses Buch
ist dem Unbekannten gewidmet,
dessen sterbliche Überreste 1856
von Professor J. C. Fuhlrott
im Neandertal bei Düsseldorf
entdeckt wurden
und nach dessen Fundstätte
alle Menschen seiner Art
ihren Namen erhielten.

I
Herbst

«... ich sehe mich zu der Ansicht genötigt,
daß die Gedanken und Wünsche,
die dem Neandertaler einst innewohnten,
sich niemals über die
eines wilden Tieres erhoben haben.»

Dr. William King,
Professor für Anatomie, Queen's College,
Galway, Irland, 1858

Dir, meine Tochter, will ich meine Erinnerungen erzählen. Ich bin alt; fast fünfundvierzig Sommer dauert mein Leben nun schon, und – wer weiß? – vielleicht erlebe ich die nächste Warme Zeit nicht mehr.

Du hast vielleicht schon oft darüber nachgegrübelt, warum du mir so unähnlich bist und warum auch deine beiden jüngeren Brüder mir nicht gleichen.

Dein Haar leuchtet hell – wie die kleinen weichen Steine, die man manchmal im Flußsand findet und die so hübsch in der Sonne glänzen. Es hat nicht die Farbe von dunkler Erde wie meine Haare. Deine Stirn ist hoch und gewölbt – nicht niedrig und fliehend wie meine, und dein Mund ist klein und schmal, während meiner breit ist und weit vorsteht.

Niemand hat dir gesagt, warum das so ist. Aber du sollst es erfahren – und noch viel mehr.

Ich, Uba, bin nicht von deiner Art. Manchmal werde ich noch heute «die Fremde» genannt, obwohl hier meine Heimat ist. So unglaublich es klingen mag – diese Wohnung, in der wir leben, war immer mein Zuhause. Als ich noch klein war, schien die Morgensonne zur Baumgrüne genau wie heute durch den breiten Eingang herein, und das sanfte, klare Licht beleuchtete die Buckel und Dellen an den rauhen Wänden und ließ die Sandkörnchen im Fels glitzern. In der Pfütze auf dem Vorplatz spiegelte sich der blaßblaue Himmel, und der Lehmboden – von vielen nackten Füßen festgestampft – war nach dem Regen immer ganz glatt und feucht und kühl, genau wie heute.

Du bist klug, meine Tochter – so klug wie dein Vater. Meine Liebe hat immer ganz besonders dir gegolten, und ich habe all mein Wissen in deine Hände gelegt. Du wirst meine Lehren gut bewahren.

Vielleicht gibst du einmal, zusammen mit meinem Wissen, auch diese Geschichte an deine Tochter weiter – die Geschichte von denen, die nicht mehr sind.

I

Meine Mutter war sehr schön. Sie war die Frau des besten Jägers. Wenn ich neben ihr bei der Feuergrube hockte, schaute ich oft ihr Gesicht im Schein der Flammen an. Ihre Augen leuchteten dann sanft und dunkel, und ihre langen, mit Hirschtalg eingefetteten Haare schimmerten schwarz wie Rabenfedern. Alle sagten, ich sähe ihr sehr ähnlich. Das machte mich stolz.

Aber die Frau, die ich am meisten bewunderte, war die Mutter meiner Mutter, Amama die Weise, die Heilerin. Wir alle begegneten der Uralten mit tiefer Verehrung und heimlicher Furcht, denn sie war vertraut mit den Geistern.

Keiner von uns – nicht einmal der alte Zat, der die Werkzeuge machte – wußte, wie viele Sommer Amama schon erlebt hatte. Es waren so viele, daß Finger und Zehen eines einzigen Menschen längst nicht ausreichten, sie zu zählen. Amama war schon alt gewesen, als Zat noch jung war und mit auf die Jagd ging.

Die Heilerin hatte einen Platz in unserer Familie, der sich von allen anderen unterschied. Sie war wichtiger und mächtiger als selbst der Anführer der Jagd; sie hatte den höchsten Rang.

Amama wohnte an einem Kochfeuer ganz für sich allein. Dort mischte sie die heilkräftigen Tränke und befragte die Geistersteine. Wenn jemand sie brauchte, näherte er sich ihr mit großer Ehrerbietung. Amama selbst sprach nur selten. Ein Lob oder ein Tadel von ihr wog schwer; wir Kinder gaben uns große Mühe, ihr zu gefallen, und wir waren stolz, wenn sie uns manchmal mit einem Lächeln bedachte.

Als ich vierzehn Sommer alt war, geschah etwas Unerwartetes. An einem strahlenden Morgen in der Warmen Zeit erwachte ich auf meinem Schlaffell und spürte Amamas magere Hand auf meiner Schulter.

«Komm, Tochter meiner Tochter», sagte sie, «du sollst heute mit mir gehen.»

Erschrocken fuhr ich hoch. Noch nie hatte sie mich direkt angesprochen; diese hohe Ehre kam völlig unerwartet und machte mich beklommen.

«Ja, alte Frau ...» das war alles, was ich herausbrachte.

Sie strich mir ganz leicht übers Haar und schenkte mir ein dunkles, faltiges, eigenartig zärtliches Lächeln. Einen Augenblick lang war ihr altes Gesicht wunderschön. «Komm», sagte sie noch einmal. Dann drehte sie sich um und ging mit langsamen Schritten voraus zum Eingang. Ein Sonnenstrahl traf ihr weißes, welliges Haar und ließ es leuchten wie eine Wolke aus zarten Spinngeweben.

Verwirrt starrte ich ihr nach. Erst als ihre gebeugte Gestalt draußen verschwand, kam ich zu mir und sprang hastig auf. «Du sollst mit mir gehen», hatte sie gesagt. Sie ließ sich sonst niemals begleiten.

Ich rannte ihr nach und riß im Vorüberlaufen den Beutel aus Bast an mich, der neben dem Eingang lag und den ich, wenn ich draußen Nahrung sammelte, immer bei mir hatte. Ich hängte ihn über die Schulter, und dann erst bemerkte ich, daß ich noch gar nicht angezogen war. Hastig lief ich noch einmal an unser Kochfeuer zurück und zog mir meinen weiten Umhang aus Hirschhaut über. Ich steckte die Arme durch die Ärmelschlitze. Der vertraute Geruch nach geräuchertem Fell umhüllte mich – ein Geruch, den ich immer sehr gemocht habe.

Ich strich mir eine Haarsträhne aus dem Gesicht, packte die Basttasche ganz fest und huschte nach draußen.

Unsere Wohnung lag auf halber Höhe an einem steilen, felsigen Hang. Der halbrunde Vorplatz vor dem Eingang war in strahlenden Sonnenschein getaucht, und die Büsche, die den Platz zu beiden Seiten umstanden, leuchteten tiefgrün und rauschten leise im Morgenwind. Vorn fiel das Gelände steil ab; ein schmaler Pfad führte dort in Zickzackkurven den Hang hinunter zum Fluß.

Überall ragten Kalksteinfelsen aus dem abschüssigen Boden; fast weiß schimmerten sie im hellen Morgenlicht. Tief unten am Ufer stand ein mächtiger Ahornbaum. Hinter ihm glitzerte das Wasser, und kleine Blitze zuckten auf der funkelnden Flut.

Ich stieg so schnell ich konnte den Hang hinunter.

Die Amama – die Mutter meiner Mutter – war schon eine ganze Strecke weit gegangen, als ich sie endlich einholte. Ich keuchte vom schnellen Laufen, aber ich schwitzte nicht; der Wind war noch sehr frisch und hatte mich tüchtig durchgeblasen.

Sie blieb stehen und drehte sich langsam nach mir um, und dann schenkte sie mir zum zweitenmal an diesem Tag ihr Lächeln. «Du bist eifrig, Kind», sagte sie freundlich, «das macht mich froh.»

«Was soll ich tun, Amama?» fragte ich, denn ihr Lächeln, das ganz allein für mich bestimmt war, hatte mich mutig gemacht. «Wollen wir Eier sammeln?»

«Nein», antwortete Amama und schaute mir ernst und forschend in die Augen. «Ich habe dich ausgewählt. Du sollst lernen.»

Es dauerte einen Augenblick, bis ich verstand, was Amama damit meinte. Erschrocken zog ich die Luft ein und blickte zu ihr auf. «Lernen, Amama?» fragte ich. Meine Stimme zitterte ein wenig. «Wie kann ich das? Ich bin nicht klug wie du, und ich habe Angst vor den Geistern ...»

«Aber ich habe dich ausgewählt», sagte die Greisin. Ihr Ton war jetzt fest, fast befehlend, und ihre schwarzen Augen starrten mich an. Sie sah bis auf den Grund meiner Seele. «Du sollst wissen, was ich weiß. Du vor allen anderen ...»

«Ich ... ganz allein ...» flüsterte ich. Der Blick ihrer Augen durchbohrte mich. Ich mußte wegschauen. Plötzlich fürchtete ich mich wieder. Sie verlangte zuviel von mir. «Ich kann es nicht», sagte ich und senkte den Kopf.

Da faßte Amama mit ihren alten Händen meine Schultern und zog mich an sich. «Auch ich habe einmal gelernt», sagte sie sanft. «Auch ich war damals nicht weise ...» Sie streichelte mein Haar und nahm mein Gesicht in die Hände. «Hab keine Angst. Du bist ja nicht allein ... Ich zeige dir alles. Ich helfe dir.»

Ich schaute sie an. Meine Augen schwammen plötzlich in Tränen. Eine große Zuneigung stieg in mir auf. Ich faßte Mut, und meine Unsicherheit verging wie der Schnee im Frühling.

Meine Amama nahm mich an der Hand, und dann begann ich, von ihr die Kunst des Heilens zu lernen.

Wir gingen hinunter zum Fluß. Dort hatte im letzten Frühling zur Schneeschmelze das Wasser einen überhängenden Felsen unterspült, und dieser Überhang war abgebrochen. Jetzt lagen die Kalksteintrümmer, umschäumt von reißenden Wirbeln, als Hindernis in der dahinschießenden Flut.

Meine Amama ließ sich am Ufer auf einem rundgewaschenen großen Stein nieder. Ich hockte mich neben sie, und eine Zeitlang betrachteten wir die glitzernden kleinen Sturzwellen, die über die hellen Felsen sprangen. Dann deutete Amama auf eine hohe Pflanze mit rosa Doldenblüten und geschlitzten Blättern, die am feuchten Uferrand aufragte.

«Weißt du», fragte sie, «was für ein Kraut das ist?»

«Ich habe die rosa Blüten schon oft gesehen», antwortete ich zögernd, «aber essen kann man diese Pflanze nicht. Deshalb habe ich nicht weiter darauf geachtet. Sie riecht auch sehr stark und unangenehm.»

Amama lächelte. «Du hast genau beobachtet», meinte sie und stand auf. «Nein, essen kann man sie nicht», fuhr sie fort, «aber sie hat einen großen Nutzen.»

Sie nahm den spitzen Grabstock, den sie immer in ihrem weiten Umhang aus Luchsfellen bei sich trug, und ging zu der hohen Pflanze hinüber. «Hilf mir, Kind», sagte sie und winkte, «wir wollen die Wurzel ausgraben und auch Blätter mitnehmen.»

Welchen Nutzen diese stinkende Pflanze haben konnte, war mir nicht klar. Widerstrebend und mit spitzen Fingern zupfte ich die tief gespaltenen Blätter ab und stopfte sie in meine Basttasche. Der eklige Geruch nach dem Urin der Wildkatze stieg mir scharf und beißend in die Nase. Ich entschloß mich zu fragen, wozu das widerwärtige Zeug dienen sollte. «Welche Krankheit treibt das Kraut denn aus?» wollte ich wissen und rümpfte die Nase.

Amama hob gerade mit sicherem Griff die lange, dicht verzweigte Wurzel des Gewächses aus der feuchten Erde. Sie schaute zu mir auf, und in ihren schwarzen Augen tanzten Funken der Belustigung. «Es heilt keine Krankheit», sagte sie dann ganz ernst. «Aber es hilft beim Heilen. Ein Aufguß davon bringt ruhigen Schlaf. Ich nenne es ‹Schlafwurzel›.»

Immer noch angewidert schaute ich mir die Pflanze genau an. Ja, manche Krankheit machte unruhig, und dann war ein tiefer Schlaf wichtig. Das Kraut kam mir plötzlich nicht mehr so ekelhaft vor, und ich würde nie mehr vergessen, wie es aussah und wozu man es gebrauchte.

Eben wollte ich mich bücken, um auch eine Wurzel auszugraben, als ich ein scharfes, kehliges Grollen hörte. Ich erstarrte mitten in der Bewegung. Meine Kopfhaut zog sich zusammen, und ich begann unwillkürlich zu zittern.

Und dann sah ich ihn. Es war ein großer, silberweiß gefleckter Luchs, der sich tief zum Sprung duckte und mich mit seinen wilden, bernsteingelben Augen anschaute. Sein kurzer Schwanz zuckte, die breiten Pranken mit den messerspitzen Krallen spreizten sich.

Mir war, als ob ich träumte. Ich regte mich nicht. Das Bild des Raubtiers brannte sich mir ins Gehirn. Sein wundervoller seidiger Pelz schimmerte weich in der Sonne.

Noch nie im Leben hatte ich etwas so Schönes, so Gefährliches, so Furchterregendes gesehen. Der Luchs war stärker als ich; er würde mich töten. Aber seltsamerweise hatte ich gar keine Angst vor ihm. Ich kniete nieder und breitete die Arme aus. Ich mußte fortwährend in seine glitzernden Augen schauen.

Plötzlich zuckte der Luchs mit den spitzen Ohren. Er richtete sich wieder halb auf; in seinem Fell glänzten goldene Lichter. Er blinzelte; ich schaute ihn weiter an. Hinter mir knackte ein Zweig.

Der Luchs duckte sich und machte einen Schritt zurück. Er warf mir noch einen kurzen, glühenden Blick zu und schaute dann über mich hinweg.

«Geh, du Wilder, du Schöner», hörte ich Amama sagen. Ihre Stimme klang tief, sanft, grollend. «Hier ist keine Beute für dich. Geh!» Das war ein Befehl.

Der Luchs setzte sich auf die Hinterläufe und leckte sich verlegen ein-, zweimal seine Vordertatze. Dann blickte er wieder unsicher auf, streckte sich, schlug wie spielend mit der Pfote ein Grasbüschel beiseite und verschwand mit einem geschmeidigen Satz im Gebüsch.

Der Zauber fiel plötzlich von mir ab. Meine Erstarrung löste sich. Ich drehte mich um.

Amama stand hoch aufgerichtet hinter mir. Die Sonne ließ grelle Funken in ihren weißen Haaren tanzen, und ihre Augen waren kohlschwarz und riesengroß. Sie hatte die Hände gespreizt und von sich gestreckt; auf einem ihrer langen, mageren Finger wiegte sich ein bunt schillernder Schmetterling.

«Er ist gegangen, Kind», sagte sie. Der Schmetterling gaukelte davon. «Steh auf, es ist sicher.» Ein Schluchzen stieg mir in die Kehle. Ich stolperte hoch, fiel wieder hin, umklammerte Amamas Knie. «Er ... der Luchs hätte mich getötet ...» stammelte ich.

«Nein», sagte Amama sanft, «er hätte dir nichts getan. Denn du hattest keine Angst, du bist nicht weggelaufen. Du hast nur vergessen, ihn fortzuschicken, Kind.»

Sie half mir auf und nahm ganz fest meine Hand. «Ich hatte recht, als ich dich auswählte», murmelte sie fast unhörbar. «Du bist würdig ... du hast die Gabe.»

Wir nahmen unsere Sammelbeute auf und gingen weiter. Schweigend folgte ich der Amama, die trotz ihres hohen Alters mit sicherem Schritt das steile Ufer hinaufkletterte. Die Sonne stand jetzt schon hoch am Himmel, und der Wind war ganz eingeschlafen.

Wir schwiegen und hingen unseren Gedanken nach, während wir oben einem schmalen Pfad folgten, den die Hirsche auf dem dicht bewachsenen Boden gebahnt hatten.

Hin und wieder bückte sich die alte Frau und pflückte eine

Pflanze, die sie mir dann zeigte. Mit wenigen knappen Worten erklärte sie mir, wozu man sie nahm und wann und wo sie zu finden war.

Die Stunden des Mittags gingen vorüber, und wir rasteten unter einem Felsüberhang, der einmal eine Wohnung gewesen war.

«An dieser Stelle», sagte Amama und sah mich an, «ist meine Mutter, meine Ama, geboren. Sie hatte auch die Gabe, mit den Geistern der Tiere zu sprechen – wie du und ich.»

«Aber ich bin nicht begabt», begann ich, «ich ...»

«Du wirst mir in Würde folgen, Kind», antwortete die Weise. «Du wirst helfen und heilen, wenn ich nach Westen gehe.»

Nach Westen, nach Sonnenuntergang. Dorthin gingen die Seelen der Gestorbenen. Was sollte werden, wenn die Amama nicht mehr bei uns war? Wer würde den Kranken helfen gegen die Angriffe der Krankheit, wer würde die Wunden versorgen und den Frauen bei der Geburt beistehen? Amama wollte, daß ich alles lernte, was sie wußte, und ich würde lernen. Sie hielt mich für geeignet, und ich wollte sie nicht enttäuschen.

«Dann geh nicht so bald nach Westen», sagte ich leise und streichelte ihre mageren Hände. «Bleib bei uns, bis ich alles kann.»

«In mir ist noch etwas Zeit», meinte sie gedankenverloren. «Bis zur nächsten Baumgrüne vielleicht, oder vielleicht bis zur Warmen Zeit ...»

Und dann leerte sie unsere Beutel auf dem Boden aus. Wir sahen unsere Ausbeute noch einmal durch. Amama ließ mich alle Wurzeln und Pflanzen bestimmen und fragte mich über jede einzelne gründlich aus. Wir lachten beide über den Inhalt meines Beutels, denn ganz automatisch hatte ich aus alter Gewohnheit auch Eßbares gesammelt. Da lagen fünf Wachteleier, ein Büschel Löwenzahnblätter, mehrere Handvoll Himbeeren und junge Schilfsprößlinge, bunt gemischt mit Heilkräutern. «Gut, daß du diese Dinge nicht übersehen hast», lächelte Amama und schlug ein Wachtelei auf. Sie reichte auch mir eins, und wir tranken sie aus und aßen dazu die Beeren, die von der Erde an den Schlafwurzeln ein bißchen lehmig schmeckten. Aber sie waren süß – viel süßer als alle, die ich je gegessen hatte.

2

Es lag ein Zauber über diesem Sommer. Die Amama bestimmte mein Leben vollständig, auch wenn ich nach wie vor all meine täglichen Pflichten in der Familie erfüllen mußte. Ich teilte meine Zeit zwischen Amama und den anderen.

In der Warmen Zeit gab es manchmal so viel zu tun, daß sogar die kleinen Kinder kaum zum Spielen kamen.

Wie immer standen die Männer schon weit vor Tagesanbruch von ihren Schlaffellen auf. Sie zogen ihre kurzen, ärmellosen Jacken aus leichtem Pelz über, die bis an die Knie reichten, und banden sich die breiten Riemen aus gewalkter Wisenthaut um die Hüften. An diesen Riemen wurden die Jagdbeutel aufgehängt.

Auch die Kinder, die Frauen und die alten Männer waren schon wach. Aber sie verhielten sich still und blieben auf ihrem Lager, denn wenn die Jäger sich vorbereiteten, durfte nicht gesprochen werden. Ein einziges Wort konnte die Jagd verderben.

Ati, der Anführer, mit dem meine Mutter das Kochfeuer und das Lager teilte, nahm an diesem Morgen aus einer kleinen Höhlung, die in einen Wandvorsprung eingemeißelt war, einen Klumpen roten Ocker. Es lagen noch andere Farbklumpen in der Schale an der Wand – schwarz für den Bison, gelb für das Ren. Heute würden die Männer sich rot bemalen – rot für den Hirsch.

Ati war der erfolgreichste Jäger. Deshalb gebührte ihm die Ehre des Bezeichnens. Alle jungen Männer stellten sich im Kreis auf, mit dem Gesicht nach außen, und Ati trat vor den ersten hin.

«Töte den Hirsch», sagte er langsam und feierlich. Dann machte er dem Jäger mit der roten Farbe einen senkrechten Strich über Stirn und Nasenrücken.

«Töte den Hirsch.»

Auch der zweite, dritte, vierte und fünfte Jäger wurde mit diesen Worten gezeichnet. Zuletzt bemalte Ati sich selbst und sprach laut: «Der Hirsch soll unsere Beute sein.»

Die Vorbereitung war beendet. Die Männer packten ihre Keulen aus Wildpferdknochen und die langen, feuergehärteten Holzspeere; sie steckten Faustkeil und Abschlagmesser in den Jagdbeutel. Ati reckte die muskulösen Schultern. Er ging als erster hinaus. Es war noch dunkel; nur ein ganz zarter grauer Schein, der von draußen hereindrang, zeigte, daß der Morgen nicht mehr fern war.

Die anderen Jäger folgten ihrem Anführer, Einer nach dem anderen verschwand in der Dämmerung. Wir hörten ihre Schritte draußen auf dem kiesigen Boden knirschen; dann war alles still.

Jetzt durfte gesprochen werden; aber wie immer blieben wir noch eine Weile stumm. Jeden Morgen, wenn die Männer auf die Jagd zogen, erfüllte uns die kurze Zeremonie der Vorbereitung aufs neue mit gespannter Erwartung. Wir hofften alle, daß der Bann stark war und daß sie einen Hirsch erlegten. Eine glückliche Jagd – das bedeutete gutes Essen und weniger Arbeit für die Frauen.

Schließlich erhob sich meine Mutter von ihrem Lager aus Wisentfell. Sie schlüpfte in ihren Umhang, band sich den Riemen um die Taille und ging zur großen Feuergrube hinüber, die vorn hinter dem Eingang lag.

Auch die anderen Frauen standen auf und bereiteten sich auf den Tag vor. Sie holten sich glühende Kohlen aus der Feuergrube, um die Kochfeuer anzuzünden. Das ging nach einer ganz bestimmten Reihenfolge vor sich. Zuerst kamen die Frauen mit Säuglingen, dann die mit älteren Kindern, dann die kinderlosen und die Alten.

Sonst standen die alten Frauen gewöhnlich auf der höchsten Stufe der Rangordnung, wenn sie auch bei der Verteilung des Feuers erst nach den jungen Müttern kamen. Aber sie waren die Erfahrenen. Ihnen stand mehr Achtung zu als den jüngeren oder gar den kinderlosen Frauen. Die Kinder schließlich hatten allen zu folgen, den Männern wie den Frauen, denn sie wußten noch nicht viel und mußten lernen.

Endlich brannten die Kochfeuer. Die Frauen hockten sich nieder und bereiteten die erste Mahlzeit für sich, für die Kinder und die Alten.

Zu unserem Kochfeuer gehörten Ati, der Anführer, und meine Mutter, Schai. Dann waren da noch Bod, der Bruder meiner Mutter, und Dadi, die mit Bod das Lager teilte. Auch ich gehörte dazu – und Asa, mein kleiner Bruder, der erst vier Sommer alt war.

Dadi und meine Mutter mahlten Körner von wildem Weizen zu Grieß; mit ein paar Streifen Fleisch und Brennesselblättern sollte daraus ein Brei gekocht werden.

Emsig rieben sie die runden Mahlsteine auf der Steinplatte am Feuer hin und her; ich hörte das rhythmisch-schabende Geräusch und die leisen Stimmen der Frauen, die sich bei der Arbeit unterhielten, während die glatten Kochsteine schon in der Glut heiß wurden.

Dadi war drei Sommer älter als ich; in der vergangenen Warmen Zeit war sie an unser Feuer gekommen und teilte das Lager mit dem Bruder meiner Mutter. Schon vor vielen Mondwechseln war die Seele eines Kindes in sie gefahren, und in ihrem Bauch wuchs jetzt ein Körper um die Seele herum. Das dauerte lange. Der Mond mußte sich neunmal erneuert haben, bis solch ein Körper fertig war. Dadis Kind mußte eigentlich fertig sein.

«Schneide das Fleisch, Uba», sagte meine Mutter zu mir.

«Drei Streifen?» fragte ich. Meine Mutter nickte. Ich holte drei lange, schmale Streifen Rehfleisch aus dem Behälter aus Birkenrinde, der neben den Schlaffellen stand. Viel war nicht mehr darin; wir brauchten bald wieder neues. Ich zog ein Feuersteinmesser aus dem Beutel, in dem das Werkzeug aufbewahrt wurde, legte die Fleischstreifen auf die Steinplatte und schnitt sie in kleine Stücke.

Inzwischen hatte meine Mutter ein dreibeiniges Gestell aus Ästen neben dem Feuer aufgebaut und den Kochbeutel aus Hirschleder daran aufgehängt. Sie goß Wasser aus einem fettgegerbten Ledersack hinein, nahm dann vorsichtig mit der Schaufel aus dem aufgesägten Oberschenkelknochen des Bisons die glühendheißen Kochsteine aus dem Feuer und warf sie in den Kochbeutel. Es zischte laut, und der weiße Dampf wirbelte hoch.

Nun wurde der Grieß hinzugefügt, und dann das Fleisch und die gehackten Brennesselblätter. Nach und nach wanderten noch mehr Kochsteine in den Beutel, und andere mußten neu erhitzt werden.

Bald kochte der Brei; ein appetitanregender Duft stieg uns in die Nase.

«Ama, essen», sagte mein kleiner Bruder begeistert und zupfte meine Mutter am Umhang. In diesem Augenblick verzog Dadi schmerzlich das Gesicht und preßte die Hände ins Kreuz.

«Was hast du, Dadi?» fragte meine Mutter.

«Mein Rücken hat eben weh getan, aber es geht schon wieder», antwortete Dadi unsicher.

Meine Mutter stand auf und ging zu Amama hinüber, die ganz allein am Feuer saß. «Amama», sagte sie und blickte vielsagend über die Schulter zu uns herüber, «Dadis Kind wird heute geboren.»

Die alte Frau erhob sich mühsam. «Ich will sehen», sagte sie. Langsam kam sie zu uns herüber ans Kochfeuer. Die anderen blickten auf und starrten uns gespannt an. Überall verstummten die Gespräche.

Amama schlug Dadis Umhang auseinander und legte die Hände fest auf die straff gedehnte Bauchdecke. Sie wartete.

Eine Weile verging. Dann stöhnte Dadi leise und verzog wieder das Gesicht.

«Es ist, wie du sagst, Schai», meinte Amama und nickte meiner Mutter zu. Dann bedeckte sie Dadis Bauch wieder. «Du hast noch viel Zeit», sagte sie zu ihr. «Es wird bis zum Sonnenuntergang dauern.»

Sie schlurfte zurück an ihr Feuer und nahm ein Kräuterbündel von dem Gestell aus Weidengeflecht, das bei ihrem Schlafplatz stand. Dann machte sie Wasser heiß und setzte einen Trank an.

Sobald Amama wieder gegangen war, standen die anderen Frauen von ihren Feuern auf und kamen herüber; auch die älteren Mädchen rückten heran und hielten sich scheu, aber neugierig im Hintergrund. Alle waren aufgeregt und freuten sich, und Sasu, eine Frau mit einem kleinen Kind, sagte lächelnd: «Bald gehörst du zu den Müttern, Dadi. Ich wünsche dir Glück!»

Dadi machte eine Grimasse – teils vor Freude und teils, weil ihr Rücken schon wieder schmerzte. «Danke», antwortete sie mit zusammengebissenen Zähnen. «Ich hab ein bißchen Angst. Aber beim zweiten Kind geht es vielleicht besser ...» Sie kicherte und verzog gleichzeitig das Gesicht.

Die Frauen lachten laut. Sasu legte kurz den Arm um Dadi – die beiden waren Schwestern.

Dann begannen die Frauen, alles um unser Kochfeuer aufzuräumen. Sie bereiteten Dadis Schlafplatz für die Geburt vor.

Auf dem Boden wurde eine Rehhaut ausgebreitet. Die Kinder holten von draußen eine Menge trockenes Gras herein und bestreuten das Fell damit. Dadi legte den ganz neuen Umhang aus Biberpelzen bereit, den sie nach der Geburt anziehen würde, und das Kaninchenfell für das Baby. Jetzt konnten wir in Ruhe abwarten.

Das Essen war schon lange fertig; meine Mutter verteilte den Fleischbrei in kleine Holzschalen, mit denen sie direkt aus dem Kochbeutel schöpfte.

Wir aßen alle mit Appetit; der kleine Asa verschlang wieder mehr, als gut für ihn war.

«Asa, Vielfraß», lachte meine Mutter, «wenn du so weiterschlingst, dann wirst du groß wie ein Mammut!»

Ich schob Asa noch ein Stückchen Fleisch in den kleinen, fettverschmierten Mund und schaute auf. Da sah ich, wie Amama mich mit einer befehlenden Handbewegung zu sich winkte.

Ich stand auf und ging schnell zu ihr. Sie schaute mich mit sorgenvollen Augen an; ihr Gesicht war sehr blaß und wirkte eingefallen.

«Amama», fragte ich erschrocken, «was ist?»

«Kein guter Tag, Uba», antwortete sie, «ich habe die Geistersteine befragt, und sie sagen: ‹Kein guter Tag.›»

Vor der Amama, auf dem glatten Lehmboden, lagen die Geistersteine – länglich-ovale Kiesel, die geritzte und gemalte Zeichen trugen. Die Steine bildeten ein unregelmäßiges Zickzackmuster, und mehrere waren beim Auswerfen auf die bemalte Seite gefallen. Niemand außer der Amama verstand es, die Lage der Steine zu deuten.

Betroffen murmelte ich: «Sagen die Steine noch mehr?»

«Nichts sonst. Kein guter Tag.» Amama machte ein Handzeichen und las dann die Kiesel in einer bestimmten Reihenfolge wieder auf. «Sag Dadi nichts davon», meinte sie leise. «Und jetzt geh hinaus und hol mir rote Erde. Viel rote Erde, einen ganzen Beutel voll.»

«Rote Erde?» fragte ich verwundert. «Wozu?»

«Für Dadi. Du findest rote Erde auf dem Hügel bei der heiligen Halle der Jäger. Bis zum Nachmittag kannst du wieder da sein.»

Ich nickte und ging zu unserem Kochfeuer zurück, um meinen Beutel zu holen. Ich wußte noch immer nicht, wozu die rote Erde gebraucht wurde. Das Orakel der Steine war beunruhigend. Kein guter Tag. Aber für wen? Für Dadi – oder für uns alle?

Ich trat nach draußen und hängte mir den Bastbeutel über die Schulter. Dann ging ich los, zuerst den Hang hinab und dann am Ufer des Flusses entlang. Ich folgte dem uralten Wildpfad.

Es war weit bis zur Halle der Jäger; die Sonne strahlte grell und heiß vom stahlblauen Himmel, und die Luft war still und schwül. Kein Windhauch bewegte die Blätter der Bäume über mir.

Beim Gehen wurde mir heiß. Ich fing an zu schwitzen. «Gut, daß ich außer meinem Gürtel nichts angezogen habe», dachte ich und ging ein bißchen langsamer.

Als die Sonne fast genau über meinem Kopf stand, hatte ich endlich den Hügel erreicht, auf dem die rote Erde zu finden war. Ich arbeitete mich durch das dichte Gebüsch den Hang hinauf und begann zu suchen.

Auch hier gab es viele weiße Kalkfelsen, Trümmer, die das Regenwasser saubergewaschen hatte. Dann sah ich neben einem großen weißen Felsbrocken ein Stückchen nackte Erde. Rote Erde – dunkelrot wie Blut.

Ich kratzte Krumen davon mit meinem Schaber los und häufte sie dann in meinen Beutel. Die Erde war ganz locker; offenbar war hier schon öfter gegraben worden. Meine Finger verfärbten sich von diesem merkwürdigen Zeug.

Schließlich war die Tasche voll, und ich kletterte wieder den Hang hinab. Die Hitze war unerträglich drückend; der Schweiß lief mir über den Rücken.

Plötzlich hörte ich ein dumpfes Rollen, und die heiße, stille Luft zitterte. Ich schaute zum Himmel auf; eine schiefergraue Wolkenwand schob sich von Westen her auf mich zu. Dunkle Wolkenfetzen ballten sich mit großer Geschwindigkeit zu unheimlichen Gebilden zusammen. Es donnerte wieder, diesmal lauter – eine heftige, lauwarme Windboe brauste durch die Bäume. Ich fing an zu laufen.

Dann klatschte der erste schwere Regentropfen auf meine nackte Schulter. Ein Blitz zuckte, ein neuer Donner ließ die Erde zittern. Der Regen rauschte nieder, und der rote Lehm in meiner Tasche war sofort klatschnaß. Ein dunkelrotes Rinnsal lief aus dem Beutel meine Schulter hinunter.

Ich rannte. Angst stieg in mir auf; hier gab es keinen Unterschlupf – nur die heilige Halle der Jäger. Es war jetzt fast dunkel; die Blitze folgten einander Schlag auf Schlag. Der Wildpfad war ein Wasserlauf geworden. Viele kleine Rinnsale speisten ihn vom Hang aus. Ich wußte nicht mehr, in welche Richtung ich rannte.

Ein greller Blitz spaltete die Dunkelheit. Ich sah den schmalen Eingang, und in panischer Angst vor dem Gewitter stürzte ich nach drinnen.

Es war die verbotene Halle. Meine Augen gewöhnten sich langsam an das Dämmerlicht, das hier herrschte. Ich sah die eingeritzten Zauberzeichen undeutlich an den Wänden, die Streifen und Kreise, und meine Angst stieg ins Unermeßliche. Ich durfte mich hier nicht aufhalten! Hier wohnten die gebannten Geister der Tiere – gefährliche, mächtige Geister! Nur Männer konnten diese Halle ohne Gefahr betreten – und die Amama.

Ich preßte mich hart am Eingang gegen den kalten, nassen Fels. Vor mir triefte in langen Strömen das Wasser am Stein hinunter; draußen tobte der Sturm, und immer wieder flammten Blitze über den grauschwarzen Himmel. Der Donner brüllte.

Das zuckende Licht des Blitzes bedeutete Gefahr. Früher einmal hatte der Blitz einen Jäger getroffen. Er war sofort tot gewesen – niemand hatte ihm helfen können. Meine Furcht vor dem Gewitter war noch größer als die Angst vor den Geistern.

Ich ging ein paar Schritte in die Halle hinein und duckte mich hinter einem kantigen Felsvorsprung. Ich schloß die Augen. Plötzlich berührte mich eine Hand an der Schulter.

In eisigem Schrecken fuhr ich herum. Ich riß den Mund auf, aber der Schrei blieb mir in der Kehle stecken. Wie gelähmt starrte ich die schattenhafte Gestalt an, die drohend vor mir aufragte.

«Ich habe dich zuerst gar nicht gesehen», sagte eine ruhige Männerstimme. «Bist du auch vom Regen überrascht worden?»

Kein Geist! Kein Bär! Aber ein Mann ...

Ich durfte nicht in diesem Heiligtum sein! Wenn er mich genau sah ... Schnell weg! dachte ich.

Ich drückte mich voller Angst an der rauhen Wand entlang zum Eingang. Ich wandte das Gesicht ab.

«Was ist denn los mit dir?» fragte der Mann. «Warum sagst du denn nichts? Wer bist du eigentlich? Gehörst du zu Atis Sippe?»

Ich schob mich weiter auf den Eingang zu. Ich war fast da – der Regen rauschte noch immer. Wieder ein flammender, blau-greller Blitz, ein Donnerschlag. Ich stieß einen leisen Schreckensschrei aus und zuckte zurück.

Mit ein paar großen Schritten trat der Mann vor mich hin und starrte mir ins Gesicht. «Du bist ja ein Mädchen!» stammelte er fassungslos.

Ich preßte mich mit dem Rücken an die Wand. Er versperrte mir den Weg nach draußen, aber selbst wenn ich gewollt hätte, ich hätte jetzt nicht mehr wegrennen können. Die Angst vor dem Jäger lähmte mir Beine und Zunge. Nur ein tonloses Keuchen kam aus meiner Kehle. Ich hatte es gewagt, die heilige Halle der Jäger zu betreten. Was der fremde Mann jetzt mit mir machte – wie er mich dafür bestrafen würde –, ich wußte es nicht.

Es blitzte wieder. Undeutlich sah ich sein Gesicht. Seine dunkelbraunen Augen waren ungläubig aufgerissen, und er kaute unsicher, fast ein bißchen verlegen, auf der Unterlippe. Sein lockiges Haar war naß vom Regen und ringelte sich in glänzenden schwarzen Schlangen auf seiner braunen Haut. Mit hochgezogenen Augenbrauen starrte er mich an; sein Gesichtsausdruck bekam dadurch etwas Dümmliches. Er wirkte sehr jung.

Offenbar wußte er nicht, was er tun sollte. Er sah unbeschreiblich komisch aus.

Ich verlor völlig die Beherrschung. Ich sah ihn an und lachte.

Das brachte den jungen Mann noch mehr aus dem Gleichgewicht. Er riß den Mund auf und schnappte nach Luft wie ein Fisch auf dem Trockenen. «Was ... worüber lachst du denn? Weißt du denn nicht, daß diese Halle für dich verboten ist ...?» stotterte er.

Ich fuhr mir mit der Hand über die Augen und preßte dann die Finger auf den Mund, damit ich aufhörte zu lachen. Der Jäger mochte noch so komisch aussehen – gleich würde er seine Keule nehmen und mich erschlagen, weil ich das Heiligtum entweiht hatte. Zumindest würde er mich schrecklich verprügeln und dann hinausjagen ...

Seine Augenbrauen zuckten plötzlich nach unten, und er musterte mich entsetzt. «Aber ... aber du bist ja verletzt», flüsterte er. «Du bist ja voll Blut – überall! Was ist denn passiert ...?»

Er kam dicht an mich heran und berührte meine Schulter. Schmiere von der aufgelösten roten Erde blieb an seinen Fingern kleben. «Alles voll Blut ... von Kopf bis Fuß ...» murmelte er.

Trotz meiner Angst fand ich seinen Schrecken so belustigend, daß ich wieder loslachte.

«Bist du wahnsinnig?» fragte der Jäger. «Ist dir vielleicht ein Stein auf den Kopf gefallen? Zeig mir deine Wunde. Ich will sehen, ob ich sie verbinden kann. Komm, sei ganz ruhig ...»

Er kam noch näher. Ich platzte fast vor Lachen und verging gleichzeitig vor Angst. Ich zeigte auf meinen Bastbeutel. «Rote Erde ... kein Blut», stieß ich hervor.

Er starrte verständnislos auf das feuchte, matschige Zeug, von dem immer noch rote Streifen über meine Schulter liefen. «Rote Erde ... so was ...»

Dann begriff er. Erleichtert atmete er auf. Er verzog in gespieltem Grimm das Gesicht, packte mich an den Schultern und schüttelte mich. Dann prustete er heraus, genauso laut wie ich. Das Echo hallte uns in den Ohren.

Plötzlich verstummte er. Sein Mund klappte auf, schloß sich wieder. Er ließ mich los und flüsterte: «Wir dürfen hier kein Geräusch machen! Jetzt habe ich den Frieden der Halle auch gebrochen!» Er war kreidebleich geworden. «Wir haben beide das Heiligtum entweiht ...»

Kein guter Tag, hatte Amama gesagt. «Wie kann man die Geister besänftigen?» fragte ich angstvoll.

«Geh hinaus», sagte er leise. «Ich will ein Opfer bringen. Vielleicht hilft das. Geh, das Unwetter hat nachgelassen.»

Ich packte meinen Beutel und schlüpfte nach draußen. Es regnete noch immer, aber Blitz und Donner hatten aufgehört. Nur ein ganz fernes Grollen war noch zu hören.

Ich setzte mich in das nasse Gras am Eingang und wartete. Die Blätter hingen schwer von Feuchtigkeit an den Zweigen der Haselbüsche, die am Hang wuchsen; in den Sand auf den freien Platz vor der Halle hatte das Regenwasser viele kleine, verschlungene Rinnen eingegraben, in denen die Nässe glitzerte. Dann brach die Sonne wieder durch, und die Tropfen an den Gräsern begannen zu funkeln und zu blitzen.

Eine Weile verging. Dann trat der junge Jäger aus der Halle und kam langsam auf mich zu.

«Ich habe das Opfer gebracht», sagte er. «Ich hoffe, die Geister nehmen es an ...»

Er hielt sein Handgelenk umklammert, und ich sah, daß er einen tiefen Schnitt auf dem Unterarm hatte. Er blutete stark.

Ich erschrak. Ich sah das Blut auf die Erde tropfen, und auf einmal hatte ich das Gefühl, als ob ich selbst verletzt wäre. Sein Gesicht war ganz blaß; er schaute mich mit strahlenden, dunklen Augen an, und mein Herz klopfte plötzlich ein bißchen schneller.

«Komm», sagte ich und löste den Riemen um meine Taille. Ich trug ja keinen Umhang und brauchte ihn nicht. Er nickte und hielt seinen Arm hin.

Seine Haut war fest und warm. Meine Finger zitterten leicht, während ich den schmalen Lederstreifen fest oberhalb der Wunde verknotete. Mein Herz flatterte wie ein verängstigter Vogel. Ich zwang mich, ruhig und mit sicherer Stimme zu sprechen. «Es wird bald aufhören zu bluten», sagte ich. «Dann mußt du den Schnitt verbinden und den Riemen lösen.»

«Woher weißt du, wie man Wunden behandelt?» fragte er verwundert. «Du bist doch noch keine Frau – ich glaube das wenigstens nicht ...»

Ich schaute ihn an. Er hatte ganz glatte Haut, und seine schwarzen Augenbrauen waren in der Mitte zusammengewachsen. Seine Nase war kurz und breit, mit weiten Nasenflügeln. Weiß blitzten seine Zähne zwischen den üppig gerundeten Lippen hervor. Seine Stirn hatte genau die richtige flache Neigung.

Er trug eine kurze, ärmellose Jacke aus Bisonfell; sein Oberkörper war breit und muskulös. Er sah sehr, sehr gut aus.

«Doch, ich bin schon eine Frau», log ich. «Mein Name ist Uba, von Atis Sippe.»

Warum schaute er mich nur dauernd an? Mir schoß das Blut in die Wangen; ich spürte es heiß unter der Haut in meinem Gesicht. Ich senkte den Blick und verkrampfte die Finger ineinander. Was war bloß los mit mir?

«Aber ich habe dich noch nie bei der Versammlung der Sippen gesehen», sagte der Jäger mißtrauisch.

«Beim letzten Fest war ich noch nicht erwachsen», murmelte ich und vermied es, ihm in die Augen zu sehen. «Das Behandeln der Wunden lerne ich von meiner Amama.» Mein Blick fiel auf seine Beine. Er hatte sehr kräftige, gutgeformte Beine.

«Bist du schon gepaart?» wollte er jetzt wissen.

«N ... nein», stotterte ich erschrocken. An so etwas hatte ich noch nie gedacht. Wie konnte ich gepaart sein? Ich war ja noch gar keine Frau. Ich bekam plötzlich Angst. Meine freche Lüge hatte mich ja in eine schöne Situation gebracht. Wenn jetzt dieser fremde, gutaussehende Jäger zu uns kam und mich an sein Feuer holen wollte? Das wäre zu peinlich!

«Kommst du oft in diese Gegend?» fragte er.

«Nicht oft. Manchmal . . .» flüsterte ich beklommen.

«Ich heiße Dor, und ich gehöre zu Tais Sippe», sagte er. «Ich werde nicht verraten, daß du in der Halle warst.» Er schaute mich verschwörerisch an. «Beim nächsten Fest bist du doch dabei, oder?» wollte er dann wissen.

Plötzlich ergriff er meine Hand. Ich fuhr zurück, als ob ich mich verbrannt hätte. Mein Herz hämmerte; ich genoß die Berührung und hatte doch den Drang, mich loszureißen. Meine Finger zuckten in seiner Hand. «Bestimmt», antwortete ich. Meine Stimme zitterte. Kein guter Tag. Da hatte ich mir was eingebrockt. «Ich muß jetzt nach Hause», murmelte ich hastig und entriß ihm meine Hand. Ich raffte meinen Bastbeutel auf. So schnell ich konnte, stolperte ich den Hang hinunter und rannte los. Ich spürte genau: Er schaute hinter mir her. Er hielt mich wahrscheinlich für ausgesprochen albern und dumm.

Ich ging mit raschen Schritten den Weg zurück zu unserer Wohnung. Ich hatte Seitenstechen, und der Bauch tat mir weh. Ich atmete tief durch, um die Beherrschung wiederzugewinnen. Aber das merkwürdige Gefühl der Erregung blieb.

Es war schon weit nach Mittag, als ich zu Hause ankam. In der großen Pfütze vor dem Eingang spielten Asa und zwei andere kleine Kinder. Sie bauten Dämme aus Schlamm, in die sie mit den Fingern Rinnen eindrückten. Das Wasser lief dann durch die Rinnen in den abgetrennten Teil der Pfütze.

Ich ging hinein.

3

Drinnen war es ungewöhnlich still. Eigentlich herrschte auch tagsüber immer Leben in unserer Wohnung, denn die Frauen gingen nie alle auf einmal aus, um Eßbares zu suchen. Einige waren immer zu Hause und erledigten andere Arbeiten. Immer waren Häute zu schaben und zu gerben, Körbe zu flechten, Gefäße aus Birkenrinde zu machen. Es mußte gekocht werden, und für den Winter wurde Fleisch getrocknet und in Vorratsgruben gelagert, die mit flachen Steinen ausgelegt waren. Die Frauen saßen dann bei der Arbeit zusammen und unterhielten sich; sie lachten oft und gern, und die kleinen Kinder, die nicht mit den anderen Frauen auf Nahrungssuche waren, spielten in der Nähe ihre lauten Kinderspiele.

Auch heute waren mehrere Frauen dageblieben, aber sie machten ihre Arbeit leise und ohne zu reden oder zu lachen. Die Kinder waren nach draußen geschickt worden. Meine Mutter hockte neben Dadi, die sich auf ihr Schlaffell gelegt hatte, und bearbeitete schweigend eine Hirschhaut. Energisch und mit langen, kräftigen Strichen zog sie den Schaber aus Feuerstein über die Fleischseite des Fells und streifte gleichzeitig mit der freien Hand die abgeschabten Fleischreste von dem einfachen Werkzeug ab.

Dicht bei meiner Mutter saß Anta, eine ältere Frau, deren Feuerplatz uns gegenüber an der anderen Seite der Wohnung lag. Anta machte eine neue Jacke für ihren Mann. Sorgfältig hatte sie die beiden rechteckigen Teile mit dem Abschlagmesser zugeschnitten und bohrte jetzt mit einem Dorn aus Feuerstein Löcher an den Stellen, wo die Stücke miteinander verbunden werden sollten. Auch schmale Riemen zum Durchziehen hatte sie schon fertig daliegen; sie waren als Spirale aus einem Stück Rohleder geschnitten worden.

Im hinteren Teil der Wohnung waren zwei junge Frauen – Tad und Sia – dabei, Küchenabfälle zu vergraben. Knochen, Schalen, zerbrochene Werkzeuge und anderer Unrat lagen schon in der flachen Grube, die die beiden Frauen ausgehoben hatten. Tad streute gerade Erde darüber, während Sia sie feststampfte.

Zat, der älteste Mann unserer Sippe, so alt, daß er nicht mehr an der Jagd teilnehmen konnte, saß am Feuer seiner Familie dicht beim Eingang und machte neue Abschläge aus einem großen Feuersteinknollen. Er war der beste Werkzeugmacher, den wir hatten. Fast jedes Stück, das er von dem Kernstein abschlug, war scharf und brauchbar, denn er verstand es, mit dem Hammerstein die richtige Stelle zu treffen. Seine Faustkeile waren die glattesten und besten. Sie gingen nicht so leicht entzwei oder zersprangen wie manche anderen. Auch Zat unterhielt sich mit niemandem. Nur das helle Klingen des Hammersteins war zu hören und das scharfe Knacken, wenn ein Stück Flint vom Kern absprang.

Alle blickten auf und schauten mich an, als ich eintrat. Ich ging schnell zu Amama hinüber. Ich stellte meine Tasche vor sie hin. Ihr Blick war vorwurfsvoll und tadelnd. «Wo warst du so lange?» wollte sie wissen, während sie den Inhalt des Beutels prüfte.

«Das Gewitter hat mich überrascht; ich mußte mich unterstellen ... unter einem Felsen ...» antwortete ich zögernd und mit schlechtem Gewissen.

«So, unter einem Felsen. Die Erde ist gut; hol mir eine Schale – eine hölzerne Schale.»

Ich beeilte mich. Amama nahm die kleine Schale aus Ahornholz, die ich selbst in langer, mühseliger Arbeit mit dem Schaber aus einem Klotz ausgehöhlt hatte, und tat eine Handvoll von der roten Erde hinein. Sie goß aus dem Hirschmagen, den sie als Wasserbehälter benutzte, etwas Wasser hinzu und rührte das Ganze mit einem Holzstab um. Dann stand sie mühsam auf, nahm die Schale mit der roten, schlammigen Brühe und ging zu Dadi hinüber. Ich folgte ihr.

Dadi lag auf der Seite. Hin und wieder stöhnte sie leise und zog die Beine an. Amama legte ihr die Hand auf die Schulter. «Richte dich auf», befahl sie.

Dadi tat gehorsam, was ihr gesagt wurde.

«Trink das», sagte Amama und hielt ihr die Schale hin. «Trink es aus, bis auf den Grund.»

Dadi setzte die Schale an die Lippen und verzog das Gesicht. Aber sie schluckte; sie würgte das Gebräu hinunter, bis alles getrunken war.

«Gut», sagte Amama und strich Dadi über die Stirn. «Dein Kind wird bald kommen.»

Sie ging wieder an ihr Feuer. Ich folgte ihr und setzte mich neben sie. «Amama», fragte ich, «wozu muß Dadi die rote Erde einnehmen?»

Die alte Frau schaute mich an. «Dadi wird bluten, wenn das Kind geboren wird. Die rote Farbe in der roten Erde ersetzt das Blut, das sie verliert», meinte sie.

Jetzt verstand ich. «Dann ist rote Erde auch gut, wenn ein Mann auf der Jagd verwundet wird? Oder bei einer Krankheit, wenn das Blut dünn geworden ist?» wollte ich wissen.

«Ja, Kind, auch dann», antwortete Amama. «Du lernst schnell. Ich bin froh darüber.»

Sie nahm einige getrocknete Kräuter aus den Fasernetzen, die neben ihr an dem Gestell hingen. Sie zermahlte sie auf der Steinplatte zu grobem Pulver und tat die Mischung in eine Schale aus Birkenrinde. Dann kam Wasser dazu. «Dies ist ein Trank, der Hunger macht. Dadi soll ihn nehmen, besonders später, wenn das Kind da ist», meinte Amama. «Sie muß dann viel essen und viel trinken, damit sie Milch genug hat.»

Dadi schrie laut auf. Amama erhob sich, und wir gingen wieder zu ihr hinüber. Auch die anderen Frauen kamen jetzt heran und setzten sich in Dadis Nähe auf den Boden. Zat, der einzige Mann, verließ die Wohnung; er ging nach hinten in den anschließenden kleinen Raum, der nicht bewohnt wurde. Eine Geburt war Frauensache – Männer hatten dabei nichts zu suchen.

Meine Mutter half Dadi, sich aufzusetzen, und sagte ihr ein paar beruhigende Worte. «Keine Angst», meinte sie und streichelte Dadis Haar, «Amama ist da, und jetzt geht gleich alles ganz schnell. Bist du gespannt, ob es ein Mann-Kind oder ein Frau-Kind wird?»

Dadi nickte und knirschte mit den Zähnen. Amama reichte ihr den appetitanregenden Trank aus Löwenzahnwurzel und wildem Majoran. Er schmeckte bitter, aber Dadi schluckte gehorsam.

Die anderen Frauen begannen zu singen. Es war ein altes Lied der Freude und Erwartung, und es bestand aus nur wenigen, tiefen Tönen. Dadi sang ganz leise mit, während ihre Wehen in immer schnellerer Folge kamen. Amama saß dicht bei ihr und betrachtete sie aufmerksam. Hin und wieder legte sie ihre schmalen, alten Hände auf Dadis Bauch; die Haut dort war straff gespannt, und man konnte jedesmal genau sehen, wenn sich die inneren Muskeln zusammenzogen.

Die Frauen sangen lauter, der Rhythmus des Liedes wurde schneller. Sie paßten ihren Gesang Dadis Anstrengungen an. Eine sehr starke Wehe kam; Dadi verkrampfte sich und stöhnte laut auf. Amama packte sie unter den Achseln und half ihr auf die Beine. «Ruhig, Dadi», sagte sie ganz sanft. «Jetzt mußt du dir Mühe geben. Hilf deinem Kind ans Licht!»

Das trockene Gras wurde flach auf der Rehhaut verteilt. Meine Mutter und Anta stützten Dadi, die sich auf der Haut über dem Grashaufen hinhockte. Die Frauen sangen noch lauter.

Dadi begann schnell und heftig zu atmen. Sie packte Antas und Mutters Hand und preßte. Dann entspannte sie sich. Nach kurzer Pause atmete sie wieder schnell. Wieder preßte sie. Amama unterstützte sie mit leise gemurmelten Worten.

Ich saß bei den anderen Frauen und sang leise mit. Dadi gab sich große Mühe. Ihre Handknöchel waren weiß, so fest hielt sie Antas und Mutters Hände umklammert.

Endlich stieß sie einen rauhen Schrei aus; eine Flut von trübem, blutgefärbtem Wasser ergoß sich aus ihrem Körper auf das trockene Gras, und das Köpfchen des Babys wurde sichtbar.

Amama umfing es fest und doch behutsam und drehte es leicht. Dadi stöhnte und arbeitete hart. Die Frauen sangen und bewegten im Takt die Oberkörper. Die Schultern des Kindes wurden geboren, und dann glitt der kleine Körper ganz leicht heraus, nach unten, in Amamas geübte Hände.

Amama legte das Neugeborene auf den Bauch und entfernte vorsichtig mit dem Finger Schleim aus seinem kleinen Mund. In einer letzten Wehe löste sich aus Dadis Körper ein flacher Klumpen dunkles Gewebe, begleitet von etwas Blut. Anta und meine Mutter halfen Dadi auf das Schlaffell, und Amama legte ihr das feuchte, schleim- und blutbeschmierte Baby auf den Leib. Dadi atmete tief durch und lächelte, und dann hörten wir alle den wimmernden ersten Atemzug des Babys. Die Frauen hatten aufgehört zu singen und rückten näher heran. «Du hast einen Sohn, Dadi», sagte Amama, «einen kräftigen, ganz gesunden Sohn.»

Während die Frauen Dadi beglückwünschten und ihr sagten, wie gut sie es gemacht hätte, nahm Amama einen fest gedrehten Faden aus Nesselfasern und verknotete ihn dicht am Bauch des Babys um die Nabelschnur. Ich paßte sorgfältig auf bei dem, was die alte Frau jetzt machte. Sie zog eine scharfe neue Abschlagklinge aus dem Werkzeugbehälter und schnitt die gewundene Schnur über dem Knoten ab. Sie hob das Neugeborene auf und hielt es Dadi hin. «Da ist dein Sohn», sagte sie.

Dadi schaute ihr Kind mit müdem, glücklichem Blick an. Dann nahm meine Mutter den Kleinen und wusch ihn mit lauwarmem Wasser und einem Stückchen Fell sauber ab. Sie nahm den bereitliegenden Kaninchenpelz, wickelte das Baby darin ein und legte es seiner Mutter in die Arme.

Wir alle standen da und bewunderten den kleinen Jungen, der, als er Dadis Brust gefunden hatte, gleich gierig zu saugen begann. Dadi lächelte und streichelte ganz zart sein noch feuchtes, rundes Köpfchen. Wir freuten uns mit ihr, daß alles so glatt verlaufen war und daß sie es bei der Geburt so leicht gehabt hatte.

Draußen war eben die Sonne untergegangen; im Eingang flammte glühend rot der Abendhimmel, und die Kochfeuer sahen im Halbdunkel der Wohnung wie helle Sterne aus. Asa steckte seine Stupsnase herein: «Ama, dürfen wir das Baby sehen?»

Meine Mutter lachte und winkte die drei Kleinen heran, die bis jetzt so brav draußen gespielt hatten. Sie rannten gleich zu Dadi und dem Kind hinüber und staunten es an.

«Das ist zu klein, damit kann man noch gar nicht spielen», meinte Asa schließlich enttäuscht.

«Aber es wächst ziemlich schnell», lächelte Dadi.

Der Gedanke schien Asa doch zu gefallen. Er betrachtete das Baby aufmerksam. «Wenn er laufen kann, dann bringe ich ihm das Steinewerfen bei», verkündete er großartig und grinste.

Draußen waren Schritte und Stimmen zu hören – die anderen

Frauen und die älteren Kinder kamen nach Hause. Alle waren gespannt, wie die Geburt abgelaufen war, aber sie packten erst ihre Sammelkörbe und Beutel aus, ehe sie zu Dadi und dem Kind herüberkamen.

Sie hatten viel gefunden. Fast alle Behälter waren voll. Einer der älteren Jungen zeigte sogar voller Stolz zwei Wildenten vor, die er mit wohlgezielten Steinwürfen erlegt hatte. Cona, ein fast erwachsenes Mädchen vom Feuer neben uns, hatte ihren ganzen Korb voll Wildgänseeier, und auch die ersten reifen Beeren waren schon geerntet worden.

Zwei kleine Mädchen waren besonders stolz: In ihren Körben lagen, säuberlich in grüne Blätter eingepackt, viele dicke, graubraun gestreifte Gehäuseschnecken. Diese Schnecken schmeckten herrlich, wenn man sie in heißem Fett schmorte, das wußten die beiden Kleinen genau. An ihrem Feuer würde es heute abend eine besondere Köstlichkeit geben.

Wieder kamen Geräusche von draußen. Ich ging auf den Vorplatz und spähte hinaus in die herabsinkende Dunkelheit. Drei von unseren Jägern waren tief unten am Fluß zu sehen; sie mühten sich, tief gebeugt unter der Last eines ausgewachsenen Hirsches, langsam den Hang herauf. Sie keuchten. Ein paar Schritte hinter ihnen stolperten zwei weitere Männer. Sie trugen eine reglose Gestalt.

Ein Verletzter! Ich rannte hinein und sagte Amama Bescheid. «Einer von unseren Jägern hat eine Wunde, glaube ich», sprudelte ich atemlos heraus.

Die alte Frau stand von ihrem Feuer auf und ging nach vorn. Eben schleppten die drei ersten Jäger den erlegten Hirsch herein, der bis auf Herz, Leber und Lungen schon ausgeweidet war. Sie warfen ihn neben der Feuergrube auf den Boden.

Ati hatte mitgeholfen, den Hirsch zu tragen. Er richtete sich erschöpft auf; sein Gesicht wirkte grau und faltig. Die Frauen drängten sich um ihn herum und wollten Fragen stellen, aber er schaute sie nur stumm an und legte den Finger auf die Lippen.

Auch die letzten beiden Jäger kamen jetzt mit dem Verwundeten herein. Sie hielten ihn unter den Achseln gepackt; seine Beine schleiften über den Boden, und seine Arme hingen schlaff herab. Die beiden Jäger brachten ihn zu unserem Kochfeuer hinüber und ließen ihn vorsichtig auf sein Schlaffell gleiten. Es war Dadis Mann, der Bruder meiner Mutter.

Die Amama kam heran und kniete neben ihrem Sohn nieder. Sie war totenblaß geworden, mit zitternden Fingern schlug sie seine

Jacke an der Brust auseinander, um ihn zu untersuchen. Es war kein Blut an ihm zu sehen; er lag in tiefer Bewußtlosigkeit da.

Amama hatte Mühe, seine Wunde zu finden. Sie war eine Handbreit neben der Schulter auf seiner linken Brustseite – ein glatter, tiefer Schnitt, der kaum blutete.

Sie berührte die merkwürdige kleine Verletztung vorsichtig mit dem Finger und blickte dann auf. «Wie ist es geschehen?» fragte sie Ati mit leiser, fast unhörbarer Stimme.

Ati, der Mann meiner Mutter und der Anführer unserer Sippe, antwortete unsicher und stockend. «Ich weiß es nicht genau», sagte er, «keiner von uns war dabei, als er verletzt wurde. Wir hatten ein Rudel rote Hirsche aufgestöbert. Die große Hirschkuh habe ich erwischt. Mein Speer steckte tief. Wir sind alle hinter ihr hergegangen. Nur Bod, dein Sohn, war nicht bei uns. Er hatte einen jungen, starken Bock verwundet, und er hat ihm allein nachgespürt. Als wir anderen die Hirschkuh ausgeweidet hatten, sind Siba und ich der Blutspur des Bocks gefolgt, bis zu einem steinigen Hang. Dort hörte die Spur auf. Der Hirsch war verschwunden. Aber dann haben wir Bod entdeckt. Er lag unter einem Busch, ganz reglos, so wie jetzt, und wir haben ihn aufgehoben und heimgebracht. So war es – mehr weiß ich nicht.»

Amama hatte schweigend zugehört und den Anführer der Jäger kein einziges Mal unterbrochen. Als Ati zu Ende erzählt hatte, neigte sie den Kopf und schloß die Augen.

«Wie steht es um Bod, Amama?» fragte Ati. «Kannst du ihn heilen?»

«Nein», antwortete die alte Frau mit dumpfer, tonloser Stimme. «Mein Sohn wird sterben.»

Sie bedeckte langsam und sehr sanft wieder Bods Brust. Dann winkte sie mich mit einer knappen Handbewegung heran.

«Uba», sagte sie, «bring mir ... die schwarze und gelbe Farbe.»

Ich schaute sie entsetzt an. «Amama», sagte ich zitternd, «er lebt ja noch! Seine Wunde ist klein – schau, sie blutet nicht einmal! Er atmet doch! Du kannst ihn heilen – er braucht die Zeichen für den Weg nach Westen noch nicht!»

Amamas Gesicht war starr wie eine Maske. «Tu, was ich dir sage, Uba», befahl sie, «und sieh dir die Wunde an. Sie ist glatt und sehr tief. Siehst du den blutigen Schaum an den Rändern? Seine Lunge ist getroffen.»

Ihre Stimme klang jetzt sachlich – wie immer, wenn sie mir etwas erklärte. Sie duldete keinen Widerspruch.

Ich ging zu der Wandnische und nahm den schwarzen und den

gelben Brocken Erde heraus. Wortlos legte ich die Farbklumpen vor Amama auf den Boden.

Die alte Frau nahm zuerst die gelbe Farbe und bestrich die Innenflächen von Bods Händen. «Du sollst sprechen: ‹Meine Hände sind rein›, wenn du nach Westen gehst», murmelte sie. «Denn deine Hände sind rein, Sohn; ich habe sie gewaschen.» Sie legte die gelbe Farbe neben sich auf den Boden und nahm die schwarze. Sie malte langsam und sanft einen Kreis auf seine Stirn. «Du sollst sagen: ‹Meine Gedanken waren gut, und diejenigen, die ich zurücklasse ...›» Amamas Stimme zitterte, sie konnte einen Augenblick lang nicht weitersprechen. Dann fuhr sie fort: «‹... die ich zurücklasse, denken gut von mir.›»

Plötzlich hob sich die Brust des Sterbenden. Er hustete und versuchte, sich aufzurichten. Auf seinen Lippen war hellroter, blutiger Schaum. «Mein Speer ...» keuchte er, «... der Fremde hat mir den Hirsch genommen ... er hat blaue Augen ... wie der Himmel ...» Er hustete wieder. Blut tröpfelte in einem dünnen Rinnsal aus seinen Mundwinkeln. Er riß die Augen weit auf.

Amama nahm seine Hand und hielt sie fest. «Du bist stark», flüsterte Bod, und sein Blick wurde glasig, «... stärker als ich ...» Dann sackte er zurück und lag still. Er war tot.

Liebevoll, zärtlich legte Amama Bods Hand auf seine Brust zurück. Sie blieb einen Augenblick bei ihrem jüngsten Sohn sitzen; dann stand sie auf und ging mit langsamen, müden Schritten zu ihrem Feuer in den hinteren Teil der Wohnung hinüber. Sie rieb sich nach der Sitte Wangen und Hände mit Asche ein und hockte sich dann schweigend hin, das Gesicht zur Wand gedreht.

Wie erstarrt hatten die Frauen, die Jäger, die Kinder und der alte Zat um Bod herumgestanden. Wir konnten es nicht fassen, daß er tot war. Unsere Sippe war klein; jeder Mann, der jagen konnte, wurde dringend gebraucht. Bod würde uns sehr fehlen, nicht nur weil er ein freundlicher, liebenswerter Mensch gewesen war. Wer sollte ihn ersetzen? Jetzt hatten wir nur noch fünf Jäger, die Fleisch für uns heranschaffen konnten, und bis zum Winter war nicht mehr viel Zeit. Bods Tod war ein schreckliches Unglück für uns alle.

Stumm starrten wir Bods Leiche an, betrachteten die Zeichen, die Amama an seinen Händen und an seiner Stirn gemacht hatte. Die Zeichen für den Weg nach Westen, in das Land, aus dem niemand wiederkehrt.

Dadi war die erste, die die Totenklage begann. Sie erhob sich mühsam, legte mir das neugeborene Kind in die Arme und hockte sich neben ihrem toten Mann nieder. Langsam nahm sie eine Handvoll Asche aus der Feuerstelle und streute sie sich über das Haar. Dann bestrich sie sich das Gesicht. Tränen liefen unaufhörlich über ihre Wangen und malten helle Streifen auf ihrer glatten, aschebestreuten Haut. Sie wiegte den Kopf hin und her; aus ihrer Kehle kamen erstickte, dumpfe Laute. Und dann sang sie das Lied der Toten, in hohen, schrillen, von Schluchzern unterbrochenen Tönen.

Die Frauen stimmten ein. Sie alle wiegten sich jetzt hin und her wie die Weiden am Fluß. Auch ich sang mit. «Er ist gegangen ...» hallte das Lied, «... von seinen Freunden ... von seiner Frau ... von seiner Mutter ...»

Die Männer gingen zur Feuergrube beim Eingang und ließen sich dort nieder.

«... nie kommt er wieder ... er ist gegangen ...»

Die Kochfeuer verglimmten langsam. Niemand legte neues Holz nach. Immer weiter sangen die Frauen, und es wurde dunkel in der Wohnhalle. Nur am Eingang war noch Glut in der großen Feuergrube, an der die Männer saßen. Sie erzählten von Bod und seinen Taten, von dem, was er in seinem Leben alles für die Sippe getan hatte.

Ich drehte mich um und schaute zu den Männern hinüber. Ich konnte nur ihre Silhouetten sehen; breit und wuchtig hoben sich ihre Schultern vor dem rotvioletten Abendhimmel ab. Aber sie hatten die flachen Schädel gesenkt und nach vorn geschoben. Sie hockten gebeugt beieinander, und ihre Stimmen klangen dumpf und leise. An der Art, wie sie dasaßen, konnte ich erkennen, wie groß ihr Kummer und ihre Sorge waren.

Der schwache, rötliche Schein aus der Feuergrube beleuchtete ihre breiten Gesichter mit den schweren Brauenwülsten, und ihre tiefliegenden Augen blickten müde und traurig. Über ihren Köpfen zog der Rauch des Feuers durch den Eingang wie eine lange graue Fahne in die Nachtluft hinaus. Vielleicht zog Bods Seele mit ihm.

Als das Totenlied endlich zu Ende war, stand ich leise auf und ging zu Amama hinüber. Ich hockte mich wortlos neben sie und lehnte den Kopf an ihre Schulter.

Amama bewegte sich nicht, aber sie legte den Arm um mich, und dann schaute sie mir in die Augen. «Bod ist von einem Mann getötet worden, der nicht zu uns gehört», sagte sie leise, «denn Wunden von unseren Waffen sehen ganz anders aus. Aber es war eine Waffe, die ihn getroffen hat. Kein Bär, kein Wolf, kein Hirsch macht solche

Wunden.» Sie schaute grübelnd zu Boden. «Nein», fuhr sie gedankenverloren fort. Sie nahm einen Schaber auf und betrachtete ihn. «Es war ein fremder Jäger, einer mit blauen Augen ...»

Ich starrte sie an. «Aber ... Menschen mit blauen Augen – die gibt es ja nicht ...» flüsterte ich verwirrt.

«Wer weiß?» antwortete Amama langsam. «Bod hat es gesagt ...»

Als der Morgen grau heraufdämmerte, stand ich von meinem Platz neben Amama auf und ging zu unserem Feuer hinüber, wo noch immer die Frauen um Bods Leiche saßen. Ich nahm die Knochenschaufel und die Schale aus Eichenholz, die für glühende Kohlen benutzt wurde, und ging nach vorn zur großen Feuergrube.

In dieser Nacht hatten die Männer das Feuer bewacht und in Gang gehalten; es war genug Glut für alle da. Ich stocherte mit der Schaufel ein glimmendes Aststück heraus und tat es in die Schale.

Ati, der ganz dicht bei der Feuergrube saß, schaute mit müdem, sorgenvollem Blick zu mir auf. Auch die vier anderen waren bedrückt und traurig. Keiner sagte etwas.

Ich konnte in den Gesichtern lesen, was sie dachten. Ohne Bod können wir vor dem Winter nicht genug Fleisch beschaffen. Ohne Bods Hilfe werden wir hungern müssen.

Ich nahm die Schüssel mit der Glut und ging zurück zu unserem Feuer. Ich fühlte mich erschöpft; mein Rücken schmerzte, und der Bauch tat mir wieder weh. Müde hockte ich mich am Rand der Feuerstelle nieder. Ich schob einen Kochstein in die Asche zurück, und da sah ich das Blut an meinen Beinen. Ein langer Streifen zog sich von oben bis unten daran hin.

Ich wunderte mich. Woher das Blut stammen konnte, war mir nicht klar. Ich war nirgendwo verletzt – aber mein Bauch tat so weh.

Plötzlich war ich hellwach. Das Blut konnte nur das Zeichen dafür sein, daß ich erwachsen geworden war! Die Begegnung in der Halle der Jäger fiel mir wieder ein. Ich bibberte vor Aufregung. Jetzt war ich eine Frau – Dor konnte ruhig kommen und mich bitten ... wenn er wollte.

Ich mußte es Amama sagen. Ich war jetzt erwachsen ...! Das mußte ich einfach loswerden! Ich stand hastig auf, rannte hinüber und sprudelte die Neuigkeit heraus. «Amama, ich bin eine Frau! Sieh nur!» Ich zeigte auf meine Beine.

Sie schaute flüchtig hin und sagte einfach: «Das freut mich.»

Ich war enttäuscht. Aber im gleichen Augenblick wurde mir bewußt, daß mein Erwachsenwerden gerade jetzt nicht wichtig war. Bod war gestorben. Er mußte begraben werden, und alle machten sich schwere Sorgen wegen des kommenden Winters.

Ich ging zum Feuer hinüber, setzte mich wieder und dachte nach. Bar, Antas Sohn, wurde bald Jäger. Er konnte schon gut mit dem Speer umgehen. Darra, Tads jüngerer Bruder, beherrschte das Schlingenlegen und tötete auch oft kleinere Tiere mit Steinwürfen. Die beiden Jungen zusammen konnten vielleicht nicht Bod ersetzen, aber wenn sie sich Mühe gaben ... Mir kam ein guter Gedanke.

Ich stand auf und ging zu Ati an die große Feuergrube. Ich wußte, er würde in seinem Schmerz um Bod nicht gern mit mir reden wollen, aber mein neuer Status als erwachsene Frau gab mir Mut. Ich legte Ati die Hand auf die Schulter und sagte: «Willst du mir einen Augenblick zuhören?»

Er wandte mir das Gesicht zu. Seine breite Stirn war tief von Falten zerfurcht. Er sah alt aus. «Was willst du?» fragte er, und die Trauer in seiner Stimme war mit Ärger gemischt.

«Wir alle weinen um Bod. Die Kalte Zeit wird hart werden ohne ihn. Aber Darra und Bar sind fast Männer – wenn der Mond voll ist, bekommen sie ihre Zeichen.» Ich machte eine Pause und überlegte einen Augenblick. «Schon jetzt ist Bar ein guter Jäger, wenn er auch noch nie mit den Männern die großen Tiere gejagt hat. Und Darra –» wieder suchte ich nach den richtigen Worten – «Darra kann Enten fangen wie kein anderer aus unserer Sippe.»

«Das weiß ich alles», unterbrach mich Ati. «Warum sagst du mir das?»

Mutig fuhr ich fort: «Bar und Darra könnten wie Männer jagen gehen. Wenn sie die Frauen nicht bei der Nahrungssuche begleiten müßten, dann könnten sie mehr kleine Tiere erlegen, und der Vorrat für den Winter ...»

Schon während meiner letzten Worte leuchteten Atis Augen auf. «Du bist klug, Uba ...» murmelte er, und auf seinem Gesicht spiegelten sich Freude und Erleichterung. «Ja», sagte er, «Bar und Darra sollen Enten und Hasen jagen. Sie brauchen nicht mehr mit den Frauen zu sammeln.»

Als ich an unser Feuer zurückkam, waren die Frauen aufgestanden und bereiteten Essen. Aber das fröhliche Geplauder, das sonst um diese Tageszeit immer zu hören war, fehlte heute. Die Männer waren nicht zur Jagd aufgebrochen; still und bedrückt machten die Frauen ihre Kocharbeit, und sogar die Kinder schlichen umher und wagten es nicht, zu lachen oder zu spielen.

Schweigend wurde gegessen. Danach gingen die Männer in die runde, abgeschlossene Halle, die hinter unserer Wohnung lag. Es war ein hochgewölbter Raum mit ziemlich glatten Wänden; von der Decke hingen Spitzen aus Stein herab, an deren Ende immer ein Wassertropfen zitterte. Der Fels war hier überall von einer glitzernden weißen Schicht bedeckt, die naß glänzte.

Ich war den Männern gefolgt; in dem schmalen Eingang zur runden Halle blieb ich stehen und schaute zu.

Ati hatte eine breite Schaufel aus dem hohlen Knochen eines Mammuts mitgebracht. Diese Schaufel war schon sehr alt; die Männer benutzten sie immer, wenn der Leib eines Gestorbenen für die Fahrt nach Westen vorbereitet wurde. Ulp und Siba hielten Schälchen aus Stein, in denen Hirschtalg an einem Docht aus Haaren brannte.

Die Flämmchen zuckten und blakten. Sie gaben ein trübes, unruhiges Licht, und die Schatten der Männer sahen aus, als ob sie tanzten.

Ati setzte die Schaufel an; mühsam hob er aus dem harten Boden eine flache Grube aus, neben der Feuerstelle, die mitten im Raum lag und die für die Toten bestimmt war.

Keiner sagte ein Wort. Ich konnte das Wasser hören, das in Abständen von den Spitzen an der Decke auf den Boden tropfte. Der Gedanke kam mir, daß selbst der Fels über Bods Tod Tränen vergoß, wie wir alle.

Es dauerte lange, bis die Grube fertig war. Bod war groß und kräftig gewesen. Endlich legte Ati die Schaufel beiseite und machte den beiden anderen ein Handzeichen. Zuerst nahm Ulp die Schaufel und hob noch etwas Erde aus, dann tat Siba das gleiche. Auch Zat und Marr traten heran und hoben eine Schaufel voll Erde aus der Grube. Als letzter kam Dun. Er reichte Ati ein neues Rentierfell und zwei Wolfspelze.

Ati legte das Rentierfell in die Grube. Dann wälzte er zusammen mit Siba einen breiten, glatten Stein heran. Der kam ans Kopfende. Er sollte Bod als Nackenstütze dienen.

Bods Lager war vorbereitet. Still gingen die Männer wieder hinaus. Ich sah den Kummer in ihren Augen, als sie an mir vorüberkamen und zu unserem Feuer hinübergingen. Sie hoben Bods Leiche zu viert auf: Zwei hielten ihn unter den Armen, zwei hoben seine Beine an. Dann trugen sie ihn langsam und feierlich in den runden Raum und betteten ihn auf das Fell in der Grube.

Die Frauen brachten noch mehr steinerne Lichtschalen und stellten sie ringsherum an den Wänden auf. Dann setzten sie sich alle im

Kreis um die Grube auf dem Boden und warteten. Bods Leiche lag still im zuckenden Licht der Lampen. Die Schatten bewegten sich auf seinem Gesicht, so, als ob er noch lebte. Auch die Männer hatten sich niedergelassen.

Lange warteten wir. Die Dochte zischten leise, wenn ab und zu ein Wassertropfen darauf fiel. Endlich erschien die Amama.

Wir blickten auf. Sie ging tief gebeugt, aber ihr Schatten erhob sich riesengroß an der Wand des runden Raumes. Sie trat an die Grube heran, in der Bods Leiche lag, und blieb einen Augenblick still stehen. Dann hob sie den Beutel aus Hirschleder, den sie mitgebracht hatte, und griff hinein.

Der Beutel enthielt zu Staub gemahlenen roter Ocker. Amama bestreute Bod mit der heiligen Farbe und sprach die Vorgeschriebenen Worte:

«Mein Name ist Bod. Es ist ein guter Name, möge er nicht vergessen sein, wenn ich gegangen bin.» Ihre Stimme zitterte, und sie hielt einen Augenblick inne. Dann faßte sie sich und nahm eine weitere Handvoll Ocker in ihre magere Faust. «Meine Taten waren gut und tapfer. Mögen sie nicht vergessen sein, wenn ich gegangen bin.»

Ich sah, daß Tränen in Amamas Augen glitzerten. Sie nahm die dritte Handvoll Farbe und sagte leise und eindringlich: «Ich habe eine Frau mit einem Sohn. Es ist eine gute Frau und ein guter Sohn. Mögen sie nicht vergessen sein, wenn ich gegangen bin ...»

Zum drittenmal rieselte der Ocker nieder. Die Männer und Frauen erhoben sich und antworteten mit den vorgeschriebenen Worten. Aber sie meinten jedes Wort ehrlich, das war deutlich zu hören.

«Bod, wir werden deinen Namen und deine Taten nicht vergessen. Es soll sein, als ob du uns nicht verlassen hättest. Deine Frau und ihr Sohn sollen sein wie unsere Frauen und deren Söhne. Möge dir der Weg leicht werden.»

Alle streuten jetzt ein wenig roten Ocker über Bod. Dadi hatte Blumen von draußen hereingeholt und häufte die Schafgarbe, die Margeriten und den roten Mohn über ihren toten Mann. Sie war sehr beherrscht. Kein lautes Schluchzen war von ihr zu hören. Sie wußte: Bod hätte es nicht gefallen, wenn seine Frau sich so hätte gehenlassen.

Die Männer brachten einen neuen, guten Speer und viele gute Abschlagmesser und Schaber. Sie legten sie neben Bod. Anta trug zusammen mit Sia eine Keule des erlegten Hirsches herein, und die Kinder brachten Beeren und Nüsse. Bod brauchte ja Nahrung auf der Reise.

Als all diese Dinge in der Grube geordnet waren, gingen wir noch einmal hinüber und schauten Bod an. Die rote Farbe hatte die Todesblässe von seinem Gesicht genommen. Er schlief jetzt den tiefsten Schlaf; er schaute hinter geschlossenen Augenlidern nach Westen.

Wir verließen den runden Raum. Die Männer bedeckten Bods Gesicht mit den Wolfspelzen und schaufelten die Grube zu. Dann wurden die Lampen gelöscht. Es war vorbei.

Während wir alle wieder draußen in der Wohnhalle saßen, mußte ich noch einmal an Bods letzte Worte denken: «... blaue Augen ... wie der Himmel ... Du bist stark ... stärker als ich ...» Amama hatte gesehen, daß eine Waffe Bod getötet hatte. Wessen Waffe mochte das wohl gewesen sein?

4

Der Sommer ging zu Ende. Immer kürzer wurden die Tage, immer länger und kälter die Nächte. Jetzt kam die große Zeit der Frauen.

Jeden Tag waren sie mit den älteren Kindern unterwegs. Nüsse mußten mit langen Stöcken von den Sträuchern abgeschlagen werden, und die Kinder lasen sie dann auf. Es waren Brombeeren, Heidelbeeren und Preiselbeeren zu pflücken und für den Winter zu trocknen; die letzten Grassamen und Knollen wurden gesammelt und in den steingepflasterten Vorratsgruben eingelagert.

Auch in der Wohnung herrschte immer Betrieb. Alle Pelze, die irgendwie brauchbar waren, wurden gesäubert, getrocknet, mit Fett gewalkt und dann zu warmer Kleidung verarbeitet. Anta und Daja, nach Amama die beiden ältesten Frauen, waren den ganzen Tag mit dem Ziehen der Nähte an den langärmeligen Jacken, den Beinlingen, den Fußhüllen und Umhängen beschäftigt.

Auch ich hatte viel zu tun. Schon vor Sonnenuntergang ging ich mit meiner Amama auf die tägliche Wanderung; wir suchten nach heilenden Kräutern, Wurzeln und Baumrinden.

Die Netze und Beutel, in denen die Amama die Medizin aufbewahrte, waren noch nicht alle gefüllt. Die alte Frau achtete immer streng darauf, daß genug für die lange Kalte Zeit auf Vorrat lag.

Alle Kräuter, alle Wurzeln und Baumrinden, die Amama für die Behandlung von Krankheiten und Wunden benutzte, hatte ich jetzt kennengelernt. Amama war zufrieden mit mir, denn ich bemühte mich sehr und begriff schnell. Kleine Wunden hatte ich sogar schon selbst behandelt – mit Holzstäben und Fellstreifen hatte ich sogar Conas Bein geschient, das sie sich beim Sturz von einem Baum gebrochen hatte.

Und Amama war eine strenge, aber gute Lehrmeisterin. «Du wirst bald meinen Platz in der Sippe einnehmen können», sagte sie oft.

«O nein», widersprach ich dann jedesmal, und mein Herz hämmerte vor Angst, «du darfst uns noch lange nicht verlassen, Amama! Ich habe nicht deine Weisheit, und ich habe auch noch nicht dein Wissen.»

Mein Ansehen in der Familie war sehr gestiegen, seit Amama mich unterrichtete. Die anderen – selbst die älteren Frauen – machten mir Platz, wenn ich manchmal frühmorgens das Feuer für Amama aus der Feuergrube holte. Die Männer behandelten mich mit Achtung. Besonders Darra strengte sich an, mir zu gefallen.

Wenn ich am frühen Nachmittag von dem Gang mit Amama wieder zurück war, dann half ich den Frauen bei ihren vielen Vorbereitungen für den Winter.

An einem Nachmittag, als eben die Sonne nach einem langen Regenschauer wieder durch die Wolken brach, war ich auf dem Platz vor der Wohnung dabei, das Fleisch eines Hasen von den Knochen abzutrennen und in lange, dünne Streifen zu schneiden. Vor mir auf der flachen Schieferplatte, die ich immer für solche Arbeiten benutzte, lagen schon verschiedene, sauber ausgelöste Fleischbrokken, und ich nahm eine neue Abschlagklinge, damit die Streifen, die ich schnitt, auch schön dünn wurden. Nach dem Schneiden wollte ich dann das Fleisch auf einem Gestell aus Weidenruten zum Trocknen in die Sonne hängen; danach wurde es noch über dem Feuer geräuchert, damit es haltbarer war. Ich liebte den Rauchgeschmack sehr, den das Fleisch im Winter immer hatte.

Bar und Darra, die beiden Jungen, hatten sich seit Bods Tod bewährt. Sie brachten fast jeden Tag Hasen, Kaninchen, Enten und andere kleine Tiere als Beute nach Hause und hatten gehörig mit dazu beigetragen, daß die Vorratsgruben sich füllten. Morgen sollten sie zum erstenmal die Halle der Jäger betreten und die Zeichen ihrer Mannbarkeit empfangen. Knaben, die vierzehn Sommer erlebt hatten, wurden am Anfang des Herbstes in die Gruppe der Jäger aufgenommen, es sei denn, sie hatten irgendein Gebrechen, das sie daran hinderte, mit auf die Jagd zu ziehen. Schon als kleine Jungen hatten sie gelernt, den Speer zu werfen und mit dem Faustkeil und der Klinge umzugehen; die feierliche Aufnahme in den Kreis der Jäger war dann nur noch ein alter, ehrwürdiger Brauch.

Was für den neuen Jäger viel mehr zählte, war etwas ganz anderes. Sobald er seine Zeichen trug, durfte er eine Frau wählen, und in unserer Sippe wenigstens war es nicht üblich, daß eine ungepaarte Frau solch eine Wahl ablehnte. Sie mußte schon einen sehr guten Grund angeben, wenn sie es doch tat.

Ich war erwachsen, und Darra würde es morgen auch sein. In letzter Zeit hatte er sich gewaltig bemüht, vor mir seine Fähigkeiten zur Schau zu stellen. Er brachte mir kleine Leckerbissen von seinen Jagdausflügen mit – Taubeneier oder besonders große schöne Pilze –, und er lächelte mir jedesmal zu, wenn er an mir vorüberkam.

Das machte mir große Sorgen. Ich wußte genau: Morgen würde er mich bitten, mit ihm das Feuer und das Schlaffell zu teilen, und ich ... ich konnte einfach nicht ja dazu sagen.

Seit damals, als ich die rote Erde für Dadi geholt hatte, mußte ich immer wieder an Dor denken. Oft war ich bei meinen Wanderungen auf der Suche nach Kräutern wie zufällig an der heiligen Halle vorübergegangen, aber Dor war nie dagewesen.

Ich wußte, es war unwahrscheinlich, daß er sich ohne Grund dort aufhielt, aber ich war doch jedesmal schrecklich enttäuscht gewesen.

Vielleicht hatte er die Begegnung längst vergessen ... Vielleicht hatte er längst eine andere Frau gewählt. Dieser Gedanke tat weh – ich wußte nicht, warum.

Zeit. Ich brauchte Zeit bis zur nächsten Versammlung der Sippen. Dor würde da sein, und ich diesmal auch. Das große Fest war in drei Tagen ...

Während ich mir ein neues Stück Fleisch vornahm und die kurze Schneide ansetzte, überlegte ich angestrengt. Wie konnte ich es vermeiden, daß Darra mich morgen fragte? Oder besser: Wie konnte ich ihn dazu bringen, seine Frage erst am Tag des Festes zu stellen?

Ich zog das Messer langsam und mit gleichmäßigem Druck über das Fleisch, ritzte es an und schnitt dann mit sägenden Bewegungen bis auf die Schieferplatte durch. Der Abschlag war fest und scharf, wie alle, die der alte Zat gemacht hatte. Das erleichterte die Mühe sehr, denn mit einem Abschlagwerkzeug, das an der Kante zu breit oder zu sehr gezackt war, dauerte das Schneiden viel länger und erforderte mehr Kraft.

Jedenfalls mußte ich zuerst einmal Dor wiedersehen. Vielleicht hatte er doch noch nicht gewählt.

Was konnte ich bloß Darra sagen? Ich wollte ihn nicht verletzen, denn ich mochte ihn sehr. Er war ein freundlicher und tüchtiger Junge; wenn ich ihn ablehnte, dann beleidigte ich ihn damit und schadete seinem Ansehen.

Aber die Wahrheit konnte ich ihm auch nicht sagen. Daß ich jemanden aus einer fremden Sippe vorzog, das hätte ihn sehr gekränkt.

Ich schob die geschnittenen Streifen auf die Seite und packte ein neues Stück. Ich würde ihm einfach sagen, daß ich erst später seine Frage beantworten könne – vielleicht beim nächsten Mondwechsel.

Das war die Lösung. Ich lehnte ihn nicht ab – ich vertröstete ihn nur auf später. Das schadete seiner Ehre nicht, und er konnte sich auch nicht beleidigt fühlen.

Ich atmete auf. Ich war froh über die Idee, die mir doch noch gekommen war.

Die Sonne stand jetzt schon tief, und die meisten Frauen waren mit gefüllten Körben und Beuteln wieder zu Hause angekommen. Auch Bar kam gerade den Hügel herauf. Er trug einen fetten Biber über der Schulter, und an seinem Hüftriemen baumelten an dünnen Lederschnüren mehrere Schnepfen. Die schrägen Sonnenstrahlen beleuchteten seine breitschultrige, jugendliche Gestalt; das Otterfell, aus dem seine Jacke gemacht war, schimmerte golden.

Als Bar bei mir auf dem Platz vor dem Eingang angekommen war, nahm er den Biber von der Schulter, warf ihn vor mir auf den Boden und meinte nachdenklich: «Der hat einen schönen dichten Pelz. Meinst du, er wäre etwas für Dadis kleinen Jungen?»

«Ganz bestimmt», antwortete ich erfreut. «Dadi ist sicher begeistert. Der Kleine wird ja in der Kalten Zeit anfangen zu krabbeln, und da braucht er seine erste Jacke ...»

Bar hockte sich neben mich. «Ich muß mit dir reden, Uba», flüsterte er hinter vorgehaltener Hand. «Allein, wenn es geht. Ich muß dich unbedingt etwas fragen.»

«Gut», antwortete ich; ein nervöses Gefühl stieg in mir auf. Wenn Bar mich nun auch bitten wollte? Aber dann schob ich den Gedanken beiseite. Ihm ging es sicher nicht um mich.

Ich legte das Abschlagmesser auf den Stein und stand auf. «Komm», sagte ich, «wir gehen ein Stückchen den Hang hinauf.» Ich winkte Cona, damit sie meine Arbeit einen Augenblick lang übernahm.

Bar ging voran. Ich merkte, daß er unruhig und aufgeregt war, denn er schlug bei jedem Schritt mit einem dünnen Stöckchen, das er aufgelesen hatte, wild auf die Grasbüschel ein, die hier und da wuchsen. Nach kurzer Zeit hatten wir eine Gruppe von breitkronigen Buchen erreicht, die auf halber Höhe am Hang standen. Unter den Bäumen wuchs kein Gebüsch; hier gab es nur weiches, fellartiges Gras, und wir setzten uns.

Bar hob eine Buchecker auf, die von den Kindern beim Sammeln übersehen worden war, und knackte die glatte, dreieckige Schale mit den Zähnen. Er knabberte den kleinen, nußartigen Kern, während er offenbar nach Worten suchte. «Weißt du», sagte er endlich, «ich glaube, du bist klug, Uba. Deshalb wollte ich dich erst fragen, was du ...» Er zögerte. Es fiel ihm schwer, mit der Sache herauszurücken. Er wirkte auf einmal sehr jung und unsicher. «Dadi ... ist doch allein», fuhr er hastig fort. «Sie hat keinen, der sich um sie kümmert ... Ihr kümmert euch natürlich alle sehr gut um sie, das meine ich gar nicht ... Ich ... ich wollte euch natürlich nicht beleidigen ...» Er sah mich verlegen an, und sein Gesicht war rot geworden. «Uba, ich ...» Er verflocht die Finger ineinander und entspannte sie dann wieder. «Ich wollte Dadi morgen fragen, ob sie nicht mit mir das Feuer und das Lager teilen will.»

Es war heraus. Ich mußte fast über Bars Aufregung lachen. Ich legte meine Hand auf seine Schulter und sagte beruhigend: «Dadi ist auch klug. Sie hat mit Sicherheit schon bemerkt, wie tüchtig du bist, und ich glaube nicht, daß sie dich zurückweisen wird.»

Bar blickte auf. Er schaute mich hoffnungsvoll an. «Ja? Glaubst du das wirklich, Uba? Ich ... ich mag Dadi sehr, und auch den Kleinen ... Ich würde wirklich gut für die beiden sorgen.»

«Sag das nicht mir, Bar. Sag es Dadi, wenn du sie morgen fragst», meinte ich und gab ihm einen freundschaftlichen Knuff an die Schulter. «Nur Mut! Und heute abend, wenn ich an unser Feuer komme, dann lasse ich bei Dadi einfach mal eine Bemerkung über dich fallen. Damit sie weiß, was du für ein guter Kerl bist.»

Bar schaute mich dankbar an. «Willst du das wirklich für mich tun?» fragte er. «Das wäre großartig. Dadi ist schließlich schon Frau eines Jägers gewesen, und ich hatte Angst, sie lacht mich nur aus, weil ich ... weil ich noch so unerfahren bin.»

«Nein», beruhigte ich ihn noch einmal. «Du bist schon seit langer Zeit ein guter Jäger, und ab morgen bist du auch ein Mann, ein fähiger, glaube ich ...»

Bar wurde wieder rot. Er stand auf, um seine Verlegenheit zu verbergen. Ich sagte nichts, damit er nicht noch mehr die Fassung verlor, und wir gingen schweigend zurück zur Wohnung.

Ich konnte Bar mit gutem Gewissen bei Dadi empfehlen. Er war ein ruhiger, besonnener junger Mann und er würde wirklich für sie sorgen, denn er hatte sich offenbar sehr in sie verliebt. Warum war mir das nur früher nie aufgefallen? Wie oft hatte er für Dadi den schweren Wasserschlauch vom Fluß heraufgeschleppt, und wie oft hatte er ihr die Feuerstelle gesäubert und neue Kochsteine besorgt und ihr Birkenrinde mitgebracht ... und ... und ...

Ich hatte das alles übersehen, weil Bars Aufmerksamkeiten so praktisch waren. Er hatte Dadi nicht angelächelt und ihr schöne Worte gesagt – er hatte ihr das Leben leichter gemacht.

Wie dumm waren wir Frauen doch! Wir achteten, was Männer betraf, auf die falschen Dinge und übersahen die wichtigen Eigenschaften. Aber Dadi war erfahrener. Vielleicht hatte sie bemerkt, was für ein guter Mann Bar ihr sein würde.

Cona war schon mit dem Fleischschneiden fertig, als wir wieder vor der Wohnung ankamen. Sie räumte die Klinge und den Schieferstein auf die Seite, damit wir Platz hatten, um den Biber auszunehmen und abzuhäuten. Bar verschwand sofort nach drinnen; Cona strich sich mit der Hand das Haar aus der niedrigen Stirn und schaute mich mit funkelndem Blick an. «Was hattest du denn mit meinem Bruder zu besprechen?» wollte sie wissen und zwinkerte mir zu.

Ich lief rot an. «Bar will morgen eine Frau wählen», antwortete ich verlegen. «Er hat mich nur um Rat gebeten.»

Cona lachte. «Ach so», sagte sie. Sie war ein hübsches Mädchen mit einem ganz flachen Kinn und großen, kräftigen weißen Zähnen. Das Haar auf ihren Armen war dicht und glatt – wie ein seidiger Pelz. Jeden Mondwechsel wurde sie erwachsener, und auch sie würde sicher bald von einem Mann gewählt werden.

Ich bückte mich und drehte den Biber auf den Rücken. Cona schlitzte das wollige Bauchfell mit geübten Schnitten auf, und wir nahmen das Tier gemeinsam aus. Herz, Leber und Lunge wanderten in den Korb, der schon dafür bereitstand; dann zog ich vorsichtig das Fell ab.

Wir waren bald fertig. Wir brachten Fleisch und Haut nach drinnen in die Nische, die im hinteren Teil der Wohnung lag. Es war kühl in der kleinen Ecke; ein junges Rentier lag schon da, zusammen mit mehreren Hasen, Moorhühnern und Rebhühnern. Heute hatten die Jäger viel Glück gehabt.

5

Es war die Nacht vor dem Fest der Männer. Vorn am Eingang, bei der Feuergrube, saßen schon alle zusammen. Ati selbst hatte für das Festessen die beiden starken, gegabelten Äste zu beiden Seiten des Feuers aufgestellt; eine glatte Stange, auf der Stücke eines Rehs aufgespießt waren, wurde hochgehoben und in die Astgabeln eingehängt. Alle warteten ungeduldig. Anta und meine Mutter wendeten ab und zu den Spieß, und die Flammen leckten hoch, wenn Fett ins Feuer tropfte.

Ich saß da und betrachtete all die bekannten Gesichter. Die schwarzen, tiefliegenden Augen der Kinder glänzten im Flammenschein – Zat erzählte ihnen eine Geschichte, um das Warten auf das Essen abzukürzen. Tad und Sia unterhielten sich miteinander, und Dai, Sias kleines Töchterchen, bohrte sich mit Genuß in der flachen Stumpfnase. Ich mußte lächeln. Dadi saß ruhig da und hielt das Baby an der Brust. Wie kräftig der Kleine geworden war! Sein rundes Köpfchen war jetzt nicht mehr kahl; eine wuschelige Masse glatten schwarzen Haares war ihm gewachsen.

Ich schaute zu Bar hinüber und zwinkerte ihm ganz heimlich zu. Sein Gesicht lag im Schatten, aber ich konnte deutlich sehen, wie seine Augen unter den breiten Augenbrauenwülsten aufleuchteten. Ich würde Dadi bestimmt noch heute etwas Lobendes über ihn sagen.

Endlich war das Fleisch fertig. Ati und Siba hoben den Bratspieß aus Eschenholz vom Gestell, und dann wurde zerteilt. Meine Mutter schnitt den Braten in schmale Streifen und legte sie auf einer Schilfmatte aus. Das Fleisch war außen dunkel und innen noch rot. Uns allen lief das Wasser im Mund zusammen. Anta stellte eine Holzschale mit frischen Preiselbeeren neben das Fleisch auf die Matte. «Gutes Essen», sagte Ati und lächelte die Frauen an, die sich solche Mühe gemacht hatten.

Amama sollte das erste Stück bekommen; sie hatte den höchsten Rang. Wegen ihres hohen Alters waren ihre Zähne schon abgenutzt, deshalb suchte sie sich einen zarten Bissen von der Lende aus. Sie zog eine neue Klinge aus ihrem Umhang, packte den Fleischstreifen mit den Zähnen und schnitt dicht vor ihren Lippen ab.

Als sie das erste Stückchen gegessen hatte, lächelte sie erfreut. «Siba hat einen sicheren Blick dafür, ob ein Reh alt ist oder noch jung und zart», meinte sie voller Anerkennung. «Das hier war sicher erst einen Winter alt. Das Fleisch könnte nicht besser sein.»

Siba, einer der älteren, erfahrenen Jäger, reckte stolz die Schultern. «Ich hatte nur Glück, alte Frau», sagte er bescheiden. Aber er konnte nicht ganz verbergen, wie sehr er sich über das Lob freute.

Ich hatte einen langen Streifen aus der Keule genommen und biß kräftig hinein.

Es schmeckte herrlich. Ich griff in die Schale mit den Preiselbeeren, nahm mir ein paar und kaute sie zusammen mit dem Rehfleisch. «Die Beeren hat Asa gesammelt», sagte ich mit vollem Mund. «Asa hat die allersüßesten gefunden.»

Mein kleiner Bruder platzte fast vor Stolz. «Ich hatte bloß Glück», sprudelte er heraus und wiederholte Sibas Worte. Alle lachten schallend.

Die Männer langten kräftig zu. Ati schnitt so dicht an den Zähnen ab, daß die Klinge jedesmal an seinen Schneidezähnen entlangkratzte. Auch Siba und Ulp paßten nicht besonders auf. Zat hatte seine Zähne sogar im Lauf seines langen Lebens durch diese Achtlosigkeit beim Essen richtig beschädigt. Viele tiefe, schräge Kratzer waren darin zu sehen.

Tad, Sia, Ola und meine Mutter teilten das Fleisch für die Kinder in kleine Brocken. Auch Lunge und Leber, die auf einer Steinplatte in der Glut kurz angebraten worden waren, bekamen die Kleinen. «Nehmt euch, Kinder», meinte Anta, «heute ist von allem reichlich da.»

Sie aßen mit Begeisterung. Asa war über und über mit Fett und rotem Bratensaft beschmiert. Er strahlte mich mit seinen kohlschwarzen Augen an und schnappte sich dann einen hohlen Knochen, an dem noch etwas Knorpel hing. Asa schlug seine kräftigen Zähne hinein und nagte den Knochen völlig ab. Dann hielt er ihn der Mutter hin. «Aufmachen, Ama», sagte er einfach.

Meine Mutter lächelte. Sie wußte genau, was Asa wollte. Sie nahm einen der Faustkeile, die neben der Feuergrube lagen, spaltete mit einem oft geübten Schlag den Knochen und brach ihn auseinander. «Der ist groß genug», mahnte sie den Kleinen, «den solltest du teilen.» Asa nickte, nahm das größere Stück und reichte Olas kleiner Tochter großzügig das kleinere. Der Knochen enthielt einen ganz besonderen Leckerbissen – das saftige, nahrhafte Mark. Geräuschvoll und genießerisch schlürften die beiden Kinder es heraus.

Als das Fleisch gegessen war, wurden auch die anderen Röhrenknochen aufgeschlagen. Das Knochenmark war der Höhepunkt des Mahles, wenigstens für die Kleinen; alle lutschten glücklich an den Stücken, die sie bekommen hatten.

Wir Erwachsenen rückten jetzt näher ans Feuer und zogen die

Umhänge fester um die Schultern. Von draußen wehte der kühle Nachtwind herein. Die Sterne funkelten am Himmel, der so schwarz und samtig aussah wie ein Stück Maulwurfsfell. Manchmal trieb ein gelbes Blatt herein und flatterte zu unseren Füßen nieder.

Es wurde Herbst. Ich erhob mich und trat einen Augenblick auf den Platz vor der Wohnung hinaus. Ich liebte die kühle Jahreszeit, in der sich Pflanzen und Tiere und auch wir auf den Winter vorbereiteten. Der Wind trug den herben, wunderbaren Geruch heran – den Duft nach nassem Moos, nach Pilzen, feuchtem Holz und vergehenden Blättern.

Ich schaute den Hang hinunter auf den gewundenen Pfad, der zum Fluß führte. Der Mond stand hoch über mir, und der weiße Nebel, der vom Wasser aufstieg, wogte wie ein Feld aus Wollgrasflocken. Es war kalt; ich spürte den eisigen Hauch, der mir in die Ärmelschlitze meines Umhangs fuhr, und ich fröstelte.

Aus der dicken Buche, die neben der Wohnung am Hang stand, zitterte der schrille, hohe Schrei eines Käuzchens. Bald kam die Zeit der großen Jagden. Wenn der Herbst zu Ende ging, fochten die roten Hirsche immer ihre Kämpfe um die Weibchen aus; dann wurden sie für ein paar Tage unvorsichtig, und die Jäger hatten es leichter, sie zu erlegen. Diejenigen aus den Sippen, die das Mannesalter erreicht hatten, durften zur Brunftzeit der Hirsche zum erstenmal an der Jagd auf großes Wild teilnehmen. Die Jagdzeremonie, bei der Knaben zu Männern wurden, fand deshalb immer am Anfang des Herbstes statt.

Morgen war der wichtigste Tag im Leben von Bar und Darra. Sie würden in die Geheimnisse des Jagdzaubers eingeweiht werden und die Zeichen der Männlichkeit empfangen. Amama war die einzige Frau, die dabei sein würde, denn sie war diejenige, die den beiden jungen Männern die Zeichen einritzte.

Mir wurde eiskalt, als ich an die dunkle, unheimliche Halle der Jäger denken mußte, und an die Geister der mächtigen Tiere, die dort waren. Ein Gedanke überfiel mich plötzlich wie ein Raubtier aus dem Hinterhalt. Ich sollte Amamas Aufgabe in der Sippe übernehmen, wenn sie nicht mehr da war. Dazu mußte ich alles können, was sie konnte ...

Auch ich würde morgen dabeisein. Eine Aufregung überkam mich, die ich kaum beherrschen konnte. Aber Amama fürchtete die Geister nicht. Sie würde mir auch die Riten erklären, mit denen sie zu beherrschen waren.

Etwas beruhigt wickelte ich mich fester in meinen Umhang und ging wieder nach drinnen.

Es wurde spät. Langsam zogen sich die Mütter mit den Kindern, die Männer und die Amama an ihre Feuer zurück. Die Kinder wurden zu Bett gebracht; bald lagen alle warm eingepackt in ihren Schlaffellen.

Auch Dadi hatte ihren kleinen Sohn in einen Wolfspelz eingewickelt und schlafengelegt. Ich setzte mich noch ein Weilchen zu ihr. Wir unterhielten uns über das Fest der Männer, das morgen stattfinden sollte.

«Weißt du, Dadi», sagte ich, «die beiden, ich meine Bar und Darra, sind eigentlich schon lange erwachsen. Besonders Bar hat in letzter Zeit genausoviel Beute nach Hause gebracht wie die Jäger. Die Frau, die den mal bekommt, kann sich wirklich freuen...»

Dadi lächelte. «Du meinst, ich soll ihn nicht ablehnen, wenn er mich morgen fragt?» kicherte sie. «Ach, Uba, ich weiß doch schon so lange, daß er ein guter Kerl ist und daß er...»

Ich wurde rot. «Du wußtest das?» fragte ich fassungslos.

«Aber ja», sagte Dadi, «und ich freue mich, daß er mich gern hat. Ich mag ihn auch.»

Wir legten uns beide hin. Die letzte Glut im Kochfeuer verlosch langsam. Aber ich konnte lange nicht schlafen. Ruhelos wälzte ich mich auf meinem Fell hin und her, und die Fichtenreiser, die als Unterlage für das Lager dienten, knackten und knirschten. Neben mir atmete mein kleiner Bruder Asa ruhig und gleichmäßig, und manchmal kamen kleine Geräusche aus dem hinteren Teil der Wohnung von den anderen Schlafplätzen.

Anta und Siba hatten sich zusammen in ein großes Fell eingehüllt und bewegten sich leise und rhythmisch. Paare taten das manchmal, um sich ihre Zuneigung zu zeigen.

Die anderen schliefen alle; nur Cona war auch noch wach. Sie legte vorn an der großen Feuergrube Holz nach, damit die Glut nicht verlosch. In dieser Nacht war es ihre Aufgabe, das Feuer zu bewachen. Die jungen Frauen und die Knaben wechselten sich damit immer ab.

Endlich schlief ich doch ein. Ich hatte einen aufregenden, wunderbaren und zugleich beängstigenden Traum. Dor kam auf mich zu und legte mir die Hände auf die Schultern. Er fragte mich, ob ich mit ihm das Feuer teilen wollte, und ich sagte ja. Aber dann sah ich, daß Dor ein blutiges Loch an der Schläfe hatte, und seine Augen leuchteten in einer fremden Farbe. Sie waren hellblau wie der Frühlingshimmel, und seine Haare schimmerten wie herbstliches Buchenlaub.

Ich schreckte vor ihm zurück, aber er lächelte und sagte freundliche Worte, die ich nicht verstand. Dann tat er etwas ganz Seltsames: Er berührte mit seinen Lippen meinen Mund. Es war ein sehr schönes, angenehmes Gefühl; meine Angst verging. Ein Wolf heulte – ganz in der Nähe. Ich wachte auf.

Es dämmerte schon. Fast alle waren aufgestanden. Die Kochfeuer brannten und erfüllten die Wohnung mit ihrem milden roten Licht und dem wohlbekannten, allgegenwärtigen Rauchgeruch. Das Heulen, das ich – noch halb im Traum – gehört hatte, war Asas markerschütterndes Gebrüll gewesen. Er saß noch auf dem Fell neben mir und hielt anklagend den Finger hoch. «Das Baby hat mich gebissen», jammerte er, «dabei hat es doch gar keine Zähne!»

Dadi lachte laut auf. Sie schaute sich Asas Hand an und streichelte ihm dann tröstend über den wuscheligen Schopf. «Dem Baby ist vielleicht ein Zahn gewachsen», sagte sie. «Bald lernt es laufen, und dann kannst du richtig mit ihm spielen.»

Mutig faßte Asa dem Kleinen noch einmal ins Mäulchen. «Da ist er», schrie er aufgeregt. «Ganz scharf! So scharf ...» Er zeigte mir seinen verwundeten Finger. Ich lächelte ihn an, und Asa ging stolz los, um auch allen anderen zu verkünden, daß Dadis Baby einen Zahn hatte.

Nach dem ersten Essen winkte mich Amama zu sich. Sie schaute mich durchdringend mit ihren dunklen Augen an; dann lächelte sie milde und ein wenig sorgenvoll. «Uba», sagte sie leise, «ich muß dir heute eine sehr wichtige, sehr bedeutungsvolle Frage stellen.» Ihre mageren Hände verkrampften sich ineinander, und sie zögerte einen Augenblick. Dann fixierte sie mich und sagte: «Wenn du meine Nachfolgerin werden willst, dann mußt du nicht nur lernen, wie man Wunden und Krankheiten heilt und wie man den Frauen beim Gebären hilft, sondern du mußt auch die heiligen Handlungen kennen und die Sprache der Zaubersteine deuten.»

Sie hielt wieder inne, und ich schaute auf den Boden; ich wollte sie nicht unterbrechen. «Uba», fuhr Amama fort, «ich muß dich fragen, ob du den Mut hast, auch die anderen, die heiligen Dinge von mir zu lernen.»

Ich hatte mich schon entschieden – schon vor langer Zeit. Ich faßte Amamas Hände und hielt sie fest. «Ja», sagte ich. «Ja, Amama, ich habe den Mut. Gib du mir das Wissen.»

Die alte Frau zog mich an sich. Sie legte die Arme um meine Schultern. «Tochter meiner Tochter», flüsterte sie, «bei dir ist mein Wissen gut aufgehoben.»

Und dann nahm sie den Beutel mit den Zaubersteinen und lehrte mich die ersten Zeichen.

Der Morgen verging; niemand störte uns oder kam auch nur in unsere Nähe. Die Männer waren mit Bar und Darra schon bei Sonnenaufgang zur heiligen Halle der Jäger gezogen. Sie durften bis zum Ende der Zeremonie weder essen noch trinken.

Gegen Mittag stand Amama von ihrem Feuer auf und legte den Umhang an, den sie immer zum Fest der Männer trug. Er war aus dem Fell eines Höhlenlöwen gemacht, und er war sehr alt. Die Lederseite des Fells hatte Amama mit rotem Ocker und weißem Kalk bemalt; jeden Jahreswechsel mußten die Farben erneuert werden.

Ich schaute den Mantel mit Ehrfurcht an. Eines Tages würde ich ihn tragen, aber bis dahin hatte ich noch lange, lange Zeit.

Amama holte eine Tasche aus Otterfell; sie nahm zwei neue scharfe Klingen und ein Bündel aus Kräutern, das sie schon am Abend zuvor zusammengestellt hatte, und verstaute alles in dem Beutel. Dann gab sie mir mit einer knappen Kopfbewegung das Zeichen, ihr zu folgen.

Es war ein schöner klarer Herbsttag. Die Luft war kühl, aber die Sonne leuchtete auf dem bunten Laub der Bäume und Sträucher.

Wir sprachen nicht auf dem Weg. Als wir fast bei der Halle der Jäger angekommen waren, sagte sie: «Bei allem, was du jetzt siehst, wirst du schweigen. Du bist eine Frau, du hast meinen Segen noch nicht, und du bist nicht eingeweiht. Schau zu. Schau zu und schweige.»

Wir waren da. Vor mir tat sich wieder der schmale Eingang des Heiligtums auf. Mein Herz begann wild zu hämmern. Ich mußte mich zwingen, mit Amama die Halle zu betreten und nicht vor Angst laut aufzuschreien und wegzulaufen.

Drinnen war es diesmal nicht dunkel. Viele Lichtschalen brannten auf Vorsprüngen im Fels und warfen ihren flackernden Schein über die Ritzmuster und die magischen Zeichen an den unebenen Wänden. Ati und die anderen Jäger saßen mit Bar und Darra schweigend im vorderen Teil des Raumes. Auf ihren niedrigen Stirnen glänzte der Flammenschein; als ich mit Amama an ihnen vorübergegangen war, standen sie auf und gingen ihr nach, tiefer in das Heiligtum hinein.

Die Halle war lang gestreckt und endete in einem runden Raum, dessen Decke fast flach war. Hier stand, auf dem Boden von der Wand aufgestellt, ein mächtiger Bärenschädel. Er war nach Westen gerichtet, zum Ausgang der Halle. Dem Schädel fehlte der Unterkiefer, und er ruhte auf zwei langen Röhrenknochen.

Vor dem Schädel sah ich, in den Boden eingegraben, eine flache Mulde, die dunkel verfärbt war. Mehrere sauber behauene Steinplatten lagen dahinter an der Wand.

Im flackernden Licht der Talglampen wirkte der riesige Schädel lebendig. Die leeren Augenhöhlen schienen zu glühen, und die gewaltigen Fangzähne glänzten.

Ich blieb wie erstarrt stehen. Ich drückte mich an die Wand, während die Männer Bar und Darra an mir vorbei zu der Mulde vor dem Bärenschädel führten. Die beiden jungen Männer knieten nieder, während die Jäger dumpf zu singen begannen. Es waren Worte, die für mich keine Bedeutung hatten, heilige Worte, mit denen der mächtigste Geist der Tiere beschworen wurde – der Geist des Höhlenbären.

Amama trat in den Kreis der Männer. Sie nahm das Kräuterbündel aus dem Beutel und warf es mit einer großen Bewegung in die Mulde vor den beiden Jungen. Dann packte sie Darras Handgelenk, zog eine der Klingen hervor und ritzte seine Haut. Ein paar Blutstropfen quollen hervor und fielen auf die Kräuter in die Schale. Auch Bars Handgelenk wurde angeritzt, auch sein Blut floß. Amama hob beide Hände, breitete die Arme weit aus und trat zurück.

Jetzt ging Ati zur Schale und zündete die Kräuter an. Sie brannten schlecht, sie verbreiteten nur einen aromatisch duftenden Rauch.

Ati hob die Arme und sagte mit singender Stimme: «Geist des Bären, wir rufen dich!»

«Wir rufen dich ...» antworteten die Männer im Chor.

«Geist des Bären, komm und nimm das Blut», fuhr Ati fort. «Nimm das Opfer, und sei uns wohlgesinnt.»

Bar und Darra knieten noch immer vor der Opfermulde, aber ihr Blut hatte aufgehört zu tropfen.

«Mächtiger Bär, gib den neuen Jägern deine Kraft ...» sang Ati.

«... deine Kraft ...» wiederholten die Männer. «Gib ihnen deinen Mut. Laß sie Beute machen, wie du Beute machst», beendete Ati die Worte der Anrufung.

Amama trat wieder an die Schale heran. Bar und Darra standen auf. Amama nahm einen dünnen, hohlen Knochen, den sie an einer Schnur um den Hals trug, und führte ihn an die Lippen. Sie kniete nieder und blies damit in die Opferschale.

Ein hoher, schriller Ton erklang. Amama hielt mit dem Finger das kleine Loch zu, das vorn in den Knochen eingeschnitten war. Ein zweiter, etwas tieferer Ton erklang. Die Kräuter in der Mulde flammten auf, brannten knisternd.

Wie gebannt schaute ich zu. Der Rauch der Kräuter stieg zur Decke auf und kräuselte sich im Halbdunkel. Amama wartete, bis nur noch weißliche Asche in der Schale war. Dann stand sie langsam auf. «Der Geist des Bären hat das Opfer der neuen Jäger angenommen», sagte sie feierlich. «Er wird ihr Blut nicht vergießen, weil sie es ihm freiwillig dargeboten haben. Der Geist des Bären ist ihnen wohlgesinnt.»

Jetzt kam der letzte Teil des Rituals. Der Schädel des Bären, dessen Geist wir beschworen und uns dienstbar gemacht hatten, mußte wieder verschlossen werden. Das war sehr gefährlich, denn wenn der Schädel nicht mit der gebührenden Ehrfurcht und Sorgfalt behandelt wurde, dann konnte der Geist des mächtigen Tieres erzürnt werden. Unheil würde über die Jäger kommen.

Bar und Darra gingen mit langsamen, gemessenen Schritten zu den Platten hinüber, die an der Wand neben dem Schädel aufgestellt waren. Sie hoben gemeinsam einen der schweren, flachen Steine auf und trugen ihn zur Opfermulde. Dann verbeugten sie sich tief vor dem Haupt des Bären und murmelten die Worte der Verehrung: «Mächtiger Bär, stärkstes unter den Tieren, wir huldigen dir.»

Auch die Männer senkten die Köpfe und murmelten die Worte. Bar und Darra erhoben sich wieder, packten die Steinplatte und stellten sie vorsichtig neben dem Schädel aufrecht auf den Boden. Ich sah jetzt, daß für die Umfassungsplatten Rillen in den Boden eingegraben waren.

Die zweite Platte wurde auf der anderen Seite aufgestellt, dann die hintere. Als letzte kam die Deckplatte. Der Schädel lag jetzt wie in einem Kasten, dem die Vorderseite fehlt.

Noch ein zweites und drittes Mal verbeugten sich Bar und Darra. Die Zeremonie des Bären war beendet.

Amama löschte alle Lampen bis auf eine, die sie mit zum vorderen Teil der Halle nahm. Wir folgten dem schwachen, zitternden Schein der Flamme.

Selbst wenn ich hätte reden wollen, ich hätte es jetzt nicht mehr gekonnt. Zu sehr war mir die Heiligkeit des Ortes bewußt geworden.

Der Bär, dessen Schädel in der Finsternis zurückblieb, war einmal Herr dieser Halle gewesen. Er war getötet worden, und man hatte an seinem mächtigen Haupt den Unterkiefer entfernt, damit er nicht mehr zubeißen und töten konnte.

Aber in einem gewaltigen Tier lebt ein gewaltiger, gefährlicher Geist, ein Geist, den man nicht töten kann. Und der Geist des Bären war noch immer Herr der Halle; er mußte mit Opfern, mit Ehrfurcht, mit Huldigungen versöhnt werden, damit er uns nicht schadete, sondern uns seine Kraft verlieh.

Ich verstand plötzlich, warum man Mut brauchte, um die Halle zu betreten. Ich verstand, warum außer den Eingeweihten keine Frauen hier Zutritt hatten. Frauen und Kinder waren zu schwach, um dem Geist des Bären zu widerstehen. Es war einfach zu gefährlich.

Amama hatte schon vorn am Eingang die Lichtschale hingestellt, als ich mit den anderen bei ihr ankam. Sie winkte die beiden Jungen zu sich heran und machte ihnen ein Zeichen, sich hinzuhokken.

Bar ließ sich vor ihr auf dem Boden nieder, und Darra setzte sich mit untergeschlagenen Beinen daneben.

Amama nahm die zweite Klinge, die sie mitgebracht hatte, und beugte sich über die beiden jungen Männer.

«Bar», sagte sie langsam und mit lauter Stimme, «du hast die Jahreswechsel deiner Kindheit und deiner Knabenzeit vollendet. Du hast dem Geist des Bären geopfert und gehuldigt. Empfange die Zeichen des Mannes.» Sie schlug Bars Jacke an der Brust auseinander. Dann schnitt sie schnell und mit fester, sicherer Handbewegung drei tiefe Linien waagerecht auf der rechten Brustseite ein. Bar zuckte nicht mit der Wimper, aber er öffnete den Mund einen Augenblick. Er gab keinen Laut von sich, obwohl es sehr weh tun mußte, das sah ich deutlich. Bar ertrug den Schmerz wie ein Mann.

Amama tupfte das vorquellende Blut vorsichtig mit einem Stückchen Hasenfell ab und wandte sich Darra zu. Sie sagte die gleichen Worte zu ihm, und auch er empfing die drei Schnitte ohne einen Laut.

Als die kurze Zeremonie beendet war, standen die beiden Jäger auf. Sie waren jetzt in die Gemeinschaft der erwachsenen Männer aufgenommen. Ati und die anderen umarmten sie und sprachen ihre Glückwünsche aus.

Dann löschten wir auch die letzte Lampe und machten uns gemeinsam auf den Heimweg.

Bar und Darra waren stolz. Sie wirkten größer als gewöhnlich, so gerade reckten sie sich beim Gehen. Ich war hinter ihnen; ich konnte sehen, wie sie den Kopf hochhielten, der normalerweise ja immer etwas nach vorn geschoben wird. Bars glattes schwarzes Haar flatterte im Herbstwind, und auf Darras muskulösen, dunkel behaarten Schultern glänzte die Sonne. Ich freute mich mit ihnen. Unsere Sippe hatte zwei gute, fähige Jäger dazugewonnen.

Amama schaute mich an und lächelte. Sie schien meine Gedanken zu erraten. «Ja», meinte sie, «du hast recht. Wir können stolz auf die beiden sein.»

Ich lächelte zurück und nickte. Schweigend gingen wir den steinigen Pfad entlang, den viele Generationen vor uns gewandert waren. Die Bäume leuchteten strahlend gelb und rot und rostfarben in der blassen Sonne, der Himmel war von einem schillernden, zarten Weißblau. Im Wind wirbelten die bunten Blätter – es war ein wunderbarer Tag. Ich war glücklich.

Als wir zu Hause ankamen, hatten die Frauen schon Essen fertig. Bar und Darra wurden freudig begrüßt, und die Kleinen standen voller Bewunderung da und starrten ehrfürchtig die blutigen Schnitte an, die die beiden Jungen zu Männern gemacht hatten.

Bar ging geradewegs auf Dadi zu. Er legte ihr, wie es Sitte war, beide Hände auf die Schultern. Er schaute ihr in die Augen, schluckte einmal und stellte die Frage: «Dadi, willst du Feuer und Lager mit mir teilen?»

Ich sah, wie Dadi lächelte und einfach nickte. Bars Gesicht glühte auf. Er wurde flammend rot. Verlegen wandte er sich ab. «Bar», sagte Dadi, «ich habe ja gesagt!»

«Du hast ... ja gesagt?» stotterte er. Dann begriff er, daß er wirklich nicht abgelehnt worden war. Er packte Dadi um die Hüften und stieß einen markerschütternden Jubelschrei aus. Alle lachten.

Bar drehte sich verlegen um. Er fuhr sich mit den Handknöcheln über die vorstehenden Augenbrauen, aber dann faßte er sich, grinste breit und lachte mit.

Die beiden wurden umringt und noch einmal besonders beglückwünscht. Ich drehte mich um und ging leise hinaus. Mir war plötzlich eingefallen, daß mir der Antrag von Darra drohte.

Ich wollte eben den Hang hinunter, als ich schnelle Schritte hinter mir hörte. Ich schaute mich um. Es war Darra.

Er kam in langen Sprüngen den Pfad entlang auf mich zu. Keuchend hielt er an. «Uba», sagte er, «ich habe dir etwas zu sagen. Lauf nicht weg!»

«Komm mit zum Fluß», antwortete ich. «Ich habe dir auch etwas zu sagen.»

Wir stiegen das mit Felsbrocken übersäte Ufer hinab. Ich setzte mich auf einen glatten, rundgewaschenen Stein und deutete auch Darra mit einer Handbewegung an, daß er sich setzen solle. Er ließ sich neben mir nieder und nahm einen Kiesel vom Boden auf. Er drehte den Stein unsicher in der Hand. Er schaute auf die glitzernde Flut hinaus.

«Was wolltest du mir denn sagen?» fragte ich ihn. Darra sah auf seine Füße. «Bar hat Dadi darum gebeten, das Lager mit ihm zu teilen. Ich ... ich wollte dich dasselbe fragen, Uba», sagte er zögernd.

«Laß mir Zeit», antwortete ich. «Weißt du», fuhr ich fort und sah ihn fest an, «ich bin noch nicht so weit, daß ich mich entscheiden kann. Laß mir Zeit bis zur Versammlung der Sippen.»

«Das ist in zwei Tagen», murmelte Darra. «Gut», sagte er dann und schleuderte den Kiesel ins Wasser, «so lange kann ich warten, Uba.»

Er lächelte mich an. Er war offensichtlich erleichtert. Vielleicht hatte er wie Bar eine Ablehnung erwartet. Jetzt leuchteten seine Augen. Er tat mir leid.

«Darra», sagte ich, aber dann biß ich mir auf die Lippen. Nein, ich konnte ihm nicht sagen, daß ich ihn nur akzeptieren würde, wenn Dor mich übermorgen nicht fragte. Das hätte ihn gekränkt, und ich wollte ihn nicht kränken. Er sollte nicht das Gefühl haben, daß ich ihn nur nahm, weil sonst niemand da war.

Wir saßen ein Weilchen schweigend da und schauten auf den Fluß hinaus, dessen unruhiges Wasser in der bleichen Herbstsonne glitzerte. Darra nahm noch einen Stein und warf ihn mit Schwung in die Strömung; die Wasserperlen blitzten. Über uns zog in langer Reihe eine Schar Wildgänse.

Ich schaute den Vögeln nach, und eine Sehnsucht ergriff mich plötzlich. Ich wußte nicht, wonach ich mich sehnte, aber es tat weh. Ich stand auf und stieg langsam wieder den Hang hinauf. Darra ging neben mir. Wir sagten nichts auf dem Heimweg.

Bar hatte vorgeschlagen, mit Dadi eine neue Feuerstelle am hinteren Ende der Wohnung zu bauen. Aber Zat, der sein Feuer ganz für sich allein hatte, seit seine Frau gestorben war, bot den beiden an, ihr Lager bei ihm zu errichten. Bar und Dadi waren sofort einverstanden. Zat war freundlich und umgänglich, und außerdem meinte Dadi, er brauchte in seinem Alter jemanden, der sich um ihn kümmerte.

Bar packte sein Schlaffell und seine Waffen und Werkzeuge und brachte die Sachen zu Zats Feuer, während Dadi alles, was ihr gehörte, an unserem Feuer zusammenpackte. Es ging sehr schnell, denn viel gab es ja nicht umzuräumen. Als ich Dadis Schneideplatte und den Mahlstein auch noch hinübergetragen hatte, war der Umzug erledigt.

Zat sah sehr zufrieden aus. Er mußte sich nun nicht mehr selbst um das Kochen kümmern, und er war abends an seinem Feuer nicht mehr so oft allein. Bar holte aus dem Wald neue Fichtenreiser zur Unterlage für den Schlafplatz. Auch Zats Lager wurde gleich mit erneuert. Bald war aus dem kleinen Feuerplatz ein richtiges Familienkochfeuer geworden. Glücklich hielt der alte Mann Dadis Baby im Arm und ließ sich lächelnd von dem kleinen Jungen die zottigen Bartsträhnen zerzausen. Anta, Cona und ich setzten uns noch eine Weile zu dem frischgebackenen Paar und dem alten Mann und wir plauderten. Alle waren froh. Nur ich fühlte mich irgendwie unglücklich.

Als ich später auf meinem Schlaffell lag, konnte ich lange nicht einschlafen; als mir dann endlich doch die Augen zufielen, träumte ich unruhig und verworren. Am Morgen wachte ich mit Tränen in den Augen auf. Ich hatte geweint – ich wußte nicht, warum.

6

Der Tag der Versammlung war einer der wichtigsten Tage im Jahr. Die Jäger, die Heilkundigen und die ungepaarten jungen Männer und Frauen kamen dann an einem vorher bestimmten Platz zusammen. Die Nachbarn besprachen miteinander, wann die gemeinsame Jagd stattfinden sollte, die Heilkundigen tauschten Erfahrungen aus, und dic jungen Männer und Frauen hatten die Möglichkeit, bei einer anderen Sippe einen Partner zu finden. Frauen, die schon gepaart waren, und auch die Alten konnten ebenfalls zur Versammlung gehen, wenn sie Lust hatten; viele taten das auch. Aber so manche Frau hatte keine Zeit. Arbeit und Kinder hinderten sie daran, teilzunehmen. Dann sprach man sich ab, teilte die Arbeit auf oder ging einfach das nächste Mal.

Dieses Jahr sollte das Treffen auf dem Platz vor der Halle der Jäger abgehalten werden. Ich war nervös und fühlte mich zittrig. Es war das erste Mal, daß ich beim Fest dabei war; als wir am frühen Morgen losgingen, war mir richtig übel vor Aufregung.

Ich trug mein schönstes Kleidungsstück, einen weichen, weiten Umhang aus Wieselfellen. Die kurzen Wieselschwänze waren um die Armschlitze herum angenäht. Meine Wangen hatte ich mit dem Saft der Färberröte eingerieben, und auch mein Haar war frisch gewaschen und eingefettet. Amama, die neben mir ging, spürte meine Unruhe und legte mir zärtlich die Hand auf den Arm. «Du bist hübsch, Uba», meinte sie lächelnd. «Du wärst es auch ohne die

Farbe und in einem einfacheren Umhang. Mach dir keine Sorgen. Die jungen Männer werden dich schon nicht übersehen.»

«Ach, Amama», antwortete ich und schaute sie unsicher an, «das ist es ja nicht. Ich weiß, daß ich genausogut aussehe wie die anderen Frauen. Ich habe nur Angst, daß ...»

Amama sah mich scharf an. «Du hast Angst, daß ein ganz bestimmter junger Mann dich nicht bemerkt, ja?»

Ich nickte stumm. So genau war mir das selbst nicht bewußt gewesen. Amama war sehr klug und erfahren. «Ja», sagte ich leise, «was soll ich nur machen?»

Amama streichelte mir übers Haar. «Du kannst gar nichts machen, Kind», meinte sie sanft. «Warte einfach ab. Und sei wieder fröhlich. Es hat keinen Sinn, sich aufzuregen, wenn man noch gar keinen Grund dazu hat, weißt du?»

Amama hatte recht. Ich hob den Kopf und schaute nicht mehr auf meine Füße. Ich ließ den Blick über die Bäume und Sträucher wandern, die heute besonders hell und leuchtend in der Sonne standen. Ich würde einfach abwarten.

Alle waren schon auf dem Platz vor der Halle der Jäger versammelt, als wir ankamen. Ich sah die vielen Menschen, die sich in kleinen Gruppen dort niedergelassen hatten, und mein Herz schlug mir plötzlich bis zum Hals. Ich umklammerte Amamas Hand und drückte mich an sie. Aber die alte Frau lächelte mich nur an und sagte: «Du bist meine Nachfolgerin, Uba. Komm, sei nicht bange. Wir wollen uns dazusetzen.»

Ich nickte und schluckte den Kloß hinunter, der mir in der Kehle saß. Mir war heiß und kalt zugleich. Ich folgte Amama, die gebeugt, aber mit festen Schritten auf den Festplatz trat und sich einen Weg durch die Menschen suchte. Hier und da sah sie Bekannte, die sie freundlich begrüßte. Alle begegneten ihr mit großer Achtung und rückten beiseite, um sie durchzulassen.

Ich hielt mich dicht hinter ihr. Am Rand des Platzes, unter einem Haselbusch, fanden wir eine freie Stelle, wo wir uns setzen konnten. Zwei alte Frauen, die wie Amama heilkundig waren, winkten uns zu sich. Amama, die sie schon lange kannte, wollte sich mit ihnen unterhalten. Wir ließen uns nieder, und dann – sah ich Dor.

Er stand auf der anderen Seite mit einer Gruppe von Jägern zusammen. Er hatte mir den Rücken zugekehrt, aber ich wußte, daß er es war. Ich starrte hin, und ich mußte einen Aufschrei unterdrükken, so zog sich mir das Herz zusammen. All die Menschen, die um mich her saßen oder standen, verschwanden plötzlich aus meinem Gesichtskreis. Ich sah nur noch ihn.

Sein schwarzes, welliges Haar glänzte im Sonnenschein; das Hemd aus gekälktem Leder, das er trug, leuchtete wie Schnee.

Ich spürte, wie Amama mir die Hand auf die Schulter legte und irgend etwas sagte. Ich verstand die Worte nicht. Ich starrte zu Dor hinüber, und die Stimmen um mich herum wurden zu einem undeutlichen Geräusch, wie das Murmeln von Wasser. Ich stand auf.

Dor drehte sich um. Er sah mich auch. Er ließ die Hand sinken, mit der er gerade eine Bemerkung unterstrichen hatte, und stand ganz still. Dann ließ er die Männer, denen er etwas erzählt hatte, einfach stehen und kam mit langsamen, zögernden Schritten auf mich zu.

Ich war wie betäubt. Jetzt stand er vor mir. «Uba?» fragte er. Ich hörte den Klang des Wortes nicht, ich sah nur die Bewegungen seiner Lippen. Amama sagte wieder etwas, aber ich hörte nur mein Blut in den Ohren rauschen.

Dor sagte: «Komm.» Ich fühlte, wie seine Finger meine Hand fest umschlossen, so, als ob wir zusammengewachsen wären. Er zog mich mit, und ich folgte ihm. Wir verließen den Platz. Ich spürte die Blicke der anderen, die uns nachstarrten, aber es war mir gleich. Dor war da – er hatte mich gesehen. Und er ging neben mir.

Bei einem Gebüsch aus jungen Ahornbäumen, die in strahlendem Gelbrot flammten, blieb Dor stehen. Er setzte sich ins Gras und zog mich neben sich. Er sah mich an – seine Lippen bewegten sich wieder, und ich schloß die Augen. Ich legte mich auf den Rücken. Das Gras war kühl und feucht. Wenn dies alles ein Traum war, dann wollte ich noch nicht aufwachen.

Dor berührte mit dem Finger ganz sacht meine Augenlider. «Sieh mich an, Uba», sagte er. «Hör mir zu. Du mußt mir etwas sagen...» Ich blickte zu ihm auf. Über mir leuchteten die Ahornblätter; sein Gesicht war davon eingerahmt. «Was?» fragte ich. Meine Stimme klang ganz leise.

«Ich hab dich gesucht», sagte Dor, «überall bei der Halle, am Fluß, im Wald und an den Felsen. Du warst nie da...»

«Ich hab dich auch gesucht», flüsterte ich zurück. «Aber ich hab dich nicht gefunden, Dor.»

Seine Finger krallten sich plötzlich in meinen Arm. «Hast du schon einen Mann?» fragte er, und seine Stimme zitterte.

«Nein», antwortete ich. «Nein...»

Seine Augen glänzten. «Sag mir: Willst du mich nehmen, Uba?» fragte er.

«Ja...»

Er streichelte mein Gesicht und wischte ein bißchen von der Farbe ab, mit der ich mich bemalt hatte. Er lächelte. Er sah sehr verwegen aus. Dann zog er mich vom Boden hoch und nahm mich in die Arme. Ich fühlte seine straffen Muskeln unter der glatten Haut, und ein ganz neues, wildes Gefühl stieg in mir auf. Seine Hände glitten über meinen Rücken, über meine Hüften. Meine Haut brannte überall, wo er mich berührte. Ich preßte die Lippen auf das weiche Haar an seiner Schulter und streichelte zärtlich seinen breiten Nakken.

«Und du hast keine andere Frau, nicht wahr, Dor?» flüsterte ich und vergrub meine Hand in seinem dichten, lockigen Haar.

«Nein ...» sagte er. Seine Stimme war leise und rauh. «Dich will ich. Im Traum hast du mir schon gehört ...»

Ich bog den Kopf zurück und sah ihn an. Der Wind war kalt, aber ich glühte. Ich drängte mich fester an ihn. Er holte heftig Atem, seine vollen Lippen öffneten sich leicht. Die breiten Augenbrauen, die wie ein dunkles Flügelpaar in der Mitte zusammengewachsen waren, runzelten sich, und er schloß die Augen. Ein leidenschaftlich-gespannter Ausdruck lag auf seinem Gesicht – ein Ausdruck, den ich noch nie gesehen hatte. Dor packte mich so hart an den Hüften, daß es fast weh tat.

Mir rauschte das Blut in den Ohren. Ich schlang die Arme um seinen Nacken, und wir rollten ins Gras. Ich spürte sein Gewicht auf mir, und seine nackte Haut. Er löste den Gürtel aus Hirschleder, der meinen Umhang in der Taille festhielt, und streifte mir das Kleidungsstück langsam ab. Seine Fingerspitzen wanderten über meine Brust, meinen Bauch, meine Schenkel. Ich zitterte und zog ihn zu mir herunter; ich wollte, daß er irgend etwas tat, aber ich wußte nicht, was.

Ich biß ihn in die Schulter, ich grub meine Nägel in seinen Rükken, und er keuchte meinen Namen. Zweige knackten. Jemand rief mich. Darra stand da – fast über uns.

Dor fuhr hoch und starrte Darra an. «Was willst du denn hier?» schrie er ihn an.

«Ich hätte eher einen Grund, zu fragen, was du hier machst», zischte Darra. Er war zornrot. «Du hattest mir versprochen, Uba, daß du mir heute meine Frage beantwortest.» Seine Augen funkelten. Dann wandte er sich wieder zu Dor. «Uba gehört mir», fuhr er mit eiskalter Stimme fort. «Ich habe sie vor drei Tagen gefragt, und sie hat mich nicht abgelehnt.»

Dor schaute mich an. «Ist das wahr?» wollte er wissen. «Hast du ja gesagt?»

Ich richtete mich auf und zog meinen Umhang über. Ich fror plötzlich. «Nichts ist entschieden», sagte ich, «nichts ...»

Dor stand auf und strich sein Hemd glatt. Er wischte sich mit dem Handrücken über die Stirn, als ob er gerade aufgewacht wäre. «Wem willst du folgen, Uba», fragte er, «ihm – oder mir?»

Ich wollte rufen: «Dir, dir!» Ich wollte ihn umarmen, aber ich konnte nicht. Als ich Darra vertröstet hatte, da hatte ich einen schweren Fehler begangen. Ich hatte nicht nein gesagt, sondern ihm für heute abend eine Antwort versprochen. Und dabei liebte ich Dor ...

Ich stand auf und trat dicht an ihn heran. Ich nahm seine Hand und lehnte den Kopf an seine Schulter. «Ich liebe dich», flüsterte ich so leise, daß nur er es hören konnte. Dor richtete sich hoch auf.

«Ich gebe dir Uba freiwillig nicht zurück», sagte er zu Darra.

Der schaute mich wild an. «Ati soll das entscheiden», meinte er mit zornbebender Stimme. Er packte mich am Handgelenk. Dor hob die Faust.

«Bitte», sagte ich und versuchte Dors Blick auszuweichen. «Ich allein bin schuld daran, Dor. Darra hat ein Recht auf eine offene Antwort.»

«Ati soll entscheiden», wiederholte Darra. Er zog mich hinter sich her. Ich folgte ihm willenlos. Darra hatte mein Versprechen. Ich mußte es halten. Mein Traum war vorbei.

Dor ging hinter uns her. Er war leichenblaß geworden. Mir war sterbenselend. Über mein Gesicht strömten Tränen.

Ati saß mit anderen Jägern am Rand des Platzes. Er blickte verwundert auf, als er uns kommen sah. Er runzelte die Stirn und machte den Mund auf, um etwas zu sagen. Dann bemerkte er die Tränenspuren auf meinen Wangen. «Was ist los?» wollte er wissen.

«Uba hat mir für heute ihr Ja versprochen», sagte Darra. «Aber eben habe ich sie mit dem hier», er zeigte auf Dor, «im Wald gefunden. Der sagt, er gibt sie freiwillig nicht zurück. Entscheide du, Ati, wer sie haben soll.»

Ati starrte mich ungläubig an. «Du hast dich einem versprochen, und dann noch einem zweiten?» fragte er mich fassungslos.

Ich mußte wieder weinen. Die Knie zitterten mir. Ich schaute Ati in die Augen und stammelte: «Ich wollte Darra nicht durch eine Ablehnung beleidigen, weil ich ihn achte und gern mag. Aber Dor ... Dor liebe ich ...»

Ati kratzte sich den Bart. Er strich sich mit der Handfläche über das fliehende Kinn und überlegte. Die anderen Jäger spähten neugierig zu mir herüber; auch die Frauen waren aufmerksam geworden und hatten sich zu uns umgedreht.

Nach einer Weile schaute Ati zu den beiden jungen Männern auf. «Ihr wollt diese Frau beide haben?» fragte er.

Darra nickte heftig.

Dor sah mich an und senkte den Kopf. «Ja», sagte er leise.

«Dann kämpft um sie», meinte Ati trocken. «Schlagt euch mit Fäusten. Ihr seid fast gleichaltrig. Der Gewinner soll sie haben. Das sage ich.»

Blitzschnell sprach es sich überall herum, daß ein Faustkampf um eine Frau stattfinden sollte. Die Mitte des Platzes wurde frei gemacht, und die Leute setzten sich dicht zusammen an den Rand. Sie musterten mich, teils neugierig, teils mißbilligend, und auch Dor und Darra, die sich auf dem kiesigen, unebenen Boden gegenüberstanden, wurden angestarrt und abgeschätzt.

Ich warf Ati einen flehenden Blick zu. «Ati», sagte ich, «du kannst die beiden doch nicht kämpfen lassen! Ich bin ja schuld an ihrem Streit! Ich bin bereit, Darra zu nehmen, weil ...»

«Genug», donnerte Ati, «der Sieger soll dich haben, und wenn keiner gewinnt, dann bleibst du allein!» Er hob befehlend die Hand. «Ihr seid Zeugen!» rief er den Leuten zu, die jetzt alle zu ihm herüberschauten. «Derjenige von den beiden, der zuletzt noch auf den Beinen ist, soll die Frau haben!»

Der Kampf begann. Dor und Darra umkreisten sich wie Raubtiere. Sie waren beide gleich groß und kräftig, obwohl Darra noch nicht so viele Sommer erlebt hatte wie Dor.

Ich stand starr da; meine Hände waren so fest verkrampft, daß ich sie nicht mehr spürte. Ich wollte Dor den Kampf ersparen und gleichzeitig Darra davor schützen, daß er das Gesicht verlor, aber Ati hatte diese Lösung befohlen, und ich konnte nichts mehr dagegen tun. Ich sah die Gesichter der beiden – sie waren bereit für den Kampf. In Darras Augen spiegelte sich Zorn auf den Rivalen; Dors Blick war ruhig. Nur eine heiße Leidenschaft lag darin – der Wunsch, mich zu gewinnen.

Sie sprangen sich an wie zwei Katzen, sie umklammerten sich und versuchten, sich gegenseitig zu Boden zu reißen. Sie rangen lautlos, mit wilden, angespannten Gesichtern.

Dor machte sich mit einer kraftvollen Armbewegung von Darra frei. Er tänzelte ein paar Schritte rückwärts, holte aus und schlug genau und schnell mit der geballten Faust zu. Er traf Darra an der Brust.

Darra taumelte, verlor für einen Augenblick fast das Gleichgewicht, stürzte sich dann mit einem Wutschrei auf Dor. Er erwischte ihn mit den Fingerknöcheln an der Stirn. Die Haut platzte auf, Blut floß Dor in die Augen.

Ich biß mir so fest auf die Lippen, daß ich selber blutete. Die

Leute, die gespannt zusahen, murmelten begeistert. Dor hatte Darra wieder hart mit der Faust getroffen, diesmal an der Schulter. Darra brüllte. Sein Schlag traf Dor mitten ins Gesicht. Knochen knackte, Blut tröpfelte in den Kreis. Ich preßte die Hände auf die Augen. Ich zuckte zusammen, als ob ich selbst getroffen wäre.

Die Zuschauer feuerten jetzt die Kämpfer mit Zurufen an. Ich zwang mich, die Augen wieder aufzumachen. Dors Gesicht war vor lauter Blut kaum noch zu erkennen. Darra hatte keine Verletzungen. Ich zitterte so sehr, daß ich kaum noch stehen konnte. «Du mußt gewinnen, Dor», flüsterte ich, «du mußt gewinnen ...»

Darra tobte vor Wut. Ich sah es an seinen Augen, an seinem verzerrten Gesicht. Darra würde alles tun, um seinen Gegner zu besiegen. Jedes Mittel war ihm recht dazu. Ich begriff plötzlich, daß dies kein gewöhnlicher Faustkampf war. Darra hatte die größeren Chancen, zu gewinnen. Er war wütend. Und Dor würde vielleicht verlieren, weil er ehrlich kämpfte ...

Darra schlug wieder zu. Er zielte immer auf das Gesicht des Gegners. Dor trat unsicher einen Schritt zurück und schüttelte den Kopf wie ein verwundeter Bär.

Darra schoß auf ihn los. Er trat ihm gegen die Knie. Dor stürzte und schürfte sich die Arme an den spitzen Steinen auf. Schwankend erhob er sich wieder. Sein ungezielter Schlag streifte Darra am Oberarm.

Darra lachte: «Sie gehört mir, Schwächling!» schrie er. «Du kriegst sie nie ... nie!»

Ich hörte die Worte. Angst stieg in mir auf. Ich erstickte fast daran.

Da hob Dor den Kopf und starrte Darra an. «Warum beleidigst du mich?» fragte er ruhig.

Darra lachte laut. Er bückte sich blitzschnell, hob einen Stein auf und schleuderte ihn. Er verfehlte Dor um eine Fingerbreite.

Dor ballte beide Fäuste. «Du willst Uba gar nicht – du willst nur, daß ich sie nicht kriege!» rief er. Blut rann aus seiner Nase und von seiner Stirn.

Darra sprang wieder auf ihn los.

Dann war der Kampf plötzlich zu Ende. Dors Fäuste flogen so schnell und trafen so genau, daß niemand begriff, warum Darra auf einmal am Boden lag. Er lag still, rührte sich nicht mehr, und er machte keine Anstalten, aufzustehen.

Ich starrte Darra an, dann Dor. Ich konnte es nicht fassen. Dann rannte ich auf den Kampfplatz. Ich stolperte, fiel hin, rappelte mich hoch, fiel noch einmal hin. Dor nahm mich in die Arme. «Darra ist nur bewußtlos», murmelte er. «Gleich kommt er wieder zu sich ...»

Ich lachte und weinte auf einmal. Ich ließ meinen Tränen einfach freien Lauf. Ich brachte kein einziges Wort heraus.

«Willst du mich noch immer?» flüsterte Dor und sah mich an. Ich blickte zu ihm auf und berührte vorsichtig mit dem Finger seine Nase. Er zuckte zusammen. Sie war gebrochen. Ich legte den Arm um seine Taille. «Ja, ich will dich noch, auch mit dem zerschlagenen Gesicht», sagte ich leise.

Dor reckte sich auf und schaute zu Ati hinüber. «Ich habe gewonnen», meinte er einfach. Dann nahm er mich an der Hand und führte mich vom Kampfplatz.

Wir gingen weg. Hinter uns schwoll das Stimmengewirr an. Die Jäger sprachen über den Kampf; sie lobten und lästerten und redeten sich die Köpfe heiß, aber wir wollten allein sein. Wir fanden einen ruhigen Platz, etwas abseits vom Hang. Dort sprudelte eine kleine Quelle aus dem Fels, und Dor wusch sich das Blut vom Gesicht ab.

Ich untersuchte die Platzwunde an der Stirn. Sie ging nicht tief, aber sie war lang und blutete jetzt wieder. Auch aus der Nase sikkerte noch immer Blut.

«Darum muß ich mich kümmern», sagte ich und streichelte sein feuchtes Haar. «Aber wenn die Nase wieder heil ist, wirst du noch schlimmer aussehen.»

Er lächelte mich an. «Du hast doch gesagt, es macht dir nichts aus ...» meinte er.

Ich stand auf und suchte Spitzwegerich und Salbeiblätter für den Verband.

Amama saß bei Darra, als wir am späten Nachmittag zum Versammlungsplatz zurückkehrten. Sie winkte mich zu sich herüber. Dor kam mit. Er sah merkwürdig aus mit dem Stirnverband, den ich aus einem Streifen seines Jagdhemdes gemacht hatte. Ich hatte die Platzwunde mit Wegerichblättern belegt und sie mit dem Lederstreifen fest an den Kopf angewickelt. In Dors Nasenlöchern steckten Röllchen aus Salbei und Wegerichblättern, die ich tief hineingeschoben hatte. Sie waren jetzt kaum noch zu sehen.

Dor hatte die Behandlung heldenhaft ertragen. Er hatte kaum gezuckt, aber Tränen waren in Strömen aus seinen Augen geflossen. Es war sehr schmerzhaft gewesen. Eine Zeitlang würde ich die Röllchen täglich erneuern müssen, damit die Nase offenblieb. Denn sonst war es möglich, daß der Knochen falsch zusammenwuchs und Dor später nicht mehr richtig atmen konnte.

Wir schauten auf Darra hinab. Er hatte noch Kopfschmerzen und war ein bißchen benommen, aber eigentlich verletzt war er nicht. Ich kniete mich neben ihm nieder, aber er wich meinem Blick aus. «Darra», sagte ich, «verzeihst du mir?»

«Was soll ich dir verzeihen», grollte er. «Daß du den da liebst?» Er machte eine Kopfbewegung zu Dor hinüber. «Weißt du, ich war so wütend ... Ich hatte fest damit gerechnet, daß du meine Frau würdest.» Er schaute mich jetzt doch an. «Es war mein Ehrgeiz, dich zu kriegen. Ob ich dich liebe ... nein, ich glaube nicht ...»

«Bist du immer noch wütend?» fragte ich.

«Ja», antwortete Darra ehrlich. «Ich bin wütend auf mich selbst. Ich wollte dich haben, weil du ... weil du einen wichtigen Platz in unserer Sippe einnimmst. Durch dich wäre ich selbst im Ansehen gestiegen.» Er nahm meine Hand. «Es tut mir leid», sagte er leise und senkte den Kopf wieder.

Dor hockte sich neben ihn. «Du hast mit Anstand verloren, auch wenn du ganz schön hart zugeschlagen hast», meinte er und zeigte auf seine Nase. «Wenn du willst, dann soll alles vergessen sein.» Er lächelte ein etwas schmerzhaftes Lächeln. «Meine Familie ist heute auch hier. Es wäre schön, wenn du später mal zu uns herüberkommen würdest.»

Darra setzte sich auf und starrte Dor voller Staunen an. «Ich habe dir das Gesicht eingeschlagen, und du willst, daß ich deine Familie kennenlerne?» fragte er verblüfft. «Ja», sagte Dor einfach.

Wir gingen hinüber zur anderen Seite des Festplatzes. Überall brannten jetzt Feuer, und Fleisch wurde gebraten. Dors Mutter saß mit ihrer ältesten Tochter unter einem halb entlaubten Holunderbusch. «Ein guter Kampf», sagte sie, als wir herankamen. «Aber er hätte ein bißchen mehr nach den Regeln geführt werden sollen ...»

Darra errötete und zog den Kopf ein. Dors Schwester lächelte ihn an. «Trotzdem – du hast es meinem hochnäsigen Bruder ganz schön gegeben», meinte sie. «Geschieht ihm recht. Warum muß er auch immer ...»

Dor legte den Arm um mich. Ich lehnte mich an ihn. Dors Schwester brach mitten im Satz ab. Sie musterte uns und fuhr fort: «Ich hätte nie geglaubt, daß du jemals die Richtige finden würdest, Bruder ...»

Dors Mutter bot uns einen Streifen Rentierfleisch an. Wir aßen mit Appetit. Dors Schwester teilte mit Darra. Die beiden verstanden sich sofort und unterhielten sich eifrig, während sie aßen. Auch die Mutter sprach mit ihnen. Keiner hielt uns zurück, als wir nach einer Weile aufstanden und weggingen.

Die Versammlung dauerte immer bis in die Nacht, aber Dor und ich hielten es unter den vielen Menschen nicht aus. Wir gingen zum Fluß hinunter und wir saßen im kalten Mondlicht unter den Sternen, bis am Hang vor der Halle die letzten Feuer gelöscht wurden.

Erst dann standen wir auf und gingen zum Festplatz zurück. Amama und Ati waren noch da. Die alte Frau sah mich forschend an. «Hast du Dor schon gesagt, daß du einmal meine Nachfolgerin werden sollst, Uba?» fragte sie.

«Ja», antwortete er für mich. «Ich weiß, Uba würde ihre Sippe nicht im Stich lassen. Wenn es euch recht ist, dann legen wir uns in eurer Wohnung ein neues Kochfeuer an.»

Ich nickte begeistert.

«Wir haben viel Raum in der Halle», sagte Ati zustimmend.

Amama meinte: «Uba lernt noch. An meinem Feuer ist Platz genug für drei.» Sie lächelte; sie wirkte auf einmal sehr alt und schmal und zerbrechlich. «Bald wird mehr Platz sein ...» fügte sie nachdenklich hinzu.

«Amama», flüsterte ich erschrocken. «So etwas darfst du nicht sagen! Du mußt noch lange bei uns bleiben!»

«Ich bin alt, Kind», antwortete sie ruhig. «Mir bleibt nicht mehr viel Zeit.»

Trotz meiner Freude stieg plötzlich Angst in mir auf. Die Nachtluft umwehte mich kühl und feucht; sie drang durch meinen Umhang bis auf die Haut. Ich lehnte mich einen Augenblick an Dor; dann verging das böse Gefühl wieder.

Wir machten uns auf den Heimweg. Dor kam gleich mit. Er würde seine Waffen, seine Kleidung und sein Werkzeug morgen holen.

Ati, der vorausging, drehte sich zu uns um und sagte zu Dor: «Darra hat deine Schwester gefragt, ob sie das Feuer mit ihm teilt. Sie hat ihn genommen. Darra will zu deiner Sippe ziehen.»

«Der arme Darra! Er ist wirklich zu bedauern», meinte Dor und schmunzelte. «Gegen meine Schwester Dru kann er nicht gewinnen.»

Darüber mußte Ati lachen. «So», brummte er. «Deine Familie ist anscheinend sehr streitbar.»

Wir gingen schweigend weiter. Der Wind war sehr kalt, und ich spürte die Steine unter meinen nackten Füßen. Bald würden wir wieder unsere Fußkleidung tragen müssen – die unförmigen Pelzhüllen, die an den Waden über den Beinlingen festgeschnürt wurden. Bald würde es schneien. Und dann kam der Frost. Wir fürchteten die Kalte Zeit. Sie war die härteste, gefährlichste Zeit des Jahres.

Aber ich hatte ja Dor. Er war ein tüchtiger Jäger; mit ihm würde ich gut über den Winter kommen.

Er legte den Arm um meine Schultern. Es war schön, in seiner Nähe zu sein. Ich sehnte mich nach ihm.

Als wir bei unserer Wohnung angekommen waren, lagen schon alle in tiefem Schlaf. Nur Bis, die in dieser Nacht auf das Feuer zu achten hatte, war noch wach. Leise, um meine Mutter und Asa nicht zu stören, holte ich mein Schlaffell und brachte es zu Amamas Feuer hinüber. Dor half mir beim Auslegen der Tannenreiser und beim Ausbreiten des Fells. Amama lieh uns einen weiten Umhang aus Wolfspelz, damit wir nicht frieren mußten. Sie rollte sich gleich auf ihrem Lager in die eigene Schlafdecke und wandte sich von uns ab.

Die Feuer waren erloschen. Nur in der großen Feuergrube am Eingang glühten die verkohlten Holzstücke. Dor umarmte mich schweigend, und dann war das glühende, neue, unbekannte Gefühl wieder da. Ich gab mich seinen Liebkosungen hin. Ich streichelte seinen glatten, weichbehaarten Rücken; seine Hände waren sanft und unsanft zugleich, zärtlich und grob. Niemand würde uns jetzt stören – ich gehörte ihm.

Ich legte mich langsam auf das Fell zurück, und er kniete sich vor mir nieder. Er beugte sich über mich – ich konnte sein Gesicht in der Dunkelheit nicht erkennen, aber ich spürte seine Lippen auf meinem Hals, auf meiner Brust. Er berührte die empfindliche Stelle zwischen meinen Schenkeln, ich zuckte zusammen, eine heiße Welle überflutete mich. Ich drängte mich ihm entgegen, und er umfaßte meine Hüften und preßte sich an mich. Sein Atem ging schnell und heftig. Er ließ mich los, umklammerte mich dann noch fester. Ein scharfer Schmerz durchfuhr meinen Körper, als er in mich eindrang, und ich schrie leise auf. Aber das neue Gefühl war stärker. Es wallte in mir auf, überrollte mich immer wieder, immer wieder. Dor bewegte sich sanft in mir; sein Gesicht lag an meiner Schulter; tief aus seiner Kehle kamen atemlose, zärtliche Laute. Seine Muskeln zitterten wie im Krampf. Ich paßte meine Bewegungen dem leisen Rhythmus an; schon oft hatte ich gesehen, wie die anderen Paare sich so bewegten. Aber ich hatte nicht einmal im Traum geahnt, wie wunderbar das sein konnte. Ich war gefühllos und gleichzeitig voll von Gefühlen. Mein Körper schien einen eigenen Willen zu haben, er gehorchte mir nicht mehr. Dor war wie ein Teil von mir. Ich streichelte seine Flanken, und es war, als ob ich meine eigene Haut berührte.

Er bewegte sich schneller, meine Finger verkrampften sich. In mir schwoll ein Gefühl, ein unbeschreiblich lustvolles Gefühl. Es wurde stärker, immer stärker, bis es fast unerträglich war. Ich bäumte mich unter Dor auf, ich warf mich gegen ihn. Ich vergrub mein Gesicht in seiner Halsbeuge, damit niemand die krampfhaften, keuchenden Schluchzer hörte, die sich mir unfreiwillig entrangen. Ich war blind und taub – einen langen, wunderbaren Augenblick fühlte ich nur.

Dor schien dasselbe zu empfinden wie ich. Er atmete hart und rauh. Er riß mich fest an sich, seine Finger zuckten. Einen Augenblick lang erstarrte er – dann kam ein tiefes, heiseres Stöhnen aus seiner Kehle. Er bewegte sich wild – dreimal, viermal –, umklammerte mich und suchte heftig mit dem Mund meine Lippen. Er küßte mich; dann atmete er tief auf.

Ganz langsam verebbte die herrliche Erregung. Lange lagen wir eng aneinandergeschmiegt; unsere Körper waren schweißnaß, aber wir spürten die Kälte erst nach einer Weile.

Dor stützte sich auf die Ellbogen und zog den Wolfspelz über mich. «Hab ich dir sehr weh getan?» flüsterte er.

Ich küßte das weiche, glatte Haar auf seiner Brust, das sich wie ein Fellstreifen bis zu seinem Nabel zog, und schüttelte den Kopf. «Nein», antwortete ich leise, «nur ein bißchen ...»

Er legte sich neben mich und zog mich an sich. Der Umhang, den Amama uns gegeben hatte, war weit und reichte für uns beide. Ich bettete meinen Kopf in der weichen Höhlung an seiner Schulter, wo ich seinen Herzschlag hören konnte. Seine Hand lag auf meiner Hüfte. Ich fühlte mich so geschützt, so voller Frieden, wie noch nie in meinem Leben. Bald schliefen wir ein.

Es war schon hell, als ich am nächsten Morgen die Augen aufschlug. Ich lag noch immer an Dors Schulter. Ich hob den Kopf, richtete mich auf und lächelte ihn an. Er war schon wach.

Dor drehte sich auf die Seite und stemmte sich mühsam hoch. Er verzog schmerzhaft das Gesicht und massierte seinen Arm.

«Was ist denn?» fragte ich und schaute ihn besorgt an. «Mein Arm», sagte Dor und grinste gequält. «Er ist eingeschlafen. Junge ... das kribbelt vielleicht ...»

«Ach du liebe Zeit ... daran bin ich schuld! Warum hast du mich denn bloß nicht geweckt, Dor?»

Er streichelte mich zärtlich. «Du hast so friedlich dagelegen – wie ein Baby. Ich hab's einfach nicht übers Herz gebracht», meinte er und rieb sich das Handgelenk.

Ich mußte lachen. «Still», flüsterte Dor und lachte leise mit. «Die anderen brauchen ja nicht zu merken, daß ich eine Schwäche für dich habe ...»

Er nahm mich in die Arme und drückte mich so fest, daß ich fast keine Luft mehr bekam.

7

Es war der letzte Mond des Herbstes; das Wetter hatte seit einigen Tagen eiskalten Regen gebracht, und wir trugen schon die warme Winterkleidung. Ati machte sich Sorgen wegen der Vorratsgruben, die noch immer fast leer waren, und die Jäger waren Tag für Tag unterwegs. Die Arbeit riß nicht ab; niemand gönnte sich eine Ruhepause. Auch ich war den ganzen Tag beschäftigt, entweder bei der Amama oder mit der Vorbereitung auf den Winter. Aber ich machte mir keine Sorgen. Ich war glücklich. Es war die glücklichste Zeit meines Lebens.

Seit Dor und ich zusammen waren, hatte sich mein Leben sehr verändert, obwohl mein Tagesablauf fast der gleiche geblieben war. Ich lernte bei der Amama weiterhin das Behandeln der Wunden und Krankheiten. Besonders jetzt im Spätherbst gab es viel zu kurieren. Die Kinder hatten oft einen wunden Hals, Zat plagte das Gliederreißen, und die Männer kamen häufig mit Verletzungen nach Hause. Dadis Baby bekam dauernd neue Zähne; es weinte oft, und ich gab ihm dann eine Iriswurzel zum Kauen. Aber erst abends, wenn Dor mit den anderen Männern von der Jagd zurückkam und wenn wir nebeneinander bei unserem Feuer saßen und er mir erzählte, wie die Jagd verlaufen war, fing für mich der Tag richtig an. Für uns zählte nur die Zeit, die wir miteinander verbrachten.

Während der ersten Tage nach der Versammlung waren uns die anderen so oft wie möglich aus dem Weg gegangen. Dor war nicht mit den Männern zum Jagen ausgezogen. Wir waren zu zweit im Wald herumgestreift, wir hatten die Einsamkeit gebraucht, weil unsere Sehnsucht uns zueinandertrieb und unsere Liebe zu neu und überwältigend war.

Als Dor dann eines Morgens zum erstenmal wieder mit den anderen wegging und mich alleinließ, da hatte ich geweint. Es war schwer gewesen, sich wieder an das normale Leben zu gewöhnen. Aber der Abend gehörte immer noch uns, und manchmal konnte ich Dor während des Tages begleiten.

Auch heute war Dor nicht mit den Jägern ausgezogen. Er wollte

Brennholz schlagen und hatte versprochen, mich mitzunehmen. Am Vormittag gingen wir los.

Die bleiche Sonne konnte den Nebel kaum durchdringen. Es war kalt; nur ein paar einzelne braune Blätter hingen noch an den nassen Zweigen. Die Stämme der Buchen waren von der Feuchtigkeit wie von einer glatten Haut überzogen, und auf den unzähligen runden Spinnennetzen, die an den gelben Gräsern, an den welken Kräutern und in den Büschen ausgespannt waren, glitzerten die Nebelperlchen wie Silber.

Wir hatten Glück, heute regnete es nicht. Aber der Boden glänzte vor Nässe, und unsere Füße waren trotz der dicken Fußhüllen schon klamm, obwohl wir noch nicht weit gegangen waren. Der Fluß unter uns im Tal war fast ganz vom Nebel verhüllt; nur manchmal blitzte er hell durch den Dunst zu uns herauf. Dor hatte die Schultern bis an die Ohren hochgezogen. In der einen Faust, die halb im zottigen Fell seines Umhangs versteckt war, hielt er den Speer, den er immer bei sich trug. Die andere Hand umschloß fest und warm meine Finger.

Ich streifte einen Eichenzweig, an dem braun und verschrumpft noch alle Blätter hingen. Sie waren naß; viele kleine Tröpfchen umsprühten uns. Dor sah mich an, und seine Augen funkelten. Er blieb stehen, neigte den Kopf und küßte mich auf die Nase. «Regenfrau!» sagte er und wischte sich das Wasser aus dem Gesicht. Sein Atem wehte wie eine weiße Wolke.

Ich zog ihn spielerisch an den Haaren, die sich jetzt bei dem feuchten Wetter wieder gekräuselt hatten. «Das war Absicht!» ärgerte ich ihn. «Ich weiß ...» schlug er zurück, und wir lachten beide.

Wir gingen weiter. Die Wunde an seiner Stirn war gut verheilt. Nur seine Nase hatte nach dem Bruch in der Mitte eine kleine Delle zurückbehalten; sie war jetzt noch flacher als vorher. Wir stapften mit festen Schritten vorwärts durch den nebligen Wald.

Gegen Mittag erreichten wir die Lichtung auf der anderen Seite des Hügels, wo wir das Holz schlagen wollten. Dor nahm den Quarzit-Faustkeil aus dem Werkzeugbeutel und machte sich an die Arbeit. Mit wenigen exakten, vorsichtigen Schlägen – damit die Handaxt nicht zersprang – fällte er junges Stangenholz, das am Rand der Lichtung wuchs, und zerhackte es dann in armlange Stücke. Nach einer Weile war eine ganze Menge beisammen.

Ich nahm die Riemen, die wir mitgebracht hatten, trug zwei große Holzbündel zusammen und verschnürte sie gut. An beiden ließ ich lange Schlaufen überstehen, die man zum Tragen über die

Schultern streifen konnte. Als ich fertig war, ging ich zu Dor hinüber, der gerade einen schlanken Eschenstamm spaltete. «Wir haben genug», sagte ich und hielt ihm von hinten die Hand fest. «Den Rest können wir demnächst holen.»

Dor richtete sich auf und drehte sich zu mir um. Sein Gesicht war von der angestrengten Arbeit und der Kälte gerötet. Die Narbe auf seiner Stirn flammte. «Recht hast du», meinte er lächelnd. «Mehr könnten wir sowieso nicht schleppen.»

Er packte die Handaxt wieder weg, ging zu meinen Holzbündeln hinüber, schüttelte den Kopf und schnürte sie wieder auf. «Was machst du denn da?» protestierte ich und sah ihn verständnislos an.

«Du hast die Lasten ein bißchen ungleich verteilt», sagte Dor und runzelte seine dichten Augenbrauen. «Wenn du einen von diesen Riesenpacken trägst, dann brichst du mir nach ein paar Schritten zusammen. Und das ganze Holz schleppen und dich noch dazu – das schaff ich einfach nicht!»

Ich klappte den Mund auf. Also ... dieser Kerl!

Dor sah meinen verblüfften Gesichtsausdruck und lachte laut auf. Er packte mich um die Taille, hob mich hoch wie ein kleines Kind und wirbelte mich herum. «Dich allein – ohne das Holz –, dich könnte ich tagelang tragen!»

Er setzte mich ab und preßte mich einen Augenblick fest an sich. «Meine kleine Liebste ...» flüsterte er.

Dann machte er ein dünnes und ein dickes Bündel und verschnürte alles wieder fest und sicher. Er hob mir meins auf den Rücken; es wog fast nichts. Ich wollte noch einmal protestieren, aber Dor wuchtete sich mit einem gewaltigen Schwung seine Last auf die Schultern und sagte nur: «Reich mir lieber meinen Speer.»

Ich tat es wortlos. Er war der wunderbarste, beste, liebste ...

Ich zog seinen Umhang glatt, der unter den Trageriemen verrutscht war, und lächelte ihn zärtlich an. Wir machten uns auf den Heimweg.

Unter den Bäumen lag das abgefallene, nasse Laub knöcheltief. Es hatte angefangen zu regnen, und dunkel wurde es auch schon. Wir gingen, so schnell wir konnten, um noch vor Einbruch der Nacht zu Hause zu sein.

Der Wildwechsel, dem wir folgten, führte durch eine schmale Schlucht; dahinter lag offenes, fast baumloses Gelände, wo im Sommer immer eine Menge wildes Getreide wuchs. An der einen Seite war das ebene Grasland von einem nicht sehr hohen, aber steilen Hang begrenzt, an dessen Fuß mächtige Eichen und Buchen standen. Der Pfad schlängelte sich hart an den Felsen unter den Bäumen dahin; von hier aus war es nicht mehr weit bis zur Wohnung.

Wir stapften durch das raschelnde Laub. Ich hatte den Kopf gesenkt; ich war jetzt doch müde und sehnte mich nach dem Feuer und nach warmem Essen. Hin und wieder rutschte ich auf den feuchten Blättern aus, aber dann trottete ich weiter. Ich wollte keine Zeit verlieren.

Plötzlich krachte ein dürrer Ast unter meinen Füßen, und ich verlor den Halt. Ich stürzte, aber unter mir war kein fester Boden. Ich rutschte über abschüssige nasse Erde. Völlige Finsternis umgab mich. Einen Augenblick lang war ich starr vor Schrecken. Ich konnte nichts, gar nichts sehen. Ich tastete um mich und fühlte lauter feuchte Blätter. Es roch nach nassem Fels und Moder.

Ich schrie auf. Ich brüllte, so laut ich konnte. Ich hatte solche Angst, daß meine Stimme sich überschlug. «Dor ... Dor ... Hilfe!»

Er antwortete sofort. Ich sah ihn nicht, aber er war da, ganz in der Nähe. «Wo bist du denn?» rief er.

Ich rief wieder. Dann sah ich – ungefähr in der Höhe meiner Augen – einen langen, schmalen, querliegenden Spalt, durch den das letzte Tageslicht fiel. Meine Augen gewöhnten sich an die Dunkelheit. Ich war in einer kleinen, sackartigen Höhle, die wie ein Magen im Fels eingeschlossen lag. Durch den niedrigen Eingang konnte man im Liegen leicht hindurchrutschen. Meine Angst verschwand.

«Hier bin ich, in der Erde!» rief ich noch einmal. Dor hatte das Loch gefunden und schaute zu mir herein. Er sah mich nicht sofort, aber ich streckte ihm meine lehmverschmierten Hände entgegen, und er packte zu. Mit einem kräftigen Ruck hievte er mich nach draußen, und ich stand wieder unter den Bäumen.

«Das war aber kein netter Scherz», meinte er und atmete auf. «Wenn du das nächste Mal einfach verschwinden willst ...» Er redete nicht weiter. Er zupfte mir die welken Blätter aus dem Haar und schaute mich besorgt an. «Hast du dir weh getan?» fragte er.

Ich schüttelte den Kopf. «Nein», sagte ich, «im Gegenteil. Ich bin weich gefallen. Es ist ganz gemütlich da unten ...»

Aber er ging nicht auf meine fröhliche Bemerkung ein. «Das hätte auch schlimm ausgehen können», sagte er. «Der Fels ist hier voll von solchen Löchern. Halte dich ganz dicht bei mir, wenn wir weitergehen.»

Er nahm mich bei der Hand. Wir hoben die Bündel wieder auf. Der Regen hatte aufgehört, und wenig später waren wir zu Hause.

In der Nacht schlief ich schlecht. Ich träumte wieder. Ich ging über eine Wiese; das Gras war gelb und reif – es sah aus wie wehendes helles Haar. Ich war glücklich, und die Sonne schien. Dann wurde es plötzlich finster. Ich fiel ... fiel immer tiefer und tiefer. Ein Grauen packte mich; ich wollte schreien, aber kein Ton kam aus meiner Kehle. Meine Angst wurde immer größer. Der Schweiß brach mir aus. Verzweifelt suchte ich einen Ausweg aus der Finsternis, aber ich fand keinen. Als ich aufgeben wollte, sah ich auf einmal den blauen Himmel. Ich ging darauf zu, und ich fürchtete mich nicht mehr. Nur eine große Traurigkeit erfüllte mich. Ich weinte. Ich wachte auf. Tränen strömten über meine Wangen.

Dor atmete ruhig neben mir in der Dunkelheit. Ich schmiegte mich eng an ihn. Er bewegte sich im Schlaf und legte den Arm über mich. Die Wärme seines festen, kräftigen Körpers gab mir Frieden und Sicherheit wieder. Ich brauchte ihn. «Du darfst mich nie verlassen ...» dachte ich, «nie – niemals. Wie soll ich leben ohne dich?»

Ich wickelte mir eine seiner Locken um den Finger und preßte meine Lippen darauf. Die Haarsträhne roch nach Wald und nach dem Rauch des Kochfeuers. Dor stieß einen leisen Seufzer aus und rückte noch dichter an mich heran. Wir schliefen beide wieder fest ein.

Früh, noch vor der Dämmerung, war Dor auf den Beinen. Ati hatte alle Jäger zu sich ans Feuer gerufen. Es sollte beraten werden, wann wir mit den Männern der Nachbarsippe die große Bisonjagd abhalten wollten. Jedes Jahr am Ende des Herbstes fand solch eine gemeinsame Jagd statt. Große, gefährliche Tiere wie die mächtigen Bisons konnte man nur mit vielen Jägern besiegen. Aber es lohnte sich, die Gefahr auf sich zu nehmen, denn ein einziger ausgewachsener Bison bot der Sippe Nahrung für lange Zeit.

Den ganzen Vormittag saßen die Männer zusammen und redeten. Es war schon fast Mittag, als endlich ein Beschluß gefaßt war. Die Jäger standen auf, und Dor kam zu mir ans Feuer, um zu berichten.

«Wir wollen morgen losziehen», sagte er und strahlte mich an. «Mein Bruder Deb hatte Ati gestern diesen Vorschlag gemacht, und wir haben eben zugestimmt.»

Ich reichte ihm einen Streifen frisch gebratenes Fleisch. Dor packte zu, zog meine Hand mit an seinen Mund und biß mir spielerisch in die Finger.

«Au!» sagte ich. «Vielfraß! Ist dir das Stück zu klein?»

Dor zog vielsagend eine Augenbraue hoch. «Füttere mich gut,

Weib», meinte er und grinste dann breit. Seine weißen Zähne glänzten. «Sonst fress ich dich eines Tages selbst auf ... vor lauter Liebe.»

Amama, die neben mir saß, mußte lachen. «Ihr seid verrückt, ihr beiden», sagte sie und schaute Dor belustigt an. Dann wurde sie plötzlich ernst. «Es kommt selten vor, daß zwei junge Leute so gut zusammenpassen», fügte sie nachdenklich hinzu. «Ihr habt etwas sehr Wertvolles. Hütet es gut.»

Wir sahen uns an. Wir wußten, was sie meinte. Einen Augenblick schwiegen wir. Dann erzählte Dor, was alles beschlossen worden war.

Von der Nachbarsippe sollten sechs Jäger teilnehmen, und dazu kamen noch unsere Männer: Ati, Siba, Ulp, Marr, Dun und Dor. Ich zählte an den Fingern mit, aber sie reichten nicht ganz. Für Dun und Dor mußte ich noch zwei Finger von Dors Hand dazunehmen. Das Zählen war eine zeitraubende Angelegenheit. Es hatte lange gedauert, bis ich die zehn Wörter für die Zahlen auswendig konnte. Diese Wörter zu lernen war mir sehr schwergefallen. Aber Amama war hart geblieben. Wenn man Krankheiten heilen wollte, dann mußte man Tropfen von der Medizin abzählen können. Bis zehn ging das jetzt ganz leicht; aber wenn die Zahl größer war, dann mußte ich immer noch lange überlegen. Es war so schwierig, sich die Hände von anderen Menschen vorzustellen, an denen man weiterzählen konnte, wenn man diese Hände nicht sichtbar vor Augen hatte.

Schließlich hatte ich heraus, wie viele Jäger insgesamt bei der Bisonjagd dabeisein sollten. Zehn und zwei. Dor lächelte über meine Anstrengungen. Er konnte sehr gut zählen – schon als kleiner Junge hatte er es oft geübt.

«Wir wollen eine Strecke den Fluß hinunterziehen», sagte er jetzt. «Da, wo das Land flach ist, haben wir vor drei Tagen eine große Bisonherde gesehen. Wenn wir zwei Bullen erlegen können, dann überstehen wir den Winter leicht.»

Alles an einem Bison war zu brauchen. In seinem Innern waren die Eingeweide, die man entweder essen oder nützlich verwerten konnte. Der lange Darm wurde getrocknet und zu Schnüren gedreht, die Blase ergab einen guten, dichten Wassersack; selbst die Knochen waren gut zu gebrauchen. Aus den großen Röhren der Oberschenkel machten wir feste, haltbare Keulen, die manchen Schlag aushielten, und die kleineren ergaben, wenn man sie kochte, eine sehr nahrhafte Suppe. Fell und Hörner waren besonders wertvoll. Eine Bisonhaut reichte für zwei oder drei Schlaffelle aus, und die Hörner konnte man als Behälter gebrauchen. Sogar Flüssiges ließ sich darin aufbewahren.

Aber die Bisonjagd war gefährlich. Dor liebte die Gefahr, und ich hatte Angst um ihn. Ich legte ihm die Hand auf den Arm und schaute ihm in die Augen. «Sei nicht zu waghalsig», bat ich, «ein guter Jäger ist ein vorsichtiger Jäger.»

«Ach», lachte Dor, «da mach ich mir keine Sorgen. Du wirst mich schon wieder zusammenflicken, falls mich so ein Bisonbulle überrennt. Meine Nase ist schließlich auch wieder zu brauchen...»

Ich gab es auf. Nichts nahm dieser Mensch ernst. Ich ärgerte mich.

Dor küßte mich auf die Wange. «Uba, was glaubst du denn von mir?» fragte er vorwurfsvoll. «Natürlich bin ich vorsichtig! Ich möchte heil nach Hause kommen – zu dir. Aber du sollst diesen Winter nicht hungern.»

Ich war beruhigt. Dor stand auf und ging wieder zu Ati hinüber. Ich nahm mir ein Dachsfell vor, das noch saubergeschabt werden mußte, ehe ich es trocknen und räuchern konnte.

Später, am Nachmittag, kam der alte Zat zu Amama und mir ans Feuer. Er hockte sich mühsam und wortlos hin und starrte eine Weile in die Flammen. Dann blickte er auf, schaute Amama an und sagte bedrückt: «Zu nichts bin ich mehr zu gebrauchen...»

«Du bist alt, Zat, aber wir können dich nicht entbehren», antwortete Amama mit fester Stimme. «Keiner schlägt so gute Werkzeuge wie du. Was sollen wir anfangen ohne deine scharfen Messer?»

Zat lächelte wehmütig. «Ach, Messer ...» murmelte er, «die kann doch jeder abschlagen.»

«Nicht solche, wie du sie machst», widersprach ich energisch. «Und jetzt nimm deinen Umhang ab, Zat. Ich weiß, was mit dir los ist.» Ich lächelte ihn an. «Dich reißt es wieder in den Schultern. Deshalb bist du immer so mißmutig. Aber das haben wir gleich...»

Ich holte aus einer Wandnische eine Schale mit Murmeltierfett. Dann nahm ich eine Handvoll Pfefferminzblätter aus einem der Kräutersäckchen und streute sie in ein kleines Gefäß aus Birkenrinde. Ich fügte ein wenig Wasser hinzu und weichte das Ganze zu einer grünbraunen Masse ein.

Zat hatte sich inzwischen ausgezogen. Er saß mit entblößtem Oberkörper da und schaute mir zu. Seine mageren Schultern waren vorgeschoben. Die Gelenke wirkten leicht geschwollen. Schon seit Jahren hatte er im Herbst und besonders im Winter Schmerzen in den Schultern. Es war eine Krankheit, die nur alte Leute bekamen und die man nicht heilen, sondern nur lindern konnte.

Ich nahm ein wenig von der Paste und rieb Zats Schultern fest und gründlich damit ein. Er verzog das Gesicht und schimpfte leise auf sein Alter. Seine Haut rötete sich und wurde warm; die Pfefferminze wirkte. Jetzt kam das Murmeltierfett an die Reihe. Ich wischte die Haut sauber und trug dann das Fett mit dem Finger dick auf. Amama, die mich scharf beobachtet hatte, nickte zufrieden und reichte mir ein Kaninchenfell. Damit bedeckte ich Zats Schultern. Er konnte seinen Umhang wieder darüberziehen.

«Tut schon nicht mehr so weh», meinte er erleichtert, während er seine Kleidung zurechtrückte.

«Du mußt das Kaninchenfell auf den Schultern lassen», sagte ich. «Wärme ist das Beste gegen deine Schmerzen.»

Zat nickte und ging zufrieden weg. Amama schüttelte den Kopf. «Er hat sich verändert ...» meinte sie sorgenvoll. Ich wollte sie fragen, was sie damit meinte, aber sie winkte ab. «Er ist schon zu alt», beantwortete sie meine unausgesprochene Frage.

8

Am Morgen der großen Jagd regnete es in Strömen. Das Wasser rann in langen, glitzernden Fäden vom Fels über dem Eingang zum Boden, und die Pfütze draußen war zu einem kleinen See geworden. Schwere Wolken hingen am Himmel; die Welt war grau, kalt und trübselig.

Unsere Jäger standen vorn und starrten mißmutig nach draußen. Selbst das beste Otterfell war bei solchem Wetter nicht wasserdicht; sie würden nach wenigen Schritten durchweicht sein. Man konnte nur hoffen, daß der Regen bald aufhörte, aber es sah nicht danach aus.

Dor und Bar waren die einzigen, die ihre gute Laune nicht verloren. «Was naß ist, das trocknet auch wieder», meinte Dor. «Und wer weiß? Wenn wir mit dem Wetter kein Glück haben, dann haben wir vielleicht Glück bei der Jagd.»

Als alle ihre Speere und Keulen aufgenommen hatten, gingen sie los. Sie trabten mit eingezogenen Köpfen in das nasse Grau des Morgens hinaus und verschwanden hinter den wehenden Regenschleiern.

Wir Frauen machten uns an unsere tägliche Arbeit und stellten uns auf das Warten ein. Erst am frühen Nachmittag würde wahrscheinlich einer der Jäger zurückkommen und uns abholen, damit wir die Beute – wenn es eine gab – an Ort und Stelle zerlegen und nach Hause tragen halfen. Wir hofften alle auf eine gute Jagd, aber eins wußten wir genau: Man brauchte viel Glück, wenn man überhaupt einen Bison erlegen wollte, und die Geister mußten günstig gestimmt sein.

Dadi kam mit ihrem kleinen Sohn zu mir ans Feuer. Sie hockte sich hin, schlug ihren Umhang auseinander und legte das Baby an ihre Brust. Es war zu einem kräftigen Kerlchen gediehen, und Dadi war sehr stolz auf ihren Jungen.

«Du bist glücklich, nicht wahr, Uba», fragte sie.

«Ja, sehr ...» antwortete ich und bot ihr eine Handvoll frisch gekochte Grütze an.

«Ich auch», sagte Dadi, während sie die feste Masse zu einer Kugel formte und in den Mund schob. «Ich hab ja selbst gut gewählt mit Bar.» Sie schaute mich an. «In mir ist ein neues Kind», fuhr sie dann fort und lächelte. «Ich wollte es dir als erste sagen – und außerdem sollst du für mich nachzählen, wann es geboren wird.»

«Wie schön!» Ich freute mich. «Wann hast du gemerkt, daß es in deinem Körper wächst? Seit wann hast du nicht mehr geblutet?»

Dadi überlegte. Nach einer Weile sagte sie: «Schon seit zwei Mondwechseln nicht mehr.»

Ich zählte die Monde, die noch vergehen mußten, und erklärte ihr dann: «Das neue Kind wird am Anfang der nächsten Warmen Zeit geboren, Dadi. Das ist günstig, denn dann hat es den ganzen Sommer über Zeit, zu wachsen. Es wird überleben, mach dir keine Sorgen.»

Dadi sah beruhigt und entspannt aus. Sie war gesund und stark, und sie war eine gute Mutter. Ich mochte sie von allen jungen Frauen in unserer Sippe am liebsten.

Wir plauderten noch ein Weilchen. Aber Dadi hatte viel zu tun und mußte bald wieder gehen.

Als sie weg war, dachte ich darüber nach, ob in meinem Körper wohl auch einmal die Seele eines Kindes Eingang finden würde. Ich stellte es mir wunderbar vor; ich hoffte nur, daß dann seine Geburt nicht in die Kalte Zeit fiel, denn Kinder, die im Winter geboren werden, überleben meistens nicht. Sie sterben bald, weil es zu kalt ist oder weil die Mütter wegen der knappen Nahrung nicht genügend Milch haben, um sie zu ernähren.

Nur ganz wenige Neugeborene überstehen den Winter. Wintergeborene, die überleben, werden meist sehr alt. Es sind ganz besondere Menschen. Auch Amama war eine Wintergeborene ...

Der Vormittag verging, und auch der erste Teil des Nachmittags. Noch war keiner der Jäger zurück. Ich wurde unruhig. Immer mehr Zeit verstrich.

Ich ging nach draußen. Es regnete nicht mehr, aber der Himmel war noch so wolkenverhangen wie am Morgen. Heute war es überhaupt nicht richtig hell geworden.

Ich spähte den Hang hinunter. Ja, da kam endlich jemand im Laufschritt den Pfad herauf. Es war Bar. Er keuchte und torkelte vorwärts. Er stolperte zu mir heran. «Kommt mit! Alle!» stieß er mühsam hervor. «Auch die Amama. Sie soll Bastbinden mitnehmen!»

«Bar», schrie ich ihn an, «was ist passiert? Was ist mit Dor?» Ich riß ihn am Umhang. «Ist Dor verletzt?»

Bar schaute mich an, als ob er nichts verstanden hätte. «Dor? Nein ... Siba und ... einer von der anderen Sippe. Und Ati ...»

Sie hatten drinnen alles gehört. Die Frauen waren auf der Stelle bereit, auch Amama, die für Notfälle immer einen Beutel mit Medizin fertig gepackt hatte. Wir gingen los. Dadi blieb mit dem Kleinen und dem alten Zat allein zurück.

Bar führte uns. Wir liefen, so schnell wir konnten. Amama hielt nicht lange Schritt. Sie reichte mir die Tasche und sagte schwer atmend: «Ich komme nach. Du weißt, was du zu tun hast, Uba?»

Ich nickte und rannte hinter den anderen her. Amama wanderte langsamer weiter.

Es war weit bis zum Ort der Jagd. Die Männer hatten die Bisonherde am Rand einer weiten, grasbewachsenen Senke gefunden. Nur wenige schüttere Büsche wuchsen hier, und bei einem der Sträucher warteten die Jäger auf uns.

Sie standen starr und grau wie Felsblöcke um die drei Verletzten herum, die ausgestreckt am Boden lagen. Nicht weit von ihnen sah ich in einer Lache von Blut zwei der riesigen, rotbraunen Wildrinder, denen die Jagd gegolten hatte.

Wir gingen schnell hinüber. Die Frauen blieben bei den Jägern stehen. Anta fragte angstvoll: «Was ist mit Siba?»

Ich bahnte mir einen Weg durch die zusammengedrängte Gruppe und schaute auf die drei Verwundeten hinab.

Der Jäger, der zur Nachbarsippe gehörte, hatte sich auf die Seite gerollt und die Beine eng an den Leib gezogen. Er stöhnte leise; Blut sickerte aus einem langen Riß in seiner Magengegend. Siba war bewußtlos. Sein linkes Bein stand merkwürdig verdreht vom Körper ab. Der Unterschenkel war blutig und zerfetzt. Ati lag auf dem Rücken. Er schaute mich mit wachen Augen an und sagte: «Gut, daß du da bist, Uba. Kümmere dich um Siba und Orp. Die beiden hat es schlimm erwischt, schlimmer als mich. Ich habe keine Schmerzen. Nur der Schädel brummt mir ein bißchen.» Er lächelte mich an.

Ich nickte. Es mußte schnell etwas geschehen. Orp und Siba hatten schon viel Blut verloren und bluteten noch immer. Ich zerrte die weichen Lederbänder aus der Tasche, und dann machte ich mich an meine schwierige Arbeit. Ehe ich die Verletzten verband, untersuchte ich sie. Bei Orp war es nur eine Fleischwunde; außerdem hatte er mehrere Rippen gebrochen. Ich drückte die Wundränder fest mit Daumen und Zeigefinger zusammen und heftete den Riß mit drei spitzen Knochensplittern aus meinem Beutel. Orp schrie dreimal auf, als die Nadeln durch das Fleisch drangen. Aber er zuckte nicht. Danach legte ich ihm einen festen Verband um den Oberkörper.

Dann wandte ich mich Siba zu. Sein Bein war völlig zerschmettert. Er würde nie mehr damit laufen können. Ich band es über dem Knie ab, damit die Blutung stillstand. In diesem Augenblick endlich kam die Amama. Sie trat an mich heran. Ich atmete erleichtert auf. Sie prüfte nach, was ich schon getan hatte, und nickte zufrieden. «Ich kann mich schon gut auf dich verlassen, Kind», meinte sie ruhig. Ich machte ihr Platz, und sie arbeitete an Siba weiter. Mit vorsichtigen, oft geübten Griffen renkte sie sein Bein wieder ein; dann begann sie, die zersplitterten Knochen am Unterschenkel so gut wie möglich zusammenzufügen.

Siba wachte aus seiner Bewußtlosigkeit auf. Er brüllte vor Schmerz und schlug wild um sich. Amama winkte zwei Jäger heran. «Haltet ihn fest», befahl sie.

Die alte Frau war schnell fertig. Bald hatte sie Sibas Unterschenkel verbunden und fest mit Birkenrinde umwickelt. Ich flößte ihm schnell das Betäubungsmittel aus Mohnsaft ein, damit er die Schmerzen nicht so deutlich spürte. Er trank hastig und voller Gier. Er kannte diese Medizin schon und wußte, daß sie half.

Das Mittel wirkte schnell. Siba konnte losgelassen werden. «Danke euch», sagte er mit zitternder Stimme. Dann schloß er langsam und erschöpft die Augen und begann zu dösen.

Amama drehte sich zu Ati um.

«Und du?» fragte sie. «Was fehlt dir?»

Ati zuckte die Achseln. «Ich weiß es auch nicht. Ich habe nur einen Schlag auf den Kopf bekommen, und der Rücken tut mir ein bißchen weh. Ich hab mir gedacht, wenn ich einen Augenblick warte, kann ich gleich wieder aufstehen . . .»

«Dann steh auf, damit ich mir deinen Rücken mal ansehe», befahl Amama.

«Das ist es ja», antwortete Ati bedrückt. «Ich weiß, es klingt albern, aber ... ich kann die Beine nicht bewegen ...»

Amama wurde aschfahl. «Hast du in den Rücken auch einen Stoß bekommen?» fragte sie, und ihre Stimme klang plötzlich brüchig und zitterte.

«Ja, schon ... aber ich bin bloß durch die Luft geflogen und dabei mit dem Kopf auf einen Stein geknallt», sagte Ati verwirrt. «Das mit dem Rücken tut nicht besonders weh; die Beule auf dem Schädel ist viel schlimmer ...»

Amama wandte sich ab und bedeckte das Gesicht mit den Händen. Sie machte kein Geräusch, aber ich sah, daß Tränen zwischen ihren mageren Fingern hindurchquollen. Einen langen Augenblick stand sie so da.

Ich ging zu ihr und wollte sie fragen, warum sie weinte, aber sie schnitt mir mit einer Handbewegung das Wort ab.

Sie drehte sich zu Ati um. Sie sah auf einmal streng und ernst aus. Mit klarer, beherrschter Stimme sagte sie: «Du bist ein vernünftiger, erwachsener Mann, Ati; du hast schon viele Jahre erlebt, gute und schlechte. Jetzt hör mir zu und beweise, daß du Mut und Kraft hast. Du bist der einzige von euch, dem ich nicht helfen kann. Dies war dein letzter Tag als Jäger. Du wirst nie wieder den Hirsch beschleichen oder den Bison jagen. Denn du wirst nie wieder gehen können. Du warst ein guter Anführer, jetzt ernenne einen Nachfolger. Triff eine kluge Wahl.»

Ati starrte Amama an, als ob er sie nicht verstanden hätte. Dann, in ungläubigem Entsetzen, stemmte er sich mit großer Anstrengung hoch und versuchte verzweifelt aufzustehen. Er quälte sich ab, er warf den Kopf wild in den Nacken, und alle Muskeln an seinem breiten Oberkörper spannten sich und traten hervor wie dicke Stränge.

Es ging nicht. Er ließ sich zurücksinken. Er hatte verstanden. Er war kalkweiß geworden.

Meine Mutter ließ sich neben ihm auf die Knie sinken und lehnte die Stirn an seine Schulter. Aber Ati schob sie weg und richtete sich so hoch auf, wie er konnte. «Ihr habt alle gehört, was die Alte Frau gesagt hat», rief er mit fester Stimme. «Ich kann euch nicht mehr führen. Dor soll meinen Platz in der Sippe einnehmen. Hat jemand etwas dagegen einzuwenden?»

Keiner sagte ein Wort. Die Männer senkten den Kopf, sie waren stumm vor Kummer und Schrecken.

«Gut», meinte Ati nach einer Weile. «Dann ist Dor jetzt der neue Anführer. Er soll meine Aufgabe ab sofort übernehmen.»

Amama ging zu Ati und legte die Hand auf seine Schulter. «Ich wußte, daß du klug bist», sagte sie ruhig. «Ich bin stolz auf dich, Mann meiner Tochter.»

Dor trat heran. Er war erd- und blutverschmiert; nur die Haut um seine Augen war sauber. «Du lädst mir eine schwere Last auf, Ati», sagte er. «Ohne deinen Rat und deine Hilfe kann ich sie nicht tragen. Ich will mein Bestes tun, aber ...»

Ati packte ihn am Handgelenk. «Du schaffst es, Dor. Und meinen Rat will ich dir nie verweigern. Los, fang an. Es ist viel zu tun ...»

Dor nickte und schluckte. Ich sah, daß seine Augen glänzender waren als gewöhnlich. Atis Schicksal ging ihm sehr nah, das war deutlich. Aber er drehte sich um und teilte die Männer und Frauen für die Arbeiten ein, die nun getan werden mußten, als ob er das schon oft gemacht hätte.

Die Jäger zündeten bei den erlegten Bisons ein Feuer an, und wir häuteten sie ab und zerteilten das Fleisch. Die Frauen der Nachbarsippe waren auch angekommen und halfen kräftig mit. Wir beeilten uns alle. Wir schwitzten und schufteten, denn es wurde jetzt schnell dunkel.

Die Beute war leicht zu teilen; jede Sippe bekam einen der erlegten Bisons, denn die Tiere waren etwa gleich groß und schwer.

Für Siba und Ati, die nicht gehen konnten, wurden aus jungen Birkenstämmen und Riemen einfache Tragen zusammengebunden.

Endlich war alles bereit. Die andere Sippe zog nach Hause. Auch wir konnten an den Heimweg denken. Aber wir waren zu wenige, um das Fleisch und die Verletzten gleichzeitig nach Hause zu tragen. Wir standen bedrückt da und überlegten, wie wir es trotzdem schaffen konnten.

Dor entschied, daß Ati nicht auf der Bahre getragen werden sollte. Dor selbst wollte ihn auf die Schultern nehmen. Einer der unverletzten Jäger konnte so noch einen Teil des Fleisches tragen. Wir luden uns so viel auf, wie wir eben noch schleppen konnten. Bar und Ulp packten die Trage, auf der Siba lag, und dann gingen wir los.

Einen Teil des erbeuteten Bisons mußten wir zurücklassen. Das war ein großer Verlust für uns. Die Hyänen würden sich in der Dunkelheit über die Reste hermachen und nichts, nicht einmal die Knochen übriglassen. Aber wenn ein einzelner Jäger als Wache dageblieben wäre, hätte er gegen die gierigen Räuber nicht viel ausrichten können, die hinter uns schon mit heiserem, lachendem Gebell die Reste des Bisons in Stücke rissen. Es lohnte sich nicht, einen Mann den Gefahren der Nacht auszusetzen.

Es wurde ein qualvoll langsamer Heimweg. Wir schleppten uns unter den allzu schweren Lasten mühsam dahin; der Regen strömte nieder; Wasser, mit kaltem Blut von den großen Fleischstücken vermischt, rann uns über Haar und Nacken. Siba, bei dem die Wirkung der schmerzstillenden Droge nachgelassen hatte, stöhnte jedesmal auf, wenn seine Träger in der Dunkelheit stolperten.

Nach einer Weile trotteten wir nur noch stumpfsinnig voran. Wir dachten nichts mehr, wir setzten immer nur einen Fuß vor den anderen. Jeder Schritt kostete Anstrengung und forderte all unsere Kraft.

Ich mühte mich neben Dor vorwärts, der Ati ganz allein schleppte. Er hatte ihn wie ein Stück Wild über die Schultern gelegt, und Ati hielt sich ganz ruhig, um es Dor nicht schwerer als nötig zu machen.

Wir redeten nicht, dazu fehlte uns der Atem. Endlich hatten wir die Wohnung erreicht. Wir waren alle erschöpft; die Wärme des Feuers tat gut, aber wir schwiegen weiter. Das Unglück, das mit dieser Jagd über uns gekommen war, zwang uns zum Nachdenken. Wie sollte es ohne Ati und Siba, unsere erfahrensten Jäger, weitergehen?

Dadi hatte Essen gemacht, und es gab heiße Suppe. Langsam schöpften wir wieder Atem. Amama saß bei Siba und gab ihm noch einmal einen Betäubungstrank. Ati lag an seinem Feuer und starrte in die Flammen. Wir hatten Angst – Angst vor dem bevorstehenden Winter. Keiner der Männer redete von der Jagd.

Später, als sich alle zur Ruhe gelegt hatten, saß ich allein mit Dor bei unserem Kochfeuer. Amama wachte diese Nacht bei Siba.

Dor war entgegen seiner Gewohnheit still und brütete vor sich hin; ich rückte dicht an ihn heran und legte den Arm um seine Schultern. So ernst und sorgenvoll kannte ich ihn nicht. Ich mußte mich sehr beherrschen, damit ich nicht losweinte.

«Dor», bat ich, «erzähl mir doch, wie das Unglück passiert ist.»

«Es fällt mir schwer, darüber zu reden», antwortete er langsam. «Aber du sollst alles erfahren.» Er nahm meine Hand. «Ich will ganz von vorn anfangen, es ist dann leichter zu verstehen.»

Ich lehnte mich an ihn, und er erzählte: «Wir haben die Jäger von der Nachbarsippe unten am Fluß getroffen, am ausgemachten Treffpunkt. Es war ein langer Weg bis zu dem Grasgelände, wo die

Herde zuletzt gesehen worden war. Gegen Mittag hatten wir die Gegend erreicht, und wir sahen die Bisons auch sofort. Sie grasten friedlich, und wir dachten, es müßte eine gute Jagd werden, mit so vielen Jägern.»

Dor hielt inne und wischte sich müde über die Augen. Ich ließ meinen Finger über seine eingedrückte Nase gleiten und berührte ganz sacht seine Lippen. Er küßte meine Fingerspitze und fuhr fort: «Die Herde war klein, nur wenige Tiere. Wir umzingelten sie und trennten zwei von der Gruppe der anderen ab. Es waren die größten, zwei noch junge Stiere, vielleicht drei Sommer alt.»

Ich schaute ihn an. Mir wurde klar, warum es ihn so hart ankam, jetzt weiterzureden. Dor hätte die Verantwortung für uns alle nicht übernehmen müssen, wenn die Bisonjagd nicht so unglücklich ausgegangen wäre.

Wie schwer das für ihn sein mußte, das begriff ich erst jetzt. Schließlich war er nicht viel älter als ich.

«Wir trieben die beiden Tiere auf das lockere Gebüsch zu», erzählte Dor weiter. «Als sie kein freies Gelände mehr vor sich hatten und nicht weiterfliehen konnten, versuchten sie, seitlich durchzubrechen. Den ersten habe ich mit dem Speer gut getroffen – hinter den Schulterblättern, am Widerrist. Der zweite warf sich herum und raste auf die Männer los, die hinter ihm her waren. Marrs Speer war nur in die Eingeweide gegangen, und noch einer in die Flanke ... Uba, ich ...»

Dor drehte sich um und preßte plötzlich sein Gesicht an meine Brust. Seine Schultern zuckten. Er weinte. Seine schrecklichen, rauhen Schluchzer taten weh. Ich umarmte ihn und streichelte sein Haar.

Nach und nach beruhigte er sich wieder. Er richtete sich auf und sagte: «Du sollst auch den Rest hören.» Er senkte den Kopf. «Ich war mit dem einen Bison beschäftigt. Zu spät habe ich gesehen, daß die anderen Jäger in Schwierigkeiten waren. Ich bin hingelaufen, aber ich war nicht schnell genug. Der andere Bulle tobte; er griff die Jäger wie rasend an. Schaum stand ihm vor dem Maul. Siba, der ihm den Speer in die Flanke gestoßen hatte, ist vor meinen Augen unter die Hufe geraten. Das wütende Tier hat ihm mit einem einzigen Sprung das Bein zertrampelt. Auch Orp war zu nah dran. Er versuchte noch, sich zur Seite zu werfen, aber der Bison hat die Hörner gesenkt und ihm mit einem einzigen Schlag die Rippen gebrochen und den Bauch aufgerissen ...»

«Dor», flüsterte ich, «du mußt nicht weitererzählen, wenn du nicht willst.»

«Doch», sagte er, «vielleicht hilft es mir, wenn ich es loswerde. Ati rammte dann dem Stier seinen Speer von der Seite her direkt ins Herz. Das Tier brach in die Knie, und Blut tropfte aus seinem Maul. Ati ging näher heran – er wollte seinen Speer wieder herausziehen und noch einmal zustoßen. Aber der halbtote Bulle hat den Kopf wild zur Seite geschleudert und Ati ins Kreuz getroffen. Ati flog ein paar Schritte weit und schlug mit dem Kopf auf einen Felsblock auf, der unter den Sträuchern versteckt lag. Ganz benommen blieb er liegen, wo er hingefallen war. Wir haben dann Bar losgeschickt, damit er euch holt, und einer von den anderen Jägern ist zu den Nachbarn gelaufen ... Wir dachten, Ati wäre nicht verletzt, und jetzt ...»

Ich lehnte den Kopf an seine Schulter. «Wir werden es schaffen, trotz des Unglücks. Wir sind noch immer viele, und Ati ist erfahren. Er wird dir raten, wenn du irgendwann nicht weiter weißt.»

Dor nickte. «Ja», sagte er, «ich muß es schaffen ...»

Aber zu unserer Sippe gehörten jetzt nur noch fünf Jäger. Und wir hatten zwei Menschen mehr, die sich nicht selbst versorgen konnten. Ati würde von jetzt an wie ein Säugling gepflegt werden müssen. Und Siba – Siba konnte vielleicht erst in der nächsten Baumgrüne die Wohnung wieder verlassen. Ein harter Winter stand uns bevor. Und Dor hatte die Verantwortung.

Unser Feuer verlosch; unter der grauweißen Asche glühten die letzten Kohlestückchen.

«Als wir heute morgen losgezogen sind, habe ich das hier gefunden», sagte Dor nach einer Weile und zog einen hellen Gegenstand aus den Falten seines Umhangs. «Es hat auf dem Pfad gelegen, am Rand des Graslandes, wo die Herde stand. Ich hab's aufgehoben und für dich mitgebracht ... Es ist hübsch, nicht?»

Er reichte mir das merkwürdige Ding. Es war ein längliches, flaches Stück Knochen, ganz glatt und weiß. Am oberen Ende hatte es eine scharfe Spitze, und an beiden Seiten saßen zwei kurze Zakken; das untere Ende war abgebrochen. Ich drehte den eigenartigen Knochen in den Händen, betrachtete ihn und wunderte mich. «Was ist das?» fragte ich Dor.

«Das weiß ich auch nicht», meinte er. «Vielleicht das Horn irgendeines Tieres ... obwohl ich ein Tier mit solchen Hörnern noch nie gesehen habe. Ich wollte es dir schenken, weil man es bestimmt nur selten findet.»

Ich lächelte und fuhr mit den Fingern über die blanke Oberfläche. «Danke», sagte ich. «Das will ich immer bei mir tragen. Vielleicht bringt es Glück, weil du es mir gegeben hast ...»

Es war sehr spät geworden. Wir legten uns hin und rollten uns in unsere Felle. Dor umarmte mich mit einer verzweifelten Leidenschaft, die mich verwirrte und erschreckte. Danach, als er neben mir zusammengesunken war, begriff ich, daß er Angst hatte. Er wagte es nur nicht, das zuzugeben.

Ich würde ihm helfen, wo ich konnte. Er brauchte mich. Ich würde ihn nie im Stich lassen.

Lange lagen wir wach in der Dunkelheit. Ohne Worte wußten wir, daß wir uns aufeinander verlassen konnten. Erst tief in der Nacht schliefen wir ein.

9

Der Winter kam schneller, als wir gedacht hatten. Schon während der nächsten Wochen fiel der erste Schnee in großen nassen Flocken. Die Pfütze vor dem Eingang fror vom Rand aus langsam zu; zarte Spitzen aus Eis, wie Blätter und Blüten geformt, wuchsen als kleine Brücken und Stege in das schmutzige Wasser hinein. Rauhreif überzog die Büsche und Bäume mit glitzerndem Weiß, und die Nächte waren kalt und klar.

Ati hatte sich verändert. Während der ersten Zeit nach der Bisonjagd hatte er manchmal versucht, seine Beine zu bewegen oder aufzustehen. Dann war er stumm und melancholisch geworden, und jetzt tobte und schimpfte er von seinem Lager aus den ganzen Tag lang. Niemand konnte es ihm recht machen. Meine Mutter mußte ihn immerfort bedienen. Aber seiner Meinung nach machte sie alles falsch. Er hetzte sie unaufhörlich herum.

Meine Mutter war die einzige von uns allen, die sich nicht darüber ärgerte. Still und liebevoll betreute sie ihren Mann, und keins seiner Schimpfworte brachte sie aus der Fassung.

Nur manchmal, wenn sie sehr müde war, kam sie zur Amama und mir herüber und setzte sich ein Weilchen zu uns. Dann sprachen wir von der Tagesarbeit und vermieden es immer, über Ati zu reden.

Die Wochen vergingen. Täglich mußte Holz gesammelt werden, damit die Feuer in der Wohnung nicht ausgingen. Wir brauchten jetzt auch die Kochfeuer zum Heizen, und den Eingang der Wohnung hatten wir mit einem hohen Gerüst aus Holzstangen verschlossen, über das große Häute gespannt waren. So blieb mehr Wärme drinnen, und der eisige Wind konnte nicht ungehindert hereinblasen.

Zats Schulterschmerzen waren viel schlimmer geworden. Siba litt

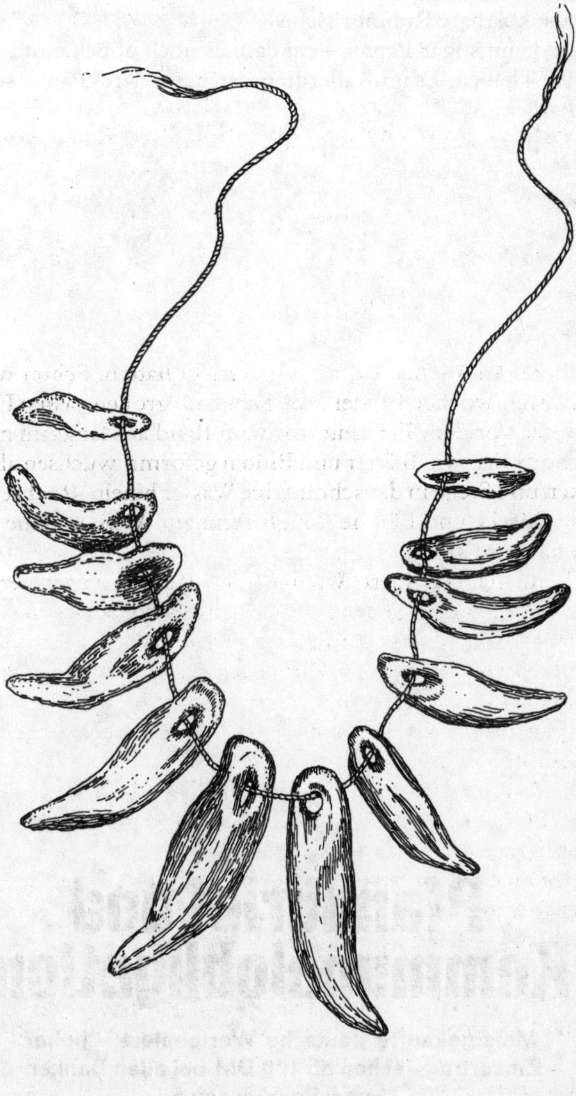

Das Bedürfnis …

… sich zu schmücken, ist so alt wie die Menschheit selbst. Ein kleines, zierlich geformtes Stück Mammutzahn bedeutete einer jungen Neandertalerin sicher ebensoviel wie einer Frau unserer Tage eine kostbare Rubinbrosche.

Heute kann sogar Papier – ein damals noch unbekannter Stoff – einen Wert haben. Es muß allerdings ein besonderes Papier sein: Ein Wert-Papier.

Qualen mit seinem gebrochenen Bein. Asa hustete und fieberte; er hatte draußen im Schnee herumgetollt und sich eine Erkältung geholt. Amama und ich hatten viel zu tun.

Dor war immer mit den anderen Männern unterwegs. Aber trotz aller Mühen kamen die Jäger oft ohne Beute nach Hause. Schon jetzt nahmen die Vorräte ab, und unsere Sorgen wuchsen.

Auch Cona, Bis und ich waren täglich draußen. Wir legten Fallen und Schlingen. Hin und wieder fing sich ein kleines Tier darin, ein Kaninchen, eine Ratte, ein halb verhungerter Vogel. Uns war alles gut genug, solange man die Beute essen konnte.

Dann, über Nacht, war der Fluß zugefroren. Alles erstarrte in der klirrenden Kälte. Eines Abends, als die Jäger wieder mit leeren Händen zurückgekehrt waren, kam Marr zu Amama und mir herüber. Er stöhnte bei jedem Schritt; Schweiß fiel ihm über die Stirn. Er knirschte mit den Zähnen.

Seine Beinlinge waren von Eis verkrustet. Amama musterte ihn und befahl ihm dann, sich hinzusetzen. «Du bist auf dem Fluß eingebrochen», stellte sie nüchtern fest. «Und anstatt sofort nach Haus zu gehen, bist du den ganzen Nachmittag – womöglich den ganzen Tag? – in den gefrorenen Beinlingen und Fußhüllen herumgelaufen. So war es doch, oder?»

«Ja», ächzte Marr. «Aber wir hatten einen Hirsch verwundet, und wir mußten ihn doch verfolgen ...»

«Wo ist der Hirsch?» fragte Amama finster.

«Die Wölfe waren schneller als wir», sagte Marr tonlos. Amama zerrte Marr die Fußhüllen und Beinlinge herunter. Die Haut an seinen Beinen war von den Zehen bis zum Knie blau verfärbt. Amama legte vorsichtig die Hand auf den einen Fuß. Marr stöhnte. Amama schüttelte den Kopf.

«Kaltes Wasser», sagte sie zu mir. Ich brachte eine Schale voll. Amama tauchte ein Stück Marderfell in das Wasser und betupfte Marrs Füße damit. Marr stöhnte wieder und verzerrte das Gesicht. «Mach weiter, Uba», sagte Amama. «Halte die Haut kühl. Sie darf nicht zu schnell warm werden. Seine Füße sind erfroren.»

Es dauerte lange. bis Amama endlich meinte, ich könnte mit dem Kühlen aufhören. Marr hatte große Schmerzen, aber er hielt sie tapfer aus. Er hatte sie ja selbst verschuldet.

Erfrierungen kamen im Winter immer wieder vor. Die waren nicht zu vermeiden. Aber wir brauchten jeden Jäger. Und Marr würde jetzt für längere Zeit nicht mehr hinauskönnen. Das

Unglück verfolgte uns. Bald würden wir hungern, das war sicher.

Das Wetter wurde immer schlechter. Der eisige Wind hatte Schneewolken herangetrieben. Viele Tage lang fielen die weißen Flocken vom kalten, bleigrauen Himmel und begruben alles unter sich.

Dor und die drei anderen versanken bis zu den Achseln in den tiefen Schneewehen, als sie versuchten, in den Wald durchzukommen. An eine Jagd war nicht zu denken.

Ati lag jetzt teilnahmslos auf seinem Schlaffell. Er hatte schon seit Tagen kein Essen mehr angerührt. Meistens schlief er, oder er starrte mit leerem Blick vor sich hin.

Eines Abends rief er Amama zu sich herüber. Er schickte Asa und meine Mutter weg, und dann redete er lange mit der alten Frau. Amama kam an unser Feuer zurück und mischte einen Trank. Dazu nahm sie Pulver von einer dicken, hohlen Wurzel. Sie stammte vom Schierling, der am Wasser wächst, und Schierling heilt nicht, sondern er tötet. Amama hatte mich immer vor der giftigen Pflanze gewarnt, und mir war nie aufgefallen, daß sie eine Wurzel davon besaß.

Entsetzt schaute ich sie an. «Wozu ist der Trank?» fragte ich.

Die Uralte wandte sich zu mir um. Ihr Blick war ernst und ruhig. «Ati kann das Leben nicht mehr ertragen. Ich will ihm die Reise nach Westen erleichtern. Er hat mich darum gebeten.»

Tränen schossen mir in die Augen. Ati, unser Anführer, unser bester Jäger, wollte uns freiwillig verlassen. Ich mußte daran denken, wie stark und mutig er früher gewesen war. Jetzt lag er hilflos da, eine Last für alle. Plötzlich verstand ich ihn. Aber ich mußte trotzdem weinen.

Amama schickte mich mit dem Trank zu ihm hinüber. Ich kniete an seinem Lager nieder und bot ihm die Schale mit dem Gift. Er nahm sie schweigend und leerte sie bis zum Grund. Dann lächelte er und sagte: «Ich danke dir, Uba.»

Alle wußten, was er getan hatte. Niemand hatte versucht, ihn daran zu hindern. Wir respektierten seinen schweren Entschluß.

Meine Mutter und die Männer setzten sich an seine Seite; sie redeten mit Ati über vergangene Zeiten, über gute Jahre und glückliche Jagden. Sie lachten sogar zusammen über komische Geschichten, die früher einmal passiert waren. Ati wirkte fröhlich; sein Gesicht strahlte Frieden aus.

Nach einer Weile kamen Atis Worte langsamer. Er wurde müde,

und das Atmen fiel ihm schwer. Er ließ die Schultern sinken und entspannte sich, und bald darauf fielen ihm die Augen zu. Er war eingeschlafen – es war ein Schlaf, aus dem man nicht mehr aufwacht. Sie saßen bei ihm und hielten seine Hände bis zu seinem letzten Atemzug.

Die Totenklage dauerte die ganze Nacht.

Die Tage schleppten sich unendlich langsam dahin. Wir hungerten jetzt schon lange, und die Vorräte mußten streng eingeteilt werden. Der Schnee lag wie eine dicke Decke, die alles erstickte, über der gefrorenen Erde; die weißen Flocken fielen immerfort vom unbarmherzig kalten Himmel.

Manchmal hatten Dor und die anderen Glück; dann brachten sie ein Reh oder einen schwachen alten Hirsch nach Hause, und wir hatten für zwei Tage zu essen. Aber meist kamen die Jäger nach Einbruch der Dunkelheit mit leeren Händen und leerem Magen heim.

Wir schliefen viel, damit wir den Hunger und die Kälte nicht so deutlich spürten.

Eines Abends frischte der Wind auf. In der Nacht schwoll er zum Sturm an. Wir krochen näher an die winzigen, glimmenden Feuer heran, wir mußten sparsam mit dem Brennholz umgehen, denn es war schwierig, neues zu besorgen.

Wir kuschelten uns eng aneinander und hielten uns gegenseitig warm, während draußen die Wölfe mit dem Wind um die Wette heulten. Als der bleigraue Morgen heraufdämmerte, ließ der Sturm nach, und wir schauten uns müde und sorgenvoll an. Wir krochen aus unseren Pelzhüllen.

Dadi bemerkte als erste, daß jemand fehlte. Der alte Zat war verschwunden. Wir durchsuchten die ganze Wohnung, aber wir fanden ihn nicht.

Amama war die einzige, die am Kochfeuer sitzen blieb. Sie suchte nicht mit. Sie wußte, wohin er gegangen war.

Wir fanden die Leiche des alten Werkzeugmachers nicht weit von der Wohnung unter einem jungen, tiefverschneiten Eichbaum. Zat hockte ganz friedlich da; der Schnee, der in der Nacht gefallen war, hatte seine stille, magere Gestalr in eine weiche weiße Decke gehüllt. Er trug nur seine Beinlinge. Im Sterben hatte er die Unterarme auf die angezogenen Knie gelegt und den Kopf wie zum Schlafen darauf gebettet.

Er war schon steif, als wir ihn hineintrugen.

Wir hungerten weiter. Dadi wurde immer magerer, sie hatte für das Baby nicht mehr genug Milch. Der Kleine weinte sich oft in den Schlaf, während er frierend an einem abgenagten Knochen saugte.

Dann kam der Morgen, an dem ich hinausging, um die letzte Vorratsgrube zu öffnen. Alle anderen waren schon leer.

Der hartgefrorene Schnee knirschte unter meinen dicken Fußhüllen aus Biberfell. Tief am Horizont stand die fahlgelbe, kraftlose Sonne, und die kahlen Bäume warfen blaue Schatten. Ich fror – trotz des dicken Umhangs. Mir klapperten die Zähne, und mein leerer Magen schmerzte.

Bei der Vorratsgrube war der Schnee zertrampelt und aufgewühlt. Stumpfsinnig vor Hunger und Kälte schloß ich die Augen. Dann war ich schlagartig hellwach. In starrem Entsetzen schaute ich in das dunkle, leere Loch hinein, das eine wohlgefüllte Vorratsgrube gewesen war. Hyänen. Überall war der Schnee voller frischer Spuren. Ich schrie laut auf. Ich weinte; eiskalt liefen mir die Tränen über das Gesicht. Anta stürzte zu mir heraus, dann meine Mutter und Dadi und Tad und Sia. Sie sahen es und weinten auch alle. Wir hatten nichts mehr zu essen – gar nichts mehr.

Ich sagte es Dor. Er saß da wie betäubt. Endlich murmelte er: «Ich habe Ati verraten. Ich habe euch alle verraten. Ich habe schlecht für euch gesorgt. Ich bin ein schlechter Jäger, ein schlechter Anführer. Ich ...» Er brach ab und starrte vor sich hin.

«Nein, Dor, nein», schrie ich ihn an. «Du hast dein Bestes getan! Wir sind so viele, und ihr hattet kein Glück auf der Jagd. Ohne dich wären wir längst verhungert!»

Er senkte den Kopf. «Aber es war zu wenig», sagte er dann. Plötzlich richtete er sich auf und reckte die Schulter. «Wir brauchen Fleisch, viel Fleisch. Ich werde uns Fleisch besorgen.»

Die anderen Jäger saßen müde und niedergeschlagen am Eingang. Dor ging hinüber. «Los», sagte er entschlossen. «Worauf warten wir noch? Wollt ihr hier sitzen bleiben und sterben?»

Langsam standen sie auf. Langsam nahmen sie Speer und Keule. Dor stampfte ungeduldig mit den Füßen.

«Seid ihr Jäger oder Säuglinge?» schrie er. «Wo ist euer Mut geblieben? Wir haben alle einen leeren Magen! Laßt uns dafür sorgen, daß er voll wird!»

Die anderen packten die Speere und Keulen fester. Dors Entschlossenheit hatte Eindruck auf sie gemacht. Sie versammelten sich um ihn und schickten sich zum Gehen an.

«Wartet!» rief ich. «Laß mich mitgehen! Ich kann schnell laufen, und Spuren lesen kann ich genausogut wie ihr. Wie man mit einer Keule umgeht, weiß ich auch!»

Dor schaute sich erstaunt nach mir um. «Du willst mit, Uba?» fragte er.

Ich nickte.

«Gut», sagte er. «Wir können jeden gebrauchen.»

Die anderen Jäger wollten widersprechen, aber Dor machte nur eine herrische Handbewegung. Da sagten sie nichts mehr.

Wir stapften schweigend durch den tiefen Schnee. Alles war still, nur unsere Schritte knirschten leise. Manchmal zerriß ein Vogelschrei die klare Luft, hin und wieder knackten die Äste der Tannen und Fichten unter der Schneelast, und Brocken davon fielen mit einem weichen Geräusch zu Boden.

Wir waren schon eine ganze Weile so gegangen. Plötzlich klangen Laute durch die Stille, ein Krachen wie von brechenden Zweigen, und heiseres Heulen und Keuchen.

Wir blieben stehen und horchten. «Das sind Wölfe», flüsterte Bar erschrocken. «Wir müssen weg ...»

Dor stand hoch aufgerichtet da. Er hatte die Augen geschlossen, um besser hören zu können. «Ja», meinte er, «Wölfe. Ein ganzes Rudel. Sie haben irgendein anderes Tier gestellt – vielleicht einen Hirsch ...»

«Laß uns schnell verschwinden», drängte jetzt auch Dun. «Vielleicht haben sie uns noch nicht gewittert!»

«Nein», antwortete Dor. «Wir werden nicht flüchten. Wir sind Jäger, und unsere Frauen und Kinder leiden Not. Wir wollen sehen, ob wir den Wölfen ihre Beute nicht abjagen können.»

Die drei anderen waren fassungslos. «Was willst du tun?» fragte Ulp und riß die Augen auf.

Dor gab keine Antwort. Er preßte entschlossen die Lippen zusammen, krampfte die Finger um den Speer und stapfte los, in die Richtung, aus der das Geheul kam. Ich ging hinter ihm her.

Die anderen zögerten. Wölfe – diese gefährlichen Räuber griff man nicht an. Man ging ihnen aus dem Weg, oder man verteidigte sich gegen sie, wenn das nicht zu vermeiden war. Was Dor da vorgeschlagen hatte, war unmöglich. Wie wollte er ein ganzes Rudel von den hungrigen Bestien in die Flucht schlagen?

Dann faßte sich Bar ein Herz und kam nach. Dun und Ulp mußten jetzt notgedrungen auch mit – sie wollten nicht wie Feiglinge aussehen.

Wir stiegen einen flachen Hang hinauf. Am Fuß des Hügels,

auf der anderen Seite, sahen wir sie. Ich zählte sieben. Es waren hagere, hochbeinige Tiere mit ganz hellem, langhaarigem Fell. Nur das größte, eine Wölfin, hatte einen fast schwarzen Pelz. Die Raubtiere umkreisten einen mächtigen alten Bisonbullen, der auf der Flucht in eine Schneewehe eingebrochen war und feststeckte.

Um den Bison herum war der Schnee rot gefärbt; der Riese blutete aus vielen Wunden. Aber er wehrte sich mit aller Kraft, die noch in ihm steckte.

Einen Augenblick lang schaute Dor dem verzweifelten Kampf zu, den der halb besiegte Bulle mit den Wölfen ausfocht. Das Ende des blutigen Schauspiels stand kurz bevor: Die Wölfe würden gewinnen, das war klar.

Plötzlich, ehe wir nachdenken konnten, packte Dor seinen Speer und rannte den Hang hinab. Er stieß einen markerschütternden schrillen Schrei aus und stürzte sich mitten in das Getümmel hinein.

Mit dem Speer traf er einen der geifernden, heulenden Räuber tief in die Flanke. Der Wolf stürzte in den Schnee – er schrie gellend auf und wälzte sich in seinem Blut.

Die anderen aus dem Rudel stoben erschreckt auseinander – aber nur ein paar Schritte weit. Dann duckte sich die große schwarze Wölfin, bleckte die Zähne und sprang Dor an.

Eiskalte Angst packte mich. Mir wurde auf einmal bewußt, daß ich mit den anderen noch immer oben auf dem Hang stand. Dor war allein da unten!

Ich umklammerte meine Keule aus Eichenholz und lief zu ihm hinunter. Ich rutschte, stürzte und schlitterte über den Schnee, und aus meiner Kehle kam ein wilder, heiserer Ruf. Die anderen folgten mir.

Wir waren plötzlich ringsherum von Wölfen umgeben. Sie schienen überall zu sein, ihre gelben Augen funkelten, und die Sonne glänzte auf ihren eisgrauen Pelzen. Einer sprang auf mich los, schnappte nach meinem Arm. Ich schlug mit der Keule zu, so hart ich konnte. Das Raubtier heulte und torkelte zurück. Aber dann rappelte es sich hoch und kam wieder auf mich los. Ich ließ meine Keule auf seinen Rücken niedersausen. Es tat einen Satz zur Seite und blieb mit zuckenden Läufen liegen.

Dor lag am Boden. An seiner Schulter hatte sich die schwarze Wölfin festgebissen. Ich konnte die weißglänzenden, langen Fangzähne blitzen sehen; von den Lefzen des wilden Tieres sickerte Dors Blut.

Ich rannte durch die tiefe Schneewehe zu ihm hinüber. Dor hatte seinen Speer verloren. Er wehrte sich, so gut er konnte, aber die Wölfin ließ seine Schulter nicht los, sondern grub ihre Fänge immer tiefer in sein Fleisch.

Ich schwang die Keule. Ich holte weit aus und ließ meine Waffe einmal, zweimal, dreimal auf den Kopf des Leittiers niederzischen. Es röchelte, ließ Dors Schulter los und rutschte rückwärts auf dem Bauch durch den Schnee. Es wand sich und streckte die Zunge lang aus dem Rachen. Dann war es tot.

Dun und Ulp hatten einen verzweifelten Kampf gegen die übrigen Wölfe geführt. Die Bestien griffen immer wieder wütend an. Aber als die Schwarze leblos im Schnee lag, wichen die anderen zurück und liefen schließlich mit eingezogenen Schwänzen davon. Dor erhob sich mühsam, nahm seinen Speer und ging zu dem Bison hinüber, der noch immer im tiefen Schnee feststeckte. Er zielte auf das Herz des alten Riesen und tötete ihn mit einem sicheren Speerstoß.

Dor blutete aus einer tiefen Wunde an der Schulter, aber er lächelte. Drei Wölfe waren zur Strecke gebracht und ein ausgewachsener alter Bisonbulle. Es hatte sich gelohnt.

Dun, Ulp und Bar standen da und konnten es nicht glauben. Es ging über ihren Verstand, daß wir gesiegt hatten. Sie schauten den toten Bison an, die erlegten Wölfe, und sie schüttelten verwirrt den Kopf.

Dor sah es und lachte laut auf. «Na, kommt schon!» rief er. «Wir leben noch, und wir werden auch weiterleben. Unser Wild muß abgezogen und zerteilt werden!»

Jetzt erst brachen Dun und die beiden anderen in lauten Jubel aus. Sie lachten und sprangen im Schnee auf und ab und freuten sich wie Kinder, trotz ihrer Müdigkeit und der vielen Bißwunden, die sie davongetragen hatten.

Ich schaute mir die Verletzungen an. Keine war so schlimm, daß sie sofort behandelt werden mußte. Nur Dors Riß an der Schulter umwickelte ich fest mit meinem Gürtel, damit die Wunde nicht so stark blutete.

Dann gingen die drei Jäger zu dem Bullen hinüber und machten sich an die Arbeit. Es dauerte lange, bis alles erledigt war. Inzwischen zog ich den Wölfen das Fell ab und nahm sie aus. Die Pelze waren dicht und glänzend. Wir konnten sie gut gebrauchen, und auch das Wolfsfleisch würden wir nicht verschmähen.

Ich nahm die Felle und rollte sie zusammen. Dor packte sich ein großes Stück vom Bison auf den Rücken. Die drei anderen sollten bei dem Rest der Beute Wache halten.

Dor und ich wollten zurück nach Hause, um den Frauen die erfolgreiche Jagd zu melden und sie zu holen, damit sie tragen halfen.

Dor hatte mich an der Hand genommen. Wir waren überglücklich – wir rannten fast. Der Schnee stiebte hinter uns her, und wir mußten immer wieder lachen.

Wir würden den Winter überstehen. Mit soviel Fleisch war das ganz sicher. Wir mußten nicht einmal mehr hungern.

Der letzte Mond der Kalten Zeit verging. Die Sonne gewann langsam an Kraft, und die Schneedecke wurde dünner.

An immer mehr Stellen war die braune Erde zu sehen; jeden Tag wurde die Welt heller und wärmer.

Über Nacht kam der Frühling. Dor und ich lagen fest eingerollt in unsere neue, mit Wolfsfell besetzte Decke, und wir hörten den Wind rauschen. Es war ein warmer Wind, der den letzten Schnee von den Zweigen leckte, und vom Fluß klang ein Stöhnen und Knirschen und Donnern zu uns herauf. Das Eis brach; bald würde das Wasser wieder frei über die Felsen fließen.

Nach dem Kampf mit den Wölfen hatten wir Glück gehabt, denn die Jäger brachten in den folgenden Wochen auch noch Rentiere und kleineres Wild zur Strecke. Deshalb waren von dem Bisonfleisch noch reichliche Reste vorhanden. Es ging uns gut – nur Amama machte mir Sorgen. Sie war sehr mager geworden. Sie aß nur noch selten, und es kam mir vor, als ob sie mit jedem Tag, der verging, an Kraft verlöre. Ich hatte Angst um sie.

Ich streichelte Dors weiche, glatt behaarte Brust, und er küßte mich auf die Augenbrauen. In mir wuchs ein Kind, schon seit zwei Mondwechseln, aber ich hatte es ihm noch nicht gesagt. Keiner wußte es – nur die Amama hatte mich in den letzten Tagen manchmal mit einem leisen Lächeln angesehen. Sie war weise, sie las meine Gedanken.

Ich würde ein Baby haben. Seine Seele hatte mich gefunden, und ich ließ ihm einen Körper wachsen. Das war ein seltsames, wunderbares Gefühl. Mein Kind würde zu Anfang des Winters geboren werden, aber darüber machte ich mir jetzt keine Sorgen mehr. Ich würde es schützen – die beste, wärmste Kleidung sollte es haben, und ich würde es immer an meiner Haut tragen, nah bei mir, so wie jetzt. Manchmal überlebten Winterbabies – warum nicht auch meines?

Ich kuschelte mich an meinen Mann. «Dor», flüsterte ich, «in mir ist ein Kind ...»

Dor stützte sich auf die Ellbogen und schaute mich an. In der grauen Dämmerung sah ich sein Gesicht undeutlich über mir. Seine braunen Augen waren groß und sanft. «Wirklich?» fragte er staunend. Dann kräuselte er seine schiefe Nase. «Hoffentlich wird es kein Mann-Kind, mit dem ich dich teilen muß ...»

«Freust du dich denn nicht?» fragte ich enttäuscht.

Dor strich mir das Haar aus den Augen und lachte. «Ich liebe dich – und ich freu mich mehr, als ich dir sagen kann ...»

Es war herrlich, seine Frau zu sein. Es war herrlich, zu leben.

Wie die Sonne jeden Tag an Kraft gewann, so nahmen Amamas Kräfte ab. Es schien, als ob sie nur unseretwegen den Winter mit uns durchgestanden hätte, und als ob sie jetzt aufgeben könne, weil wir sie nicht mehr brauchten. Dors Riß am Hals war eine der letzten Wunden gewesen, die sie selbst behandelt hatte. Das Geheimnis der Zaubersteine war bei mir in sicheren Händen, und ich hatte alles gelernt, was sie wußte. Ich kannte die Wirkung der Kräuter, ich kannte die heiligen Rituale – nur Amamas Erfahrung besaß ich nicht. Aber die konnte sie auch nicht an mich weitergeben. Sie mußte mit den Jahren wachsen.

Die Knospen an den Buchen vor unserer Wohnung waren dick und glänzten braun, wie mit wildem Honig überzogen. An den Holunderbüschen zeigten sich zarte, helle, grüne Blättchen, und der Huflattich streckte die ersten gelben Blütenköpfchen aus der feuchten Erde. Unzählige kleine Rinnsale rieselten vom Hang hinunter dem Fluß zu.

Amama hatte schon lange keinen Fuß mehr nach draußen gesetzt. Sie war jetzt zu schwach zum Gehen. Aber heute morgen schien strahlend die Sonne, und die Uralte winkte mich zu ihrem Lager.

«Uba», sagte sie leise, «ich möchte meinen Löwenmantel anziehen. Dor soll mich hinaustragen – unter den großen Ahornbaum am Fluß.»

Ich nickte. «Schön, daß du wieder ein bißchen bei Kräften bist», sagte ich. «Die Luft tut dir sicher gut, Amama.»

Sie lächelte ein geheimnisvolles, trauriges Lächeln. Sie sagte nichts dazu.

Ich ging zu Dor, der draußen vor dem Eingang einen neuen Speer machte. Er hatte den schlanken Eschenstamm schon entrindet und geglättet und war jetzt dabei, ihn zuzuspitzen.

Er drehte sich zu mir um, als ich herankam, und legte mir die Arme um die Taille. «Noch kann ich dich ganz umfassen», meinte er, «aber im Sommer wird das nicht mehr gehen. Dann drängt sich dein Kind schon zwischen uns. Es wird bestimmt ein Mann-Kind!»

Ich gab ihm einen Stups auf die Nase.

«Ach, du ... zur Eifersucht bleibt dir noch reichlich Gelegenheit, wenn es erst da ist ...» Und dann sagte ich ihm, was Amama mir aufgetragen hatte.

Dor ging sofort hinein. Er hüllte die alte Frau in den Mantel aus dem Fell des Höhlenlöwen und trug sie hinaus in die Sonne. Dor hatte nicht schwer zu tragen, das sah ich. Sie wog fast nichts mehr.

Die Amama machte mir ein Zeichen mitzukommen. Ich folgte Dor, der sie sanft in den Armen hielt und mit ihr den Hang hinunterstieg. Bei dem großen Ahorn, der neben einem Felsbrocken am Flußufer stand, setzte er die alte Frau vorsichtig zu Boden.

«Geh jetzt, Dor», sagte Amama, «laß uns zwei Frauen allein. Uba wird dich rufen, wenn du mich zurücktragen kannst.»

Er nickte, drehte sich um und stieg den Hang wieder hinauf. Er verschwand zwischen den Felsen, die überall aus dem Boden ragten.

Ich schaute Amama an. Sie hatte sich hingelegt. Sie blickte mit weit offenen Augen zum hellblauen Frühlingshimmel auf.

«Ich wollte das alles noch einmal sehen», sagte sie leise. «Die knospenden Bäume, den Fluß und den Himmel. Weißt du, Uba, wenn man so lange gelebt hat, dann ist es nicht schwer, zu gehen. Aber ich habe diesen Platz besonders geliebt ...»

Sie atmete tief und schwer. Sie sah so blaß, so durchsichtig aus. Ich konnte all die blauen Adern an ihrer Schläfe sehen. «Was sagst du da?» flüsterte ich erschrocken. «Du kannst jetzt noch nicht gehen! Wir lieben dich, und wir brauchen dich ja!»

Amama lächelte und zog mit ihren dünnen, weißen Händen den Umhang fester zusammen. «Ich bin schon auf dem Weg», sagte sie so leise, daß ich es fast nicht hören konnte. «Mach mir keine Schande, Uba ...»

Ich beugte mich über sie. Ihr Atem war flach geworden. Ich küßte sie auf die Stirn. «Nein, ich werde dir keine Schande machen», sprach ich, «und ... ich danke dir.»

«Gib mir deine Hand.» Ihre Stimme war jetzt kaum noch zu verstehen. «Deine Tochter ... wird leben. Gib ihr ... mein Wissen ...» Sie umklammerte meine Hand einen Augenblick ganz fest. Sie sah mich befehlend an, und ihre schwarzen Augen leuchteten. Dann hob sie den Blick zu den weißen Wolken, die über uns dahinsegelten, und die schmalen, knotigen Finger, die meine Hand umspannten, wurden schlaff. Ihr Kopf rollte zur Seite. Sie war gegangen.

Einen Augenblick lang saß ich reglos da. Langsam wallte der Schmerz in mir auf. Tränen stürzten aus meinen Augen, und ich streichelte sanft das weiße Haar meiner Amama.

Ihre Erfahrung, die über viele Jahre gewachsen war, konnte niemand ersetzen. Ich besaß ihre Kenntnisse, aber nicht ihre Weisheit. Wir waren wie Kinder ohne Mutter.

Nach einer Weile faßte ich mich. Ich stand auf, stieg auf einen Felsblock und rief Dor. Er kam sofort; er hatte an meiner Stimme gehört, daß etwas nicht stimmte.

Ich brauchte nichts zu sagen. Als er Amama sah, wußte er, warum ich weinte. Er nahm sie vom Boden auf und trug sie zurück nach Hause.

Amama bekam die Zeichen für den Weg nach Westen von mir. Wir kleideten sie in den besten Umhang, den sie besaß, und legten alle Werkzeuge und die Nahrung, die sie brauchen würde, auf die Trage, auf der sie zur heiligen Halle des Bären gebracht wurde. Dun und Marr hoben dort im Vorraum des Heiligtums ihr Grab aus, und wir betteten sie auf Hirschfellen.

Zum erstenmal trug ich den Umhang aus Löwenfell. Ich bestreute Amama mit dem heiligen Rot und sprach die Worte des Abschieds. Meine Stimme klang fest, aber meine Tränen strömten.

Als alles geschehen war, als die Lampen gelöscht wurden, war mir, als ob Amamas dunkle Augen mich freundlich anschauten, und ich hörte auf zu weinen. Mir fielen ihre letzten Worte ein. Ja, dachte ich, ich will meiner Tochter dein Wissen weitergeben.

Draußen war ein herrlicher, strahlender Frühlingstag. Ich atmete tief ein und legte die Hände auf den Leib. Deine Tochter wird leben, hatte sie gesagt. Meine Trauer war auf einmal mit Freude gemischt.

10

Von jetzt an hatte ich jeden Tag von der Dämmerung bis zum späten Abend zu tun – manchmal sogar bis in die Nacht. Ich war an Amamas Stelle getreten, und ich mußte ohne ihren Rat auskommen. Ich konnte nicht mehr einfach zu ihr gehen und sie fragen, wenn ich etwas nicht wußte. Ich mußte jetzt selbst entscheiden. Am Anfang war es sehr schwer.

Der Frühling ging vorbei, das Leben wurde leicht für uns. Viele Kräuter hatte ich schon gesammelt, getrocknet und für den Gebrauch in Netzen an Amamas Stangengerüst aufgehängt, das jetzt mir gehörte. Ich war jeden Tag draußen – meine Erfahrung und Sicherheit im Umgang mit Heilmitteln wuchs ständig.

Ich wurde von den anderen mit großer Achtung behandelt, trotz meiner Jugend. Man fragte mich bei allen wichtigen Entscheidungen nach meiner Meinung, und oft, allzuoft, war ich unsicher. Dann nahm ich die heiligen Steine, warf sie aus und las ab, was sie mir sagten. Aber das war schwierig; manchmal verstand ich ihren Sinn nicht. Dann setzte ich mich hin und dachte nach. Ich mußte versuchen, das Geheimnis zu entschleiern. Nicht immer gelang mir das – ich hoffte, daß auch ich mit der Zeit weiser würde.

Der Sommer kam. Zum erstenmal mußte ich allein einer Frau bei der Geburt beistehen. Dadi bekam ihr zweites Kind. Ich war sehr nervös, aber meine Mutter und Anta machten mir Mut und halfen auch. Alles ging ganz leicht. Amama hatte mich gut unterrichtet. Jeder Handgriff stimmte, obwohl ich ihn noch nie richtig geübt hatte, und Dadi hatte bald einen zweiten Sohn, genauso kräftig und gesund wie der erste.

Als der Kleine geboren war und ich die Nachgeburt untersucht und dann vergraben hatte, war ich so froh, als ob ich selbst ein Baby bekommen hätte. Wir feierten das Ereignis mit einem gebratenen Hirschkalb.

Bis in die Nacht saßen wir am Feuer. Wir lachten miteinander und erzählten uns Geschichten, und wir schauten wieder zuversichtlich in die Zukunft. Der harte Winter war vergessen, wir lebten, und es ging uns gut.

Als wir endlich auf unseren Schlaffellen lagen, streichelte Dor meinen Bauch, der sich langsam rundete. «Auch bei dir wird alles gutgehen», flüsterte er. «Du bist geschickt und klug. Du könntest ohne Hilfe ein Kind zur Welt bringen, glaube ich ...» Er umarmte mich voller Zärtlichkeit. «Ja», antwortete ich und schmiegte mich an ihn. «Aber ich muß es ja nicht. Ich habe ja meine Mutter und Anta und Dadi. Die helfen mir, wenn es soweit ist.»

Dor brummte etwas wie: «... du bist die beste von allen» und war schon eingeschlafen. Ich betrachtete sein Gesicht im schwachen roten Schein des glimmenden Kochfeuers. Ich würde ihn immer lieben. Ich war glücklich.

Die Zeit der Reife hatte angefangen. Fast jeden Tag zogen die Frauen ins Grasland, um die Samen des wilden Weizens zu ernten. Auch ich war dabei. Wir nahmen Taschen aus Leder und Körbe mit, in denen wir unsere Ausbeute nach Hause tragen konnten.

Die Sonne hatte schon seit Tagen geschienen. Es war warm – am tiefblauen Himmel zogen riesige weiße Wolken langsam dahin. Dadi hatte ihren älteren Sohn bei Cona zu Hause gelassen. Das neugeborene Baby trug sie in einem Beutel aus Hasenfell auf der Brust.

Mein kleiner Bruder Asa sprang mit Tads und Sias Jungen voran. Die drei waren fast gleichaltrig. Olas Töchter, die jetzt sieben Sommer zählten, trugen stolz ihre Sammelkörbe, die Ola ihnen erst neulich aus dünnen Weidenzweigen geflochten hatte. Die Kleinen schauten ganz ernsthaft drein; es war ihnen schon längst bewußt, wie wichtig das Suchen von Nahrung ist.

Wir stiegen langsam den Hügel hinauf. Zwischen den Felsen duftete der letzte Lavendel, und Falter in bunten Farben flatterten um die kleinen, hellblauen Blüten.

Von oben konnten wir das Grasland sehen. Weit dehnte sich das flache Gelände; die Getreidehalme mit ihren kurzen Ähren wiegten sich sanft im Wind. Von der Stelle, wo wir standen, sah die Ebene aus wie ein leicht bewegter, goldgelber See.

Den Hügel hinab ging es schneller. Die drei kleinen Jungen rannten, überkugelten sich, lachten laut. Die Mädchen hatten einen Fleck entdeckt, auf dem noch ein paar verspätete Erdbeeren rot in der Sonne leuchteten. Die waren im Nu abgesucht und in den kleinen Mäulern verschwunden.

Als wir unten waren, fingen wir gleich mit der Arbeit an. Die Ähren mußten durch die Hand gestreift und die herausfallenden Körner in Beutel gesammelt werden. Es war mühsam, wildes Getreide zu ernten, aber die Grütze, die man daraus machen konnte, schmeckte gut und war sehr nahrhaft. Außerdem ließ sich das Korn lange aufheben. Es verdarb nicht so leicht. Die Mühe lohnte sich.

Wir sammelten, bis die Sonne tief im Westen stand. Dann waren unsere Beutel voll, und sogar die beiden kleinen Mädchen hatten emsig mitgeholfen und ihre Körbchen gut gefüllt. Asa und seine beiden Altersgenossen hatten sechs Eidechsen erbeutet. Stolz zeigten sie ihr «Wild» vor. Meine Mutter versprach, ihnen am Abend die Leckerbissen zu rösten.

Auf dem Heimweg unterhielten wir uns über die vielen kleineren und größeren Dinge, die vor dem Herbst noch erledigt werden mußten. «Weißt du, Uba», meinte meine Mutter und zeigte auf ihren prallen Sammelbeutel, «es wäre bestimmt eine gute Idee, wenn wir noch ein, zwei neue Vorratsgruben anlegen würden. Dieses Jahr gibt es so viel Korn. Die Haselbüsche hängen auch voller Nüsse, und Eicheln habe ich in Massen gesehen. Was meinst du dazu?»

Ich nickte. «Wir sollten wirklich mal mit Dor darüber sprechen. Diesen Winter sieht es mit den Vorräten viel besser aus. Wenn wir weiter so fleißig sind, brauchen wir uns keine Sorgen zu machen.»

Der Abendwind wehte mild; die Hitze des Tages war verschwunden, und es wurde angenehm kühl. Die weißen Kalksteinfelsen, zwischen denen wir entlanggingen, strahlten noch Wärme ab, und in der Luft lag das feine Sirren unzähliger Grillen.

Ich bückte mich und pflückte einen Strauch Thymian, der überall seine duftenden Polster ausgebreitet hatte. Thymian half bei Husten, aber das Kraut schmeckte auch wunderbar zu gebratenem Fleisch.

Wir hatten den halben Weg nach Hause schon zurückgelegt. Über uns wölbten sich tiefgrün die Wipfel der mächtigen Buchen, die am Fuß des Hanges wuchsen. Hier, zwischen Gras und Gebüsch versteckt, lag der niedrige Eingang zu der kleinen Höhle, in die ich im vergangenen Herbst hineingeraten war. Ich mußte lächeln, als ich daran dachte, und ich versuchte, das schmale, lange Loch wiederzufinden. Bald entdeckte ich es auch. Es lag neben einem breit gewachsenen Haselbusch, der es fast ganz überschattete. Direkt davor standen drei uralte, verkrüppelte Buchen. Jetzt, im Sommer, war das Loch auch nicht viel besser zu sehen als damals im Herbst, als die abgefallenen Blätter es so gut versteckt hatten.

Mit meinem dicken Bauch würde ich jetzt nicht mehr so gut durch den niedrigen Eingang passen, dachte ich belustigt. Ich würde sicher steckengleiben, und Dor würde mich nur mit großer Anstrengung wieder herausbekommen. Ein komischer Gedanke. Ich mußte laut lachen.

Dadi schaute mich verdutzt an. «Worüber lachst du denn?» wollte sie wissen.

Ich erzählte ihr die ganze Geschichte. Als ich fertig war, lachte sie auch, und ich mußte alles für die anderen noch einmal erzählen. In fröhlicher Stimmung kamen wir zu Hause an.

Die Jäger waren schon da. Es war wieder eine gute Jagd gewesen, und alle waren bei bester Laune. Sie hatten ein junges Rentier und mehrere fette Hasen heimgebracht. Cona war schon mit dem Ausnehmen und Abziehen beschäftigt.

Zum Abendessen gab es Leber, Herz und Lunge von den erbeuteten Tieren. Meine Mutter, Ola und Anta kochten ein Mus aus Getreidekörnern dazu.

Wir genossen das frische Fleisch. Auch der Brei schmeckte wunderbar. Wir redeten über den Bau der neuen Vorratsgruben; alle beteiligten sich rege am Gespräch.

Nach einer Weile bemerkte ich, daß Siba bisher kaum ein Wort gesagt hatte. Er starrte finster vor sich hin; sein Gesicht verzog sich ab und zu mißmutig.

Sibas komplizierter Splitterbruch am Unterschenkel war eigentlich gut verheilt. Was Amama und ich damals befürchtet hatten – nämlich daß die Wunden eiterten und seinen Körper vergifteten –, das war nicht eingetreten. Wir hatten das Bein so oft wie möglich mit Salbeiabsud betupft, und es hatte sich dann schnell geschlossen. Aber Siba konnte noch immer nicht gut damit gehen – Knie und Fußgelenk hatten sich versteift. Siba hinkte und hatte bei jedem Schritt Schmerzen. Längeres Laufen war ihm fast unmöglich.

Ich schaute zu ihm hinüber, und ein unruhiges Gefühl stieg in mir auf. Er mußte sich sehr überflüssig und unbrauchbar vorkommen. Früher war er ein wichtiges Mitglied unserer Sippe gewesen, und jetzt war er gezwungen, dabeizusitzen und anzuhören, was die anderen alles unternehmen würden – ohne ihn.

Er tat mir plötzlich sehr leid. Ich verstand, daß er verstimmt und mißmutig war. Ich überlegte, wie ich ihm helfen könnte.

Amama hatte mir im vergangenen Sommer bei unseren Wanderungen von einer schwarzen Erde erzählt, die bei steifen Muskeln und Sehnen helfen sollte. Auch gegen die Gelenkschmerzen der Alten wirkte sie heilend und wohltuend. «Aber», so hatte die Amama gesagt, «diese Erde gibt es nicht in unserem Land. Man muß weit wandern, viele Tage weit nach Norden, wenn man sie finden will.»

Viele Tage weit. Wie viele Tage wohl? Drei, vier – fünf Tage? Zu weit für Siba. Aber wenn die schwarze Erde ihm half? Wenn er danach wieder ohne Schmerzen gehen konnte?

Ich mußte mit Dor darüber reden. Amama hatte damals erzählt, diese Erde sei warm, und man müsse sich darin eingraben. Dann zöge sie die Schmerzen aus dem Körper.

Dor würde wissen, was wir tun konnten. Er war stark und klug. Er war der Anführer.

Und ich mußte mir ins Gedächtnis zurückrufen, was Amama sonst noch über den heilenden Schlamm gesagt hatte. Ich dachte scharf nach. Man muß nach Norden wandern, über die Berge. Ein großer Wald ist da, zwei Tage braucht man, um den hinter sich zu bringen. Und der kleine See, den man suchen muß, wird von einer warmen Quelle gespeist. Sie kommt einfach aus der Erde. Das Wasser ist braun, und die heilende schwarze Erde liegt auf dem Grund des Sees. Ich wußte noch alles! Amama hatte es mir damals genau beschrieben, und ich hatte es behalten. Wenn man den See überhaupt finden konnte, dann würde ich ihn finden, um Siba zu helfen.

Später, als ich mit Dor beim Kochfeuer saß, erzählte ich ihm, was ich mir ausgedacht hatte. Dor schaute mich eine Weile gedankenverloren an. Dann sagte er: «Siba ist unzufrieden damit, daß er so oft untätig herumsitzen muß. Er ist noch nicht so alt; er kann es nur schwer ertragen.» Er schaute mich fragend an. «Der schwarze Schlamm könnte ihm also helfen?»

«Ja», sagte ich. «Amama meinte damals, wenn sie etwas davon gehabt hätte, dann hätte sie auch Zat damit heilen können.» Ich senkte den Kopf. «Aber vielleicht schafft Siba es nicht, bis zur warmen Quelle zu wandern ...»

Dor grinste. «Diese Frage reicht. Wenn du Siba *das* fragst, dann wird er bis ans große Eis laufen, nur um dir zu beweisen, daß er es doch schafft ...»

«Vielleicht ...» meinte ich zögernd, «vielleicht schafft er es wirklich.»

Dor nickte. Dann kniff er die Augen zusammen. «Du willst Siba wieder gesund machen, aber eins vergißt du, Uba», sagte er und runzelte die Stirn. «Was ist mit dir? Denk doch mal an dich. In drei Monaten wird dein Kind geboren.»

Ich schaute ihn verblüfft an. Was hatte denn mein Kind mit Siba zu tun? Dann begriff ich. Dor machte sich Sorgen um mein Wohlergehen.

«Du», sagte ich, «ich bin gesund und kräftig. Ich habe noch lange Zeit, bis das Baby kommt. Den See haben wir in ein paar Tagen erreicht, mit ein bißchen Glück ... und für Siba wäre es das Ende seiner Schmerzen.»

Dor wollte widersprechen. Ich legte ihm die Finger auf die Lippen. Er drehte den Kopf hin und her, aber ich ließ ihn den Mund nicht aufmachen. Schließlich meinte er widerstrebend: «Na gut. Wir drei, du, ich und Siba, wir könnten es versuchen. Eins mußt du mir allerdings versprechen: Wenn es zu schwierig wird, dann kehren wir um. Einverstanden?»

Ich hatte ihn überredet. Ich freute mich. Wenn Amama den schwarzen Schlamm für heilsam gehalten hatte, dann stimmte das auch. Ich wußte, sie hatte ihn selbst nie angewendet, aber sie hatte Menschen gekannt, die davon gesund geworden waren. «Dor», sagte ich und schaute meinen Mann voller Überzeugung an, «stell dir vor, Siba könnte anschließend wieder richtig gehen! Wir hätten dann wieder einen Jäger mehr! Dafür lohnt sich doch die weite Wanderung!»

«Weib», brummte Dor und packte mich um die Taille, die bei mir kaum noch zu erkennen war, «du brauchst nicht weiterzureden. Wir machen die Reise, und wenn ich dich und Siba abwechselnd auf den Buckel nehmen muß.»

Wir rollten uns in unsere Schlafpelze ein. Ich fühlte seinen warmen, muskulösen Körper an meiner nackten Haut, und ein Funke glühte in mir auf. Die Nacht war hell – draußen leuchteten unzählige Sterne. Der Mond stand wie ein silbernes Wisenthorn am samtblauen Himmel.

Wir umarmten uns. Das Feuer in uns brannte heller, flammte hoch auf. Es war wie damals, in der Zeit unserer ersten Leidenschaft. Wir klammerten uns aneinander, und ich spürte seinen Körper wie meinen eigenen.

Danach lagen wir erschöpft und glücklich nebeneinander. Wir waren ruhig und horchten auf die Geräusche der Hochsommernacht. Wir verstanden einander ohne Worte. Dors Hand lag auf meinem Bauch; er fühlte gleichzeitig mit mir, wie sich das Kind darin zum erstenmal bewegte.

Für uns beide war es wie ein Wunder. Wir schauten uns an und lächelten, und dann kam langsam der Schlaf.

Früh am nächsten Morgen ging ich zu Siba hinüber. Er war längst wach. Er saß da und polierte die Spitze seines alten Speers. Als ich herankam, blickte er nicht einmal auf; er senkte den Kopf noch tiefer, als ob er sich schämte, weil ich ihn bei einer Arbeit ertappt hatte, die für ihn nutzlos war.

«Siba», sagte ich, «hör mal. Ich muß dringend mit dir sprechen.»

Siba hob mit einem Ruck den Kopf und starrte mich ärgerlich an. «Was könntest du schon mit mir besprechen? Dein Mann führt die Jäger, und ich bin zu nichts zu gebrauchen. Wenn du mir Weiberarbeit geben willst – dafür bin ich nicht der Richtige ...» Wut lag in seinem Blick, hilflose Wut.

«Nein», antwortete ich. «Es geht nicht um irgendeine Arbeit. Es geht um dein verletztes Bein.»

Sein Gesichtsausdruck veränderte sich. Er sah jetzt nicht mehr wütend aus, sondern nur noch traurig und müde.

«Ich hab mich damit abgefunden», sagte er und senkte den Kopf noch tiefer. «Reden hilft da auch nicht. Oder hast du eine neue Medizin, mit der du mir falsche Hoffnungen machen willst?»

«Nun sei mal still und hör mir genau zu», befahl ich ihm. Auch ich war jetzt ärgerlich. «Wenn du den Wunsch hast, irgendwann wieder ordentlich gehen zu können, dann solltest du dich besser nicht mit deinem lahmen Bein abfinden. Ich kann dir vielleicht wirklich helfen, wenn du bereit bist, dir ein bißchen Mühe zu geben. Denn eine Mühe wird es schon werden ...»

Siba schaute mich erstaunt an. Er war fast doppelt so alt wie ich, und er war es nicht gewohnt, daß eine junge Frau so mit ihm redete. «Du sprichst mit mir wie die Amama», sagte er verwundert. «Ich habe das Gefühl, als ob sie vor mir stände – und nicht du, Uba.»

«Ich habe jetzt die Stellung, die früher die Amama eingenommen hat. Ich mache die Medizin, ich behandle die Wunden, ich befrage die Steine und spreche die vorgeschriebenen Worte.» Meine Stimme war hart und energisch. «Amama hat mich selbst ausgewählt. Deshalb rede ich so mit dir...»

Siba war aufmerksam geworden. Er fragte: «Was für eine Medizin ist das, mit der du mein Bein heilen willst?»

Ich erzählte ihm von der schwarzen Erde, die auf dem Grund des kleinen Teiches bei der warmen Quelle zu finden war. Ich erzählte ihm, daß man viele Tage wandern müsse, um dorthin zu gelangen. Siba hörte zu. Er schaute mich gespannt an, und als ich fertig war, nickte er. Seine Augen hatten den hoffnungslosen Ausdruck verloren und leuchteten. «Wenn der Schlamm hilft, Uba», meinte er, «dann muß ich versuchen, die Quelle zu erreichen. Ich möchte euch wieder nützlich sein. Jede Mühe ist mir dazu willkommen.»

Ich war froh. Ich winkte Dor zu uns herüber und fragte ihn, wann wir losziehen könnten. «Noch heute», meinte Dor, «sobald ich es mit den anderen besprochen habe.»

Ich packte Werkzeug und andere notwendige Dinge in einen Beutel, während Dor mit den Frauen und Männern sprach. Alle waren einverstanden, denn sie hatten bemerkt, wie unglücklich Siba in letzter Zeit gewesen war. Kurz nach Sonnenaufgang traten wir unsere lange Wanderung an.

11

Dor ging voran. Er trug einen weiten Umhang aus Rehleder und darunter nur den breiten Leibriemen, an dem Keule und Klingenbeutel hingen. In der festen, braungebrannten Faust hielt er seinen Speer, und eine enthaarte Rentierhaut hatte er zusammengerollt und auf den Rücken gebunden.

Siba war ähnlich ausgerüstet wie Dor, und ich hatte außer meinem Umhang noch ein dünnes Hemd aus Wieselfell angezogen. Außerdem trug ich Bastbeutel und ein zweites Rentierfell.

Es war heiß; wir gingen zügig voran. Siba gab sich große Mühe, nicht zurückzubleiben. Bald lief uns der Schweiß in Strömen über den Nacken. Die Sonne brannte unbarmherzig auf uns herab. Die kalkigen Felsen, an denen wir vorüberkamen, strahlten Hitze aus.

Wir mußten am Vormittag Rast machen, denn Siba war erschöpft. Das Humpeln mit dem schmerzenden, steifen Bein war zu anstrengend. Wir waren ein gutes Stück weit gekommen; auf einem Hügel unter einer verkrüppelten Eiche setzten wir uns nieder.

Eine ganz leichte Brise wehte hier oben und fächelte uns Kühlung zu. Ich hatte in einer meiner Taschen ein paar Stücke Trokkenfleisch mitgebracht. Wir aßen ein bißchen davon und ruhten uns aus.

Ich legte mich neben Dor ins Gras und schaute zum Himmel empor. Über uns schwebte auf breiten, bewegungslosen Schwingen ein Adler. Ganz langsam zog er seine weiten Kreise. Auch Dor sah dem riesigen Raubvogel zu und träumte wie ich.

Es war ein wunderbarer Anblick. Schwerelos segelte der Greif im tiefen Blau des Himmels dahin. Plötzlich tauchte er mit elegantem Schwung seitlich weg. Wir konnten ihn nicht mehr sehen, aber wir hörten den hellen Todesschrei eines Hasen. Der große Räuber hatte Erfolg gehabt.

Nachdem wir uns ein wenig erholt hatten, wanderten wir weiter. Am Nachmittag hatten wir den Wald erreicht, von dem Amama damals gesprochen hatte. Bald umfing uns tiefer Schatten. Die Kronen mächtiger, uralter Buchen und Eichen wölbten sich über uns. Umgestürzte Baumriesen lagen da, halb erstickt unter dicken, dunkelgrünen Moospolstern und umwuchert von Farnkraut. Das Unterholz war nicht besonders dicht, und wir kamen ganz gut voran.

Es war eine Erleichterung, aus der brennenden Sonne herauszukommen. Hier unter den Bäumen war es herrlich kühl. Wir genossen die feuchte Luft. Dor hatte einen Wildwechsel entdeckt, der ungefähr nach Norden führte, und wir folgten dem schmalen, von vielen Tieren ausgetretenen Pfad.

Ich nutzte die Zeit, um Nahrung einzusammeln, die ich im Vorübergehen fand. Ich hatte schon eine Menge Pilze in einem der Bastbeutel; auch zwei Eidechsen waren mir nicht entkommen. Auf einer kleinen Lichtung pflückte ich Heidelbeeren, die hier in großer Menge standen.

Als es dunkelte, hatten wir das Ufer eines breiten, reißenden Baches erreicht. Das Gelände war sehr hügelig, und das Wasser stürzte von einem felsigen Hang in ein schmales, feuchtes Tal hinab. Dor schlug vor, hier die Nacht zu verbringen.

Wir suchten einen geeigneten Platz für den Windschirm, den wir aufstellen wollten. Bald fanden wir eine ebene Stelle am Rand des Baches. Dor hackte mit der Faustaxt ein paar gerade, starke Stangen aus einem Weidengebüsch; wir rammten zwei davon schräg in die Erde und stützten sie mit zwei weiteren Ästen ab, die oben gegabelt waren. Dann wurden die beiden Seitenteile oben mit einer Querstange verbunden. Siba und Dor stießen noch mehr Stangen in die Erde und lehnten sie an das Querholz an. Ich band oben mit Baststreifen die beiden Rentierhäute fest, die wir mitgebracht hatten, und beschwerte sie am Boden mit dicken Steinen. Ein niedriges, schräg geneigtes Schutzdach war entstanden.

Die Arbeit hatte nicht lange gedauert. Als unser Wind- und Regenschutz fertig war, ging Siba zum Bach. Er schaute aufmerksam in die klare Flut. Schließlich stieg er ins Wasser und watete ein kleines Stück am Ufer entlang. Wir verloren ihn für eine Weile aus den Augen. Als er wiederkam, brachte er fünf große Krebse in seinem Werkzeugbeutel mit.

«Wunderbar!» rief ich aus. «Wie hast du die nur so schnell gefunden, Siba?»

Siba brummte etwas in den Bart wie: «Wenn schon kein Jäger, dann wenigstens Krebsfänger ...»

Ich mußte lachen. «Bald wirst du vielleicht auch wieder jagen», meinte ich. «Wenn die neue Medizin hilft ...»

Dor hatte schon Feuer gemacht. Den Hartholzstab, das Stück Lindenholz und das trockene Moos hatten wir von zu Hause mitgebracht. Dor war bei uns immer der schnellste, wenn es ums Feuermachen ging. Keiner konnte so flink wie er den Stab in der Höhlung im Lindenholz drehen. Er brauchte nur sehr kurze Zeit, bis das abgeriebene Holzmehl glimmte und man das Moos zum Brennen bringen konnte.

Bald flackerte in der kleinen runden Grube, die ich vor dem Windschirm ausgehoben und mit Steinen ausgekleidet hatte, ein helles Feuer. Ich suchte am Bach einen großen, flachen Stein, der zum Rösten zu brauchen war. Der wurde ins Feuer gelegt, und auf seiner Oberfläche, die rasch heiß wurde, bereitete ich die Pilze zu. Die Krebse kamen auch dazu.

Als alles fertig war, aßen wir mit Heißhunger, denn der Marsch war lang und anstrengend gewesen. Die Krebse wurden aus der Asche gestochert und mit einer Klinge aufgebrochen. Sie schmeckten herrlich. Dor und ich bedankten uns bei Siba für die köstliche Mahlzeit.

Nach dem Essen legten wir uns zum Schlafen unter das schräge Schutzdach. Wir wollten im Wechsel beim Feuer wachen; Dor war der erste, und Siba sollte die letzte Wache halten.

Ich rollte mich in meinen Umhang und schaute zum Feuer hinüber. Dort hockte Dor, den Speer an der Seite. Siba schlief schon neben mir. Der warme Wind rauschte leise in den Bäumen, und ganz in der Nähe stieß eine Eule ihren zitternden, klagenden Ruf aus. Die Nacht war still und dunkel. Ich schlief ruhig ein.

Es war kurz nach Mitternacht, als Dor mich weckte. Ich stand leise auf, während er sich müde hinlegte. Er reichte mir den Speer und lächelte mich an. Ich nickte und setzte mich ans Feuer.

Es war schon fast niedergebrannt. Ich legte ein paar Aststücke nach, so daß sie von der Mitte der Grube her anbrennen konnten, und starrte in die Dunkelheit. Der Wald lag schweigend wie eine schwarze Wolkenmasse, und hin und wieder hörte ich die leisen Schwingenschläge eines Nachtvogels. Alles war still. Ich stützte die Ellbogen auf die Knie und legte das Kinn in die Hände. Ich schloß die Augen.

Das scharfe Knacken eines Zweiges weckte mich. Ich mußte einen Augenblick lang eingedöst sein. Zuerst sah ich nur das Feuer, das vor mir glühte. Auf einmal fielen mir die zwei grünlichen Flecke auf, die unbeweglich darüber in der Luft standen.

Ein Tier. Ein Raubtier. Ich griff zuerst nach dem Speer. Aber dann packte ich die Keule, die Dor für mich hingelegt hatte. Die grünlichen, feurigen Lichter starrten mich an.

Ganz vorsichtig rückte ich zur Seite; die Glut blendete mich. Ich konnte nicht sehen, was für ein Tier mir da gegenüberstand. Langsam entfernte ich mich ein Stückchen vom Feuer.

Ich richtete mich auf. Ich umklammerte die Keule und schaute genau hin. Eiskalte Angst wallte in mir auf. Ich sah das Tier jetzt genau. Bräunliches, glattes Fell, spitze Schnauze, große Augen, die das Feuer widerspiegelten. Aufgestellte Ohren, kurze, stämmige Beine. Ein Wolf!

Ich wollte schreien, aber die Furcht schnürte mir die Kehle zu. Los, wehr dich! befahl ich mir. Schlag zu! Jag ihn weg!

Ich zwang mich, einen Schritt auf das Tier zuzugehen. Um den Angriff abzuwehren, der jetzt mit Sicherheit folgen würde, hob ich die Keule. Aber dann geschah etwas Unglaubliches.

Das Tier, das für einen Wolf eigentlich zu klein war, tat einen Schritt rückwärts, legte sich auf den Bauch und wedelte mit dem Schwanz!

Ich schrie fast auf vor Überraschung. Trotzdem ging ich weiter auf es zu. Das merkwürdige Tier rutschte auf dem Bauch rückwärts. Es schaute mich unverwandt an – sein Gesichtsausdruck war ganz anders als der eines Wolfes. Es hatte dunkle Augen, nicht den kalten, gelben Raubtierblick. Es bleckte auch nicht die Zähne und hielt die Ohren gespitzt und nach vorn gerichtet.

Ich hob die Keule und schleuderte sie dem Wolf entgegen. Aber meine Waffe streifte nur ganz leicht eine seiner Vorderpfoten. Das Tier stieß einen leisen, jämmerlichen Schrei aus, sprang auf und verschwand leicht hinkend im Gebüsch.

Völlig fassungslos und mit offenem Mund starrte ich ihm nach. Die Keule fiel mir aus der Hand. Was für ein Wolf war denn das gewesen? Erst nach einer Weile war ich in der Lage, Dor zu wecken. Ich ging zu ihm und rüttelte ihn an der Schulter.

Dor schlug verschlafen die Augen auf. In meiner Aufregung konnte ich zuerst nichts sagen. Dann, als er sich hingesetzt hatte, sprudelte die unglaubliche Geschichte aus mir heraus.

«Ein Wolf ist ans Feuer gekommen, ganz nah heran! Er hatte überhaupt keine Angst vor den Flammen! Und dann habe ich die Keule genommen und ...»

«... ihn erschlagen?» fragte Dor bewundernd. Er sah mich voller Stolz und Begeisterung an. «Wo ist er denn?» wollte er wissen.

«Nein, nein! Ich hab ihn ja gar nicht getroffen! Er hat mich auch überhaupt nicht angegriffen! Er ist von ganz allein weggelaufen! Ich begreife das einfach nicht ...»

«Eigenartig», murmelte Dor und kratzte sich am Kinn. «Normalerweise kommt ein einzelner Wolf überhaupt nicht vor. Und an ein Feuer würde er sich auch nicht heranwagen. Aber daß er dich nicht angegriffen hat, das ist ganz unglaublich. Ich hab noch nie gehört, daß Wölfe einfach so weglaufen ...»

«Das Tier sah ein bißchen anders aus als die Wölfe bei uns», überlegte ich. «Es war kleiner, kurzbeiniger. Und sein Fell ... sein Fell hatte drei Farben. Auf dem Rücken war es fast schwarz ... Das Tier hatte auch braune Augen, und keine gelben. So was hab ich bei Wölfen noch nie gesehen.»

Dor dachte nach und grinste dann. «Na, es ist ja weg, nicht? Wir brauchen uns wegen eines feigen Wolfes keine Sorgen zu machen. Aber komisch ist es doch ...»

Er hatte recht. So ein harmloses Tier brauchte uns nicht zu beunruhigen. Dor legte sich wieder hin, denn ich mußte noch eine Weile wachen. Ich schaute ins Feuer und dachte über den Wolf nach. Vielleicht war er ein altes oder krankes Tier gewesen. Wie auch immer, ich konnte ihn getrost vergessen ...

Weiter geschah nichts mehr während meiner Wache. Nach einer längeren Zeit weckte ich Siba, der sich ans Feuer setzte. Ich legte mich zu Dor unter den Windschirm und schlief ruhig durch bis zum Morgen.

Schon in aller Frühe brachen wir unser Lager ab und zogen weiter. Der Wald wurde dichter, wir arbeiteten uns mühsam durch das Unterholz. Überall standen hohe Farne, und dicke Efeuäste wanden sich wie Schlangen an den Stämmen der Bäume in die Höhe. Die Sonne schien nur selten durch das dichte Blätterdach; der Boden war von weichen, dunklen Moospolstern überzogen, und wir wanderten in grüner Dämmerung dahin.

Die Hügel wurden immer höher, aber die Felsen, an denen wir vorüberkamen, waren nicht hell wie zu Hause. Sie hatten eine dunkelgraue, fast schwarze Farbe, und das Gestein war glatt und sehr hart.

Am Nachmittag gelang es Dor, mit der Keule ein Kaninchen zu erschlagen, das unvorsichtig genug gewesen war, nicht sofort in seinen Bau zu schlüpfen. Wir waren froh – unser Essen für den herannahenden Abend war gesichert.

Als wir endlich eine Lichtung fanden, stellte Dor am Stand der Sonne fest, ob wir noch immer nach Norden gingen. Wir waren nicht aus der Richtung geraten, und wir waren wieder ein gutes Stück weitergekommen.

Auf der Lichtung schlugen wir auch das Lager auf. Wir bauten wie am vergangenen Abend einen Windschutz und machten Feuer. Das Kaninchen wurde geröstet. Wir aßen und waren sehr zufrieden. Nur Siba hatte Schmerzen in seinem verletzten Bein.

Wir teilten die Wache wieder ein. Alles blieb still bis zum Morgen.

Während Dor schon vor Sonnenaufgang das Lager abbrach, untersuchte ich Sibas Bein. Es tat ihm noch weh, aber er könnte damit laufen, sagte er. Er packte seine Sachen. Wir gingen weiter, und er kämpfte sich mit zäher Geduld und mit Ausdauer hinter uns her.

Das Land wurde gebirgig; der Wald war weniger dicht, und es gab hier weniger Laubbäume. Kiefern, Fichten und Tannen waren in der Überzahl. Wir kamen viel schneller voran, denn der Boden unter den tiefdunklen Ästen der Nadelbäume war kaum bewachsen.

Unsere Schritte klangen gedämpft auf der weichen, mit Nadelstreu bedeckten Erde. Überall standen die hohen Haufen der roten Waldameisen; Waldvögel zwitscherten, und manchmal hörten wir den lauten Warnschrei eines Hähers. Die Bäume dufteten nach Harz, und es war in ihrem tiefen Schatten wunderbar kühl...

Wir stiegen Hügel hinauf, hinab, fast bis zum Nachmittag. Dann, unterhalb eines steilen Hanges aus dunklem Fels, lichtete sich der Wald. Sumpfgräser wuchsen hier. Der Boden war moorig und feucht.

Wir blieben stehen und schauten uns um. Vom wolkenlosen Himmel strahlte die Sonne. Auf der einen Seite standen Erlen und Weiden, die im hellen Licht silbergrau aussahen. Auf der anderen Seite blinkte ein kleiner See.

Wir sahen den Teich alle gleichzeitig. Ich rannte hinüber, hockte mich ans seichte Ufer und streckte eine Hand in das dunkelbraune Wasser. Es fühlte sich lauwarm an. Es war nicht tief. Ich tastete bis auf den Grund. Ein weicher, schlammiger Belag war da unten. Als ich die Hand wieder herauszog, war sie dünn mit einer glänzenden schwarzen Masse überzogen, und im Wasser schwebten dunkle Wolken, wo ich den Boden aufgewirbelt hatte.

«Es ist der richtige Teich!» schrie ich aufgeregt. Dor und Siba kamen heran. «Wir haben ihn ohne langes Suchen gefunden! Seht mal!» Ich hielt den beiden meine schwarze Hand hin.

Siba verzog angewidert den Mund. «Und das eklige Zeug soll helfen?» fragte er ungläubig.

«Schau dir dein Bein an», sagte ich und zeigte auf sein geschwollenes Knie. «Ist das nicht wenigstens einen Versuch wert?»

«Na ja», meinte Siba, «probieren können wir es ja mal.»

Dor sagte: «Wir sollten die heiße Quelle suchen, von der Amama gesprochen hat. Dort sprudelt der Schlamm ja aus der Erde, vielleicht ist da besser an ihn heranzukommen.»

Ich nickte. Wir gingen um den Teich herum und suchten nach einem Zufluß. Bald entdeckten wir einen schmalen Bach, der dunkelbraunes Wasser führte und in den Teich einmündete. Sein Wasser war noch wärmer.

Wir folgten dem Rinnsal und kamen an ein Felsplateau, an dessen hinterem Rand der Hang steil anstieg. Mitten auf der Felsplatte sahen wir eine rundliche Mulde, durch die der Bach hindurchfloß, und dahinter, am Fuß des Abhangs, lag seine Quelle.

Wir gingen über den felsigen Boden zu dem Spalt hinüber, aus dem dampfend das dunkle Wasser sprudelte. Es kam in unregelmäßigen Stößen, und bei jedem Schwall wurde der schwarze Schlamm mit ausgeworfen.

Das Ziel unserer Wanderung war erreicht. Ich lächelte Siba an. «Wir wollen gleich mit dem Einreiben anfangen», sagte ich.

In der Mulde im Fels, die vom Wasser durchflossen wurde, lag die heilende Masse auch. Mit der Zeit hatte sich eine dicke Schicht gebildet. «Setz dich an den Rand», befahl ich Siba. Er tat gehorsam, was ich von ihm verlangte.

Ich stieg in die Mulde hinein. Das Wasser, das meine Beine umspülte, war fast heiß. Ich mußte außerdem sehr aufpassen, daß ich in dem glitschigen Schlamm nicht ausrutschte. Ich bückte mich und zog Sibas verletztes Bein unter Wasser. Er seufzte auf – die Wärme tat ihm gut. Ich massierte seine steifen Gelenke.

Dor fand inzwischen einen geeigneten Lagerplatz ganz in der Nähe des kleinen Plateaus. Dort baute er den Windschirm.

Siba genoß die wohltuende Massage im warmen Wasser. Nach einer Weile sagte ich: «So, jetzt will ich dir einen Umschlag aus der schwarzen Erde machen.»

Er nickte, und ich stieg aus der Mulde. Dor, der uns vom Rand der Felsplatte her beobachtete, lachte laut auf. «Ich dachte, Siba soll in dem Schlamm baden!» rief er belustigt.

Ich schaute nach unten. Meine Füße waren tiefschwarz. Ich mußte auch lachen. Ich griff mit beiden Händen tief ins Wasser, packte etwas von der weichen Masse, richtete mich auf und schleuderte das Zeug zu Dor hinüber. Er war plötzlich schwarz gesprenkelt. Jetzt lachten wir alle drei.

«Stehen dir gut, die Tupfen», rief ich. Dor sprang zu uns an den Rand der Mulde. Er grinste breit, packte mich an den Schultern und warf mich in die schlammige Brühe.

Ich war völlig überrascht. Ich schnaufte und prustete. Aber dann erwischte ich seinen Fuß und riß daran. Dor verlor das Gleichgewicht, ruderte mit den Armen und platschte neben mir in das aufgewühlte schwarze Wasser. Siba saß auf dem Rand und lachte, daß ihm die Tränen über die Wangen rollten.

Das ärgerte mich doch ein bißchen. Warum sollte Siba eigentlich trocken bleiben? Schließlich war der Schlamm doch für ihn gedacht. Ich arbeitete mich zu ihm hin und ergriff sein gesundes Bein. Ein Ruck, und er saß auch drin.

Wir waren alle von dem glänzenden schwarzen Zeug überzogen. Wir planschten in der eigenartig riechenden Masse umher, bespritzten uns gegenseitig und lachten. Schließlich stieg ich aus der Brühe, kletterte ans Ufer und half auch Siba heraus. Dor folgte unserem Beispiel. Wir gingen zur heißen Quelle hinüber und wuschen uns. Besonders mein Hemd aus Wieselfell hatte eine Wäsche dringend nötig.

Als wir alle wieder sauber waren, ging ich zur Mulde und schöpfte ein wenig von dem Schlamm, der sich erstaunlich schnell abgesetzt hatte, in einen unserer Lederbeutel. Wir setzten uns unter den Windschirm, den Dor gebaut hatte, und ich trug die Masse auf Sibas Gelenke auf. Dann packte ich die Stellen mit Kaninchenfell ein, das in meinem Medizinbeutel war.

Siba legte sich hin und ließ den Umschlag einwirken, während Dor Feuer machte.

Die Abendsonne leuchtete golden über den Weidenbäumen, die sich unten am See im Wasser spiegelten; Mücken tanzten in Schwärmen in der milden, lauen Luft. Ich schaute den Schwalben zu, die hoch am Himmel dahinschossen, und ich fühlte mich zufrieden und glücklich. Die Schlammpackungen würden Sibas Bein wieder beweglich machen, und dann würde der Marsch nach Hause noch leichter werden als der Weg hierher.

Ein warmer Wind war aufgekommen; er rauschte in den Wipfeln der Tannen und Fichten, die dunkel am Rand des freien Geländes jenseits des Sees standen. Die langen, dünnen Zweige der Weiden wehten leise in der Brise, und das Wasser des Sees kräuselte sich. Es war schön hier.

Dor stand auf, kam von der anderen Seite des Feuers herüber und setzte sich neben mich. Schweigend schauten wir die weißen Wolken an, die über uns vorübertrieben, und ich wußte, er war genauso zufrieden wie ich.

Später, als der Abendstern wie ein funkelndes Auge am Himmel stand, ging ich zu Siba und wickelte seine Umschläge ab. Er lächelte mich an, und ich sah mit Erstaunen und Verwunderung, daß er das Knie ein wenig bewegen konnte. Auch das Fußgelenk war geschmeidiger geworden.

«Es tut gar nicht weh», sagte Siba. «Vielleicht sind wir doch nicht umsonst hierhergekommen!»

Dor meinte trocken: «Amama hat sich in ihrem langen Leben niemals geirrt. Und Uba kann mit ihrem Wissen umgehen. Wir werden die heilende Erde mitnehmen, damit du auch zu Hause noch damit behandelt werden kannst.»

Siba nickte. «Ja», sagte er. «Ich glaube jetzt auch, daß ich irgendwann wieder mit auf die Jagd gehen kann, wenn schon dieses eine Mal so deutlich hilft.»

Es wurde bald dunkel, und wir legten uns zur Ruhe. Wir wachten wieder abwechselnd in der milden Nacht. Unser Schlaf war tief und sanft.

Am nächsten Morgen, nachdem wir ein bißchen gegessen hatten, ging ich zur Mulde und holte eine Menge von dem schwarzen Schlamm heraus. Ich schmierte ihn dick auf den ebenen Felsboden, damit er in der Sonne trocknete.

Den Vormittag nutzte ich zum Sammeln von Nahrung. Es wuchsen viele Sumpfbeeren in der feuchten Senke am See, und auch Schilfsprossen waren zu finden. Dor hatte viel Glück; er fing mit ausgelegten Schlingen drei Wildenten im Rohrdickicht. Siba nahm in der Zeit ein Bad in der Mulde und massierte seine Gelenke selbst.

Gegen Mittag war der Schlamm auf den heißen Steinen getrocknet. Er ließ sich in festen Fladen leicht abnehmen; ich zerkrümelte die Masse und packte sie in die mitgebrachten Beutel. Danach holte ich noch einmal eine Menge von dem Zeug heraus. Es hatte einen eigenartigen, scharfen, aber nicht unangenehmen Geruch.

Siba saß da und bewegte sein Bein. Es ging jetzt noch besser als am vergangenen Abend. Er hatte auch keine Schmerzen. Ich untersuchte seine Gelenke; sie fühlten sich nicht mehr hart und starr an, sondern viel weicher und elastischer. Ich mußte wieder staunen. Der Schlamm war offenbar ein Wundermittel. Ich würde davon mitnehmen, soviel ich konnte.

Am späten Nachmittag war die zweite Portion getrocknet. Es reichte, um alle Beutel zu füllen. Ich behandelte erst Siba noch einmal, und dann briet ich am Feuer zwei von den Enten, während Dor noch einmal zum See hinunterging.

Er kam mit einer ganzen Menge Frösche zurück, die er im Sumpf gefangen hatte.

Ich freute mich. Frösche waren ein Leckerbissen. Siba half mir beim Ausnehmen – dann steckten wir sie an lange, grüne Weidenruten und rösteten sie über der Glut. Es wurde ein wahres Festmahl.

«Uba», meinte Siba, während er eins der dünnen Froschknöchelchen abnagte, «warum geht es uns nicht immer so gut? Ich wünschte, wir könnten diesen Teich mitnehmen. Dann hätten wir immer Frösche zum Essen.»

Ich lachte. «Und du würdest dann vom Bisonjäger zum Froschjäger, was?» neckte ich ihn. «Aber denk mal daran, wie viele Frösche du fangen müßtest, bis wir alle satt wären! Unzählig viele ...»

Siba kratzte sich hinter den Ohren. «Da hast du recht», brummte er betroffen. «Ist ja eigentlich nicht viel dran an den kleinen Dingern. Mehr was zum Naschen.»

«Aber naschen ist manchmal auch schön», sagte Dor grinsend und nahm sich noch einen von den winzigen Braten. Wir aßen mit großem Appetit. Die Knöchelchen warfen wir ins Gebüsch.

Nach dem Essen stand Dor auf und reichte mir die Hand. Er zog mich vom Boden hoch. «Komm», sagte er, «wir gehen noch ein bißchen zum Wasser.»

«Ja, tut das nur», meinte Siba. «Ich lege in der Zeit Holz aufs Feuer.» Wir gingen hinüber zum Ufer des Sees und setzten uns. Der Mond war aufgegangen; seine leuchtende, noch nicht ganz runde Scheibe spiegelte sich im schwarzen Wasser.

Neben uns reckten Kalmusstauden ihre schmalen, langen Blätter aus dem sumpfigen Boden, und in der Nähe blühten die allerletzten roten Kerzen des Blutweiderichs. Die Blüten der Seerosen hatten sich für die Nacht geschlossen; aber das Geißblatt, das einen der nahen Erlenstämme üppig umrankte, war voller unscheinbarer gelblicher Blüten, die einen süßen, betörenden Duft ausströmten.

Dor stand auf, ging hinüber und pflückte ein paar von den Dolden. «Die solltest du im Haar tragen», meinte er leise. «Der Duft paßt zu dir ...»

Ich nahm die Geißblattblüten und lächelte ihn an. Er setzte sich, zog mich wortlos an sich und küßte mich. Wir schauten auf den silbern überhauchten See hinaus, horchten auf das Rauschen des Schilfs und genossen die warme Nacht.

Mein Kind bewegte sich sacht in mir; ich war zufrieden; ich hatte keine Wünsche außer einem: Ich wünschte mir, daß mein Glück nie zu Ende ginge.

Nach einer Weile erhoben wir uns und wanderten wieder zum Feuer zurück. Siba hatte schon alles für die Nacht fertiggemacht; wir konnten uns schlafen legen. Als ich die Augen schloß, hörte ich, wie weit in der Ferne ein Wolf heulte. Es war ein eigentümliches, dumpfes, oft unterbrochenes Heulen. Aber ich hatte keinen Grund, mich zu fürchten. Dor hielt Wache – er würde uns schützen. Ruhig schlief ich ein.

Die Nacht verging. Der Morgen war taufeucht und voller

Sonne. Wassertröpfchen blitzten an allen Gräsern. Das waren die ersten Zeichen des Herbstes – der Sommer hatte seinen Höhepunkt überschritten. Bald würden die Nächte wieder kühler werden. Die Holunderbeeren waren schon geerntet, bald reiften die Holzäpfel und Preiselbeeren. Und dann kam wieder die Zeit der großen Jagden.

Wir aßen etwas, brachen das Lager ab und machten uns auf den Heimweg. Wir folgten den Pfaden, die wir gekommen waren – zurück ging es viel besser und schneller.

Um die Mittagszeit legten wir eine kurze Rast ein, und am Abend lagerten wir an der gleichen Stelle, die wir auch auf dem Hinweg benutzt hatten. Ich behandelte Siba wieder; sein Bein besserte sich ständig. Am nächsten Tag konnte er leicht mit uns Schritt halten und sogar einen Teil der mit Erde gefüllten Beutel tragen.

Das Wetter blieb schön. Auch die nächste Nacht war warm und ruhig. Am letzten Tag der Wanderung erreichten wir das Grasland in der Nähe unserer Wohnung schon kurz nach Mittag. Sibas Benehmen hatte sich völlig verändert. Er konnte wieder fast normal gehen, sein Bein tat ihm kaum weh, und er war ganz der alte, so wie vor der Unglücksjagd. Er lachte, er machte Witze mit Dor, er ließ die Schultern nicht mehr hängen – er wirkte fröhlich und glücklich.

Wenig später waren wir zu Hause. Schon als wir den Hang zum Eingang hinaufstiegen, kam uns Asa, mein kleiner Bruder, entgegengerannt.

«Uba, Dor, Siba!» schrie er aufgeregt. «Ama! Sie sind wieder da!» Ich lachte und nahm ihn in die Arme. Asa schmiegte sich voller Freude an mich und gab mir einen schmatzenden, feuchten Kuß auf die Wange. Dann machte er sich von mir los und stürzte sich auf Dor und Siba.

«Hast du mir was mitgebracht, Dor?» wollte er neugierig wissen.

«Nein, Asa», meinte Dor lächelnd. «Aber ich hab eine tolle Idee! Weißt du was? Morgen mache ich dir einen richtigen Speer. Dann zeige ich dir, wie man damit werfen muß, und du kannst üben, damit mal ein großer Jäger aus dir wird.»

Asas Augen waren bei dem Wort «Speer» groß und rund geworden. Jetzt sprang er vor Begeisterung und kindlicher Glückseligkeit fast in die Luft. Er rannte zu meiner Mutter, die lächelnd vom Kochfeuer her zugehört hatte. «Ama, Ama», brüllte Asa, «Dor hat gesagt, er will mir einen Speer machen! Ganz für mich allein!»

«Das ist schön», sagte meine Mutter und strich Asa über das zerzauste Haar. Dann schaute sie uns an. «Aber noch schöner ist es, daß ihr drei wieder da seid. Willkommen zu Hause!»

Tad und Anta waren an ihren Kochfeuern mit Gerben und Schaben von Fellen beschäftigt gewesen. Sie kamen jetzt auch zu uns und begrüßten uns voller Freude. Siba wurde bestaunt, und er kostete das gründlich aus. Er ging mit seinem fast heilen Bein hin und her, zeigte, daß er es wieder bewegen konnte, und genoß die Verwunderung der Frauen. Anta war überglücklich. Sie würde jetzt nicht mehr die schlechte Laune ihres Mannes ertragen müssen, denn Siba würde keine schlechte Laune mehr haben.

Sie hatte gerade ein schönes Stück Rehkeule zum Braten auf einen Spieß gespießt. Jetzt wanderte der Spieß übers Feuer. Anta meinte, zur erfolgreichen Heimkehr müßten wir erst einmal etwas essen.

Bald duftete es wunderbar nach Fleisch. Wir langten kräftig zu und ließen uns erzählen, was während unserer Abwesenheit alles passiert war.

«Die Vorratsgruben für die Körner sind voll bis zum Rand», sagte meine Mutter. «Wir haben auch reichlich Beeren und Wildkirschen. Die Kinder sind schon Pilze suchen gegangen. Und die ersten haben wir zum Trocknen aufgehängt. Fleisch haben wir jetzt fast jeden Tag übrig und lagern es ein. Die Männer bringen so viele Kaninchen und Vögel heim, daß wir sie nicht alle essen können ...» Sie schaute Dor zufrieden an. «Diesen Winter brauchen wir bestimmt nicht zu hungern.»

«Das ist großartig», meinte Dor. «Wir werden jedenfalls dafür sorgen, daß auch die Fleischgruben vor dem Winter alle bis in die letzte Ecke gefüllt sind.»

«Ja», sagte ich, «und dann kommen noch die Nüsse und Bucheckern, die Eicheln, die Holzäpfel und Schlehen ... Von allem gibt es in diesem Herbst viel. Die Bäume und Sträucher hängen voll davon.»

«Es wird ein bequemer, leichter Winter», sagte Siba. «Ich kann bald wieder mit, und dann bringe ich auch Fleisch heim.»

Wir lehnten uns mit dem Rücken an die rauhe Felswand unserer Wohnung. Diesmal standen uns Not und Hunger im Winter nicht bevor. Im Gegenteil. Es sah so aus, als ob die Kalte Zeit regelrecht angenehm werden würde. Einen Teil der Zeit im Spätherbst konnten wir dazu nutzen, auch ein Brennholzlager anzulegen, denn die Männer mußten nicht mehr so oft auf die Jagd. Es war ein beruhigendes Gefühl. Ich legte die Hand auf den Bauch und fühlte durch die Kleidung die kräftigen Bewegungen meines Kindes. «Du wirst zwar im Winter geboren», dachte ich, «aber du brauchst keine Angst zu haben. Wir beide, du und ich, wir werden keine Not leiden. Noch drei – nein, nur noch zwei Mondwechsel, dann halte ich dich in den Armen, mein Kleines. Amama hatte recht – du wirst überleben, Töchterchen ...»

Dor nahm meine Hand. «Ich hab einen Vorschlag», meinte er und schaute erst die Frauen, dann Siba an. «Alles ist so gutgegangen. Warum feiern wir nicht ein Fest, sobald Siba zum erstenmal wieder mit auf der Jagd war? Ich glaube, das würde allen großen Spaß machen. Was meint ihr?»

Die Frauen nickten begeistert. «O ja», sagte Anta, «das wäre toll. Es geht uns gut – wir könnten schon ein Festessen zubereiten. Alles ist reichlich vorhanden.»

«Den Kindern würde das auch gefallen», meinte meine Mutter. Sie blickte zu Asa hinüber, der nur so strahlte. «Besonders Asa, der Vielfraß, hat dann mal wieder Gelegenheit, zu zeigen, was er alles in sich hineinschlingen kann!»

Wir lachten. Tad sagte: «Meine Kinder sind auch nicht bescheiden, wenn genug da ist.»

Siba hatte die ganze Zeit gegrinst. «Noch zwei, drei Umschläge», brummte er jetzt, «dann könnt ihr Frauen anfangen mit dem Kochen und Braten. Dann hält mich nämlich nichts mehr hier drinnen. Ich muß einfach bald wieder mit hinaus ...»

Als am Abend die Jäger und die anderen Frauen und Kinder zurückkamen, wurde das Fest ausführlich geplant. Die Jäger meinten, Sibas Genesung sei wirklich ein Grund zum Feiern.

12

Wir saßen lange am großen Feuer zusammen. Alle freuten sich auf Sibas Fest. Es war sehr spät, als wir endlich schlafen gingen.

Noch drei Tage lang behandelte ich Sibas Bein. Jeden Morgen waren die Gelenke beweglicher, fühlten sich die Sehnen elastischer an. Siba übte jeden Tag; er ging auf und ab, streckte das Knie und winkelte es an, versuchte sogar zu hopsen. Am dritten Tag schaffte er auch das ohne Schmerzen.

Die Frauen freuten sich, die Männer waren begeistert. Sie beschlossen, Siba am nächsten Morgen mitzunehmen, wie früher.

Abends legte ich ihm wieder den Umschlag an. Ich hatte die schwarzen Erdkrümel mit warmem Wasser in einem Behälter aus Birkenrinde zu einem dicken Brei angerührt und schmierte jetzt die Masse auf das Knie. Dann legte ich darüber einen Verband aus weichem Leder und Bastschnüren an.

«Laß es einwirken, bis euer Feuer niedergebrannt ist», sagte ich zu ihm. «Dann kannst du die Binden abnehmen.»

Ich behandelte auch sein Fußgelenk. «Es ist wirklich ein Wunder», meinte ich. «Ohne das Zeug hättest du vielleicht nie wieder richtig gehen können.»

«Das habe ich dir zu verdanken, Uba», antwortete Siba. «Ich stehe tief in deiner Schuld. Sag mir, was ich dir dafür schenken kann.»

«Siba», antwortete ich gerührt, «ich will ja kein Geschenk. Daß es dir wieder gutgeht, das ist für mich Lohn genug. Aber du könntest mir einmal zeigen, wie man Fische und Krebse fängt. Du kannst das von allen Männern am besten ...»

Siba lachte. «Sonst willst du nichts?» fragte er belustigt. «Natürlich könnte ich dir das zeigen ...» Und dann holte er seine Angelleine und erklärte sie mir.

Es war eine lange, fein gedrehte Schnur aus Hirschdarm, an der im Abstand von jeweils drei Fußlängen schmale, an beiden Seiten zugespitzte Knochensplitter eingeknotet waren.

«Diese Leine besteckt man mit Ködern», sagte Siba, «zum Beispiel mit Würmern oder Spinnen und Fliegen. Dann legt man die Leine einfach ins Wasser und bindet sie an Land an einem Baum oder Stein fest. Die Fische sehen die Köder, aber nicht den Splitter. Sie versuchen, den Wurm zu verschlingen, und dabei stellt sich der Splitter in ihrem Maul quer. Sie hängen fest, und man kann sie herausziehen.»

«Hört sich ganz leicht an», staunte ich. «Wie kommt es aber, daß du immer mehr Fische fängst als die anderen?»

Siba lächelte geheimnisvoll. «Das sage ich keinem – auch dir nicht, Uba. Aber eines verrate ich dir: Es liegt an den Ködern. Die verschiedenen Fische haben einen verschiedenen Geschmack, ganz wie wir. Der eine mag lieber Fliegen, der andere lieber Würmer ...»

«Das ist es also», meinte ich. «Und du weißt, was sie am liebsten fressen.» Siba nickte. «Wenn man sie beobachtet, dann verraten sie es selbst. Du bist ja klug, Uba. Vielleicht kommst du ganz allein dahinter, auch ohne daß ich es dir sage.»

Der schlaue Siba! Er hatte mir zwar erklärt, wie man mit der Leine Fische fängt, aber sein Geheimnis, hinter dem ich hergewesen war, behielt er für sich! Na ja, einen kleinen Hinweis hatte er mir ja doch gegeben. Ich würde es auch einmal versuchen. Gleich morgen wollte ich mir eine Angelschnur machen.

Als ich, eingerollt in mein Schlaffell, neben Dor lag, schloß ich die Augen und träumte von vielen, vielen Fischen, die ich selbst fangen würde. Ein herrlicher Gedanke. Ich schlief friedlich damit ein.

Schon sehr früh zogen die Männer los. Stolz hatte Siba seinen Speer wieder geschultert und war, immer noch ganz leicht hinkend, mitgegangen. Asa war auch stolz und glücklich: Dor hatte ihm endlich, endlich den versprochenen Speer geschenkt. Es war eine schlanke, zierliche Waffe, die auf Asas kleine Gestalt zugeschnitten war.

Ich setzte mich gleich nach dem Frühessen hin und drehte eine feine Schnur aus dem frischen Darm eines Rehs. Dann fing ich an, dünne, scharfe Nadeln aus Knochen zu schnitzen. Um die Mittagszeit war ich damit fertig. Ich knotete die Spitzen in passendem Abstand in die Leine ein, und meine Angelschnur war fertig. Sie glich Sibas Leine aufs Haar.

Am Nachmittag war es drückend und schwül; ein Gewitter lag in der Luft. Ich ging zum Fluß hinunter. Unterwegs drehte ich ein paar dicke Steine um und suchte die Würmer heraus, die darunter wimmelten. Am Ufer steckte ich die Köder an die Spitzen, wählte einen schattigen Platz im Gebüsch und warf die Leine aus. Das Ende band ich an einen dünnen Weidenast.

Ich setzte mich und schaute den Wellen zu, die meine Angelschnur bewegten. Es war friedlich hier; die Vögel zwitscherten verschlafen in den Zweigen, und die Grillen sangen ihr schrilles, einschläferndes Lied.

Nach einer Weile holte ich die Leine ein, und – es hatten tatsächlich Fische angebissen! Sie zappelten, es waren fünf Stück. Jede Spitze war besetzt.

Ich tötete die Fische mit einem Schlag auf den Kopf. Stolz legte ich die Leine zusammen und trug meine Beute nach Hause. Die Frauen würden staunen!

Sie staunten wirklich. Meine Mutter sagte: «Das bringen doch nur Siba und Marr fertig! Uba, manchmal glaube ich, aus dir hätte besser ein Mann werden sollen.»

Wir lachten. Dann kamen die Jäger heim. Sie hatten einen großen roten Hirsch erlegt. Einstimmig wurde er zum Festbraten erklärt. Morgen würden wir feiern.

Schon am Abend wurde das Wildbret vorbereitet. Anta schnitt mit Sia den Hirsch in große Portionen, die leicht über dem Feuer zu braten waren. Ich machte mit Tad das Mehl aus Weizenkörnern, denn wir wollten Grütze mit Honig kochen. Wir waren alle bis in die Nacht beschäftigt; morgen sollte möglichst der ganze Tag frei sein. Wir hatten keine Lust, uns das Fest mit unnötiger Arbeit zu verderben. In freudiger Erwartung schliefen wir ein.

Ganz früh waren wir wieder auf den Beinen. Die Männer holten eine Menge Holz für das große Feuer herein, und die Frauen schnitten Gemüse und schälten Rüben und Möhrenwurzeln. Zur Feier des Tages hatte Marr einen Klumpen Steinsalz besorgt. Damit wurde das Fleisch eingerieben. Es schmeckte dann nach dem Braten ganz köstlich. Salz war sehr selten. Manchmal fand man Felsen, aus denen es herauswuchs. Man mußte die weißen Zapfen mit der Klinge abschaben und einsammeln. In den Behältern bildete das Salz dann Klumpen, die man stückchenweise verbrauchen konnte.

Asa stand mit den anderen kleinen Jungen bei meiner Mutter. Er bettelte: «Ama, wir wollen zum Essen noch Pilze suchen. Ich weiß, wo ganz viele stehen. Es ist nicht weit . . .»

«Lieber nicht», meinte meine Mutter, «du bist noch zu klein, um allein in den Wald zu gehen. Wenn ein Raubtier kommt . . .»

«Ach, Ama! Ich hab doch den Speer, den Dor mir gemacht hat!» protestierte Asa. «Ich bin nicht zu klein.» Er verzog beleidigt den Mund. «Und es ist gar nicht weit . . .»

Meine Mutter mußte über den jungen Helden lächeln. «Na schön», meinte sie, «wenn es nicht so weit ist – aber ihr solltet um die Mittagszeit wieder da sein. Dann ist das Essen fertig.» Sie schaute Asa an und zwinkerte ihm zu. «Du weißt ja, die besten Stücke sind immer zuerst weg.»

Asa nickte. Er wußte genau Bescheid. «Keine Sorge, Ama», meinte er großartig. «Ich paß auf die beiden Kleinen auf», er zeigte auf seine Spielgefährten. «Und wir sind pünktlich wieder da, damit wir was mitkriegen.»

Die Kinder zogen ab. Asa hatte seinen kleinen Speer geschultert wie ein Jäger; sie verschwanden im Wald.

Ich schaute hinter ihnen her. Asas Stolz auf seine erste Waffe war zu komisch. Ich mußte lachen. Er war jetzt fünf Sommer alt, und schon wollte er für die beiden Vierjährigen den Beschützer spielen.

Meine Mutter und ich wandten uns wieder der Kocharbeit zu. Die Männer saßen draußen in der Sonne, ließen sich den breiten Rücken bescheinen und unterhielten sich. Die kleinen Mädchen spielten das Kugelspiel. Jede der beiden hatte eine ganze Anzahl von kugeligen Kieselsteinen, die in eine runde Kuhle in der Erde geworfen oder gerollt werden mußten. Sieger war, wer die meisten Kugeln in der Mulde landen konnte.

Über dem Feuer brutzelten jetzt die Fleischstücke. Der Vormittag verging, und als die Sonne hoch stand, setzten wir uns alle zusammen und aßen. Es gab außer dem Hirsch noch Beeren, Nüsse, gekochte Rüben und die köstliche Honiggrütze.

Alle waren in Hochstimmung. Sie langten zu und ließen es sich schmecken. Die Männer sangen die alten Lieder von den glücklichen Jagden und erzählten sich Geschichten. Nur meine Mutter, Tad und Sia wurden langsam unruhig. Die Kinder waren noch nicht zurück.

«Asa hat sich bis jetzt noch nie verspätet, wenn es ums Essen ging», sagte meine Mutter besorgt und schaute mich an. «Ich weiß nicht, was die Jungen aufhält. Sie sind schon seit heute morgen weg. Und Asa hat mir gesagt, er wolle nicht weit in den Wald hinein.»

«Ich verstehe das auch nicht», meinte ich. «Laß uns noch ein bißchen warten. Wenn die Kinder dann nicht kommen, gehe ich los und suche sie. Bestimmt hat Asa mit seinem Speer ein Kaninchen verfolgt und dabei nicht auf die Sonne geachtet.» Ich legte meiner Mutter beruhigend die Hand auf die Schulter. «Er ist eben doch noch lange nicht erwachsen», meinte ich lächelnd. Meine Mutter lächelte auch. «Da hast du recht, Uba», sagte sie. «Aber wenn die drei wieder da sind, dann rede ich mal ein ernstes Wort mit Asa ...»

Der Frühnachmittag verging, und noch immer waren die drei kleinen Jungen nicht nach Hause gekommen. Jetzt bekam ich auch Angst. So lange waren sie noch nie weg gewesen, wenigstens nicht allein.

«Ama», sagte ich zu meiner Mutter, «ich glaube, ich sollte jetzt gehen und Asa und seine Spießgesellen mit Gewalt nach Hause holen. Sie haben wirklich lange genug die großen Jäger gespielt.»

«Ja, ja», antwortete meine Mutter. Sie war in großer Sorge. Sie ging gar nicht auf meinen scherzhaften Ton ein. «Bitte, Uba, such die Kinder. Vielleicht ist ihnen was zugestoßen ...»

«Aber Ama», sagte ich. «So etwas Schlimmes solltest du wirklich nicht denken. Du wirst schon sehen, die Bürschchen tauchen bald verschwitzt und dreckig mit mir wieder auf, und dann kann Dor sie ja mal zur Rede stellen, damit so was nicht wieder vorkommt.»

Meine Mutter hatte Tränen in den Augen. «Bring sie heil wieder», sagte sie leise.

Ich nahm meine Keule. Um den Griff hatte ich am vergangenen Abend die Angelschnur gewickelt. Aber jetzt war keine Zeit, sie abzumachen. Ich nahm sie einfach mit.

Ich ging los. Wohin konnten die Lausebengels bloß gewandert sein? Gute Stellen für Pilze gab es in dem Mischwald, der sich an den Hügeln im Osten entlangzog. Die Kinder hatten ja Pilze suchen wollen. Also schlug ich den Pfad in die Hügel ein.

Die Sonne neigte sich schon dem Horizont zu, und noch immer hatte ich von den Kindern keine Spur entdeckt. Meine Sorge um sie wuchs ständig; sie mußten doch irgendwo sein. Ich ging immer schneller, spähte links und rechts vom Wildwechsel in den Wald hinein. Nichts.

Ich war jetzt schon weiter, als die Jungen wahrscheinlich gegangen waren. Ich kehrte um und ging eine Strecke den Pfad zurück. Waren sie vielleicht vom Weg abgebogen, in den Wald hinein?

Plötzlich entdeckte ich einen Haselstrauch, dessen untere Zweige entblättert und geknickt waren. Das sah ganz nach Asa aus. Es machte dem Bengel immer großen Spaß, von Zweigen mit einem Griff die Blätter abzustreifen. Ich stieg neben dem Strauch ein Stückchen den Hang hinauf. Wieder ein entlaubter Zweig. Ich war auf einer Lichtung. Und dann sah ich sie.

Die drei kleinen Jungen lagen dicht beieinander im hohen Gras, das leise im Wind schwankte. Seltsam – sie blieben ganz ruhig liegen, als ich an sie herantrat. Keiner bewegte sich.

«Sind die Kerle doch tatsächlich hier eingeschlafen», dachte ich und ging noch näher heran. Ich beugte mich über Asa, um ihn aufzuwecken. Ich legte die Hand auf seinen dichten schwarzen Schopf, und dann sah ich das Blut.

Unter all dem wuscheligen Haar war eine tiefe, klaffende Wunde. Der Schädel war zersplittert – gespalten.

Eiskaltes Entsetzen packte mich. Er war tot – tot!

Und die beiden anderen? Schwankend stand ich auf und schaute zuerst Tads, dann Sias Kind an. Auch sie waren tot. Sie waren auf die gleiche Weise gestorben wie Asa.

Ich würgte. Galle stieg mir bitter in die Kehle, und ich ließ mich neben der Leiche meines kleinen Bruders auf den Boden sinken. Asa lag auf dem Bauch – sein rundes Gesichtchen war von der Abendsonne rot überhaucht –, oder war es das Blut aus der Kopfwunde? Tiere rissen solche Wunden nicht ... Nein, es war eine Keule gewesen. Die Kinder waren erschlagen worden. Von wem nur – von wem? Wer erschlug Kinder – drei kleine, wehrlose Kinder? Ich war wie betäubt. Ich konnte keinen klaren Gedanken fassen. Meine Blicke wanderten ziellos umher.

Neben Asa lag der kleine Speer. Er war in der Mitte durchgebrochen, und an seiner Spitze war Blut. Asas kleine, feste, blasse Faust umklammerte noch den Schaft.

Er hatte sich gewehrt. Er hatte sich gegen einen übermächtigen

Angreifer gewehrt, gegen den er keine Chance gehabt hatte. Sein anderer Arm lag wie schützend über Tads kleinem Sohn. Asa, der mutige Asa, hatte seine Freunde zu verteidigen versucht.

Die Erstarrung in mir löste sich. Tränen stürzten mir aus den Augen, während ich die toten Kinder betrachtete. Dann fiel mir plötzlich Bod ein, der Jäger, der im vergangenen Sommer so rätselhaft ums Leben gekommen war.

Eine entsetzliche, rasende Angst wallte in mir auf. Wenn die Mörder, die Bod getötet hatten, die gleichen waren, die jetzt auch die Kinder ...

Ich fing an zu zittern. Ich erhob mich mühsam, zwang mich zum Handeln. Ich mußte die Leichen der Kinder gegen herumstreifende Raubtiere sichern und dann auf dem schnellsten Weg den anderen berichten. Die Kleinen waren von Menschen umgebracht worden. Man mußte die Mörder aufspüren ...

Ich suchte lange Äste, Steine, Stangenholz. Ich bedeckte die Leichen von Tads und Sias Kindern damit, so daß Hyänen und Wölfe nicht an sie herankonnten. Dann hob ich Asa auf und nahm ihn in die Arme. Sein kleiner, schlaffer Körper war noch warm; meine Tränen flossen wieder, während ich ihn den Hang hinunter zum Pfad trug.

Ich lief, so schnell ich konnte. Bald keuchte ich vor Anstrengung, denn Asas Leiche war viel schwerer, als ich gedacht hatte. Die Sonne stand schon tief im Westen, und ich mußte mich beeilen, wenn ich vor der Dunkelheit zu Hause sein wollte.

13

Endlich lag der Wald hinter mir. Erschöpft wankte ich den schmalen Weg entlang, der zwischen Felsen hindurch zum Vorplatz unserer Wohnung führte. Ich mühte mich weiter, ich war fast da. Nur noch einen hohen, aufrecht stehenden Felsblock mußte ich umgehen.

Was war das? Ich blieb stehen und legte den Kopf schief. Ich lauschte. Ich brauchte einen Augenblick, bis ich die Geräusche einordnen konnte, die da an mein Ohr drangen. Es waren Schreie – hohe, spitze, wilde Schreie – in Todesangst und Qual ausgestoßen. Auch heisere, tierische Schreie, wütendes Gebrüll, Rufe in einer hastigen, fremdartigen, unverständlichen Sprache und – Kinderweinen. Das durchdringende, schrille, angstvolle Kreischen eines Babys.

Ich gefror. Asas Leiche glitt mir aus den Armen. Ich stand starr da, konnte mich nicht bewegen. Ich hörte Schritte, laufende, stolpernde Schritte; Äste krachten ganz in der Nähe.

Ich fuhr zusammen. Mein Herz begann zu rasen, hämmerte wie toll, setzte aus, hämmerte weiter. Ich preßte mich an den Felsblock und schob mich langsam an dem kühlen Stein weiter vorwärts. Das Kind in meinem Bauch zappelte wild, drückte mir die Luft ab. Ich preßte die Hand auf den Leib und tat noch einen Schritt vorwärts.

Jetzt konnte ich den Vorplatz unserer Wohnung übersehen. Das Schreien hatte nachgelassen. Stille Gestalten lagen da unten umher – überall. Und ich sah Menschen, die verbissen miteinander kämpften. Da war Ulp ... Er schwang seine Keule, holte weit aus gegen einen riesenhaften, breitschultrigen Mann, dessen Haare lang und hellgelb im Wind flatterten. Ich zwang mich hinzuschauen. Solche Menschen hatte ich noch nie gesehen. Noch andere mit gelben Haaren waren da – drei, vier, fünf andere.

Ulp stürzte plötzlich – aus seiner Brust ragte ein Speer. Der Riese mit den mächtigen Schultern drehte sich um und stieß einen lauten, jubelnden Schrei aus, der sich mit Ulps Todesstöhnen mischte. Ich konnte das Gesicht des Ungeheuers erkennen. Es hatte helle Augen – blau wie der Himmel. Seine Stirn war hoch und gewölbt. Die Augenbrauenwülste fehlten, und an seinem Kinn war ein merkwürdiger, vorstehender Höcker.

Die anderen Ungeheuer umringten eine Frau, die ein Baby umklammerte – Dadi. Einer packte sie an den Haaren und riß ihr den Kopf in den Nacken. Eine schlanke Keule zischte durch die Luft. Blut spritzte aus Dadis Kopf, sie sackte mit einem dünnen, spitzen Schrei zusammen und regte sich nicht mehr. Ein anderer Hellhaariger erschlug das Baby.

Bar lag da mit zuckenden Gliedern. In seiner Brust klaffte eine breite Wunde. Er röchelte – einer schlug ihm die Keule auf die Stirn. Da war er still.

Sie waren alle still. Meine Familie, die Menschen, die ich kannte und liebte.

Meine Mutter, Dadi, Tad, Sia, Siba, Marr und Ulp, Ola und die Kleinen – alle. Sie waren alle tot.

Die Sonne leuchtete rot am Horizont, rot wie das Blut meiner Leute. Der ganze Platz da unten war von ihrem Blut gefärbt. Ich wischte mir über die Stirn, über die Augen. Ich starrte hinunter auf das grauenhafte Bild, und ich verstand nicht, verstand einfach nicht, warum ich nicht aus diesem Alptraum aufwachte.

Es mußte ein Traum sein – ein böser Traum. Aber die Männer mit den gelben Haaren waren noch da – sie umringten den Riesen, der offenbar ihr Anführer war, und lachten und redeten in dieser hastigen, unverständlichen Sprache. Sie packten die Leichen meiner Leute und warfen sie den Abhang hinunter, der auf der westlichen Seite der Wohnung lag.

Ich starrte immer noch hin. In mir war ein namenloses Entsetzen. Ich konnte die Augen nicht abwenden, ich war wie gelähmt, wie verwurzelt mit dem Boden, auf dem ich stand. Ganz in der Nähe knackte wieder ein trockener Ast. Ich zuckte zusammen, aber ich machte keinen Laut.

Dann hörte ich ein leises, qualvolles Stöhnen. Ich drehte den Kopf in die Richtung, aus der das Geräusch kam. Das Stöhnen war wieder zu hören – jemand litt große Schmerzen.

Ich horchte. Nichts mehr. Wenn doch einer überlebt hatte? Ich zwang mich, aufzustehen und nachzusehen. Tief geduckt arbeitete ich mich durchs Gebüsch.

Da war jemand. Ich starrte hin – Dor! Mit einem Sprung war ich neben ihm. Ich kniete bei ihm nieder. Er lag auf dem Bauch. Ich berührte vorsichtig seinen nackten Rücken.

Ein Zittern ging durch seinen Körper. Er versuchte, auf die Knie zu kommen. Neben ihm war eine Blutlache.

«Dor», flüsterte ich tonlos, «Dor ...»

Er sackte wieder zusammen. Seine Muskeln entspannten sich. Er legte den Kopf auf die Seite und sah mich an. «Du bist es», sagte er ganz leise, «... ich hab dich doch noch gefunden ...»

«Du bist verletzt», murmelte ich. «Zeig mir die Wunde ...»

«Nein ... nein!» Er stützte sich mit einer gewaltigen Anstrengung auf die Ellbogen und drehte sich auf den Rücken. In seinen Mundwinkeln war Blut. «Zu spät ...» ächzte er. «Ich mach es nicht mehr lange. Uba –» er packte meine Hand – «sie haben uns überfallen. Wir haben keine Chance. Lauf weg ... schnell ...»

«Aber du mußt mir deine Wunde zeigen, Dor», drängte ich. Er lehnte den Kopf an mich. Ich schaute auf seine Brust, seinen Unterleib. Seine Eingeweide hingen heraus.

Das Grauen würgte mich und drückte mir die Kehle zu. Dor stöhnte leise und wandte mir wieder das Gesicht zu. «Uba, lauf weg ... solange noch Zeit ist ... Uba, Liebste ... ich ...»

«Nein, nein!» schrie ich. «Ich laß dich nicht hier liegen, ganz allein! Dor, bitte ... du wirst wieder gesund ...»

Dor ließ den Kopf in meinen Schoß sinken. Er schaute mich an und lächelte. «Ich liebe dich ...» hauchte er. Dann wurde sein Blick glasig. Seine Hand glitt von meinem Handgelenk und rutschte ins taufeuchte Gras.

Ich sah sein Gesicht an. Die ganze Nacht saß ich da und begriff einfach nicht, daß er gestorben war. Es wurde schon wieder hell im Osten, als ich es endlich verstanden hatte.

In mir war eine große Kälte. Ich war taub und gefühllos, in meinem Kopf waren keine Gedanken. Nur ein paar Worte wirbelten sinnlos darin herum, immer im Kreis. «Lauf weg, Uba. Lauf weg, Uba. Lauf weg, solange noch Zeit ist ... Zeit ist ...»

Lauf weg. Wohin? Nach Hause? Nein, dahin nicht, da waren die Ungeheuer mit den gelben Haaren. Lauf weg ... lauf einfach ... lauf.

Mechanisch nahm ich Dors Kopf in die Hände und bettete ihn sanft neben mir ins Gras. Dann stand ich mühsam auf; meine Beine waren steif. In meinem Kopf war ein dumpfer Schmerz.

Ich legte Dors Leiche so, daß seine Augen nach Westen schauten. Dann sprach ich murmelnd die Vorgeschriebenen Worte für die Toten. Ich tat das, ohne über ihre Bedeutung nachzudenken. Als ich fertig war, pflückte ich eine Margeritenblüte, die da stand, und legte sie ihm in die Hände. An seinem Gürtel war sein Werkzeugbeutel. Ich machte ihn los und band ihn an meinen Leibriemen.

Ich schaute Dor nicht mehr an. Ich drehte mich einfach um und ging durch das Gebüsch hinaus auf den Pfad. Asas Leiche war verschwunden. Hyänen, dachte ich unbeteiligt. Hyänen holen alles, was nicht mehr lebt – Menschen und Tiere.

Ich trat neben den aufrechten Felsblock und schaute hinunter auf den Vorplatz unserer Wohnung. Es waren Leute da – die Menschen mit den seltsamen hellen Haaren. Ich sah jetzt auch Frauen, hochgewachsene schlanke Frauen mit langen Beinen, die nicht wie meine Beine leicht gekrümmt waren. Kinder mit ganz heller Haut spielten in der Pfütze vor dem Eingang. Alle hatten diese runden Stirnen und das eigenartig spitze, vorstehende Kinn.

Die Frauen streuten Sand auf ein paar dunkle Flecken auf dem Vorplatz. Blutflecken – vom Blut meiner Familie. Bald war nichts mehr zu sehen. Alles war ausgelöscht.

Es fiel mir schwer zu denken. Irgendwie arbeitete mein Gehirn nicht. Was hatte ich nur vorgehabt?

Ja – weglaufen. Ich drehte mich um und machte ein paar Schritte. Da lag noch meine Keule. Sie war mir wohl gestern abend hingefallen. Wozu brauchte ich eigentlich eine Keule? Ich ging noch ein paar Schritte, zögerte und hob sie auf. Es war eine gute, feste Keule, und meine Angelschnur war um den Griff gewickelt. Vielleicht konnte ich die noch brauchen, irgendwann.

Mir war kalt. Ich ging los, den Pfad hinauf, immer geradeaus.

Wenn dir kalt ist, mußt du laufen. Ich lief ein Stückchen, aber die Kälte wollte nicht weichen.

Die Sonne glitzerte auf den Tautröpfchen; meine Füße wurden ganz naß. Meine Brust war so eng. Ich bekam kaum Luft. Ich ging weiter, ich mußte mich ja beeilen. Warum eigentlich ...?

Der Hang, den ich hinaufstieg, war steil und von vielen weißen Kalksteinblöcken übersät. Die Sonne brannte, aber sie wärmte mich nicht. Auf der anderen Seite des Hügels war das Grasland, wo immer die Graskörner geerntet wurden. Jenseits des bewegten Meeres aus leeren Ähren standen dunkelgrün die alten Buchen.

Ich kletterte nach unten und arbeitete mich durch das hohe, gelbe Gras. Jeder Schritt war eine Qual. Endlich hatte ich die Bäume erreicht, hinter denen die steile Felswand sich erhob.

Da standen drei besonders große, uralte Buchen. An der Felswand wuchs ein breiter Haselstrauch. Diesen Platz kannte ich. Ich sah den niedrigen, dunklen Eingang zu der kleinen Höhle, die hier unter der Erde lag. Schlafen ... dachte ich. Da drinnen war es dunkel, und der Boden war mit weichem Laub bedeckt. Ich vergrößerte das Loch mit den Händen, kratzte und schaufelte, bis ich mich hindurchzwängen konnte. Ich glitt nach unten und lag in feuchten, modrigen Blättern. Es war eng hier, und weich. Die Felswände umschlossen mich schützend wie der Mutterleib. Ich rollte mich in meinen Umhang und machte die Augen zu. Der Schlaf kam sofort, tief und traumlos.

Ich weiß nicht, wie lange ich geschlafen hatte. Als ich wieder aufwachte, herrschte um mich her tiefe, schwarze Finsternis. Ich wußte nicht, ob ein Tag oder zwei Tage vergangen waren. Ich hatte mörderischen Durst. Meine Zunge war pelzig und geschwollen, und mein Kopf schmerzte wie wahnsinnig.

Ich hockte mich hin und versuchte, in der Dunkelheit etwas zu erkennen. Endlich konnte ich den schmalen Eingang als helleren Streifen über mir ausmachen.

Ich mußte hier heraus, ich mußte Wasser finden, so schnell wie möglich. Wo war ich überhaupt?

Ich dachte nach, versuchte mich zu konzentrieren. Bruchstückweise kam die Erinnerung. Ich schlug die Hände übers Gesicht. Mit entsetzlicher Klarheit wurde mir bewußt, was geschehen war. Meine Leute waren alle tot. Ich hatte kein Zuhause mehr, keine Freunde. Dor war nicht mehr an meiner Seite – ich würde seine Arme nie mehr um mich spüren, nie mehr sein Lachen hören. Ich war die einzige, die den Fremden entkommen war – durch Zufall.

Ich war allein. Wie ein Keulenschlag traf mich diese Erkenntnis.

Ich zog die Knie an den Leib und legte die Arme darauf. Ich bettete den Kopf auf die Arme, und die Tränen kamen. Ich weinte um all die Menschen, die ich geliebt hatte und die es jetzt nicht mehr gab.

Der Schmerz, der unerträgliche Schmerz schüttelte mich, überflutete mich wie ein Wasserfall. Ich glaubte, ich müsse sterben.

Lange hockte ich da und ließ meinem Jammer freien Lauf. Aber die Tränen brachten keine Erleichterung.

II
Winter

«Der Tod ist die bitterste Tatsache des Lebens,
die unausweichliche Niederlage
am Ende des langen Kampfes ums Überleben ...»

Volksweisheit

14

Endlich versiegten meine Tränen. Ein Gefühl der Leere erfüllte mich; der Durst quälte mich noch immer – jetzt viel stärker als zuvor. Ich mußte einen Entschluß fassen.

Ich würde zum Fluß wandern und trinken. Dann wollte ich zu den Nachbarn gehen, deren Wohnung ein Stück flußabwärts lag. Darra war dort – er würde mich bestimmt aufnehmen.

Ich arbeitete mich aus der engen Öffnung der Höhle heraus. Es war Abend draußen; die letzten Sonnenstrahlen fielen schräg durch die Äste der Buchen. Ich ging los.

Bald hatte ich das Ufer des Flusses erreicht. Ich stieg über die glatten Steine zum Wasser und hockte mich hin. Ich schöpfte mit den Händen und trank in vollen Zügen. Das Wasser schmeckte kühl und köstlich. Ich war erfrischt und faßte neuen Mut.

Wenn ich schnell ging, konnte ich die Nachbarwohnung noch vor Einbruch der Dunkelheit erreichen. Die Leute würden mir ein warmes Mahl und einen Platz am Feuer anbieten – ganz bestimmt. Ich konnte wieder hoffen. Ich war doch nicht ganz verlassen.

Eilig schritt ich vorwärts. Es war jetzt nicht mehr weit. Plötzlich blieb ich erschrocken stehen. Dunkle Schatten huschten vor mir über den Weg, verschwanden im Dickicht neben dem Pfad. Ich schaute in die Richtung, in die sie gelaufen waren, und mir stockte der Atem. Auf einer kleinen Lichtung lagen Knochen – blutige, halb gefressene Knochen. Hyänen, ein ganzes Rudel, zerrten daran herum. Sie heulten und knurrten.

Ich sah genau hin, ich nahm das Bild in mich auf. Es waren Menschen gewesen, die die Hyänen da zerrissen hatten. Viele Menschen ...

Ich begriff, daß ich nicht mehr weiterzugehen brauchte. In der Nachbarwohnung würde man mich nicht willkommen heißen. Die Menschen, die darin gewohnt hatten und die ich kannte, waren auch tot – wie meine Leute. Die Fremden hatten sie erschlagen und den Hyänen die Leichen überlassen. Das sah ich allzu deutlich.

Jetzt erst war alles aus. Ich hatte keine Zukunft mehr. Ich würde sterben vor Kummer und Einsamkeit.

Ich stand da und starrte in die sinkende Dämmerung, und ich wußte nicht, wohin ich mich wenden sollte. Ich hatte keine Tränen mehr; meine Augen waren trocken. Ich würde einfach durch den Wald streifen, bis die Wölfe mich fanden ... Wozu sollte ich weiterleben? Es war so einfach, aufzugeben, wenn man nichts hatte, wofür es sich zu leben lohnte. Wölfe töten schnell – durch einen Biß in die Kehle.

In diesem Augenblick spürte ich eine kräftige, deutliche Bewegung in meinem Bauch. Das Baby – es strampelte!

Die Tritte von seinen kleinen Füßchen rissen mich aus meinen Todesgedanken. Wie hatte ich die ganze Zeit mein Kind vergessen können? Es lebte, es war in mir, bei mir! Ich war nicht allein – ich hatte jemanden, der mich brauchte, für den ich leben mußte!

Ich richtete mich auf. Neue Kraft durchdrang mich. Unzählige Pläne drängten sich in meine Gedanken. Ich hatte nichts – ich war weder auf die Geburt meines Kindes noch auf den Winter vorbereitet! Los, an die Arbeit! befahl ich mir. Es ist keine Zeit zu verlieren. Ich legte die Hand auf den Bauch und lächelte. «Keine Angst, Kindchen», dachte ich. «Deine Mutter ist da. Wir schaffen das schon ...»

Wohnen würde ich erst einmal in der kleinen Höhle, bis ich etwas Besseres fand. Also zurück, alles aufräumen, das Notwendigste besorgen. Ich raffte mich auf und ging mit festen Schritten den Pfad zurück zu den Hügeln.

Es wurde schnell dunkel. Als ich am Hang vor dem Grasland angekommen war, hörte ich ein Geräusch. Es waren Schritte, die von der anderen Seite heraufkamen.

Alle meine Muskeln spannten sich. Ich ging in die Knie und duckte mich hinter einen der vielen weißen Felsbrocken. Die Schritte kamen näher. Ich hörte sie ganz deutlich.

Ich drückte mich ganz fest an den Fels. Von der Stelle, wo ich hockte, konnte ich den Wildwechsel sehen, auf dem ich gekommen war.

Zwei Männer tauchten auf, zwei von den Fremden. Der eine trug ein Hemd aus enthaartem Leder, das über und über mit kleinen Schneckenhäusern besetzt war. Seine Beine waren gerade und nackt, und seine Füße steckten in merkwürdig durchbrochenen, haarlosen Lederhüllen.

Der andere hatte ein ähnliches Kleidungsstück auf dem Leib. Auch sein Hemd war aus glattgeschabtem Leder, das matt glänzte. Die Stellen, an denen die Lederstücke zusammenstießen, waren kunstvoll mit rotgefärbten Schnüren verziert.

Ich starrte die beiden wie gebannt an. Die Angst lähmte mich. Wenn sie mich sahen, dann würden sie auch mich töten. Sie waren riesengroß, und ihre Gesichter, diese häßlichen Gesichter flößten mir neuen Schrecken ein. Sie trugen lange Speere bei sich, an deren Spitze ein schmales Stück Knochen saß. Es war spitz und hatte an jeder Seite zwei kurze Zacken. Ich griff unwillkürlich nach meinem Werkzeugbeutel. Darin war das Ding, das Dor einmal gefunden und mir geschenkt hatte. Es glich den beiden Speerspitzen ganz genau.

Die fremden Ungeheuer zogen dicht an meinem Felsen vorbei. Mir blieb fast das Herz stehen. Sie redeten in ihrer schrillen, schnellen, sprudelnden Sprache. Sie hatten mich nicht gesehen. Ich atmete auf.

Ich wartete eine Weile, bis ich annehmen konnte, daß sie mich nicht mehr bemerkten. Dann stand ich zitternd auf und rannte los, den Hügel hinunter, durch das hohe Gras zu den Buchen. Ich schlüpfte in die kleine Höhle. Erst hier fühlte ich mich wirklich sicher.

Nach einer Weile, als ich mich wieder beruhigt hatte, merkte ich, daß ich sehr hungrig war. Ich hatte seit gestern mittag nichts mehr gegessen. Irgendwie mußte ich Nahrung finden.

Ich dachte nach. Draußen stand der Haselstrauch direkt neben dem Eingang. Vielleicht konnte ich ein paar unreife Nüsse finden, trotz der Dunkelheit. Ich kletterte mühsam hinaus, reckte mich hoch und zog die Zweige zu mir herab. Der Strauch hing voller grüner Früchte.

Ich pflückte mir eine Menge davon, packte sie in meinen Werkzeugbeutel, suchte zwei passende Steine und rutschte wieder in meinen Unterschlupf. Drinnen knackte ich die Nüsse zwischen den beiden Steinen und aß heißhungrig.

Endlich war der schlimmste Hunger gestillt. Ich fühlte mich ein bißchen besser. Morgen wollte ich anfangen, mir diese Höhle zur Wohnung zu machen. Ich rollte mich auf dem feuchten Laub zusammen und fiel in einen totenähnlichen Schlaf.

Schon sehr früh wachte ich wieder auf. Durch den schmalen Eingang strömte graues Licht zu mir herab. Ich setzte mich hin. Mein Kind bewegte sich. Ich weinte und lächelte gleichzeitig.

Dann zwang ich mich, einen Plan für den heutigen Tag zu machen. Ich mußte dafür sorgen, daß ich etwas zu essen hatte. Wasser mußte hergeschafft werden und Holz für ein Feuer. Dieses Loch mußte aufgeräumt werden, damit es bewohnbar war.

Was sollte ich zuerst tun? Ich entschied mich dafür, zum Fluß zu gehen und ein paar Fische zu fangen. Eine Idee kam mir. Ich konnte jeden Tag die Angel auslegen und Fische für den Winter trocknen. Dann hatte ich einen Vorrat, auch wenn es mir nicht gelang, andere Tiere zu erlegen.

Ich nahm die Keule, an der die Angelschnur aufgewickelt war, und stieg ans Tageslicht. Das Wetter war trübe – eine dicke Decke aus grauen Wolken verhüllte die Sonne.

Ich wanderte unter den Buchen entlang zum Fluß. Plötzlich fiel mir ein, daß ich vorsichtig sein mußte. Sie durften mich nicht sehen, sonst war ich verloren. Ich spähte nach allen Seiten, aber ich sah nichts Verdächtiges. Vorsichtig ging ich weiter.

Als ich am Fluß angekommen war, hielt ich nach einer Stelle Ausschau, wo ich mich verbergen konnte. Ich wählte einen Felsblock, an dessen Seite dichtes Weidengebüsch wuchs. Hinter dem Fels hockte ich mich nieder und befestigte die Würmer, die ich auf dem Weg hierher gesucht hatte, an den Knochenspitzen.

Ich warf die Leine ins Wasser und band das Ende fest. Dann lehnte ich mich gegen den Stein und wartete.

Ich hatte Zeit zum Überlegen. Die Wellen gluckerten unter den Wurzeln der Weiden, deren Zweige sich über das Wasser neigten. Mit Fischen als Hauptnahrung würde ich schon auskommen, aber ich mußte trotzdem andere Tiere fangen – Hasen, Kaninchen, Marder, Tiere mit Pelzen. Denn ich besaß an Kleidung nichts als meinen Umhang und das kurze Hemd aus Wieselfellen. Mein Baby würde bald geboren werden – worin sollte ich es einwickeln, womit sollte ich es wärmen? Und wenn der Winter kam, dann würde wir ohne Felle beide erfrieren.

Ich mußte jagen. Irgendwie mußte ich Pelze für Kleidung beschaffen. Mit dem Speer konnte ich nicht umgehen; ich hatte noch nie einen benutzt. Die Keule ... Nein, dazu mußte man dicht an das Wild herankommen. Eine Schlinge. Das war die Lösung. Ich mußte Schlingen machen und auslegen.

Ein neues Problem tat sich auf. Schlingen mußten stark und fest sein. Bast war nicht dafür geeignet. Die Bastfäden rissen zu leicht. Schlingen machte man aus Darm.

Das einzige Stück Darm, das ich besaß, war meine Angelschnur. Und die brauchte ich zum Fischen ...

Wenn ich ein Stück davon abtrennte, für die Schlinge, und eine Leine mit nur einem Köder zum Angeln benutzte? Das mußte gehen. Vielleicht hatte ich Glück und fing einen Hasen. Der hatte einen ziemlich langen Darm. Daraus konnte man mehr Schlingen machen. Ein Fisch pro Tag mußte eben vorerst reichen, bis ich ein Tier gefangen hatte.

Ich überprüfte die Angelschnur. Mehrere Fische hingen daran. Ich zog sie heraus, tötete sie und machte sie von den Spitzen los. Dann spießte ich neue Köder auf und warf die Leine wieder aus.

Fünf Stück hatte ich gefangen. Ich riß eine lange, dünne Weidenrute vom Baum, streifte die Blätter ab und spießte die Fische der Reihe nach daran auf. Dabei führte ich die Rute durch die Kiemen der Tiere. Kurze Zeit später konnte ich die Leine wieder einholen, und wieder waren alle Spitzen besetzt.

Ich hatte viel Glück beim Angeln gehabt. Als meine Beute aufgereiht an der Weidenrute hing, band ich den Zweig zum Ring zusammen und befestigte ihn an meinem Gürtel. Ich wickelte die Schnur wieder um den Griff meiner Keule und stand auf.

Vorsichtig spähte ich um mich; kein Geräusch, keine Gefahr. Ich stieg das Ufer hinauf und ging zurück zu meinem Unterschlupf.

Es war erst Mittag, als ich ankam. Ich hatte noch den ganzen Nachmittag Zeit. Aber der Hunger plagte mich jetzt sehr. Ich hatte kein passendes Holz, um Feuer zu machen, und so zerteilte ich einen der Fische und aß ihn roh. Er schmeckte nicht schlecht. Ich aß noch einen, und noch einen.

Die übrigen nahm ich aus und hängte sie an ihrem Reifen aus Weidenholz zum Trocknen in die Äste des Haselstrauches.

Die Wolken hatten sich verzogen; der Himmel war wieder blau, und die Sonne schien. Ich schaute zu den Kronen der Bäume auf. Hier und da färbte sich schon ein Blatt gelb; Zugvögel versammelten sich in Scharen und lärmten in den Zweigen. Nicht mehr lange, dann war der Herbst da.

Ich machte mich daran, eine Schlinge herzustellen. Ich schnitt die Angelschnur in zwei Teile, ein längeres und ein kürzeres. Das lange sollte Angel bleiben. Aus dem kurzen Stück machte ich die Schlinge. Ich knotete die beiden Knochenspitzen los, die daran waren, und zog das Stück Darm wieder glatt. Es war vom Wasser steif geworden, und ich mußte es erst tüchtig durchwalken, ehe es brauchbar war.

Dann knüpfte ich an ein Ende eine Schlinge, die sich leicht zuziehen ließ. Es war noch früh am Nachmittag. Kaninchen kamen meist erst in der Dämmerung aus ihren Bauen. Ich hatte also noch viel Zeit, die Schlinge auszulegen.

Ich hängte mein Fanggerät an den Gürtel und stand auf. Ich überlegte. In der Nähe des Graslandes, hinter dem nächsten Hügel im Westen, lag lockerer Mischwald. Wir hatten dort immer Brennholz geholt, und ich wußte, es gab dort viele Kaninchenlöcher. Dieser Wald war ein ideales Gebiet für die Jagd mit Schlingen.

Ich mußte nicht weit gehen. Gleich nachdem ich den dünn mit Bäumen bestandenen Hügel erreicht hatte, fand ich einen passenden Kaninchenbau. Er lag unter den Wurzeln einer verkrüppelten Eiche am Hang in der lockeren Erde, und viele Pfotenabdrücke zeigten, daß er bewohnt war. Die Wurzeln, die darüber vorragten, eigneten sich sehr gut zur Befestigung der dünnen Schnur.

Ich hängte die Schlinge sorgfältig vor das Loch und überzeugte mich, daß sie sich auch zuziehen ließ. Dann band ich das Ende an einer Baumwurzel direkt darüber fest. Wenn das Kaninchen aus seinem Bau kam, würde es mit dem Kopf in die Schlinge geraten, und die zog sich dann um seinen Hals zusammen.

Alles war vorbereitet. Jetzt kam das Schwierigste. Ich mußte weggehen und warten. Allzuweit durfte ich mich nicht entfernen, denn wenn ein Tier in die Falle ging, war keine Zeit zu verlieren. Es mußte so schnell wie möglich geholt werden, ehe ein vorüberstreifender Fuchs oder ein anderes Raubtier mir zuvorkam. Schon oft hatten unsere Jäger früher ihre ausgelegten Schlingen zerrissen und ausgeplündert vorgefunden. Das durfte mir nicht passieren. Ich war auf Fell und Fleisch dringend angewiesen. Und ich besaß nur diese eine Schlinge. Sie durfte nicht verlorengehen.

Während ich zum Rand des Waldes ging, mir ein sicheres Versteck suchte und mich auf den Boden niederließ, mußte ich wieder an die Menschen denken, die ich verloren hatte. Eine quälende Sehnsucht nach Dor überfiel mich plötzlich, und ich mußte mich beherrschen, damit ich nicht laut seinen Namen rief.

Wieder rollten Tränen über meine Wangen, und ich mußte mich zwingen, an etwas anderes zu denken, damit der Schmerz mich nicht überwältigte.

Leise regte sich das Baby in mir. Wie lange noch, bis es geboren wurde? Noch einen Mondwechsel und ein paar Tage – bis dahin war viel zu erledigen.

Pelze – vor allem brauchte ich Pelze. Und Darm zum Nähen. Und Vorräte für den Winter ... Angst stieg plötzlich wieder heiß und quälend in mir auf. Wie konnte ich das allein alles schaffen? Es war unmöglich. Dann fielen mir Amamas Worte ein. Deine Tochter wird überleben ... Amama hatte sich nie geirrt.

Denk nach, sagte ich zu mir selbst. Denk mal nach und plane.

Teile deine Zeit ein, die wenige Zeit, die dir noch bleibt. Sitz nicht herum und trauere. Das kannst du dir nicht erlauben. Jetzt, wo du hier weinst und jammerst, könntest du auch einen Sammelkorb machen oder Bast suchen für ein Netz. Los, tu etwas Vernünftiges!

Ich stand vorsichtig auf und überzeugte mich, daß nirgendwo Gefahr im Verzug war. Dann suchte ich eine junge Birke und schnitt mit der einzigen Klinge, die ich hatte, lange Zweige ab. Ich setzte mich wieder in mein Versteck und begann mit der Arbeit an einem Korb.

Meine Mutter hatte immer viel besser flechten können als ich. Sie hatte unsere Körbe gemacht. Jetzt bedauerte ich, daß ich mir nie große Mühe gegeben hatte, die Feinheiten des Flechtens zu lernen. Es dauerte eine ganze Weile, bis ich einen brauchbaren, wenn auch schiefen Behälter mit Henkel fertig hatte. Ich würde Weidenruten schneiden und zu Hause noch einen machen ...

Merkwürdig. Ich betrachtete das elende Loch, in dem ich Unterschlupf gefunden hatte, schon als Zuhause ... Nun, es würde auch eins sein, wenn mein Kind geboren war. Dafür wollte ich sorgen.

Die Sonne war jetzt fast untergegangen. Ob ich schon nach der Schlinge sehen sollte? Ich entschloß mich, noch ein bißchen zu warten. Vielleicht verdarb ich mir selbst die Jagd, wenn ich zu früh kam.

Bald lag der Schatten des Abends über dem Wald. Ich stand auf und ging zu meiner Schlinge zurück.

Schon von weitem konnte ich die Geräusche hören, die mir sagten, daß ich Erfolg gehabt hatte. Ein helles Fiepen, ein Scharren von Pfoten drang an mein Ohr. Das Kaninchen war tatsächlich in die Falle gegangen!

Ich rannte fast. Ich freute mich. Und dann hörte ich noch etwas anderes. Ein Knurren, heiser und kehlig.

Wie gut, daß ich meine Keule am Gürtel hatte! Vorsichtig arbeitete ich mich von der Seite an den Kaninchenbau heran. Ich achtete darauf, daß ich kein Geräusch machte.

Ich konnte jetzt den Eingang des Baues sehen. Ein Fuchs hatte das Kaninchen gepackt, das in der Schlinge hing und nicht wegkonnte. Er zerrte es hin und her, schüttelte es im Genick und versuchte, es loszureißen.

Er würde das Fell beschädigen! Ich brauchte das Fell! Mit Löchern war es wertlos für mich!

Wut erfüllte mich plötzlich. Ich machte die Keule los, packte sie fest und war mit einem Sprung über dem Fuchs. Ich schlug zu, einmal, zweimal, immer wieder.

Der Räuber sackte schlaff zusammen. Aus seinem Maul lief Blut. Ich hatte ihn getötet.

Mit einem letzten kräftigen Schlag erledigte ich das Kaninchen. Ich sah es mir an; sein Fell war kaum eingerissen. Nur am Nacken hatte es ein paar kleinere Löcher. Das war noch einmal gutgegangen!

Ich löste die Schlinge und schulterte meine Beute. Aber erst als ich mich auf den Heimweg machen wollte, wurde mir klar, daß ich auch den Fuchs erlegt hatte. Einen Fuchs! Fuchspelze waren dick und warm, und dieses Tier hatte schon sein Winterfell! Ich hätte es fast liegenlassen!

Mein Herz klopfte laut und freudig. Ich bückte mich und hob den erschlagenen Kaninchendieb auf. Es war ein großer Rüde. Was für ein Glück!

Meine Jagdbeute wog schwer. Ich war todmüde, als ich die Last endlich vor meinem Unterschlupf auf den Boden fallenlassen konnte. Ich ruhte mich eine Weile unter dem Haselstrauch aus. Aber die Arbeit war noch nicht getan.

Nach kurzer Zeit nahm ich das Kaninchen und den Fuchs aus und zog die Häute ab. Morgen würde ich passende Weich- und Hartholzstücke suchen, damit ich Feuer machen konnte. Ich mußte ja die Häute schaben und räuchern, damit sie haltbar waren, und das Fleisch war für den Winter zu trocknen.

Ich holte meine Schätze in die Höhle. Dann rollte ich mich zufrieden zusammen und schlief ruhig ein.

Den nächsten Morgen verbrachte ich damit, das feuchte Laub aus meiner Wohnung zu schaffen und den Boden darin zu ebnen und festzustampfen.

Es war eine mühsame Arbeit; die Blätter, die sich in vielen vergangenen Herbsten hier angesammelt hatten, waren schon fast alle vermodert und hatten im Lauf der Zeit eine dicke, schwarze Humusschicht gebildet. Die mußte ich mit den Händen nach draußen schaufeln, denn ein Werkzeug hatte ich nicht.

Ich brauchte bis zur Mittagszeit, dann war es endlich geschafft. Den Lehm, der jetzt sauber und feucht den Höhlenboden bedeckte, glättete ich mit einem der beiden Schaber, die in Dors Werkzeugbeutel gewesen waren. Das dauerte bis zum frühen Nachmittag.

Danach kletterte ich nach draußen. Die schwarze Erde, die in einem großen Haufen neben dem Eingang lag, mußte fortgebracht werden. Sie verriet mich sonst. Ich häufte sie auf meinen Umhang und schleifte sie zu den Buchen hinüber. Dort verteilte ich sie gleichmäßig.

Jetzt hatte ich Platz in der Höhle. Ich packte das Fleisch und die Häute in eine schnell ausgehobene Grube vor der hinteren Wand, nahm mein Werkzeug, die Schlinge und die Keule und machte mich auf den Weg in den Wald. Ich mußte Holz zum Feuermachen suchen. Bei dieser Gelegenheit wollte ich auch die Schlinge wieder auslegen.

Diesmal brauchte ich länger, bis ich einen bewohnten Bau gefunden hatte. Ich befestigte die Fangschnur. Dann ging ich auf die Suche nach trockenem Weichholz und Hartholz. Lindenholz war das beste, aber hier wuchsen keine Linden. Endlich fand ich eine Pappel in der Nähe eines kleinen Baches, der in einen Sumpf mündete. Ich sah mir den hohen Baum an. Unten hatte er ein paar dürre Äste. Die waren vielleicht brauchbar. Ich schlug mit dem Faustkeil einen ab. Das Holz war trocken und mürbe, aber nicht zu porös. Vielleicht dauerte es lange, bis dieses Holz glimmte, aber mit etwas Geduld würde ich es schaffen.

Jetzt brauchte ich nur noch ein Hartholzstäbchen. Im Wald, wo meine Schlinge ausgelegt war, wuchsen Buchen. Ich wanderte wieder zurück. Ich fand bald einen trockenen Ast, den ich mir zurechtschneiden konnte.

Als ich mich gerade nach einem Versteck umsehen wollte, um die Holzstücke in die richtige Form zu bringen, hörte ich Äste knacken. Ein Rascheln, dann leise Tritte, dann Stille.

Ich horchte. Kein Geräusch mehr. Ich drehte mich um und ging ein Stückchen weiter. Wieder hörte ich das Rascheln hinter mir. Ein Mensch konnte das nicht sein – dazu waren die Schritte zu leise. Aber welches Tier lief denn einem Menschen nach? Mir wurde unheimlich.

Ich blieb wieder stehen und schaute mich um. Ich sah das Unterholz, hohe Farne, Grasbüschel – sonst nichts. Ich wartete. Einen Augenblick später tauchte unter den tiefhängenden Zweigen ein Wolf auf.

Ich hielt den Atem an und ließ meine Hölzer fallen.

Ich packte meine Keule. Es war genau so ein Wolf, wie ich ihn schon einmal auf der Wanderung zu der heißen Quelle gesehen hatte. Er hatte zu kurze Beine; seine Augen waren braun und seine Ohren zu groß. Sein Fell hatte drei Farben, dunkel auf dem Rükken, weiß am Bauch, hellbraun an den Pfoten. Und sein Gesichtsausdruck ähnelte dem eines Wolfes überhaupt nicht.

Das Tier schaute mich an und duckte sich, wobei es mit dem Schwanz wedelte. Es machte keine Anstalten, mich anzuspringen. Sein Blick war eher furchtsam und sanft. War das überhaupt ein Wolf? Wo war sein Rudel? Warum war er allein?

Eine ganze Weile schauten wir uns an, ich und dieser – Wolf. Es sah nicht so aus, als ob er mich angreifen wollte. Schließlich bückte ich mich vorsichtig, hob einen trockenen Ast auf und schleuderte ihn nach dem Tier. Es machte einen Satz zur Seite und verschwand im Farnkraut.

Auch diesmal staunte ich. Wie damals auf der Wanderung war es feige davongelaufen. So etwas tat kein Wolf.

Ich hob meine Feuerhölzer wieder auf und suchte mir einen sicheren Platz. Dann fing ich an, das Stück Pappelholz flach und glatt zu schaben. Ich konzentrierte mich ganz auf meine Arbeit. Als ich fertig war und aufblickte, bemerkte ich, daß das Tier wieder da war. Es saß ganz in der Nähe auf einem freien Grasplatz und schaute mich mit seinen ruhigen braunen Augen an.

Ich mußte diesen kleinen Wolf irgendwie vertreiben. Ich konnte ja nicht den ganzen Abend hier sitzen bleiben und abwarten, ob er mich nun anfiel oder nicht. Ich nahm einen Stein vom Boden und warf ihn zu dem Tier hinüber. Es sprang wieder auf und lief ein paar Schritte weiter, aber diesmal verschwand es nicht. Es setzte sich außer Wurfweite einfach hin.

Was sollte ich tun? Dem Wolf den Rücken zuzukehren, das war zu gefährlich. Dann griff er mit Sicherheit an. Also stand ich auf, nahm meine Sachen und ging rückwärts in die Richtung, in der der Kaninchenbau mit meiner Schlinge lag. Den Wolf ließ ich nicht aus den Augen.

Ich war noch keine zehn Schritte weit gekommen, da erhob sich das merkwürdige Tier. Es folgte mir schwanzwedelnd, hielt sich dabei aber vorsichtig außer Wurfweite. Wenn ich stehenblieb, dann hielt es auch an, und es kam mir nach, sobald ich weiterging.

Einem Wolf kann man nicht trauen. Aber ich konnte auch nicht weiter rückwärts gehen. Ich mußte ja aufpassen, daß die Fremden mich nicht überraschten; die waren viel gefährlicher als Wölfe. Dieses Tier ließ sich nicht vertreiben – also mußte ich es töten.

Ich umklammerte meine Keule und lief schnell auf es zu. Es setzte sich hin und ließ mich ganz nah herankommen. Als ich nur noch zwei, drei Schritte von ihm entfernt war, holte ich aus, und dann schlug ich zu. Aber der Wolf war blitzschnell zur Seite ausgewichen, und meine Keule streifte ihn nur leicht am Nacken. Er stieß den gleichen wimmernden Schrei aus wie das Tier damals auf der Wanderung. Dann warf er mir einen traurigen, vorwurfsvollen Blick zu und trabte davon. Einen Augenblick später war er verschwunden.

Er war nicht tot – aber er war weg. Ich atmete auf und ging zu meiner Schlinge. Ein junges Kaninchen hatte sich gefangen. Es war schon verendet. Ich machte es los, nahm meine Schnur und wanderte nach Hause.

Es war schon ziemlich dunkel, als ich ankam. Ich wollte versuchen, ein Feuer in Gang zu bringen, denn die Nächte wurden kühl. Ich setzte mich vor dem Eingang nieder und begann mit der langwierigen, schweren Arbeit. Trockenes Moos hatte ich aus dem Wald mitgebracht. Ich setzte das Stäbchen aus hartem Buchenholz in die flache Grube, die in das Pappelholz eingeschnitten war, hielt den Block mit den Knien fest und drehte den Stab zwischen den Handflächen hin und her. Man mußte das sehr schnell tun, damit genug Hitze entstand. Beim Drehen schabte der Buchenstab winzige Späne von dem Pappelholz ab.

Es dauerte lange, sehr lange, bis in der Grube im Block endlich ein Funken glimmte. Mit höchster Vorsicht hauchte ich ihn an, brachte ihn zu hellerem Glühen und streute fein zerkrümeltes Moos darauf. Es fing Feuer, brannte an. Ich legte mehr Moos dazu, blies sanft. Eine kleine Flamme flackerte, sackte zusammen, flammte wieder auf. Ein dünnes, trockenes Reis kam dazu, ein zarter Rauchfaden stieg auf, die Flamme leckte an dem Ästchen und zündete. Das Reis brannte hell. Geschafft!

Jetzt holte ich eilig das Brennholz, das ich zusammengelesen hatte. Ich legte es locker übereinander und steckte den brennenden Zweig hinein; bald darauf loderte ein kleines Feuer vor dem Eingang meiner Behausung.

Meine Freude war groß. Aber ich begriff auch im gleichen Augenblick, daß das Feuer mich unweigerlich verraten würde, wenn ich es weiter hier draußen brennen ließ.

Ich legte dickere Holzstücke auf und suchte dann eilig am Hang Steine zusammen, die für eine Feuerstelle geeignet waren. Sie mußten möglichst flach sein.

Als ich genug Platten gefunden hatte, warf ich sie in meine Höhle und schlüpfte selbst hinein. Drinnen legte ich eine Stelle am Boden damit aus und umrandete alles mit rundlichen Steinen. Nur eine Seite blieb offen.

Danach stieg ich wieder nach draußen und holte mein Feuer herein. Die Glut, die noch draußen war, überstreute ich mit Erde, so daß sie verlosch.

Morgen würde ich aus Zweigen einen Schirm für den Eingang flechten, denn es war auch gefährlich, in der Höhle ein Feuer zu unterhalten. Man konnte den Lichtschein in der Dämmerung sehen.

Der Hunger quälte mich sehr; den ganzen Tag hatte ich fast nichts gegessen. Ich zerteilte das frisch gefangene Kaninchen und spießte einen Teil davon auf einen grünen Stecken. Dann briet ich das Fleisch über dem Feuer leicht an und aß es halbroh.

Auch die andere Beute von gestern konnte jetzt verarbeitet werden. Ich holte das Fleisch aus der Erdgrube, zerlegte es und schnitt es in schmale Streifen. Ein Räuchergestell war schnell gebaut. Zwei gegabelte Äste wurden einfach in die Erde gerammt und oben mit einem Querholz verbunden. Daran konnte ich die Fleischstücke aufhängen, so daß der Rauch sie haltbarer machte. Die Fische, die noch übrig waren, kamen dazu.

Es wurde spät, ehe ich endlich das Feuer sichern und schlafen konnte. Aber es war auch viel geschafft, und mein Mut war gestiegen. Wenn ich viel Glück hatte, dann konnte ich mit meinem Baby vielleicht den Winter überstehen.

Die nächsten Tage verbrachte ich damit, meine Vorratsgrube mit Steinen zu pflastern und noch eine zweite anzulegen. Mir gingen reichlich Fische an die Angel, und meine Schlinge blieb auch nicht leer. Aus dem Darm der gefangenen Kaninchen fertigte ich noch mehr Schnüre an, und ich säuberte, schabte und trocknete die Pelze, die ich erbeutet hatte.

Ich arbeitete hart – von Sonnenaufgang bis in die Nacht.

15

Die Tage wurden immer kürzer, die Blätter der Buchen färbten sich goldgelb, und ich sammelte Nüsse und Bucheckern, soviel ich finden konnte. Langsam, ganz langsam füllten sich meine Vorratsgruben. Ich hatte auch eine Quelle gefunden, die ganz in der Nähe aus den Felsen sprudelte. Der Balg eines Otters, der mir in die Schlinge gegangen war, diente mir als Wasserschlauch.

Eines Morgens, als ich aus meiner Höhle kletterte, war der Wolf wieder da. Er saß unter den drei mächtigen Buchen und schaute mich unsicher an. Als ich die Hand hob, sprang er auf und lief ein Stück weit weg. Ich entschloß mich, ihn im Auge zu behalten, aber irgendwie hatte ich die Angst vor diesem Tier verloren. Es würde mir wohl kaum gefährlich werden.

Ich hatte mich nicht geirrt. Den ganzen Tag folgte mir der Wolf auf meinem Streifzug durch den Wald, und er hielt sich immer außer Wurfweite.

Ich hatte Birkenrinde gesammelt, um mir ein paar Behälter anzufertigen. Außerdem wollte ich aus einem großen Quarzitknollen neue Schaber schlagen. Als ich mich in der Dämmerung vor den Eingang setzte, um die Steine zu bearbeiten, war das Tier immer noch da. Es saß unter den Bäumen, schaute zu mir herüber und wartete.

Ich würde mich wohl an meinen ständigen Begleiter gewöhnen müssen. Nachdenklich machte ich mich an meine Arbeit.

Meine Behausung war jetzt gut eingerichtet. Meine Vorräte waren zwar noch mager, aber im Umgang mit der Schlinge und der Angel war ich schon sehr geschickt. Dennoch – während der Herbst verging, wurde meine Beute immer magerer, und in den letzten Tagen waren meine Fangleinen leer geblieben.

Die Bäume ragten nackt und trostlos in den grauen Himmel. Es regnete häufig, und dann kam ich völlig durchnäßt nach Hause. Einmal war mir das Feuer niedergebrannt. Da hatte ich die halbe Nacht damit verbringen müssen, es mit feuchtem Holz wieder zu entfachen.

Das Leben wurde schwerer für mich. Meine Sorgen wuchsen. Ich mußte noch viele Pelze für den Winter beschaffen; besonders dringend brauchte ich ein großes Schlaffell. Aber ich wußte nicht, wie ich einen Hirsch oder ein Reh erlegen sollte. Allein war das unmöglich.

Tag für Tag dachte ich über das Problem der Kleidung nach. Mein Umhang begann schon zu verschleißen, weil ich ihn auch zum Schlafen benutzen mußte. Bis jetzt hatte ich nur sechs Kaninchenfelle, einen Fuchspelz und mehrere Hasenfelle zusammen. Das reichte für einen harten Winter nicht aus.

Als ich eines Morgens aus der Höhle schaute, war die Welt weiß. Die Sonne schien von einem hellblauen, strahlenden Himmel, und dicker Rauhreif glitzerte an den Zweigen der Buchen. Es war bitter kalt; der Atem wehte weiß aus meinem Mund, ich zitterte und hüllte mich frierend in meinen dünnen Umhang.

Der Winter war da, und ich war nicht vorbereitet. Mein Kind konnte jeden Tag geboren werden, und ich hatte keine warme Kleidung zu bieten. Ich hatte Angst, schreckliche Angst. Ich mußte einfach ein großes Tier erlegen, noch ehe es wirklich kalt wurde! Und mir blieb keine Zeit mehr! Verzweifelt überlegte ich.

Ohne Schaufel war es unmöglich, eine Fallgrube auszuheben. Der Boden war auch schon gefroren. Und eine Falle ...?

Nein, es ging nicht. Dazu hätte ich Hilfe gebraucht.

Mir blieb nur eine Möglichkeit. Ich mußte Holz besorgen, damit das Feuer immer brennen konnte. Ich mußte meine Höhle heizen.

Und die wenigen Pelze mußten reichen.

An diesem Tag schuftete ich wie besessen. Ich schleppte ein großes Bündel nach dem anderen, bis meine Höhle fast davon ausgefüllt war. Der Wolf folgte mir die ganze Zeit. Aber der Anblick des Tieres störte mich nicht mehr.

Als die Sonne schon graurot im Westen unterging, war ich mit dem letzten Reisigbündel unterwegs nach Hause. Die Bäume standen tiefschwarz vor dem Himmel, der in Rosa und Violett glühte. An den langen, dürren Waldgräsern war während des ganzen Tages der Reif nicht abgetaut; sie trugen funkelnde weiße Pelze aus Eiskristallen.

Meine Arme und Beine waren blau gefroren. Die Füße spürte ich nicht mehr. Sie waren taub vor Kälte. Plötzlich schoß ein reißender Schmerz durch meinen Rücken. Ich zuckte zusammen und knirschte mit den Zähnen. Ich wußte, was dieser Schmerz bedeutete.

Ich beschleunigte meine Schritte und packte das Bündel fester. Mein Weg war noch lang – ich mußte so schnell wie möglich nach Hause.

Der Himmel färbte sich blutrot. Die Sonne ging unter. Ich rannte fast. Alle paar Schritte überfiel mich der krampfartige Schmerz. Die Wehen folgten einander viel schneller, als das sonst beim ersten Kind der Fall ist, und ich wußte, daß ich mich beeilen mußte. Ich arbeitete mich mit der schweren Holzlast vorwärts, ich keuchte, ich rannte.

Ein paar Schritte von meiner Behausung entfernt packte mich eine besonders schmerzhafte Wehe. Alles in mir krampfte sich zusammen. Ich stöhnte auf, und ein heißer Schwall von Flüssigkeit lief meine Beine hinunter.

Es ging alles viel zu schnell. Ich warf das Holz hin; der Schmerz war fast unerträglich heftig. Ich glitt in meine Höhle hinab, einen Augenblick lang glaubte ich, ohnmächtig zu werden. Aber das, was ich jetzt spürte, war schon der letzte Teil der Geburt. Die rasenden Wehen hielten mich bei Bewußtsein. Ich riß eins der Felle vom Räucherständer, hockte mich hin, wie ich es früher viele Male bei den Frauen meiner Familie gesehen hatte, und gab dem Drang nach, mitzupressen, als die nächste Welle des Schmerzes kam.

Ich schwankte vor Erschöpfung. Aber ich zwang mich, nicht zu schreien. Das hätte mich verraten können. Ich arbeitete hart. Es war kalt in meinem Unterschlupf, aber ich spürte die Kälte nicht. Der Schweiß rann mir in die Augen, tropfte salzig auf meine Lippen. Ich atmete, wie Amama es mir damals erklärt hatte, aber ich mußte in diesem Augenblick nicht darauf achten. Ich tat es ganz instinktiv.

Drei, vier Preßwehen vergingen, bis ich zwischen meinen Schenkeln das Köpfchen meines Kindes fühlen konnte. Ich umfing es, zog ganz sanft und preßte. Ich durfte keinen erleichternden Schrei ausstoßen. Ich biß mir auf die Lippen, bis sie bluteten. Meine Haare waren naß, der Schweiß lief mir den Rücken hinunter. Einen langen Augenblick hatte ich den unwiderstehlichen Drang zu brüllen. Der Schmerz und die Anspannung waren zu gewaltig. Aber ich beherrschte mich – ich schaffte das irgendwie. Und dann war das Baby geboren. Einfach so. Kein Schmerz mehr, nur noch Erleichterung, Freude, ein riesiges Glücksgefühl.

Es lag da, unter mir, blut- und schleimverschmiert und sehr lebendig. Ich legte ein anderes Fell über das winzige Ding, denn die Arbeit war noch nicht getan. Eine allerletzte, schwächere Wehe kam und mit ihr die Nachgeburt – das blutige Stück Gewebe, an dem die Nabelschnur hing.

Erst jetzt konnte ich mich um mein Baby kümmern. Mit zitternden Fingern faßte ich die dünnen Sehnen, die ich schon lange dafür bereitliegen hatte, und band die Nabelschnur dicht am Bauch meines Kindes ab. Dann trennte ich sie sorgfältig mit der Klinge durch und schaute mir die Nachgeburt an. Sie war vollständig. Das war wichtig, denn wenn sie nicht ganz herausgekommen wäre, hätte ich vielleicht später verbluten können. Ich hüllte das Kleine in ein weiteres Fell und entfernte die blutigen Überbleibsel der Geburt.

Die Müdigkeit überwältigte mich fast. Aber ich konnte mich noch lange nicht ausruhen. Ich wußte zu genau, was jetzt alles zu tun war, und keine andere Frau konnte es mir abnehmen.

Holz mußte auf die Glut, die noch in der Feuerstelle glimmte – die Flammen sollten hell brennen. Ich heizte Kochsteine auf und wärmte damit das Wasser in meinem Wasserbehälter. Das Baby mußte gewaschen und danach dick mit Fett eingerieben werden.

Während das Wasser warm wurde, nahm ich ein kleines Stück Fell und wischte dem Kind das Gesichtchen sauber. «Mein Töchterchen», murmelte ich. Im gleichen Augenblick wurde mir klar, daß ich auf das Geschlecht meines Kindes gar nicht geachtet hatte. Ich schlug den Pelz, der es umhüllte, ein Stückchen auseinander und sah mit ungläubigem Staunen, daß es ein Junge war.

Darauf war ich nicht vorbereitet. Die ganze Zeit, seit Amama am Tag ihres Todes gesagt hatte, meine Tochter würde überleben, hatte ich mich auf eine Tochter eingestellt. Amama irrte sich nie ... Aber diesmal hatte sie sich geirrt! Ich hatte einen Sohn, keine Tochter. Ich war fassungslos.

Das Wasser hatte jetzt die richtige Wärme. Ich goß ein wenig davon in eine Schale aus Birkenrinde, tauchte das Stück Pelz hinein und wusch meinen kleinen Jungen sanft, aber gründlich. Er war blau gefroren und zitterte trotz des warmen Feuers, aber er atmete ruhig und schrie nicht. Er schaute mich mit großen, dunklen Augen an und machte saugende Bewegungen mit seinem Mäulchen.

«Mein Kleiner», sagte ich zärtlich und packte ihn nach der Reinigung wieder warm ein. «Ich werde mein Bestes tun, um dich zu schützen, damit du am Leben bleibst.»

Ich holte das Gefäß, in dem ich das Fett von meinen Beutetieren aufbewahrte, und rieb das Baby gründlich damit ein. Das Fett roch ranzig, aber es schützte vor der Kälte.

Dann legte ich mein Kind zum erstenmal an die Brust. Es begann gierig zu saugen.

In dieser Nacht hielt ich mich nah beim Feuer. Immer wieder legte ich Holz nach, damit es in meiner Höhle nicht zu kalt wurde, und ich wagte es nicht, zu schlafen. Erst gegen Morgen, als der Himmel draußen schon grau wurde, sicherte ich die Glut und legte mich mit dem Baby an der Brust eine Weile hin. Ich zog alle Felle, die ich besaß, über meinen erschöpften Körper, hüllte mich ein, so gut es ging, und schlief eine Zeitlang.

Bald weckte mich der Kleine wieder. Ich gab ihm zu trinken, wusch ihn und machte mir selbst auch etwas zu essen. Ich schaute meinen Sohn jetzt zum erstenmal richtig an. Er war hübsch – seine Stirn war flach und breit, seine schwarzen Augen hatten schon Brauenwülste, und wie bei Dor wuchsen seine zarten dunklen Augenbrauen in der Mitte zusammen. Seine kleine, breite Nase hatte langgeschweifte Nasenflügel, und sein kleiner Mund stand weit vor und hatte schöne volle Lippen. Das Kinn war fliehend und ohne Höcker. Dunkles, üppiges Haar bedeckte sein rundes Köpfchen.

Ich betrachtete mein Kind, und in das Glücksgefühl, das in mir aufstieg, mischte sich Angst. Amama hatte sich im Geschlecht meines Babys geirrt – konnte es sein, daß auch der andere Teil der Voraussage, nämlich daß es überleben würde, nicht eintraf?

Dies würde vielleicht mein einziges Kind bleiben, denn ich

konnte mir nicht vorstellen, daß noch eine zweite Kinderseele sich meinen Körper aussuchen würde. Ich hatte ja niemanden, der mich schützte, und mein Leben war nicht gesichert. Kinderseelen suchten sich Frauen, die behütet waren und ihren Kindern ein gutes Leben bieten konnten. Frauen ohne Männer konnten das nicht.

Ich grübelte darüber nach, während ich meinen kleinen Jungen streichelte und wärmte. Nein, Frauen ohne Männer wurden von den Seelen der Kinder nicht gewählt. Ich würde nie eine Tochter haben – Amamas Prophezeiung war falsch gewesen. Es hing vom Zufall ab, ob mein Sohn den Winter überstand. Tränen tropften mir aus den Augen und fielen auf sein rundes Gesichtchen, während die Angst vor der Zukunft mich fast überwältigte.

Nach einer Weile wurde ich ruhiger. Ich würde kämpfen. Ich würde alles daransetzen, um mit meinem Kind zu überleben. Der Frost, der Schnee, das Eis sollten mich nicht besiegen ...

Die nächsten Tage waren voller Arbeit, obwohl ich die Höhle nicht verließ. Ich fügte die wenigen Pelze, die ich besaß, notdürftig zu Kleidungsstücken zusammen. Der Kleine bekam aus dem Fuchsfell einen Beutel, in dem ich ihn tragen konnte.

Das Wetter hatte sich verschlechtert. Am Tag schneite es fast ununterbrochen, und in den Nächten herrschte grimmiger Frost. Wenn der Wind wehte, konnte ich hören, wie draußen die Zweige der Buchen aneinanderschlugen und in der Kälte klirrten.

Ich wagte es nicht, zum Schlingenlegen die Höhle zu verlassen, denn ich hätte das Baby mitnehmen müssen. Ich lebte von meinen Vorräten und taute den Schnee, der vor dem Eingang lag, zu Trink- und Waschwasser auf. Die Tage vergingen, und das Wetter besserte sich nicht. Meine wenigen Lebensmittelreserven schrumpften zusammen; ich begann sie einzuteilen.

Endlich, nach vielen, vielen Tagen, klarte der Himmel auf; die Sonne schien wieder.

Ich entschloß mich, meinen Unterschlupf zu verlassen. Ich mußte einfach Nahrung beschaffen, denn meine Vorräte waren fast erschöpft. Bis jetzt hatte ich für meinen kleinen Sohn genügend Milch gehabt; er war gesund und kräftig. Aber wenn ich nichts zu essen hatte, dann würde auch meine Milch aufhören zu fließen, und mein Kind verhungerte dann mit mir.

Ich hängte mir den Beutel aus Fuchspelz über die Brust, legte den Kleinen hinein und hüllte mich dann in alle Kleidungsstücke, die ich besaß. Zuerst kam das Hemd aus Wieselfell, das vorne offenblieb. Dann zog ich die kurzen Beinlinge an, die aus zwei Kaninchenfellen bestanden, und schnürte mir ein paar Fußhüllen aus

Hasenpelz an die Füße. Zuletzt kam mein Umhang, der jetzt dünn und fast haarlos geworden war.

Dann nahm ich meine Schlinge, die Angel und die Keule, band mir den Klingenbeutel um und stieg nach draußen.

Die Sonne strahlte vom kristallklaren, hellblauen Winterhimmel. Ich war an die ständige Dämmerung meiner Höhle gewöhnt, und ich mußte die Augen schließen bei soviel blendender Helligkeit. Als ich langsam die Lider einen Spalt weit öffnete, gewöhnte ich mich wieder an das Tageslicht.

Der Schnee lag weich und knietief. Die Wälder in der Ferne wirkten wie zarte schwarze Spinngewebe über der weißen Decke, und die Buchen warfen tiefblaue Schatten. Es war kalt, sehr kalt, und ich zog fröstelnd den Umhang über der Brust zusammen.

Ich durfte nicht versagen. Ich mußte etwas zu essen besorgen – gleichgültig, wie ...

Mir fiel ein, daß meine Fußspuren den Fremden verraten konnten, wo ich lebte. Ich brach einen Zweig vom Haselbusch und fegte die Abdrücke weg, die ich vor der Höhle hinterlassen hatte. Dann ging ich los und zog das Reis noch eine ganze Strecke weit hinter mir her, so daß keine Fußstapfen mehr zu sehen waren.

Ich entschloß mich, zum Fluß zu gehen und zu fischen. Dabei würde ich am ehesten Erfolg haben. Der Weg war lang und mühsam. Ich mußte mich durch hohe Schneewehen hindurcharbeiten und brauchte lange, bis ich endlich da war.

An den Weidenbäumen, deren Äste sich über den Fluß neigten, hingen lange Eiszapfen und blitzten im Sonnenlicht. Der Schnee machte die scharfkantigen Formen der Felsbrocken, die am Ufer aufgetürmt lagen, rund und weich. Ich arbeitete mich stolpernd und rutschend an den Rand des Wassers heran. Dann sah ich, daß der Fluß unter einer geschlossenen Eisdecke lag.

Wie sollte ich jetzt angeln? Das Eis aufhacken? Ich konnte es ja versuchen.

Ich nahm meinen neuen Faustkeil, den ich mir mühsam aus einem Stück Kalkstein zurechtgeschlagen hatte, und begann wild auf das Eis einzuhacken. Aber es war zu dick. Der Faustkeil zersprang mir in den Händen, und ich riß mir an den scharfen Splittern die Finger auf. Es blutete und tat weh. Ich mußte aufgeben.

Ich weinte fast vor Enttäuschung und Schmerz. Mein kleiner Sohn fuhr zusammen und wimmerte. Er hatte sich naßgemacht und fror. Aber ich konnte nicht nach Hause. Ich mußte irgend etwas Eßbares auftreiben. Wenigstens mit einer Schlinge mußte ich es noch versuchen. Ich stieg also mühsam das steile Ufer hinauf und folgte dem uralten Wildwechsel, der im tiefen Schnee kaum zu erkennen war. Nur hin und wieder sah ich Spuren eines Hirsches, die als tiefe, scharfkantige Löcher die verharschten Stellen in der Schneedecke durchbrachen.

Ich wanderte zu dem Waldgebiet, in dem ich im Herbst die Kaninchen gefangen hatte. Aber hier sah ich keine Spuren, die mir Hoffnung auf einen Fang machten. Weit und breit keine Kaninchenfährte, nur die Pfotenabdrücke von Wolf, Fuchs und Luchs.

Ich schaute mich um, und Verzweiflung packte mich. Tränen rollten mir über die Wangen und gefroren; ich zitterte vor Kälte, und mein Baby begann leise zu weinen. Ich war gezwungen, wieder nach Hause zu gehen, ohne daß ich irgend etwas zu essen erbeutet hatte. Die Sonne wärmte nicht, die Luft war schneidend kalt; ich konnte es nicht riskieren, krank zu werden, denn ich besaß keine Heilkräuter für Medizin.

Müde und durchfroren wanderte ich durch den tiefen Schnee zurück. Vor mir flog ein Schwarm Krähen auf. Die schwarzen Vögel segelten mit rauhem Geschrei über den eisigen Himmel.

Ich drehte mich um und schaute ihnen nach. Sie flogen nach Westen, wie die Seelen der Gestorbenen.

Während ich dastand und mit Tränen in den Augen zum Horizont starrte, wo die zarten, tiefgrauen Schatten der Wälder zwischen Schnee und Himmel standen, hörte ich plötzlich einen eigenartigen, dumpfen Laut. Eine Tierstimme, die noch einmal und noch einmal erklang.

Ich wandte den Kopf in die Richtung, aus der der merkwürdige Klang kam. Ich sah den Wolf – er war mir auch jetzt wieder gefolgt. Das Tier stand am Rand eines Gebüsches aus nackten, dornigen Schlehensträuchern. Vor ihm lag ein pelziges Bündel, eine Ratte oder ein Eichhörnchen. Der Wolf hatte offenbar Beute gemacht.

Ein verzweifelter Gedanke kam mir. Ich packte meine Keule, holte aus und schleuderte sie nach dem Wolf. Der machte nur einen kleinen Satz zur Seite und setzte sich in den Schnee.

Ich nahm allen Mut zusammen und ging zu dem kleinen Beutetier hinüber. Vorsichtig bückte ich mich und hob das pelzige Etwas auf. Es war eine magere Ratte. Der Wolf schaute mir zu und bewegte sich nicht. Ich nahm auch meine Keule wieder und steckte sie in den Gürtel. Da stand der Wolf langsam auf, sah mich ruhig an und trabte davon.

Er hatte sich die Beute einfach abnehmen lassen! Er hatte mich nicht angegriffen, hatte sein erjagtes Fressen nicht einmal verteidigt! Er hatte mir die Ratte überlassen, ja, fast geschenkt! Ich begriff nicht, warum dieser kleingewachsene Wolf sich so unnatürlich benahm. Ich verstand nicht, warum er mir folgte. Ich entschloß mich, das Tier nicht mehr mit Steinen und Stöcken zu verjagen. Es war mir offenbar freundlich gesinnt, wenn ich auch nicht wußte, warum. Also wollte ich es in meiner Nähe dulden.

Ich packte die Ratte in den Ausschnitt meines Umhanges. Sie war noch warm; der Wolf mußte sie vor ganz kurzer Zeit gefangen haben. Ich hatte etwas zu essen. Glücklich und mit neuem Mut ging ich nach Hause.

Mein Feuer war aus. Ich hatte am Morgen beim Weggehen vergessen, genug Holz aufzulegen. Ein unverzeihlicher Fehler. Das Baby war klatschnaß und blau gefroren. Ich nahm den Tragebeutel ab. Ich schlüpfte aus den Beinlingen, obwohl ich vor Kälte zitterte, säuberte meinen Sohn und hüllte ihn in die beiden trockenen Pelzröhren. Der Kleine hatte kaum geweint; als ich ihn jetzt an die Brust legte, begann er zufrieden zu trinken.

Erst als er satt war, konnte ich an mein eigenes Wohl denken. Ich schaffte es nach einiger Zeit, das Feuer wieder anzuzünden, und dann reinigte ich mich selbst. Ich blutete ja noch von der Geburt; deshalb trug ich eins der kleineren Pelzstücke, an meinem Gürtel befestigt, zwischen den Beinen. Es war völlig durchweicht, und ich mußte es draußen im eisigen Wasser der Quelle ausspülen. Auch das Fuchsfell für den Kleinen mußte gewaschen werden. Es würde am Feuer bald trocknen.

Als ich mit allem fertig war, häutete ich die Ratte sorgfältig ab. Ich schob die Glut in der Feuerstelle ein wenig zusammen, so daß ein paar der flachen Bodensteine frei waren, und briet darauf das wenige Fleisch. Dann aß ich heißhungrig. Es war seit langer Zeit das erste Essen, das ich mir nicht selbst beschafft hatte.

Bald war es wieder warm in meiner engen Behausung. Draußen wurde es schon dunkel, und ich zog den Schirm aus Haselzweigen vor den Eingang. Es war gefährlich, weil man vom Rauch des Feuers ohnmächtig werden kann, aber noch gefährlicher war es, wenn die Fremden den Lichtschein sahen und mich entdeckten. Ich hoffte, daß genug Rauch durch die Ritzen im Flechtwerk des Schirms abzog.

Bis jetzt hatte ich Glück gehabt. Keinem von den häßlichen Riesen mit den hellen Haaren war ich begegnet. Gelegentlich hatte ich ihre Spuren im Schnee gesehen, aber niemand hatte mich entdeckt. Wie lange konnte ich wohl noch unbemerkt hier wohnen? Dieser Gedanke erfüllte mich mit grenzenloser Angst. Ich zwang mich, an etwas anderes zu denken.

Ich betrachtete meinen kleinen Jungen, der satt und zufrieden in meinen Armen schlief. Eine Welle der Zärtlichkeit und Liebe überflutete mich. Sein dichtes Haar hatte schon weiche Locken, seine zarte Haut war bräunlich getönt. Er sah Dor so ähnlich – meinem Dor, den ich für immer verloren hatte. Ich mußte wieder an den Mann denken, dem ich ganz gehört hatte; ich spürte seine Arme um mich, ich glaubte, seine weiche, tiefe Stimme zu hören. Er fehlte mir sehr – ich brauchte ihn, und ich weinte laut auf vor Sehnsucht nach ihm. Ich preßte mein Kind an mich, bedeckte sein kleines, rundes Köpfchen mit Tränen und Küssen. «Du siehst aus wie er, mein Sohn», flüsterte ich. «Du erinnerst mich immer wieder an ihn ... Warum hat deine Seele seine Gestalt, sein Gesicht angenommen?» Der warme kleine Körper bewegte sich sacht; das Baby suchte meine Brust, und ich gab sie ihm. «Ich will dich liebhaben, wie ich Dor geliebt habe», sagte ich dem Kleinen. «Du bist ihm ähnlich – vielleicht ist ein Teil seiner Seele nach seinem Tod in dich übergegangen ... Ich bin nicht allein. Du bist da, mein Kind. Dor war stark und klug. Du sollst seinen Namen tragen, du sollst klug und stark werden wie er, wenn das Glück uns nicht verläßt ...»

Ich fühlte mich besser, und während ich beim Feuer saß und die Felle trocknete, wurde ich ruhiger. Aber die Sehnsucht nach dem Mann, den ich so sehr geliebt hatte, verließ mich nicht. In dieser Nacht konnte ich nicht schlafen. Erst als der Morgen graute, döste ich erschöpft ein. Mein Schlaf war unruhig und kurz, und er war voller Träume, die mich quälten und beunruhigten.

16

Als ich aufwachte, war der Mittag schon vorüber. Mein Sohn schrie; er war hungrig und brauchte eine trockene Hülle. Ich fütterte ihn schnell. Dann legte ich ihn auf meinen Umhang und wickelte ihn in ein frisch gewaschenes Kaninchenfell.

Der Beutel aus Fuchspelz war auch wieder getrocknet. Ich würde mit dem Kleinen hinausgehen und versuchen, Nahrung zu finden. Ich hob die Steinplatte von meiner Vorratsgrube und warf einen Blick hinein. Sie war fast leer – der Inhalt reichte nur noch für wenige Tage. Meine Lage war verzweifelt, denn der Winter würde noch zwei ganze Mondwechsel dauern, vielleicht sogar länger.

Ich hängte mir den Pelzbeutel mit dem Kind um, zog alle Kleidung an, die ich hatte, kletterte hinaus und machte mich wieder auf die Suche nach Eßbarem. Der Wolf hatte schon draußen vor der Höhle gewartet; jetzt lief er hinter mir her. Er hatte keine Scheu mehr vor mir. Irgendwie spürte er wohl, daß ich ihm nicht länger feindlich gesinnt war.

Ich wanderte nicht weit. Ich sah bald ein, daß ich auch heute nichts finden würde. Der Gedanke kam mir wieder, daß ich vielleicht mit einer Falle ein größeres Tier erlegen könnte. Aber ich wußte nicht, wie ich allein eine Falle bauen sollte. Mein Kind begann zu weinen, es war naß und hungrig. Wenn meine Vorräte aufgebraucht waren, würden wir verhungern.

Dann fiel mir plötzlich ein, daß ich dem Wolf gestern die Ratte abgejagt hatte. Vielleicht gelang es mir noch öfter, ihm die Beute zu nehmen – das Tier war ja immer in meiner Nähe, wenn ich im Wald umherstreifte.

Ich drehte mich nach meinem Begleiter um. Der Wolf saß ein paar Schritte von mir entfernt im Schnee und schaute mich aufmerksam an. Ich ging auf ihn zu ... Er wich ein Stückchen zurück, setzte sich wieder. Ich hockte mich hin und streckte die Arme aus. Das Tier stand auf, lief ein Stück weg, blieb stehen.

Ich senkte die Arme wieder, während ich am Boden hocken blieb, und der Wolf sah mich an und kam langsam, mit wedelndem Schwanz, zu mir herüber.

Dicht vor mir blieb er stehen; der Blick seiner dunkelbraunen Augen war ruhig und gelassen. Als ich die Hand ausstreckte, wich er nicht mehr zurück, sondern beschnüffelte meine Finger. Ich berührte ganz leicht seinen Kopf; er zuckte mit den zu großen Ohren. Einen Augenblick lang kam ein wilder, furchtsamer Blick in seine Augen, aber dann duldete er meine Berührung.

Eine Weile verharrten wir so, der Wolf und ich. Wir fürchteten einander nicht mehr, wir waren keine Feinde. Dann stand ich auf, drehte mich um und ging den Weg zurück zur Höhle. Der Wolf verschwand zwischen den Bäumen.

Ich nahm mir vor, am nächsten Morgen nicht einfach ziellos umherzustreifen. Ich würde den Spuren des Wolfes folgen und versuchen, ihm wieder sein Wild abzunehmen.

Der Wolf ist ein Raubtier, ein geborener Jäger, der auch im Winter sein Fressen erjagen kann. Er verhungert nicht, denn er ist für die Jagd ungleich besser ausgerüstet als ich. Wenn ich «meinem Wolf» also ein erbeutetes Tier abnahm, dann konnte er sich leicht ein anderes fangen. Ich schadete ihm damit nicht; er würde nur öfter jagen müssen.

Bis tief in die Nacht brütete ich über diesen Gedanken. Wenn ich den Wolf dazu bringen konnte, mir seine Beute abzugeben, dann waren mein Tod und der Tod meines Sohnes vielleicht nicht besiegelt. Dann konnten wir vielleicht den Winter überstehen ... Aber eins war sicher: Allein würde ich es nicht schaffen.

Der nächste Morgen war grausam kalt und klar. In der Nacht hatte es ein wenig geschneit, und als ich aus meiner Behausung stieg, konnte ich die Spuren des Wolfes deutlich erkennen. Er war schon dagewesen, aber ich konnte ihn nirgends entdecken. Ich folgte der Fährte.

Es wehte ein leichter Wind; die Kälte schnitt mir ins Gesicht wie frisch geschlagene Klingen, und ich war bald völlig durchfroren. Ich wickelte den dünnen Umhang enger um mich und das Baby, aber ich wußte, lange durfte ich nicht draußen bleiben.

Die Spur des Wolfes führte den Hang hinauf. Mühsam arbeitete ich mich durch den tiefen Schnee, dessen Oberfläche verharscht war und in den ich immer wieder bis zur Hüfte einbrach. Aber ich war verzweifelt; ich kämpfte mich verbissen weiter, bis ich den Gipfel des Hügels erreicht hatte.

Von oben lief die Fährte, der ich folgte, wieder den steilen Hang hinab, durch genauso tiefen, trügerischen Schnee. Ich weinte vor Kälte und Erschöpfung; aber ich mußte weiter. Ich gab die Hoffnung nicht auf, den Wolf zu finden und ihm wenigstens einen Teil der Beute zu nehmen, wenn er bei der Jagd Erfolg gehabt hatte.

Nach einer Weile spürte ich meine Beine nicht mehr. Sie waren taub geworden, und ich stapfte einfach immer weiter, der Fährte des Wolfes nach. Schon lange sah ich nichts anderes mehr als die kleinen, runden Löcher im Schnee, die mir zeigten, wohin das Tier gelaufen war. Ich starrte auf die glitzernde, tödlich weiße Decke, die alles Leben einhüllte, und trottete vorwärts. Mein Kind hatte selbst die Brust gefunden und stillte seinen Hunger. Es fror offenbar noch nicht. Ich spürte seinen warmen kleinen Körper, und das zwang mich zum Weitergehen.

Auf einmal war die Spur unterbrochen. An dieser Stelle hatte der Wolf einen weiten Satz gemacht. Andere Spuren tauchten auf – Rehe.

Es mußte ein kleines Rudel gewesen sein. Die meisten der Fährten liefen hinüber zum Wald, der den Hang im Westen bedeckte. Aber eine einzelne Spur führte ins Tal, zu einem Weidendickicht, das zartgrau am Rand des Sumpfes am Flußufer lag.

Dieser einzelnen Spur war der Wolf gefolgt. Ich schaute sie mir genau an. Das Reh hatte verletzte Füße gehabt – am Rand der tiefen Löcher, die seine schmalen Hufe im Schnee hinterlassen hatten, waren Blutflecken. Ich nahm alle Kraft zusammen. So schnell ich konnte, stapfte ich den beiden Fährten nach.

Ich brauchte lange, bis ich bei den Weiden angekommen war. Hier fand ich eine zertrampelte Stelle im Schnee, und überall war Blut. Wie Blumen leuchteten die roten Tropfen in all dem funkelnden Weiß.

Dann sah ich meinen Wolf. Er hatte Beute gemacht, fette Beute. Das Reh war groß – ausgewachsen, ein altes Muttertier. Der Wolf war dabei, ihm die Eingeweide herauszureißen. Seine Fänge und seine Lefzen trieften von Blut, während er wild an dem Kadaver herumzerrte.

Ich trat an ihn heran. Als er mich bemerkte, packte er noch einmal zu und riß mit einem Ruck den Pansen des Rehs heraus. Er schlug seine Zähne tief in das Fleisch und schleifte Magen und Gedärm in die Büsche.

Ich bemerkte, daß ich mit meiner erstarrten Faust die Keule gepackt hielt. Ich ließ die Waffe sinken und schaute in stummem Staunen den Wolf an. Der beachtete mich gar nicht. Er war mit seiner Mahlzeit beschäftigt. Den Rest der Beute überließ er mir!

Ein Reh! Ein ganzes, großes Reh! Ich konnte es nicht fassen. Ich wagte es nicht, das Wild anzurühren. Kein Wolf überläßt seine Beute anderen, ohne sie zu verteidigen! Aber dieser hier, dieser zu klein geratene Wolf hatte mir seinen Fang ja schon einmal abgegeben! Ich verstand es einfach nicht.

Endlich bewegte ich mich doch. Ich ging zu dem Kadaver hinüber, holte meine Klinge heraus und begann, das Reh abzuhäuten. Der Wolf fraß ruhig weiter, ohne mich anzuschauen. Er hob nicht einmal den Kopf.

Ich arbeitete weiter. Ich zerteilte das Beutetier in handliche Stücke und packte sie in das Fell. Die Läufe und den Kopf ließ ich für den Wolf zurück. Ich krallte meine steifgefrorenen Finger in die blutige Rehhaut und ging dann los, während ich die schwere Last hinter mir herschleifte.

Der Wolf widmete sich weiter seiner Mahlzeit. Er kümmerte sich überhaupt nicht um mich.

Es wurde schon dunkel, als ich zu Hause ankam. In der Asche meiner Feuerstelle war noch Glut; ich lernte immer besser, das Feuer für lange Zeit zu sichern. Schnell legte ich Holz auf. Dann kümmerte ich mich sofort um mein Kind. Es war still und schaute mich mit dunklen Augen an. Seine Hüllen waren kalt und durchweicht, aber es schrie nicht. Ich wickelte meinen Sohn in einen meiner Beinlinge, damit er nicht mehr fror, und legte ihn an die Brust.

Der Kleine begann sofort kräftig zu saugen; ich streichelte ihn, rieb seine kalten Händchen und rückte ganz nah ans Feuer. Angst stieg wieder in mir auf. Ich hoffte, daß mein Kind die Kältewanderungen überstehen würde, ohne krank zu werden. Ich hatte zu wenige Felle für ihn, er mußte zu lange in einem feuchten Tragebeutel aushalten. «Mein Liebling», flüsterte ich, «mein kräftiger, schöner Sohn, bleib gesund! Du bist alles, was ich habe! Ohne dich hat mein Leben keinen Sinn ...»

Ich schloß die Augen und summte leise vor mich hin. Ich wiegte den Kleinen und summte. Es war eine langsame, vertraute Melodie; erst nach einer Weile wurde mir bewußt, daß ich die Totenklage sang.

Entsetzt verstummte ich. Niemand war gestorben – niemand würde sterben! Heftig preßte ich mein Kind an mich. Der Kleine zuckte erschrocken zusammen und begann zu wimmern. Ich schaukelte ihn sanft, bis er sich wieder beruhigt hatte. Er schlief in meinen Armen ein. Ich zwang mich zum Nachdenken und Planen.

Mit dem Rehfleisch konnte ich mich lange ernähren. Vielleicht reichte es sogar aus, bis ich selbst wieder jagen konnte. Wir verdankten unser Leben dem Wolf, der sich so anders benahm als die großen grauen Wölfe, die ich kannte. Nie wieder würde ich einen Stein oder einen Knüppel nach dem Tier werfen, das beschloß ich. Ich würde den Wolf als einen Freund betrachten, der mir in der Not geholfen hatte.

Es war viel zu tun. Ich legte das Baby auf meinen Umhang und packte dann das Fleisch aus der Rehhaut aus. Ich nahm meine Klinge und begann das Fleisch zu schneiden. Ein paar schmale Streifen kamen auf die heißen Steine in meiner Feuerstelle, die anderen hängte ich zum Trocknen auf ein Gestell aus Ästen.

Die halbe Nacht war schon vorüber, als ich endlich fertig war. Auch die Haut hatte ich gereinigt und geschabt. Sie hing jetzt zum Trocknen beim Feuer. Ich legte noch Holz auf; dann rollte ich mich zum Schlafen zusammen.

Das Baby weckte mich bald wieder. Es verlangte zu trinken. Ich kümmerte mich um den Kleinen, versorgte ihn mit Nahrung und einer sauberen, trockenen Hülle, aß einen Streifen Fleisch und legte mich dann wieder hin.

Ich verschlief den ganzen Tag. Ein seltsames Geräusch weckte mich auf. Es war ein Pfeifen, ein dunkles Heulen, das hallte und alles durchdrang.

In meiner Höhle herrschte Dunkelheit. Nur die Glut in der Feuerstelle leuchtete wie ein rötliches Auge. Langsam schaute ich um mich. Ich ergriff ein Stück Holz und legte es ins Feuer. Es flammte auf und erhellte meine Wohnung. Ich lauschte auf das Geräusch; ich wußte zuerst nicht, was es sein konnte. So etwas hatte ich noch nie gehört.

Nach einer Weile stand ich auf und ging zum Eingang. Ich versuchte, den geflochtenen Schutzschirm beiseitezuschieben, aber es ging nicht. Ich strengte mich mehr an, riß an den Haselruten, schaffte es, das Geflecht ein Stückchen zu bewegen. Schnee rieselte herein. Am oberen Rand des Eingangs, zwischen Wand und Schirm, war ein kleines Loch, durch das ich hinaussehen konnte. Draußen war es finster, und ein eiskalter Luftzug pfiff herein. Schneeflocken wirbelten. Draußen tobte ein Schneesturm.

Meine Höhle war fast eingeschneit. Der Sturm hatte den Eingang bis oben hin zugeweht, und ich mußte so schnell wie möglich dafür sorgen, daß er wieder freigeschaufelt wurde.

Wenn wir keine Luft bekamen, dann war alles aus. Wir beide, mein Kind und ich, würden ersticken.

Eilig begann ich zu graben. Ich arbeitete, so schnell ich konnte. Nach einiger Zeit war das Loch im Schnee so weit vergrößert, daß ich hinausklettern konnte. Irgendwie mußte es offengehalten werden, damit der Rauch von meinem Feuer abziehen konnte.

Der eisige Wind heulte herein. Mein Feuer flackerte. Blitzschnell war meine enge Behausung voller wirbelnder Schneeflokken. Ich steckte den Kopf aus dem Loch und versuchte, etwas zu erkennen. Aber außer dichten Schneeschleiern, die schräg über den Boden dahinfegten, sah ich nichts.

Ich stellte den Schutzschirm wieder auf und hockte mich ans Feuer. Ich überlegte. Eine Idee kam mir. Ich nahm eins der kleineren Felle und befeuchtete es mit Wasser aus meinem Wassersack. Dann rollte ich es zusammen und ging zum Eingang. Ich schob den Schutzschirm weg und legte die Röhre aus Fell in eine Ecke, so daß sie steil von unten nach oben aus dem Eingang nach draußen ragte. Dann legte ich den Schirm wieder vor.

Der Schnee rieselte jetzt durch die Röhre nach drinnen, aber er konnte das Luftloch nicht so leicht verstopfen. Es würde einfacher sein, das Fellrohr offenzuhalten. Mein Baby schrie. Ich ging zu ihm hinüber und nahm es in den Arm. Es fühlte sich heiß an – sein kleiner Körper glühte. Der Kleine hatte Fieber!

Ich legte ihn an die Brust, wiegte ihn, brachte ihn zum Trinken. Seine runden Lippen waren trocken und rauh; er atmete unregelmäßig. Aber er trank gierig. Als er genug hatte, begann er wieder leise zu wimmern. Was konnte ihm nur fehlen?

Ich zerquälte mir das Gehirn nach einer Antwort. Nach einer Weile stieß mein Baby ein kleines, trockenes Husten aus, das tief aus seiner Brust zu kommen schien. Es weinte wieder, es hatte offenbar Schmerzen.

Eine Erkältung? Bei dem Leben, das wir geführt hatten, wäre das kein Wunder gewesen. Und ich hatte keine Heilkräuter, keine Medizin, um meinem Kind zu helfen. Ich konnte es nur in den Armen halten, ihm die heiße Haut kühlen, ihm etwas erzählen und vorsingen.

Die ganze Nacht, während draußen der Schneesturm wütete, wiegte ich meinen kleinen Sohn und sprach mit ihm. Ich sang ihm die alten Lieder, ich gab ihm zu trinken, sooft er wollte, ich hielt ihn warm oder kühl, je nachdem, ob er fror oder schwitzte. Er weinte jedesmal, wenn ihn wieder der Husten schüttelte, und jeder Anfall war heftiger und dauerte länger. Mein Kind war nicht einfach erkältet – es war todkrank.

Die lange Wanderung war für das Neugeborene zuviel gewesen. Es hatte lange, viel zu lange in seinem feuchtkalten Tragebeutel aushalten müssen. Seine Lunge war krank, das konnte ich an seinem hastigen, rauhen Atem hören.

«Mein kleiner Dor», wisperte ich, und Tränen rollten mir langsam über die Wangen. «Bleib bei mir, mein Sohn! Verlaß mich nicht, geh nicht fort wie all die anderen!» Ich streichelte seine heißen Wangen und seine schweißnasse Stirn. «Du darfst nicht sterben, mein Liebling! Nicht auch noch du ...»

Ich wachte. Ich konnte nicht schlafen, und ich machte mir bittere Vorwürfe, daß ich so lange mit meinem Kind durch die Kälte gelaufen war. Aber ich wußte auch, daß ich nichts anderes hätte tun können. Denn ohne Nahrung wären wir ebenfalls verloren gewesen.

Die Zeit verging; ich wußte nicht, ob es Stunden oder Tage waren. Es wurde nicht hell in der Höhle, denn der Sturm tobte immer noch, und der Eingang war zugeschneit. Hin und wieder ging ich zu meinem Luftloch hinüber, stocherte den Schnee heraus und fing ihn in dem Gefäß aus Birkenrinde auf. Ich brauchte das Wasser, denn der Schlauch war längst leer. Auch mein Brennholz ging zur Neige. Nur noch ein paar Knüppel und dünne Zweige lagen in der Ecke.

Dem Kleinen ging es schlecht. Er atmete nur mit großer Mühe; er weinte nicht mehr, dazu war er zu schwach. Das Fieber wollte ihn nicht verlassen, sosehr ich mich auch bemühte, es zu senken. Es gelang mir nur noch selten, ihn zum Trinken zu bringen. Sogar zum Saugen fehlte ihm jetzt die Kraft.

Ich war außer mir vor Angst um mein Kind. Verzweifelt kämpfte ich um sein Leben. Ich tat alles, was ich tun konnte, aber es war zuwenig. Seine Haut wurde dünn und blaß und trocken wie Leder. Mein Sohn hatte schon viel zu lange nichts mehr getrunken, und seine Schwäche nahm zu. Sein Puls schlug flach und viel zu schnell. Ich nahm ein kleines Gefäß und drückte Milch aus meiner Brust. Ich versuchte, sie in sein ausgetrocknetes Mündchen zu gießen, aber er schluckte nicht; alles lief wieder hinaus.

Ich tauchte den kleinen Finger in die Milch und tropfte sie ihm geduldig in den Mund. Aber er bekam zu wenig auf diese Weise. Lange, lange bemühte ich mich, ihm wenigstens ein bißchen einzuflößen, aber nach einer Weile ging auch das nicht mehr.

Er atmete kaum noch. Seine Atemzüge waren so flach, so leise, daß sie fast nicht mehr zu spüren waren. Ich war jenseits aller Angst, aller Verzweiflung. Ich wußte zuviel über Krankheiten. Mein Sohn würde sterben, das war nicht abzuwenden.

Ich nahm das kleine Wesen, das mein Kind war – den einzigen Menschen, den ich noch hatte –, ganz fest in die Arme und drückte es an die Brust. Sie war voll Milch, aber mein Kind würde sie nicht mehr brauchen. Ich konnte nicht weinen; meine Augen waren trocken und brannten.

Ich spürte das Fünkchen Leben, das noch in meinem Sohn zitterte und das bald erlöschen würde. Ich hielt ihn fest, meinen kleinen Jungen, als ob ich ihm von meiner Kraft etwas hätte mitgeben können. Leise wiegte ich ihn – ganz, ganz leise sang ich ihm ein Schlaflied, und nach einer Weile wurde sein Körper schlaff in meinen Armen, und ich hörte seinen allerletzten Atemzug. Er klang wie der zufriedene Seufzer, den er früher nach dem Trinken immer ausgestoßen hatte, ehe er einschlief.

Ich hörte nicht auf zu singen. Die Zeit kroch träge dahin, und die kleine Leiche wurde steif an meiner Brust. Ich sang immer noch. Mein Feuer erlosch, die Kälte rückte näher, immer näher auf mich zu, aber ich spürte sie nicht. Mein Sohn war nach Westen gegangen, zu den anderen, die seine Familie gewesen waren. Es war besser so. Wer hätte ihn jagen lehren sollen, wenn er groß geworden wäre? Nur ich war ja noch übrig.

Lange saß ich da, mein totes Kind in den Armen, und ich dachte nichts mehr. Endlich stand ich auf, legte den Kleinen auf meinen Umhang und begann, neben der Feuerstelle mit den Händen eine Grube auszuheben. Der Boden war eiskalt und feucht, und ich brauchte lange, bis das Loch tief genug war. Ich nahm die neue Rehhaut und teilte sie mit der Klinge in zwei Stücke. Mit dem einen kleidete ich das Grab aus, das andere sollte als Decke für mein Baby dienen. Ich suchte einen glatten, flachen Stein aus der Feuerstelle und legte ihn als Kopfstütze in die Grube.

Dann nahm ich den kleinen, erstarrten Körper und bettete ihn sanft auf seinem Lager. Ich überhüllte ihn mit dem weichen Fuchsfell und legte meine Keule, die Klingen und den Hammerstein neben ihn. In dem Land im Westen würde er ein guter Jäger werden, mein Sohn; er brauchte Waffen und Nahrung für den Weg. Ich legte noch Fleischstreifen und viele Nüsse zu seinen Füßen in die Grube. Dann hockte ich mich neben ihn nieder und sprach die Worte, die für die Reise nach Westen vorgeschrieben waren.

«Mein Name ist Dor, und es ist ein guter Name ...» Ich kam nicht weiter. Der Schmerz schnürte mir die Kehle zu. Ich starrte mit heißen Augen auf das Baby, das dalag, als ob es schlief, und ich dachte die Worte zu Ende.

Dann nahm ich das zweite Stück Rehhaut und deckte die Leiche damit zu. Ich schaufelte die ausgehobene Erde wieder in die Grube und nahm die Steine aus der Feuerstelle. Ich häufte sie alle auf das Grab meines Kindes, damit kein Raubtier seinen Schlaf stören konnte.

Ich brauchte kein Feuer mehr. Ich würde mich neben den kleinen Dor zum Schlafen legen, und die Kälte würde mich finden und töten. Wenn sie schnell kam, dann konnte ich meinen Sohn vielleicht noch einholen und den Weg mit ihm zusammen gehen.

Ich zog mein Hemd aus und legte es auf meinen Umhang. Dann rollte ich mich in der Dunkelheit der Höhle auf den Fellen zusammen und schloß die Augen. Ich wollte schlafen – nur schlafen und nie mehr aufwachen.

17

Wie lange ich so dalag, ohne zu denken und ohne zu träumen, das weiß ich nicht. Die Kälte, die alles durchdrang, hüllte auch mich in ihren eisigen Mantel und machte meinen Körper schmerzlos und unempfindlich. Ich erstarrte; ich fühlte weder Trauer noch Hunger noch Durst, und ich wartete.

Meine Erstarrung war tief wie der Schlaf des Todes. Mein Herz schlug langsamer und immer langsamer; schon längst konnte ich mich nicht mehr bewegen.

Im Unterbewußtsein bemerkte ich, als ich einmal die Augen

öffnete, daß es in der Höhle heller geworden war, und ich hörte raschelnde Geräusche. Aber das alles berührte mich nicht mehr. Ich hatte mein Leben zu Ende gelebt.

Nach einiger Zeit spürte ich, daß etwas Warmes, Weiches auf meiner Haut lag, etwas, was sich manchmal sacht bewegte. Ich wehrte mich gegen diese Wärme, denn sie vertrieb die Kälte, die mich töten sollte. Mit schwachen Kräften versuchte ich, das weiche, wollige Etwas wegzuschieben, aber es kam immer wieder und drängte sich an mich. Unbarmherzig weckte es mich auf.

Es kam der Augenblick, wo ich die Kälte wieder spürte, und ich begann zu frieren. Meine Zähne klapperten, ich öffnete die Augen. Ja, es war hell geworden. Ein schmaler Sonnenstrahl fiel schräg durch den Eingang nach drinnen und erleuchtete die Höhle.

Die Luft war eisig, aber über meiner Hüfte, eng an mich geschmiegt, lag ein warmes, pelziges – Tier!

Ich starrte entsetzt hin und richtete mich halb auf. Das Tier bewegte sich, hob den Kopf, schaute mich an. Der Wolf! Ich mußte träumen – das konnte nicht Wirklichkeit sein! Ich schaute den Feind – nein, den Freund – an und rührte mich nicht.

Der Wolf stand auf und wedelte mit dem Schwanz. Er kam ganz dicht an mein Gesicht heran, leckte mir mit nasser, rauher Zunge meine Wange und winselte leise, als ob er sich freute.

Zum erstenmal schaute ich das Tier genauer an. Es war eine Wölfin, zu klein zwar, aber ausgewachsen.

Ich legte ihr die Hand auf den Kopf und streichelte sie. «Warum hast du mich geweckt?» fragte ich leise. «Ich wollte sterben. Warum hast du mich nicht gehen lassen?»

Das Tier winselte wieder und schmiegte seinen breiten Kopf an meine Schulter. Dann legte es sich bei mir nieder und schaute mich mit seinen braunen Augen an.

«Was bist du für ein merkwürdiger Wolf», murmelte ich. «Du jagst für andere, du hast kein Rudel ... Ist es das? Bist du einsam wie ich?» Ich liebkoste die Wölfin; sie schien das gern zu haben, aber als ich sie wegschob und mich wieder hinlegen wollte, stieß sie mich mit ihrer feuchten Nase an und gab keine Ruhe, bis ich mich wieder aufsetzte.

«Du willst nicht, daß ich fortgehe?» fragte ich. «Du willst bei mir bleiben?» Das Tier schaute mich aufmerksam an. Es beobachtete alle meine Bewegungen. Es wedelte wieder mit dem Schwanz. Die Sonne beleuchtete seinen weichen Pelz und ließ ihn blau und golden schimmern.

Ich schaute der Wölfin in die Augen, und ich spürte plötzlich, daß ich Durst und Hunger hatte. Ich stand auf und legte mir den Umhang um die Schultern. In dem Gefäß aus Birkenrinde war noch ein bißchen gefrorenes Wasser. Ich klopfte den Eisblock heraus und lutschte gierig daran. Dann suchte ich die letzten Nüsse aus der Vorratsgrube und setzte mich wieder an meine kalte Feuerstelle. Ich knackte die Nüsse und aß voller Heißhunger. Die Wölfin schaute mir interessiert zu.

Ich bemerkte ihren Blick. Als ich mit dem Essen fertig war, kam sie dicht an meine Seite und setzte sich. Ich kraulte ihr den Kopf.

«Weißt du, Wölfin», sagte ich, «wenn wir zusammenbleiben, dann brauchst du einen Namen, bei dem ich dich rufen kann.» Ich überlegte. «Ich werde dich ‹Wu› nennen. Nach deinem komischen Heulen. Es klingt wie ‹Wu, wu›.»

Ich lächelte – zum erstenmal seit langer Zeit. Mir fiel plötzlich auf, daß ich mit einem Tier redete wie mit einem Menschen, und daß ich diesem Tier sogar einen Namen gegeben hatte. Früher wäre mir so etwas verrückt vorgekommen. Man sprach nicht mit Tieren. Sie verstanden ja nichts. Nur mit den Geistern der Tiere konnte man reden, wenn man in ihre Geheimnisse eingeweiht war.

Aber diese Wölfin hatte mir schon mehrmals das Leben gerettet. Sie war anders als die anderen Wölfe – sie war etwas ganz Besonderes. Sie war Wu, meine Freundin ...

Ich schaute sie nachdenklich an. «Ich sage dir, was wir tun werden, Wu», überlegte ich laut. «Wenn der Schnee schmilzt und es wieder Frühling wird, dann ziehen wir beide los und suchen andere Menschen, solche, die mir ähnlich sind. Ich kann einfach nicht glauben, daß es keine mehr gibt ...»

Ja, das war ein guter, tröstlicher Gedanke. Wir würden gemeinsam den Winter überstehen. Wir würden zusammen jagen und die Beute teilen, Wu und ich.

«Du sollst sehen», murmelte ich und tätschelte der Wölfin den Rücken, «wir schaffen es schon. Und du bist nicht mehr allein, und ich auch nicht.»

Ich machte mich daran, meine Höhle wieder bewohnbar zu machen. Ich zündete Feuer an, schüttelte meine Pelze aus und überprüfte meine Vorräte. Es war so gut wie nichts mehr da.

«Wir werden jagen müssen, Wu», sagte ich zu der Wölfin. «Wir brauchen etwas zu essen.»

Ich zog das Hemd an, schlüpfte in die kurzen Beinlinge und

streifte die Fußhüllen über. Dann wickelte ich mich in meinen abgeschabten Umhang, packte die wenigen Waffen und Werkzeuge, die ich noch hatte, und stieg nach draußen. Wu sprang mir nach.

Der Tag war kalt und sonnig. Der Sturm war in der vergangenen Nacht abgeflaut, und jetzt herrschte Windstille. Aber das Land lag begraben unter riesigen Schneewehen.

Ich arbeitete mich mühsam voran. Ich war schwach; meine Knie zitterten. Es war anstrengend, durch den tiefen Schnee zu waten. Wu hatte es viel leichter, sie sank nicht so tief ein und kam schneller vorwärts als ich.

Wir brauchten nicht weit zu laufen. Die Wölfin hatte schon nach kurzer Zeit einen Schneehasen aufgestöbert. Das Nagetier versuchte in langen Sätzen zu flüchten, aber Wu war schneller. Wie ein Blitz hatte sie den Hasen im Genick gepackt und ihn durch einen kräftigen Biß ihrer starken Zähne getötet.

Sie ließ den Schneehasen einfach liegen; ich stapfte heran und hob die Beute auf, während Wu schon weit von mir entfernt dem Wald zulief. Ich entschloß mich, ihr nicht zu folgen, sondern am Ufer des Flusses Steine für neue Werkzeuge zu suchen. Ich hatte meinem Sohn ja fast alles mitgegeben. Tränen stiegen mir beim Gedanken an ihn wieder in die Augen, und ich spürte die wohlbekannte, quälende Sehnsucht nach meinem Mann.

Aber ich hatte mich entschieden weiterzuleben, und bei den Lebenden haben die Toten keinen Platz.

Ich packte den Schneehasen auf die Schulter. Es war ein großes, fettes Tier mit einem dicken weißen Pelz, den ich gut brauchen konnte. Ohne Wu hätte ich ihn nicht erlegen können.

Ich wanderte langsam dem Fluß zu. Es war schwer, zwischen den zugewehten Felsbrocken am Hang den Abstieg zum Ufer zu finden. Den größten Teil des Weges rutschte ich in stiebenden Schneewolken über die Steine nach unten.

Das Wasser war noch zugefroren, aber an manchen Stellen war die Eisdecke schon dünner. Sie sah dort dunkler, grüner und klarer aus. Ich wollte versuchen, ein Loch in eine dieser dünnen Stellen zu schlagen. Ein großer Kiesel mit einer rundlichen Spitze, der am Ufer aus dem Schnee ragte, sollte mir als Schlagstein dienen.

Ich hob ihn auf. Er war schwerer, als ich gedacht hatte.

Ich packte ihn mit beiden Händen und ließ ihn auf das Eis niedersausen. Eis und Steinsplitter wirbelten durch die Luft. Ich hatte ein Loch geschlagen. Und der Stein, den ich in der Hand hielt, war ein Flintknollen – bester Feuerstein!

Was für ein Glück! Um neue Werkzeuge brauchte ich mir jetzt keine Sorgen mehr zu machen. Aus dem Flintbrocken konnte ich, wenn ich mir Mühe gab, viele gute Abschlagmesser und Schaber herstellen.

Voller Freude legte ich den Stein auf die Seite und nahm meine Angelleine vom Gürtel. Ich senkte sie ohne Köder durch das Loch in der Eisdecke ins Wasser. Aber diesmal mußte ich lange warten. Als ich die Leine zum drittenmal herauszog, hing ein kleiner Barsch am Haken.

Ich tötete ihn durch einen Schlag auf den Kopf und ließ ihn an der Leine hängen. Für heute hatte ich reichlich zu essen; ich brauchte mir weiter keine Mühe zu machen.

Auf dem Weg nach Hause sammelte ich noch Reisig, denn mein Vorrat an Brennholz war ausgegangen.

Als ich schwerbeladen bei meiner Höhle ankam, war Wu schon da. Sie saß beim Eingang und wartete auf mich. Sie schaute mich freundlich an und wedelte mit dem Schwanz. Wir gingen zusammen hinein.

Nachdem ich mein Feuer zum Brennen gebracht hatte und es in meiner Behausung warm geworden war, machte ich mich daran, den Schneehasen abzuhäuten und auszunehmen. Die Wölfin saß aufmerksam dabei und sah mir zu, und als ich das Fleisch geschnitten hatte, warf ich ihr Kopf und Pfoten der Beute hin. Zufrieden nahm Wu die Stücke von mir an und fraß sie voller Behagen auf.

Als ich schlafen ging, rollte sich das Tier zu meinen Füßen zusammen. Wir wärmten uns gegenseitig. Ich lag lange wach und dachte nach. Es war ein seltsames Gefühl, mit einer Wölfin die Höhle und das Essen zu teilen. Es mußte die Einsamkeit gewesen sein, die Wu dazu gebracht hatte, sich mir anzuschließen. Einen anderen Grund fand ich nicht.

Die Tage vergingen. Mein Leben war, seit die Wölfin bei mir lebte, leichter geworden. Wu war eine gute Jägerin; selbst bei schlechtem Wetter gingen wir fast nie hinaus, ohne daß wir irgendeinen Fang machten. Manchmal war es nur eine Ratte oder ein Murmeltier, das den Winterschlaf unterbrochen hatte, aber hungern mußten wir nicht.

Hin und wieder ging ich zum Fluß und fing einen Fisch oder zwei. Es kam auch vor, daß mir ein Kaninchen in die Schlinge ging.

Wenn die Einsamkeit mich allzusehr bedrückte oder wenn das kleine Grab neben der Feuerstelle mich an mein Kind und an die anderen erinnerte, dann sprach ich mit meiner Gefährtin. Ich erzählte Wu alles, was mir Kummer machte, obwohl ich genau wußte, daß sie nichts von dem verstand, was ich sagte. Aber sie schaute mich mit ihren ruhigen Augen an, die so gar keine Wolfsaugen waren, und ich fühlte mich hinterher immer erleichtert.

Langsam, ganz langsam ging der Winter zu Ende. Das Wetter wurde wärmer, die Sonne taute den letzten Schnee weg, und eines Morgens, als ich aus dem Eingang schaute, tropfte es überall von den Zweigen. Viele funkelnde kleine Rinnsale rieselten von der Felswand und schlängelten sich im Sonnenschein über den feuchten, dunklen Boden.

Im Schatten unter den wenigen, lederblättrigen Stechpalmenbüschen lagen noch runde weiße Flecken aus Schnee; aber bald würden auch diese allerletzten Erinnerungen an den Winter verschwinden. Die Knospen an den Schlehensträuchern waren schon rund und glänzten; noch ein paar milde Tage, und sie würden in schneeweißer Pracht aufblühen.

Ich hatte mir für heute vorgenommen, ein bißchen weiter ins Gelände zu wandern. Ich wollte versuchen, die Richtung festzustellen, in die ich gehen mußte, wenn ich mich auf die Suche nach anderen Menschen machte.

Wu wartete draußen auf mich. Ihr Fell glänzte im Sonnenschein, und auf ihrem dunklen Rücken schimmerten blaue Lichter. Als ich vor die Höhle trat, sprang sie auf und trabte ein Stückchen in den Buchenwald hinein. Aber sie hatte die falsche Richtung eingeschlagen. Ich rief laut ihren Namen. Sie blieb stehen, spitzte die Ohren, drehte um und kam zu mir zurück. Sie hatte sich gemerkt, daß mit dem Wort «Wu» sie gemeint war.

Ich streichelte der Wölfin den Kopf. «Heute gehen wir nicht jagen, meine Freundin», sagte ich. «Laß uns die andere Richtung nehmen, zum Fluß. Ich will herausfinden, welcher Weg der beste ist, wenn wir andere Menschen suchen. Bald ist es ja soweit ...»

Wu schaute mich aufmerksam an. Ich hatte mich längst an das ungewöhnliche Benehmen der kleinen Wölfin gewöhnt, aber unbegreiflich war es mir immer noch. Ich würde nie verstehen, warum Wu sich ausgerechnet mit einem Menschen zusammengetan hatte.

Wir gingen los. Ich schlug den Pfad zu den Hügeln und Klippen am Fluß ein. Fast überall war die Erde schneefrei; die allerersten hellgrünen Grasspitzen lugten aus den braunen, vertrockneten Büscheln vom vergangenen Jahr. Überall dehnten sich die Knospen an Bäumen und Sträuchern, und ein frischer, wohlbekannter Geruch entströmte dem Boden.

Ich atmete tief ein, sog die milde Luft in meine Lungen. Das Leben regte sich wieder; es wachte aus dem langen, eisigen Schlaf des Winters auf und dehnte sich. Bald würde es alle Knospen sprengen.

Ein sehnsuchtsvolles Gefühl der Erwartung stieg in mir auf. Ich hörte den hellen Schrei der Graugänse über mir und schaute zum Himmel. Die lange, keilförmige Kette der großen Vögel zog langsam im lichten Blau dahin; auch die Graugänse folgten dem Ruf des Frühlings.

Wu reckte den Kopf und schnupperte genüßlich. Dann machte sie ein paar tänzelnde Sprünge und trabte mir voraus. «Du hast recht, meine Freundin», lächelte ich. «Wir sollten uns nicht aufhalten lassen.»

Es war noch kühl, und ich zog meine wenigen Pelze enger um die Schultern. Wir gingen schnell; schon nach kurzer Zeit hatten wir die Hügel erreicht, die hinter dem Grasland im Westen lagen. Der Fluß hatte sich ein tiefes Tal geschnitten, und überall gab es Höhlen, die als Wohnungen dienen konnten.

Ich hatte vor, die besten Pfade ausfindig zu machen, und in den nächsten Tagen wollte ich die Suche nach anderen Menschen meiner Art beginnen.

Um die Mittagszeit hatte ich mit Wu ein Stück Wald durchwandert, das ich nicht kannte. Es war von vielen Wildwechseln durchzogen, die jetzt wieder leicht zu erkennen waren. Auf dem feuchten Teppich aus altem Laub sah ich deutlich die Spur der Hirsche, die diesen Pfad benutzten.

Wir erreichten eine Lichtung. Die Sonne stand hoch über unseren Köpfen und beleuchtete die gelben Kätzchen, die sich an den Haselsträuchern schon hervorgewagt hatten.

Wu blieb plötzlich stehen. Das Fell an ihrem Nacken sträubte sich, und sie senkte den Kopf. Tief aus ihrer Kehle kam ein dumpfes Grolles, das lauter und schärfer wurde. Sie duckte sich, schob sich langsam durch das tote Gras, das auf der Lichtung stand, und verschwand darin. «Wu», sagte ich, «was hast du denn? Ist ein Raubtier in der Nähe?» Ich selbst hatte nichts bemerkt. Ich schüttelte den Kopf und ging der Wölfin nach.

Dann hörte ich ihr merkwürdiges, abgehacktes Heulen, nach dem ich ihr den Namen gegeben hatte. Ich ging dem Laut nach. Wus Spur führte an den anderen Rand der Lichtung. Dort war das verdorrte Gras zertrampelt; eine große Fläche war niedergetreten, und in der Mitte lag etwas – ein Mensch und ein großes Tier mit einem dunkelbraunen Pelz.

Erschrocken blieb ich stehen. Wu bewegte sich geduckt und mit gesträubtem Fell auf die Stelle zu, an der sie lagen. Ich schaute genau hin und erkannte einen Mann und einen jungen Bären, aus dessen Bauch ein langer Speer ragte.

Weder Mann noch Bär regten sich; neben ihnen war das Gras rot von Blut.

Ich ging schnell hinüber. Dann stockte mir der Atem. Der Mensch, der dort lag, war einer von den fremden Ungeheuern – ein ganz junger Jäger, abstoßend häßlich wie alle seiner Art.

Bilder stiegen in mir auf – Bilder von schreienden, fliehenden Kindern und sterbenden Männern und Frauen, die aussahen wie ich. Blut war in Strömen geflossen. Und jetzt lag einer dieser Fremden vor mir. Auch er blutete, war vielleicht schon tot. Das bleiche Haar über seiner viel zu runden und hohen Stirn lag blutverklebt auf dem Gras ausgebreitet. Aus seiner langen Nase lief ein dünner Blutfaden, und sein schmallippiger Mund stand halb offen.

Ich betrachtete ihn genau. In das Grauen, das beim Anblick dieses Menschen in mir aufgestiegen war, mischte sich Neugier und Verwunderung. Sein dünnes, merkwürdiges Kleidungsstück aus enthaartem Fell war schön gearbeitet. Ich hatte nicht gewußt, daß man ein Hemd überhaupt auf diese Weise zusammensetzen konnte. An seinem Oberarm entdeckte ich die Stelle, aus der er blutete – es war eine große, tiefe Rißwunde. Eine Schlagader war verletzt.

Ich hockte mich hin und legte die Hand an die Seite seines langen Halses. Ich suchte die Stelle, wo man das Pulsieren des Blutes finden kann. Der Jäger lebte noch – sein Herz schlug schwach, aber regelmäßig.

Ohne zu überlegen, riß ich mir den Gürtel vom Leib und schlang ihn fest und sicher dicht an der Schulter oberhalb der Wunde um seinen Arm. Dann schnitt ich ein Stück von meinem Hemd ab, drückte die Wundränder zusammen und preßte den Fellstreifen fest darauf. Ich verschnürte ihn mit einer meiner Schlingen, die ich immer bei mir trug.

Ich prüfte noch einmal den Herzschlag des Fremden. Er war gleichmäßig geblieben. Mehr konnte ich vorerst nicht für den Verletzten tun.

Ich wollte aufstehen und weggehen, aber da sah ich Wu, die die ganze Zeit dagesessen und mit mißtrauischen Blicken zugesehen hatte.

Nein, ich konnte den fremden Jäger nicht allein lassen. Er war hilflos; der Geruch seines Blutes zog Raubtiere an. Wenn die Hyänen ihn hier entdeckten, dann war sein Schicksal besiegelt. Ich mußte bei ihm bleiben, bis er aus seiner Bewußtlosigkeit aufwachte. Und dann mußte ich ihn irgendwie hier wegbringen.

Wu war aufgestanden und sah mich erwartungsvoll an. Sie wollte weiter. Sie wedelte mit dem Schwanz, als ob sie sagen wollte: «Komm endlich!»

«Nein», murmelte ich. «Weitergehen kann ich nicht. Dieser Mensch hier, der braucht meine Hilfe. Wenn ich jetzt gehe, dann ist er verloren ...»

Das Tier warf mir einen verwirrten Blick zu und ließ sich ein Stückchen von mir entfernt auf den Boden nieder. Es legte den Kopf auf die Vorderpfoten und blickte vorwurfsvoll zu mir auf.

Ich hockte neben dem fremden Jäger und wartete darauf, daß er wieder zu sich kam. Ich betrachtete ihn genau. Noch nie hatte ich einen so häßlichen, so mißgebildeten Menschen gesehen. Schon das farblose Haar, die nackte, unbehaarte Haut auf seinem Oberkörper und das flache Gesicht, aus dem die Nase und nicht der Mund am weitesten herausragte, waren alles andere als schön. Aber er war auch noch viel zu groß; sein Hals ragte weit aus den Schultern heraus. Und seine Beine erst! Denen fehlte die leichte Krümmung, die bei Menschen meiner Art normal ist. Sie waren erstaunlich lang und zu schlank und völlig gerade, und auch sie waren fast haarlos.

Während ich ihn so anschaute, mußte ich an Dor denken. Ich verglich unwillkürlich diesen jungen Jäger mit dem Mann, den ich geliebt hatte. Dor schnitt dabei viel, viel besser ab.

Dor ... Ihm hatte ich damals nicht mehr helfen können, und hier saß ich und kümmerte mich um einen, der vielleicht sein Mörder war ...

Böse Gedanken kamen mir. Warum riß ich dem Fremden den Verband nicht einfach ab und ließ ihn verbluten? Wie kam ich dazu, einem zu helfen, der vielleicht mitgeholfen hatte, meine Familie auszulöschen? Was hatte ich mit diesem hellhaarigen, mißgestalteten Menschen zu tun? Jetzt bot sich mir Gelegenheit zur Rache – warum nutzte ich sie nicht?

Ich streckte die Hand aus und berührte den Verband am Oberarm des Fremden. «Reiß ihn ab!» befahl mir eine innere Stimme.

Der junge Jäger stöhnte leise, murmelte ein Wort, das ich nicht verstand. Langsam öffnete er die Augen und sah mich verwirrt an. Seine Augen waren blau, hellblau ...

Schlagartig wußte ich: Ich hatte dieses Gesicht schon einmal gesehen – früher, als ich noch glücklich war, als die Amama noch lebte. Ich ließ die Hand sinken.

Er schloß die Augen wieder. Woher kannte ich nur dieses fremde, seltsame Gesicht? Vor langer Zeit hatte ich einmal einen Traum gehabt – da hatte ich sie gesehen, die blauen Augen...

Ich konnte ihn nicht sterben lassen. Es war meiner nicht würdig, einen Hilflosen umzubringen. Ich war dazu geboren, zu heilen und nicht zu töten, das hatte Amama gesagt.

Ich blieb sitzen und wartete. Nach einer Weile kam der Fremde wieder zu sich. Er stöhnte noch einmal und versuchte, sich aufzurichten, während er mich ungläubig anstarrte.

Ich legte ihm die Hand auf die Schulter und drückte ihn sanft, aber bestimmt auf den Boden. Ich zeigte auf den Verband, den ich ihm angelegt hatte, und erklärte ihm, daß er liegenbleiben müsse – wenigstens noch ein Weilchen.

Er verstand offenbar kein einziges Wort. Aber als er auf seinen Arm hinabschaute, begriff er, was ich meinte. Er sah mich an und lächelte, und als er die schmalen Lippen verzog, die kaum einen Finger breit waren, und seine weißen Zähne zeigte, da sah er fast sympathisch aus. Er legte sich gehorsam hin, während er etwas zu mir sagte. Es waren lange, komplizierte Wörter, die ich nicht verstand. Aber sie waren wohl freundlich gemeint.

Die Sonne neigte sich schon nach Westen. Bald würde es dunkel werden. Ich sprach den Fremden an und fragte ihn, ob er jetzt aufstehen könne. Er schien mir sehr geschwächt, aber wir mußten es wagen. Die Nacht über konnte er hier nicht bleiben, das war zu gefährlich.

Der Jäger sah mich an; er wußte nicht, was ich wollte. Ich erklärte es ihm noch einmal, versuchte es ihm begreiflich zu machen. Da erhob sich Wu plötzlich und stieß ihr Heulen aus.

Stimmen waren zu hören – hektische, hastige Stimmen. Sie riefen ein Wort, immer wieder. Der junge Jäger richtete sich halb auf, legte eine Hand an den Mund und antwortete.

Ich erstarrte. Fremde – noch mehr von den Ungeheuern! Sie hatten ihn gesucht! Ich sprang auf. Ich rief Wu und rannte gleichzeitig in wahnsinniger Angst los. Die Fremden waren Mörder – wenn sie mich erwischten, würden sie mich totschlagen wie meine Familie.

Ich hetzte durch das verdorrte Gras, so schnell ich konnte. Als ich ein paar Schritte weit gekommen war, rannte ich gegen etwas, stürzte zu Boden und schlug mir die Knie auf. Jemand packte mich rauh an den Handgelenken und drehte mir die Arme auf den Rükken. Ich wurde hochgerissen, jemand zerrte mich an den Haaren, und ich hob den Kopf. Ich schaute direkt in das abstoßende Gesicht eines alten Fremden.

Das Ungeheuer überragte mich um mindestens zwei Kopflängen. Es hatte funkelnde, blasse Augen und brüllte mich an. Mein Herz begann wie rasend zu hämmern. Ich versuchte mich loszureißen.

Aber der Alte hielt mich mit gewaltiger Kraft fest. Ich war ihm nicht gewachsen. Er hob eine Keule, an die oben ein runder Stein angebunden war, und wollte sie auf meinen Kopf niedersausen lassen. Aber mitten im Schwung hielt er plötzlich inne. Jemand rief ihm etwas zu, und der Alte drehte sich überrascht um.

Der junge Jäger hatte den rettenden Ruf ausgestoßen. Die beiden wechselten ein paar Worte in ihrer komplizierten Sprache. Der Alte schaute sich den Verband an, der den Arm des Jungen umspannte, und nickte dann mürrisch. Er winkte mit herrischer Handbewegung einen anderen Jäger heran und ließ sich ein paar Riemen geben. Dann band er mir die Handgelenke auf dem Rükken zusammen und zerrte mich hinter sich her. Zwei der fremden Jäger stützten den Verletzten. Wir gingen den Pfad entlang in den Wald, und ich mußte mit. Ich schaute mich angstvoll um, aber es gab keine Möglichkeit zur Flucht.

Der furchterregende Alte riß an den Riemen, die mich hilflos machten, und ich trottete willenlos hinter ihm her. Wu folgte mir in weitem Abstand.

III
Frühling

«Und selbst wenn diese Menschen von
Eindringlingen überwältigt wurden,
müssen Paarungen stattgefunden haben.
Es ist äußerst unwahrscheinlich,
daß die Gene der westeuropäischen
Neandertaler völlig aus dem Erbgut
der Menschheit verschwunden sind.»

C. Loring Brace,
Universität Michigan

18

Die Sonne ging unter; der Himmel flammte in feurigem, glühendem Rot. Der Wind hatte aufgefrischt und wehte mir kalt ins Gesicht, während ich müde hinter den fremden Jägern herstolperte. Sie gingen schnell, ohne Rücksicht darauf, daß ich wegen meiner kürzeren Beine nicht mit ihnen Schritt halten konnte.

Wir waren schon lange unterwegs; ich hatte Zeit zum Nachdenken, denn niemand versuchte, mit mir zu reden. Während ich dahintrottete, kamen mir lauter unsinnige Gedanken: Mein Feuer zu Hause würde niederbrennen und verlöschen, wenn niemand Holz nachlegte. Meine Vorratsgrube würde von Mardern oder Füchsen aufgebrochen und ausgeraubt werden, wenn ich nicht zurückkam. Das Schneehasenfell von der letzten Jagd mit Wu mußte noch gereinigt und geräuchert werden, und ich hatte meine Feuersteinabschläge nicht fertig bearbeitet ...

Dann wurde mir plötzlich klar, daß ich meine kleine Höhle vielleicht nie mehr wiedersehen würde. Ich wußte ja nicht, was die fremden Ungeheuer mit mir vorhatten.

Ich schaute mich um. Die Gegend, durch die wir gingen, kam mir merkwürdig vertraut vor. Schmerz, gemischt mit Wehmut, stieg in mir auf. Wir wanderten den wohlbekannten Pfad entlang, der vom Fluß den Hang hinauf zu meiner alten Wohnung führte.

Tränen schossen mir in die Augen. Da stand der große Ahorn, unter dem Amama gestorben war. Wie Wächter ragten die beiden hohen Felsen auf, zwischen denen sich der Weg zum Vorplatz hinaufschlängelte. Hier – auf dem sandigen Platz – waren sie alle gestorben, alle, die ich geliebt hatte.

Mir zitterten plötzlich die Knie; einen Augenblick lang glaubte ich, daß ich nicht weitergehen könne. Der Alte, der mich am Lederriemen hinter sich herzerrte, stieß ein wütendes Wort aus und riß mich hart vorwärts. Ich stürzte fast, aber ich torkelte trotzdem hinterher.

Wir waren da. Ich ließ die Blicke schweifen – nichts hatte sich verändert. Alles sah noch so aus wie damals ...

Dann war ich auf einmal von einer wild durcheinanderredenden Horde von Frauen und Kindern umringt, die mich anstarrten, lachten und mit den Fingern auf mich zeigten, als ob ich ein seltenes Tier wäre. Eine hochgewachsene, schlanke Frau, die ein langes, mit Schneckengehäusen verziertes, hemdartiges Gewand trug und einen Säugling auf dem Arm hielt, trat dicht an mich heran und griff mir in die Haare. Ich sah das Baby, und mein eigenes, totes Kind fiel mir wieder ein. Tränen rollten mir über die Wangen. Das Kind der Fremden starrte mir mit seinen großen, hellen Augen ins Gesicht und brach in wildes Jammergeschrei aus, während es sich an seine Mutter klammerte. Es hatte Angst vor mir ...

Ich senkte den Kopf, und die Frau zog sich mit dem heulenden Säugling zurück. Ich ließ mich in die Knie sinken und schlug die Hände vors Gesicht. Ich war hier vor der Wohnung, in der ich geboren war, aber sie war nicht mehr mein Zuhause. Die anderen lebten jetzt darin; sie waren die Besitzer, und ich – ich war die Fremde, die nicht hierhergehörte.

Ich begriff das mit einem Schlag. Mir war sterbenselend zumute. Ich blieb am Boden hocken und weinte stumm vor mich hin. Die Kinder kamen näher und berührten scheu meine dichtbehaarten Arme, die ihren glatten Armen und Beinen so unähnlich waren. Sie faßten meine dicken, gewellten Strähnen an, meinen breiten, muskulösen Nacken. Als ich den Kopf hob, fuhren sie mit ihren dünnen, hellhäutigen Fingern über meine Augenbrauenwülste, und sie lachten, während ich weinte.

Mir wurde plötzlich klar, daß ich komisch auf sie wirkte. Sie fanden mich häßlich und komisch, so wie ich sie häßlich und merkwürdig fand. Es war schwer, sich an diesen Gedanken zu gewöhnen. Früher, in meiner Familie, hatte ich als eine der schönsten Frauen gegolten. Ich war geliebt und begehrt worden und hatte hohe Achtung genossen. Hier, unter diesen Menschen, war ich nicht mehr als eine absonderliche, mißgestaltete Kreatur, über die die Kinder lachten.

Nach einer Weile wurde es ruhiger um mich her. Die Kinder verloren das Interesse an mir und zogen sich mit ihren Müttern in die Wohnung zurück. Nur die Männer waren noch draußen. Sie standen bei dem Verletzten, der noch immer von den zwei Jägern gestützt werden mußte, und unterhielten sich. Ich schaute mich um. Sie hatten offenbar vergessen, daß ich da war. Ich stand auf; ich war zwar an den Händen gefesselt, aber weglaufen konnte ich noch ...

Ich machte ein paar Schritte rückwärts ... der Alte, der mich hergeführt hatte, bemerkte mich sofort. Er sprang auf mich los und packte mich an den Schultern. Er griff so fest zu, daß ich leise aufschrie.

Der verletzte Jäger wandte mir den Kopf zu und sagte etwas. Die Männer lachten laut auf; der Alte stieß mich zu dem Verletzten hinüber, während er ihm antwortete. Da brachen die anderen wieder in brüllendes Gelächter aus. Sie zwinkerten dem jungen Jäger zu und grinsten.

Ich verstand kein einziges Wort; aber die Art, in der sie gelacht und einander angeschaut hatten, sagte mir viel. Ich senkte den Blick. Sie machten sich über mich lustig.

Der junge Mann legte die Hand auf meinen Arm. Ich hob den Kopf und schaute ihm in die Augen. Sie blickten ernst; er wenigstens verspottete mich nicht. Er deutete mir mit einer Handbewegung an, ich solle ihm nach drinnen folgen, und ohne Zögern ging ich mit ihm hinein.

Er führte mich in die hintere Nische, an der Amamas Kochfeuer gewesen war. Die kleine Feuergrube lag noch an derselben Stelle; Glut schimmerte darin, und daneben lag ein Schlaffell.

Er machte wieder eine Handbewegung, und ich setzte mich. Hier drinnen hatte sich fast nichts verändert. Viele Gegenstände, die mir vertraut waren, wurden jetzt von den fremden Frauen benutzt – eine von ihnen mahlte Grassamen mit dem Mahlstein meiner Mutter. Dadis schöne hölzerne Schalen lagen bei der Feuerstelle einer anderen Frau ganz in der Nähe – es war einmal Antas Feuer gewesen.

Zwei kleine blondhaarige Kinder schliefen auf Amamas kostbarem Mantel aus Löwenfell. Die heilige rote Farbe auf seiner Lederseite war schon fast ganz abgerieben.

Neben mir stand das Gerüst, an dem früher die Beutel mit den Heilkräutern gehangen hatten. Es wurde jetzt zum Trocknen von Fisch und Fleisch benutzt. Voller Trauer ließ ich meine Blicke durch die Wohnung wandern; alles war mir wohlbekannt, und alles war mir zur gleichen Zeit fremd. Diese Leute, die jetzt hier wohnten, sprachen miteinander, und ich verstand nichts. Sie benutzten Dinge, die meiner Familie gehört hatten, aber meine Familie war nicht mehr da ...

Es war zu schwer, das alles zu fassen. Ich war verwirrt, es ging über meine Kraft. Ich legte den Kopf auf die Knie, und meine Tränen flossen wieder.

Der junge Mann ließ sich neben mir nieder und tippte mir auf die Schulter.

Ich fuhr hoch und schaute mit tränenverschleierten Augen zu ihm auf. Er lächelte das Lächeln, das ich schon kannte, zeigte auf seine Brust und sagte langsam und deutlich: «Urjakir.» Dann löste er meine Handfesseln.

Ich wischte mir mit dem Handrücken die Augen und starrte ihn verständnislos an. Er lächelte wieder. Ich sah, daß er es freundlich meinte, und lächelte zurück. Er wiederholte die Handbewegung und das komplizierte Wort: «Urjakir.»

Was mochte er wollen? Er bemerkte, daß ich ihn nicht verstanden hatte. Er zeigte auf mich und sagte ein Wort, das fragend klang. Dann deutete er noch einmal auf sich selbst und sagte ein drittes Mal: «Urjakir.»

Ich hatte begriffen. Urjakir – das war offenbar sein Name, und er wollte wissen, wie ich hieß. Ich richtete den Finger auf ihn und bemühte mich, das schwierige Wort richtig auszusprechen, aber ich brachte es nur halb über die Lippen: «Urja ...»

Er lachte und nickte, und dann fragte er mich wieder. Ich zeigte auf mich und murmelte: «Uba ...»

«Uba.» Mein Name klang ganz fremd, als er ihn aussprach. Die Laute kamen viel leichter, viel müheloser und schneller über seine Lippen. Ich versuchte noch einmal, seinen Namen zu sagen, aber es gelang mir wieder nicht richtig. Aus meinem Mund klang das Wort langsam und dumpf und schleppend. Ich schämte mich, weil ich mich so ungeschickt anstellte. Verlegen schaute ich ihn an, und das Blut stieg mir in die Wangen. Aber er lächelte nur freundlich und bot mir eine Schale mit Wasser an, die neben seiner Feuerstelle gestanden hatte.

Ich trank hastig. Ich war sehr durstig gewesen, das spürte ich erst jetzt. Als ich aufblickte, bemerkte ich, daß all die fremden Menschen zu mir herüberschauten und mich beobachteten. Wieder hatte ich das Gefühl, irgendein seltsames Tier zu sein, und ich ließ den Kopf sinken. Tränen tropften in die Trinkschale.

Der Jäger, der Urjakir hieß, faßte mir unters Kinn und hob mein Gesicht hoch. Er wischte mir sacht über die Wangen und sagte einen kurzen Satz, von dem ich ein einziges Wort verstand: «... Uba.» Dann drehte er sich zu den anderen um und erklärte ihnen laut und ärgerlich irgend etwas. Die Frauen lachten leise; aber sie schauten weg, und das tat mir wohl.

Urjakir reichte mir einen Streifen Fleisch, der auf dem Gerüst gehangen hatte, und sagte ein einzelnes Wort. Ich wiederholte es mühsam und zeigte auf das Fleisch. Er nickte. Fleisch – ja, so hieß das. Für mich – für Uba? fragte ich. Er nickte wieder und lächelte.

Er gab mir zu essen. Er war freundlich. Ich konnte das Fleisch nehmen, ohne verlegen zu sein. Ich legte den Streifen in die Glut und briet ihn kurz an. Dann nahm ich eine von meinen Abschlagklingen aus meinem Werkzeugbeutel, den ich um den Hals trug, und aß nach der traditionellen Methode, indem ich das Fleisch mit den Zähnen packte und die einzelnen Bissen vor den Lippen abschnitt.

Urjakir schaute mir verblüfft zu. Dann ergriff er auch einen Streifen, röstete ihn an und aß ihn auf die gleiche Weise wie ich. Er nickte mir dabei zu und zeigte immer wieder sein sympathisches Lächeln. Beim Essen unterschieden wir uns offenbar nicht voneinander. Das erstaunte ihn.

Als wir satt waren, deutete ich auf Urjakirs verletzten Arm und versuchte, ihm begreiflich zu machen, daß ich mir die Wunde ansehen wollte. Zuerst verstand er mich nicht. Er starrte mich angestrengt an und schüttelte immer wieder den Kopf. Endlich ergriff ich einfach seine Hand und zog den Arm näher an mich heran. Ich zeigte auf den Verband, und dann löste ich unterhalb der Schulter den Riemen, mit dem ich die Blutung abgebunden hatte.

Urjakir ließ sich alles ruhig gefallen. Ich wickelte vorsichtig die dünne Lederschnur ab, die das Stück Pelz auf der Verletzung festhielt, und nahm den Verband ab. Der Riß klaffte noch, aber er blutete nicht mehr; wenn ich die richtigen Dinge bekam, dann konnte ich die Wunde für die Nacht versorgen.

Aber wie sollte ich Urjakir klarmachen, was ich brauchte? Hatten diese Leute überhaupt Heilkräuter und Baststreifen zum Verbinden?

Ich redete auf ihn ein, ich zeigte mit den Händen, was ich meinte, ich mühte mich mit allen Mitteln, Urjakir zu erklären, was ich wollte. Aber er verstand mich einfach nicht. Schließlich gab ich es auf.

Ich erhob mich und ging zu der Nische in der Felswand, die Amama für die Aufbewahrung von Heilmitteln benutzt hatte und die mit einer Steinplatte verschlossen war.

Die Platte stand noch aufrecht an ihrem Platz vor der kleinen, tiefen Höhlung im Fels. Ich packte sie und wuchtete sie mit Mühe zur Seite.

All die verschiedenen Dinge, die Amama darin untergebracht hatte, waren noch da: Bastbinden, scharfe Klingen, eine kleine Schale aus Holz und ein Wisenthorn, das mit Harz verschlossen war. Ich fand sogar zwei Säckchen aus Otterfell; in dem einen waren getrocknete Kamillenblüten, und das andere enthielt fein zerstoßene, trockene Salbeiblätter.

Ich strahlte. Ich holte die Sachen heraus. Urjakir und alle anderen starrten mich mit aufgerissenen Augen an. Ein Gemurmel erhob sich, schwoll zu lautem, aufgeregtem Rufen.

Eine ältere Frau stürzte zu mir herüber und entriß mir das Horn, das ich gerade in der Hand hielt. Sie schrie mir wütend ein paar Worte ins Gesicht und hob die Hand, als ob sie mich schlagen wollte.

Aber Urjakir war mühsam aufgestanden. Jetzt kam er mit matten, schleppenden Schritten zu uns heran und faßte die Frau an der Hand, die sie gegen mich erhoben hatte. Ganz ruhig redete er auf sie ein; sie verstummte und hörte ihm aufmerksam zu.

Urjakir zeigte auf seine Wunde und auf den Verband, den ich abgenommen hatte. Dann deutete er auf mich und erklärte etwas. Ich verstand nur das Wort «Uba». Darauf schaute die Frau interessiert die Dinge an, die ich aus der Wandnische hervorgezogen hatte. Sie nickte und antwortete Urjakir, und dann gab sie mir das Wisenthorn zurück. Sie neigte leicht den Kopf und lächelte mich an.

Sie war sehr groß und schlank; ihr Haar hing lang und glatt bis zu ihren Hüften hinab und hatte die Farbe reifen Grases, ein dunkles, bräunliches Gold. Auch sie hatte ein viel zu langes, schmales Gesicht. Ihre Augen waren hellgrau wie Wasser im Herbst, ihre Nase sehr zart und schmal, und ihre Lippen sahen aus wie meine, nur viel, viel kleiner. Ihr Kinn hatte ebenfalls die seltsame, höckerartige Vorwölbung; dadurch stand es viel weiter vor als meins.

Über der hohen, gewölbten Stirn trug die Frau ein ledernes Band, das im Nacken verknotet war. Ihr Hals ragte weit aus den Schultern hervor und war lang und schlank. Mit dieser Frau verglichen besaß ich gar keinen Hals. Sie trug den Kopf hoch und ging gerade aufgerichtet, während mein Kopf vorgeschoben war, so daß meine Haltung leicht gebückt wirkte.

Wir waren Gegensätze, diese Frau und ich, ganz zu schweigen davon, daß ich jung war und sie dem Alter nach meine Mutter hätte sein können.

Ich schaute sie an und lächelte zurück, und mir fiel auf, daß ihr Gesicht dem Gesicht Urjakirs sehr ähnlich war. Die beiden hatten die gleiche zierliche Nase, den gleichen Mund, den gleichen hohen Wuchs. Auch ihr Lächeln war ähnlich. Das einzige, worin sich die Frau und der junge Jäger unterschieden, waren Haar- und Augenfarbe. Urjakir hatte ganz helles, fast weißliches Haar und hellblaue Augen, Haare und Augen der Frau waren viel dunkler.

Während Urjakir ihr noch mehr sagte, betrachtete ich ihr Kleid. Es war aus dünnem, enthaartem Fell, und die vielen Nähte an den

Ärmeln, den Seiten und den Schultern waren wunderbar gleichmäßig aus rot gefärbten Darmschnüren gearbeitet. Die einzelnen Stiche waren klein, kaum einen Daumennagel breit, und überkreuzten sich. Das Kleid war lang; es reichte fast bis an die Knöchel. Am Hals war es weit ausgeschnitten und mit kleinen runden Scheibchen verziert, die aus einem weiß schimmernden Material bestanden und in der Mitte ein Loch hatten. Durch dieses Loch ging der Nähfaden, mit dem die Plättchen auf dem Leder aufgenäht waren.

Ich bewunderte die schöne Arbeit. So etwas hatten wir in unserer Familie nicht gekannt. Die Frau bemerkte meine Blicke und lächelte wieder. Dann drehte sie sich um und ging zurück an ihr Feuer. Sie wirkte stolz und achtunggebietend.

Ich schaute ihr nach – dann fiel mir wieder ein, daß ich Urjakirs Wunde versorgen wollte. Ich hob die Dinge auf, die ich aus der Wandnische geholt hatte, und trug sie an Urjakirs Feuer.

Ich winkte ihn zu mir und bedeutete ihm, sich hinzusetzen. Dann machte ich mit Wasser und Salbeiblättern einen Aufguß und betupfte vorsichtig die Wundränder damit. Sie klafften weit auseinander – ich mußte sie zusammenheften, damit die Wunde verheilen konnte.

Ich fand eine passende, ganz neue, scharfe Klinge und ein Stückchen Buchsbaumholz. Daraus schnitt ich zwei dünne Stäbchen, die ich an beiden Enden glatt zuspitzte.

Urjakir saß die ganze Zeit dabei und beobachtete meine Tätigkeit mit wachsendem Staunen. Er hatte offensichtlich keine Ahnung, wozu die Stäbchen dienen sollten.

Als sie fertig waren, packte ich den verletzten Arm des Jägers und klemmte mir sein Handgelenk fest zwischen die Knie. Er runzelte mißtrauisch die flachen Augenbrauen und versuchte, die Hand wegzuziehen. Ich schaute ihn an und schüttelte den Kopf. Da hielt er still.

Ich drückte mit Daumen und Zeigefinger die Wundränder fest zusammen. Dann stieß ich mit einer schnellen, oft geübten Bewegung einen der spitzen Stifte durch das Fleisch, so daß die Ränder zusammenhielten. Urjakir schrie auf und zuckte zusammen. Er starrte auf den anderen dünnen Dorn, den ich schon in der Hand hatte, und wußte jetzt, wozu er gebraucht wurde. Beim zweiten Heftstich schrie er nicht mehr. Er biß die Zähne zusammen, und als es erledigt war, strahlte er mich voller Bewunderung an.

Wieder sagte er etwas zu mir, in dem das Wort «Uba» vorkam. Dann nahm er meine Hand und senkte kurz den Kopf. Ich verstand die Worte nicht, aber seine Geste verstand ich. Schnell entzog ich ihm meine Hand; eine merkwürdige Verlegenheit überkam mich. Dieser Fremde hatte sich bei mir bedankt – für eine Hilfeleistung, die bei uns selbstverständlich gewesen war.

Ich nahm einen breiten Baststreifen, schnitt ein Stück davon ab, faltete es und tränkte es mit der Salbeilösung. Dann preßte ich es auf die geheftete Wunde und verband den Arm fest und sicher mit einem anderen Baststreifen. Jetzt mußte die Wunde nur noch heilen. Ich konnte nichts mehr tun.

Salbei vertreibt den Schmerz und verhindert, daß sich die gefährlichen, eitrigen Rötungen am verletzten Fleisch einstellen. Urjakir spürte bald mit Erstaunen, daß sein Arm nicht mehr so weh tat. Er starrte mich gedankenverloren an, aber ich konnte an seinem Gesichtsausdruck nicht ablesen, was er dachte. Dazu war dieses Gesicht zu verschieden von den Gesichtern, die ich kannte. Ich wußte nicht, welche Bedeutung das Mienenspiel dieser Menschen hatte.

Später, als die Kochfeuer niedergebrannt waren, legte Urjakir sich auf sein Schlaffell und schloß die Augen. Aber fast sofort richtete er sich wieder auf und zeigte mit dem Finger auf eine Hirschhaut, die zusammengerollt auf der anderen Seite seines Feuers lag. Er machte eine Geste des Schlafens und deutete dann auf mich. Ich begriff. Er wollte, daß ich die Hirschhaut zum Schlafen benutzte.

Ich nahm das Fell und breitete es am Boden aus, ein Stückchen von ihm entfernt. Er wirkte zufrieden, als ich mich hinlegte und zusammenrollte.

Lange Zeit lag ich in der Dunkelheit und konnte nicht schlafen. Dies war die Umgebung, in der ich meine Kindheit und Jugend verbracht hatte. Hier, an dieser Feuerstelle, hatte ich mit Dor meine glücklichste Zeit verlebt. Jetzt war ich wieder da, aber ich schlief neben Menschen, die sich so sehr von mir unterschieden wie Wu von anderen Wölfen. Ich wußte nicht, wie meine Zukunft aussah, was mit mir geschehen würde. Ich hatte Angst vor all diesen Leuten.

Eigentlich sollte ich sie hassen, mußte auf Rache sinnen für den Tod meiner Lieben. Der fremde Jäger war völlig in meiner Gewalt gewesen – aber anstatt ihn sterben zu lassen, hatte ich ihm das Leben gerettet.

Ich konnte nicht hassen – ich konnte auch nicht töten. Amama hatte mich heilen und helfen gelehrt und mir befohlen, meine Kunst und mein Wissen jedem Menschen zu widmen, der mich brauchte. Und der Jäger Urjakir war ein Mensch. Er hatte rotes

Blut wie ich, er hatte Schmerzen gehabt, und ich war ihm zu Hilfe gekommen.

Urjakir war dafür freundlich zu mir gewesen. Die anderen hatten über mich gelacht und mich verspottet, nur er nahm mich ernst. Vielleicht, weil er mir sein Leben verdankte.

Mir wurde plötzlich etwas klar. Ich hatte den Fremden im Herzen den Mord an meinen Leuten verziehen! Wegen Urjakir hatte ich das Ungeheuerliche, das damals geschehen war, vergeben.

Ich fühlte mich einsam und fremd und traurig, aber mir war trotz allem auf einmal leichter zumute. Eine schwere Last, ein harter Druck war von mir gewichen. Ich mußte mich nicht mehr zum Hassen zwingen. Ich lebte, und die Toten ... die brauchten keine Rache. Sie waren in dem Land im Westen, wo es keinen Hunger und keine Not mehr gibt.

Ich entschloß mich, zu bleiben und abzuwarten, was die Zukunft mir brachte.

Ruhig schlief ich ein.

19

Ein harter Fußtritt weckte mich. Ich riß die Augen auf und fuhr erschrocken hoch. Einer der jungen Männer stand vor mir und brüllte etwas.

Ich sah mich um. Urjakir war nicht an seinem Feuer. Ich konnte ihn nirgendwo entdecken. Der Mann brüllte wieder, und die halbwüchsigen Kinder, drei Jungen und zwei Mädchen, die herangekommen waren, lachten laut.

Ich schüttelte verzweifelt den Kopf, um ihm klarzumachen, daß ich ihre Sprache nicht verstand. Der Mann trat nach mir und zeigte dann auf einen Haufen Knochen und andere Abfälle, die mitten in der Wohnung auf dem Boden lagen.

Als ich nicht begriff, was er wollte, packte er mich an den Haaren, zog mich zu den Abfällen hinüber und stieß mich in den Rükken, so daß ich in den Unrat hineinstolperte. Die Kinder brüllten vor Lachen; der Mann zeigte wieder auf den Abfallhaufen und deutete dann nach draußen, während er mir wütende Worte ins Gesicht schleuderte.

Ich nahm an, daß ich das Zeug aus der Wohnung hinausschaffen sollte; also stand ich auf, ging mit ruhigen Schritten zum Feuer zurück und holte eine Haut. Ich trug sie zu dem Abfall hinüber, breitete sie aus und schaufelte den Müll mit den Händen darauf. Dann packte ich die Haut an den Zipfeln und trug sie nach draußen. Ich kippte den Inhalt den Abhang hinunter.

Als ich wieder nach drinnen kam, sah ich Urjakir. Er stand vor dem jungen Mann, der mich getreten hatte, und redete heftig auf ihn ein. Urjakirs Gesicht war dunkelrot vor Zorn; an seiner Schläfe pulsierte eine Ader.

Dem anderen hatte es offenbar die Sprache verschlagen. Er stand wortlos da und starrte Urjakir mit aufgerissenem Mund an. Endlich fuhr er sich völlig verwirrt mit den Fingern durch sein langes, helles Haar und murmelte eine Antwort.

Urjakir schrie ihn noch einmal wütend an, aber der andere zuckte nur die Achseln und schlenderte davon, während er etwas in sich hineinbrummte.

Ich ging zu Urjakir hinüber und berührte ihn sacht an der Schulter. Er fuhr herum und machte den Mund auf, als ob er etwas sagen wollte. Als er sah, daß ich es war, lächelte er und zeigte auf seinen Arm.

Das sollte wohl bedeuten, daß er keine Schmerzen hatte. Ich nickte und erwiderte sein Lächeln.

Er nahm mich bei der Hand und führte mich hinaus auf den Vorplatz. Dann wies er auf einen Stein, der dort lag, und sagte ein einzelnes Wort.

Ich überlegte. Dann wußte ich, was er wollte. Ich wiederholte das Wort mehrere Male, während ich auf den Stein zeigte. «... Uba!» antwortete er erfreut.

Seine Sprache war kompliziert – viel schwieriger als meine. Aber ich würde sie lernen. Ich würde mir große Mühe geben.

Wir setzten uns auf einen Felsblock am Rande des Vorplatzes, und er sagte mir noch mehr Wörter. Ich lernte die Namen der Dinge in seiner Sprache. Ich merkte sie mir, und er freute sich über mein gutes Gedächtnis.

Während wir dasaßen und übten, wurden wir von den Frauen und Kindern immer wieder gemustert. Auch die drei Männer, die zu Hause geblieben waren, warfen uns, wenn sie zufällig vorüberkamen, belustigte oder mißbilligende Blicke zu. Ich versuchte, die anderen zu übersehen, und konzentrierte mich auf das, was Urjakir mir beibrachte. Aber es gelang mir nicht ganz. Mehrere kleine Kinder hatten sich nach einer Weile bei uns eingefunden. Sie standen da und hörten zu, und es war mir sehr peinlich, wenn sie über meine schleppende, mühsame Aussprache lachten.

Endlich, gegen Mittag, machte Urjakir mir klar, daß wir jetzt etwas essen sollten. Ich nickte erleichtert und ging mit ihm hinein. Wir brieten Fleisch, und die große Frau, die am vergangenen Abend schon bei uns gewesen war, brachte uns einen Holznapf mit gekochtem Grieß aus Grassamen.

Sie setzte sich neben Urjakir, während ich wegrückte und ihr Platz machte. Urjakir deutete auf sie und nannte ihren Namen: «Gundak». Er redete weiter. Einige seiner Wörter kannte ich schon. Ich begriff, daß Gundak seine Mutter war.

Sie musterte mich ebenso neugierig und gründlich wie die anderen Frauen. Aber in ihren Augen lag Freundlichkeit wie bei Urjakir. Die beiden unterhielten sich miteinander; es ging offenbar um mich, denn ich hörte mehrmals meinen Namen. Aber ich konnte keinen Spott in ihren Stimmen entdecken.

Nach einer Weile ging Gundak wieder. Wir aßen schweigend, und als wir fertig waren, ging Urjakir hinaus. Ich blieb allein am Feuer zurück. Die anderen Frauen beachteten mich nicht mehr. Sie taten, als ob ich nicht da wäre, und gingen ihren Arbeiten nach. Ich blieb sitzen und schaute zu.

Eine junge Frau – die mit dem Säugling – bearbeitete ein Fell. Sie hatte es mit kleinen Holzpflöcken auf dem Boden festgesteckt und entfernte Fett und Fleischreste mit einem Schaber, der ungewöhnlich lang und schmal war. Das Werkzeug bestand aus Feuerstein; ich hatte einen so großen, dünnen Schaber noch nie gesehen. Derjenige, der ihn hergestellt hatte, mußte sehr viel Glück beim Abschlagen gehabt haben. Zat, der alte Werkzeugmacher aus meiner Familie, war ein Meister seiner Kunst gewesen. Aber so ein schönes Stück war selbst ihm nie gelungen.

Das Gerät erstaunte mich so sehr, daß ich meine Scheu überwand und zu der jungen Frau hinüberging. Ich fragte sie, ob ich mir das Gerät nicht einmal anschauen könne.

Sie drehte sich um, und als ich die Hand ausstreckte, schlug sie heftig zu. Sie traf mich auf die Finger; als ich mich enttäuscht und beschämt zurückzog, packte sie einen Knochen, der neben ihrer Feuerstelle lag, und warf ihn mir nach.

Sie verachteten mich. Sie wollten mich nicht in ihrer Nähe. Sie verstanden nicht, warum Urjakir sich mit mir abgab und freundlich zu mir war. Das Benehmen der jungen Frau hatte mir das nur allzu deutlich gezeigt.

Ich zog mich in die Nische zurück, die einmal Dor und mir gehört hatte, und hockte mich auf den Boden. Ich weinte wieder. Ich war völlig allein unter all den fremden Menschen.

Was wohl Wu jetzt machte?

Der Gedanke kam mir ganz plötzlich. Wu, meine Wölfin, meine Freundin ...

Ich stand auf und ging hinaus. Sie mußte irgendwo in der Nähe sein. Ich wollte sie suchen und mit ihr durch den Wald streifen, wenn mich keiner daran hinderte.

Auf dem Vorplatz war niemand außer den kleinen Kindern. Als sie mich sahen, warfen sie mit Steinchen nach mir, aber keiner traf mich ernsthaft.

Ich brauchte nicht weit zu gehen. Wu saß neben einem der großen Felsen am Fluß und kam mir entgegen, als ich den Hang hinabstieg. Sie machte Luftsprünge vor Freude und ließ sich genüßlich von mir streicheln.

Ich setzte mich ans Wasser und erzählte ihr, was ich erlebt hatte. Die Wölfin hörte mit gespitzten Ohren zu wie immer. Ich redete und redete, und erst als Wu den Kopf hob und knurrte, hielt ich inne und schaute mich um.

Urjakir kam den Pfad herunter.

Als er die Wölfin sah, blieb er wie versteinert stehen. Er starrte das Tier mit aufgerissenen Augen an und packte dann den kurzen Speer, den er bei sich hatte. Er hob die Waffe mit der linken Hand – denn er konnte den rechten Arm ja nicht bewegen – und zielte auf Wu, während er mir etwas zurief. Er hielt die Wölfin offenbar für gefährlich.

Ich sah mit einem Blick, daß Wus Leben auf dem Spiel stand. Schnell legte ich die Arme um ihren Hals und zog sie an mich.

Urjakir klappte den Mund auf und hielt verblüfft den Atem an. Er ließ den Speer sinken, stand da und starrte mich entsetzt an. Ich rief seinen Namen und winkte ihn zu mir herüber. Er tat ein paar unsichere Schritte vorwärts; als Wu sich nicht regte, sondern still sitzen blieb, kam er langsam und mit äußerster Vorsicht näher.

Als er nur noch ein Stückchen von mir entfernt war, blieb er wieder stehen. Ich lächelte ihn an und streichelte Wus breiten Kopf, während ich auf die Wölfin deutete und ihm sagte, wie sie hieß.

Urjakir schüttelte den Kopf. In seinem Blick lag etwas wie Ehrfurcht, als er mich anschaute. Er wagte sich nicht näher an mich heran. Die zahme Wölfin war ihm unheimlich.

Ich wollte nicht, daß Urjakir in dieser Entfernung vor mir stehenblieb. Ich wollte mit ihm reden, noch mehr Wörter seiner Sprache lernen. Ich ließ Wu los und schickte sie fort. «Lauf, Wu», sagte ich. «Komm wieder, wenn ich allein bin.»

Die Wölfin wedelte mit dem Schwanz. Dann erhob sie sich,

drehte sich um und trabte den Pfad am Fluß entlang. Sie verschwand hinter den Weidenbäumen.

Sprachlos hatte Urjakir zugesehen. Jetzt trat er an mich heran, aber er setzte sich ein paar Schritte von mir entfernt. Lange sagte er nichts. Er schaute mich nur mit diesem bewundernden Blick an, der mich verwirrte und verlegen machte.

Als er endlich sprach, klang seine Stimme gedämpft und leise. Ich erklärte ihm: «Das war Wu. Sie ist friedlich ...»

Irgendwie verstand er den Sinn meiner Worte und nickte. Aber ich sah deutlich, daß er tief beeindruckt war und daß er glaubte, ich sei mit besonderen Fähigkeiten begabt. Seine Haltung mir gegenüber hatte sich plötzlich geändert – seine spontane Freundlichkeit war verschwunden. Jetzt behandelte er mich mit steifer Hochachtung und hielt Abstand.

Er lehrte mich auch heute neue Wörter, aber wenn ich sie jetzt falsch aussprach, lachte er nicht. Im Gegenteil. Er gab sich große Mühe, sie für mich langsam und deutlich zu wiederholen. Er blieb ernst und rückte nicht näher an mich heran, wie er das am Vormittag getan hatte. Die Vertrautheit, die sich schon zwischen uns gebildet hatte, war wieder verschwunden. Das bedrückte mich.

Ich lernte viel. Besser und besser verstand ich, was Urjakir sagte, wenn mir auch das Sprechen sehr schwerfiel. Mein Mund, meine Zunge gehorchten mir bei den langen komplizierten Wörtern einfach nicht. Ich stellte fest, daß ich manche Laute überhaupt nicht bilden konnte. Irgendwie war meine Kehle anders als die Kehle Urjakirs und seiner Leute. Ich half mir selbst, indem ich an die Stelle der Laute, die ich nicht hervorbringen konnte, andere setzte, die ähnlich klangen und die mir leichter fielen. Manchmal mußte ich einzelne Laute auslassen, weil mir einfach kein Ersatz für sie einfiel.

Als die Sonne sank, erhob sich Urjakir. Er sagte höflich: «Komm, Uba», und half mir auf. Selbst seine Berührung hatte etwas Steifes, Förmliches.

Wir gingen stumm den Hang hinauf. Als wir auf dem Vorplatz ankamen, waren die Jäger eben mit zwei großen Hirschen von der Jagd zurückgekommen. Der riesige, gefährlich aussehende alte Mann stand da, die Arme über der Brust gekreuzt, und betrachtete stolz die Beute. Die Frauen hatten schon angefangen, sie zu zerlegen.

Urjakir ging zu dem Alten hinüber und redete gedämpft auf ihn ein. Er deutete immer wieder zu mir herüber. Ich verstand einige seiner Worte – «Uba ... Wolf ... Freund ...»

Ich betrachtete den alten Mann genauer. Sein langes Haar war weiß; er trug es im Nacken zu einem Knoten zusammengebunden. Sein Hemd, das bis an die Knie reichte, war aus Hasenfell, und am Hals war es mit einem breiten Streifen aus glattem, rot gefärbtem Leder eingefaßt. Um den Hals trug der Alte eine Lederschnur, an der säuberlich die durchbohrten Krallen eines Höhlenbären aufgereiht waren. Sein Hemd hatte keine Ärmel; um die Oberarme und Handgelenke lagen breite Reifen, die aus den weißen Stoßzähnen des Mammuts geschnitten waren. Dinge wie diese Reifen waren mir unbekannt. Aber sie gefielen mir, wenn ich auch nicht wußte, wozu sie dienen sollten. Vielleicht trug der Alte sie nur, um seine knochigen Arme zu verschönern – denn wie Werkzeuge sahen die Reife nicht aus.

Urjakir hatte aufgehört zu reden, und der Alte schaute zu mir herüber. Sein Blick hatte etwas Mißtrauisches, Vorsichtiges, und als Urjakir mich heranwinkte, wich er einen Schritt zurück. Er starrte mich finster an.

Urjakir sagte: «Das ist Bersigar, mein Vater.»

Ich schüttelte den Kopf. Das Wort «Vater» verstand ich überhaupt nicht. «Was ist das – Vater?» fragte ich.

Urjakir erklärte. Aber mit den wenigen Worten, die ich verstand, konnte ich nichts anfangen. Ich deutete ihm an, daß ich nicht begriffen hatte, und er gab es auf. «Ein neuer Tag – neue Wörter», sagte er. Dann führte er mich in die Wohnung.

Während ich hineinging, sah ich aus den Augenwinkeln, daß Bersigar die anderen Männer und Frauen zu sich befahl. Er redete eindringlich auf sie ein, und ihre Gesichter bekamen einen angespannten, aufgeregten Ausdruck. Was er ihnen sagte, verstand ich nicht, aber er redete über mich, und Unruhe stieg in mir auf. Ich spürte die Blicke der Frauen wie Dolche in meinem Rücken, als ich zu Urjakirs Feuer hinüberging.

Er reichte mir wortlos ein Stück Fleisch, und ich röstete es an. Dann bot ich es Urjakir an; er lehnte ab. «Uba zuerst», sagte er förmlich.

Ich schaute ihn an und begriff nicht. Er schob mir das Fleisch zu, und ich nahm es und schnitt mir einen Bissen ab. Aber der Bissen quoll mir im Mund auf und wollte nicht rutschen. Was hatte ich getan, daß Urjakir kein Essen von mir annehmen wollte?

Den ganzen Abend war er schweigsam. Nur ein einziges Mal sagte er etwas zu mir, als die Kochfeuer niedergebrannt waren: «Ich gehe zu meiner Mutter, Uba.»

Dann nahm er sein Schlaffell und trug es an Gundaks Feuer, an dem auch Bersigar schlief. Ich blieb allein in der kleinen Nische zurück.

Warum benahm sich Urjakir so seltsam, so eisig und fremd? Warum hatte er sein Feuer mir allein überlassen? Ich war verwirrt und traurig. Ich saß da und starrte in die Glut, die vor mir in der Grube langsam verlöschte, und als ich mich endlich zum Schlafen legte, kamen meine Gedanken nicht zur Ruhe.

Die rauhen Felswände der Wohnung zeigten die Schattenflecke, die immer da waren, wenn nur noch das große Feuer am Eingang brannte. Ich betrachtete die vertrauten Buckel und Risse im Kalkstein, die früher, als ich noch ein kleines Mädchen war, in meiner Phantasie immer zu Tieren und Bäumen und Menschen geworden waren. Ich sah die Tiergestalten auch jetzt wieder.

Irgendwie beruhigte mich der wohlbekannte Anblick. Da war das Rentier, da der Hirsch und der Bison ... Sie alle schienen gekommen zu sein, um mich zu trösten. Nach einer Weile schlief ich ein.

Als ich am nächsten Tag aufwachte, stand die Sonne schon hoch am Himmel. Breite, schräge Bänder aus Licht fielen durch den Eingang auf den Lehmboden, und bis auf Gundak war niemand drinnen.

Ich erhob mich und sah mich um. Gundak bemerkte, daß ich wach war, und stand ebenfalls auf. Sie ging schnell nach draußen, ohne mich anzuschauen. Betroffen blickte ich ihr nach. Keiner hatte mich geweckt, sie alle waren verschwunden; ich wußte nicht, was das zu bedeuten hatte.

Ich ging auch hinaus auf den Vorplatz. Da waren die Frauen. Sie taten ihre Arbeit draußen, und die Kinder spielten in der Nähe.

Eine von den jüngeren nähte an einem Kinderhemd. Sie hatte schon das Vorderteil und das Teil für den Rücken zusammengefügt und arbeitete jetzt an einer Ärmelnaht. Sie benutzte dazu einen schlanken Stift aus Knochen, der vorne zugespitzt war und am anderen Ende ein Loch hatte. Durch das Loch war der gefärbte Faden durchgezogen, mit dem die junge Frau nähte.

Sie führte das spitze Werkzeug durch die kleinen Löcher, die an den Kanten des Ärmels schon vorgebohrt waren, und zog den daranhängenden Faden ganz leicht hinterher.

Ich war verblüfft und begeistert. Wie mühsam war es für mich immer gewesen, mit den Fingern die Sehne zum Schließen der Nähte durch die Löcher zu fädeln, und wieviel größer hatten die Löcher sein müssen! Mit diesem Werkzeug konnten sie ganz klein sein und auch viel dichter zusammenliegen!

Ich trat an die Frau heran und wollte mir das spitze Ding aus der Nähe ansehen. Aber als ich noch ein paar Schritte entfernt war, warf die Frau das Nähzeug hin und starrte mich mit einer Schreckensmiene an. Sie stand hastig auf und wich vor mir zurück, während sie einen leisen Schrei ausstieß.

Ich drehte mich um, aber hinter mir war niemand. Wovor hatte die junge Frau Angst? Ich sah sie verwirrt an und ging weiter auf sie zu.

Da machte sie plötzlich einen Satz zur Seite und rannte zu den anderen hinüber. Sie warf sich einer von den älteren in die Arme. Die Frauen standen alle gleichzeitig auf. Als ich zu ihnen hinüberschaute, machte Gundak eine abwehrende Handbewegung.

Sie hatten Angst vor mir! Sie wollten, daß ich ihnen nicht zu nahe kam. Aber warum?

Ich wußte nicht, was ich tun sollte. Was war so beängstigend an mir? Womit hatte ich sie so erschreckt? Sie standen alle da und starrten mich voll Furcht und Feindseligkeit an.

Schließlich konnte ich die bösen Blicke nicht mehr ertragen. Ich drehte mich um und verließ den Vorplatz. Ich schlug den Pfad zum Wald ein.

Auf dem Weg begegnete mir Urjakir. Ich lächelte ihn an, aber er nickte nur und lächelte nicht zurück. Er wollte an mir vorübergehen, aber ich ergriff seine Hand und hielt sie fest. Ich schaute bittend zu ihm auf und sagte: «Mehr Wörter lernen . . . Urjakir und Uba . . . am Fluß.»

Er musterte mich lange. Schließlich sagte er: «Gut . . .» Ich atmete auf. Er wenigstens hatte keine Angst vor mir. Langsam stiegen wir zum Fluß hinab.

Ich nahm mir vor, ihn zu fragen. Irgendwie wollte ich aus ihm herausbekommen, warum sich plötzlich alle vor mir fürchteten. Zu ihrer Verachtung waren jetzt auch noch Haß und Angst gekommen. Ich mußte wissen, warum.

Als wir am Wasser angekommen waren, ließ sich Urjakir auf einem der vielen großen Steine nieder und starrte in die Wellen, auf denen die Sonne glitzerte. Ich setzte mich neben ihn; er rückte ein Stückchen von mir ab. Ich legte die Hand auf seinen Arm, aber er zog ihn weg. Er schenkte mir keinen einzigen Blick.

«Urjakir», sagte ich leise, «Uba ist hier. Schau Uba an . . .»

Er drehte sich um, sah mir kurz in die Augen. «Was will Uba?» fragte er.

Ich begriff sofort den Sinn seiner Frage. Ich deutete auf mich selbst. «Ich bin traurig», sagte ich in meiner Sprache, und meine Augen wurden plötzlich naß. «Warum meidest du mich?»

Er hatte kein Wort verstanden, aber er wußte, was meine Tränen bedeuteten. «Uba ist ... Freund mit Wolf», sagte er leise. «Wolf ist Feind ... Uba ist Feind.»

Das Wort «Feind» war neu für mich, aber ich ahnte, was er damit meinte. Verzweifelt schüttelte ich den Kopf. «Nein, nein, Urjakir», beteuerte ich, «Uba ist nicht Feind von dir ... von euch!» Meine Tränen rollten.

Er schaute mich lange an. Sein Blick blieb finster, aber schließlich lächelte er fast unmerklich. «Wir lernen Wörter», sagte er. «Uba soll verstehen und sprechen ... mit mir.»

Ich nickte und schluckte meinen Kummer. Ich lernte. Als wir am späten Nachmittag nach Hause gingen, konnte ich ein paar kurze Sätze und viele einzelne Wörter mehr.

Oben in der Wohnung gingen mir alle aus dem Weg. Keiner beachtete mich, keiner sprach mich an. Aber Urjakir brachte sein Schlaffell wieder an sein Feuer zurück. Er hielt noch immer Abstand, dennoch – er übersah mich nicht wie die anderen. Das Essen, das ich für ihn zubereitete, nahm er an, und er erlaubte es mir sogar, die Binde an seinem Arm abzunehmen, die Wunde zu versorgen und neu zu verbinden.

Später rief Bersigar ihn zu sich. Er redete zornig mit ihm, packte ihn sogar an den Schultern und schüttelte ihn wild. Urjakir beachtete das nicht. Während er leise antwortete, konnte ich die Worte «Uba ... nicht Feind ...» verstehen.

Er hatte mir geglaubt. Er war der einzige, der mich nicht haßte und fürchtete. Mein Herz begann vor Freude wild zu klopfen. Vielleicht würde er mir bald erklären können, was ich falsch gemacht hatte, wenn ich fleißig weiter seine Sprache lernte. Was immer es gewesen war, ich würde es nie wieder tun.

20

Während der nächsten Tage war ich oft allein. Die Frauen und Kinder kamen nicht in meine Nähe – sie zeigten ihre Angst und ihren Haß ganz offen. Die Männer taten, als ob ich nicht da wäre, und nur Urjakir gab mir jeden Tag einige Zeit Unterricht in seiner Sprache. Ich lernte, so schnell ich konnte.

Auch er wurde von den anderen geschnitten. Bersigar hatte ihm den Umgang mit mir verboten, und er übertrat ganz offen das Verbot. Bersigar war das Oberhaupt der Familie. Alle nahmen es Urjakir übel, daß er nicht gehorchte.

Als so viele Tage vergangen waren, wie Finger an einer Hand sind, sagte Urjakir eines Nachmittags, als wir wieder auf unserem Platz am Fluß saßen: «Bersigar glaubt, du hast Kraft, die Unglück bringt, Uba.»

Ich hatte jedes Wort verstanden, aber ich begriff nicht, was er meinte. «Ich habe Kenntnis vom Heilen», antwortete ich. «Aber das ist kein Unglück, Urjakir. Das ist gut ...»

Er sah mich scharf an. «Die Geister sind gut oder böse. Deine Geister sind böse ...»

«Geister?» fragte ich. «Tiere haben Seelen, Menschen auch. Aber Seelen sind nicht gut, nicht böse. Wovor hast du Angst? Welche Geister meinst du?»

Urjakir schaute mich in höchster Verblüffung an. «Du kennst die Geister nicht?» stammelte er. «Du weißt nicht, daß es gute und böse Geister gibt? Und Götter? Die Große Mutter und ... Tondar?»

«Nein, Urjakir», flüsterte ich und starrte ihm ins Gesicht. Ich hatte die Wörter «Götter» und «Große Mutter» und «Tondar» nicht verstanden. «Was ist das? Wovon redest du? Die großen Tiere haben mächtige Geister, die man besänftigen muß, aber ... böse sind sie nicht ...»

Urjakir nahm meine Hand. Er begriff, daß ich wirklich keine Ahnung hatte, wovon er sprach. «Uba», flüsterte er, «Geister, das sind Wesen, die überall sind, in der Luft, im Wasser, in den Bäumen, im Wind – überall. Es gibt gute Geister; die sind uns freundlich gesinnt. Sie helfen und nützen uns. Und es gibt böse, die uns schaden.» Er sah mich beschwörend an. «Der Wolf ... in dem Wolf ist ein böser Geist. Aber er hat dir nichts getan. Du befiehlst ihm. Deshalb mußt du Macht haben über böse Geister, die uns schaden können ...»

«Nein», antwortete ich ihm, «Wu ist eine Wölfin, die einsam war wie ich. Sie hat kein Rudel. Sie war allein. Da ist sie zu mir gekommen.» Ich erzählte Urjakir in wenigen Worten, wie ich Wu kennengelernt hatte. Er verstand mich ganz gut, und als ich fertig war, glaubte er nicht mehr, daß die Wölfin, die sich so unnormal verhielt, ein böser Geist war. Aber ich hatte begriffen, daß es vieles gab, wovon ich nichts geahnt hatte. Ich bat Urjakir, mir von den Geistern und von der Großen Mutter und von Tondar zu erzählen.

Ich verstand seine Sprache jetzt schon sehr gut. Als er zu reden begann, entging mir fast nichts mehr.

«Uba», sagte er, «ich glaub dir, daß du nicht böse bist und mir und den anderen auch kein Unheil bringst. Du willst wissen, welche Götter und Geister es gibt, und ich will es dir erzählen.

Mata, die Große Mutter, erhält uns alle. Sie schenkt Leben, sie gibt Nahrung, sie läßt Gras und Früchte wachsen, sie macht Tiere und Menschen fruchtbar. Sie ist gut und freundlich. Sie liebt alles Lebendige.»

Ich schaute Urjakir mit großen Augen an. Mata – die Große Mutter – gab uns das alles? «Wo lebt sie denn?» fragte ich.

Urjakir lächelte und tätschelte mir die Hand wie einem kleinen Kind. «Man kann sie nicht sehen», sagte er leise. «Sie ist überall – sie wacht über das Leben.»

«Und Tondar?» wollte ich wissen. «Wer ist Tondar?»

Urjakirs Blick verfinsterte sich. «Tondar ist Matas Gegner. Er ist im Gewitter, er zündet Bäume an und tötet sie mit seinen Blitzen. Er läßt die Erde beben und Wohnungen einstürzen – er richtet Unglück an und vernichtet Leben. Ihm dienen die bösen Geister, wie die guten Geister Mata dienen.»

Mir wurde unheimlich zumute. Ein Schauder überlief mich. Viele wirren Gedanken stürmten auf mich ein. Ich hatte eben erfahren, wer mir Glück und wer mir Unglück gebracht hatte. Ich hatte Mata und Tondar und ihre Helfer nicht gekannt, und doch hatten sie mein Leben bestimmt. Urjakir sagte das ja, wenn auch mit anderen Worten.

«Wer von den beiden ist mächtiger», fragte ich Urjakir, «Mata oder – Tondar?»

Urjakir senkte den Blick. «Beide sind gleich mächtig, und sie kämpfen gegeneinander. Einmal unterliegt Mata, ein anderes Mal Tondar», antwortete er zögernd.

«Aber», murmelte ich, «gibt es denn keine Möglichkeit, Tondar zu besänftigen, wenn er Böses im Sinn hat? Und kann man Mata nicht bei ihrem Kampf gegen Tondar helfen, oder sie dazu bringen, mehr zu geben, wenn ihre Gaben nicht ausreichen?»

«Wir können Tondar Opfer bringen», sagte Urjakir. «Und wir können Mata huldigen. Die heiligen Zeremonien ihr zu Ehren sollten nie vernachlässigt werden. Aber mehr können wir nicht tun. Die guten Geister kann man schützen. Man kann ihnen Gaben darbringen, damit sie sich in unserer Nähe wohl fühlen und bleiben. Und gegen die bösen ... gibt es einen Zauber.»

Er schaute auf seine Hände. «Aber diesen Zauber, mit dem man die Geister beherrschen kann, kennt nur Munbrodir.»

«Und wer ist ... Mun-bro-dir?» fragte ich stockend. Ich hatte große Mühe, den Namen richtig auszusprechen.

«Munbrodir kennt alle Geheimnisse. Er hat sie im heiligen Schlaf erfahren. Er ist der Große Zauberer, und er wohnt nicht bei uns. Seine Wohnung liegt ein Stück flußabwärts bei den Nachbarsleuten ...» Urjakir hatte ganz leise gesprochen. Dieser Zauberer war offenbar ein sehr wichtiger, sehr ehrwürdiger Mann.

«Wenn er nicht bei euch wohnt, woher kennst du ihn dann?» fragte ich.

«Er kommt manchmal, wenn er gerufen wird. Wenn jemand krank ist und wir nicht wissen, was ihn krank macht ... Weißt du, Uba, manchmal sind es die bösen Geister, die uns krank machen. Dann kommt Munbrodir und vertreibt sie.»

Das verstand ich nun gar nicht. Jede Krankheit hatte ihre Ursache, so hatte Amama mich gelehrt. Wenn man die Ursache kannte, dann konnte man sie aus dem Weg räumen und die Krankheit heilen. Man mußte nur die richtige Medizin dagegen anwenden. Und wenn man die Ursache nicht kannte ... dann linderte man eben die Schmerzen. Aber eine Heilung gab es dann nicht. Urjakir sagte, daß böse Geister die Krankheiten verursachten, aber wie – wie taten sie das? Irgend etwas stimmte da nicht.

«Urjakir», fragte ich, «wie machen die bösen Geister die Menschen denn krank?»

«Sie fahren in den Körper und bringen Schmerz und Übelkeit und Fieber ...» meinte Urjakir unsicher. «Man sieht die Geister ja nicht, aber man spürt sie. Und dann kommt Munbrodir und macht einen Zauber und vertreibt sie damit ...»

Ich dachte lange darüber nach. Schließlich schüttelte ich den Kopf. «Es können keine bösen Geister sein», murmelte ich, «wenigstens nicht immer. Denn ich habe Heilen gelernt, und ich brauche keinen Zauber, um Krankheiten zu vertreiben, wenn ich die Medizin kenne. Nur manche Krankheiten kann man nicht behandeln, weil niemand weiß, wie sie entstehen. Wenn man das wüßte, dann könnte man eine Medizin dagegen ersinnen ...»

«Was redest du da?» murmelte Urjakir und machte eine abschätzige Handbewegung. «Wunden verbinden, das ist leicht. Meine Mutter kann das auch, wenn auch nicht so geschickt wie du. Aber was ist mit Krankheiten, die nicht von Wunden herrühren? Dagegen gibt es nur Munbrodirs Zauber. Ein Verband hilft da nicht ...»

Ich sah ein, daß Urjakir nicht einmal wußte, was ich meinte. Es hatte keinen Sinn, ihm alles zu erklären. Er würde nichts verstehen. Also nickte ich nur. Es konnte ja sein, daß Munbrodirs Zauber gegen die unbekannten Leiden wirksam war. Vielleicht wurden die wirklich von Geistern verursacht. Aber bei den anderen brauchte man keinen Zauber, nur die richtige Medizin.

Ich entschloß mich, die Krankheiten aufzuteilen – in solche, die bekannte Ursachen hatten, und in solche, die von Geistern verursacht wurden. Daß es Geister gab, war mir klargeworden, als Urjakir von dem Unglück sprach, das sie bringen konnten.

Und Mata – die Große Mutter – mußte auch existieren. Wie oft hatte ich mir Gedanken darüber gemacht, wer die Pflanzen wachsen ließ und die Tiere fruchtbar machte. Aber mir war nichts eingefallen. Urjakir hatte mir jetzt die Antwort auf diese Frage gegeben. Es war Mata – sie schenkte Fülle und Fruchtbarkeit. Und genauso sicher war Tondar für das andere verantwortlich, für Donner und Blitz, für die bebende Erde und alles, was schlecht war für das Leben. Meine Familie und ich hatten es nur nicht gewußt.

Ich lächelte Urjakir an. «Du sagst, man kann den guten Geistern Gaben darbringen?» fragte ich. «Was für Gaben müssen denn das sein?»

«Ach, vielerlei», meinte Urjakir, «sie lieben alles, was süß schmeckt ... Früchte, Honig. Aber sie nehmen auch Körner und Nüsse. Man legt die Dinge auf den Stein bei der Wohnung, der das Zeichen trägt.»

«Ein Zeichen?» Ich schaute ihn verständnislos an. «Was für ein Zeichen?»

«Wenn wir nach Hause gehen, zeige ich dir den Stein und das Zeichen», sagte er. Dann warf er mir einen fragenden Blick zu. «Willst du den Geistern etwas hinlegen?» wollte er wissen.

«Ja», sagte ich einfach. «Und wie kann man Mata erfreuen?»

«Ihr zu Ehren feiern wir im Lauf der Jahreszeiten Feste. Schon bald, wenn die Bäume grün werden, findet das erste statt. Dazu muß der Mond voll sein ...»

Ich wollte weiterfragen, aber er winkte ab. «Du wirst vielleicht dabeisein, wenn Munbrodir es zuläßt», meinte Urjakir. «Ich will versuchen, ihn zu überreden.»

Er wurde auf einmal sehr schweigsam. Er schaute mich ernst und nachdenklich an, und auf seinem Gesicht lag ein merkwürdiger Ausdruck, den ich nicht deuten konnte. Als er den Blick endlich von mir abwandte, atmete ich auf; ich fühlte mich erleichtert, aber ich wußte nicht, warum.

Er schaute auf den Fluß hinaus. Ich betrachtete die Bäume, die dicht am Wasser standen. Die Weiden hatten schon silbrige Kätzchen, von denen manche die ersten gelbstaubigen Fädchen angesetzt hatten. Die Knospen der Haseln und Erlen waren rund und glänzend prall, und ich entdeckte hellgelbe Blüten des Huflattichs, die auf ihren braungeschuppten, dicken Stengeln am Hang wuchsen.

Ich stand auf und ging zu den Blüten hinüber. Ich pflückte sie alle ab und band sie mit einem trockenen Grashalm zu einem Sträußchen. «Die allerersten Blumen – für Mata», sagte ich zu Urjakir. Dann warf ich das kleine, goldene Bündel in den Fluß, der es schnell davontrug.

Urjakir schaute mich erstaunt an. «Woher weißt du, daß man Mata Blumen zum Geschenk gibt?» fragte er.

«Sie ist eine Frau», antwortete ich lächelnd.

Als wir wieder zum Platz vor der Wohnung hinaufstiegen, war es schon fast dunkel. Alle hatten sich nach drinnen zurückgezogen; die Kochfeuer brannten hell und warfen einen warmen roten Schein auf die unebene Erde vorn am Eingang.

Ich schaute auf den Boden und achtete auf jeden meiner Schritte, denn in dem unsicheren Licht konnte man leicht stolpern. Als ich die Wohnung betrat, wichen die Kinder, die am großen Feuer saßen, furchtsam vor mir zurück. Nur ein Junge, der mir halbwüchsig vorkam und der eifrig mit einer Klinge an einem Stück Hirschgeweih herumschabte, hatte mich nicht bemerkt. Er war so in seine Arbeit vertieft, daß er erst aufblickte, als ich dicht vor ihm stand.

Er schaute mich an, aber ich hatte das Gefühl, als ob er durch mich hindurchsähe. Seine Augen waren von einem klaren, wasserhellen Graugrün; sie wirkten sehr groß und strahlend. Sein Gesicht war entstellt – über die Stirn und die linke Wange zogen sich breite, tiefe Narben, und seine Nase war eingedrückt. Sie mußte einmal gebrochen gewesen sein.

Sein Haar war rot, wie das Fell der Füchse im Sommer, und er war sehr zierlich, aber hoch aufgeschossen für sein Alter.

Ich sprach den Jungen an. «Was schnitzt du denn da?» fragte ich ihn.

Er schloß die Augen und schlug sie gleich wieder auf. «Was ich schnitze?» murmelte er verwirrt. «Ach so ... das ...» Er schluckte und sah mich zerstreut an. «Ja, also ... das, das soll ein Speer werden», meinte er und hob das Stück Geweih hoch. «Ein Speer für besondere Zwecke ...»

Die anderen Kinder waren trotz ihrer Furcht vor mir wieder näher herangekommen. Einige von ihnen lachten laut. «Der Träumer hat wieder eine Idee!» spotteten sie.

Der Junge mit den roten Haaren zog den Kopf zwischen die Schultern; er wußte, warum – eine ältere Frau trat plötzlich an ihn heran und schlug ihn mit den Handknöcheln hart auf den Hinterkopf. «Immer wieder machst du dich lächerlich», keifte sie.

«Warum kannst du nicht eine gute, brauchbare Speerspitze machen, wie die anderen in deinem Alter!» Sie packte ihn grob am Arm und zerrte ihn von mir weg. «Los, Nichtsnutz, geh zu unserem Feuer und schneide wenigstens das Fleisch, das du uns wegißt!»

Dem Jungen, den die Kinder «Träumer» nannten, war das Stück Geweih aus der Hand gefallen. Die Frau hob es auf, betrachtete es kopfschüttelnd und wollte es in die Feuergrube werfen. Ich bemerkte den entsetzten, kummervollen Blick des Jungen und streckte die Hand aus. «Gib mir das!» sagte ich zu der Frau, die offenbar seine Mutter war.

Sie starrte mich voller Ärger an. Aber ich hielt ihrem Blick stand. Wir schauten uns in die Augen. Schließlich wandelte sich ihr Gesichtsausdruck. Erstaunen und dann Unsicherheit spiegelten sich darin – sie hob langsam die Hand und hielt mir das Stück Geweih hin.

Ich nahm es an und sagte freundlich: «Ich danke dir.» Dann ging ich durch die staunende Gruppe der anderen Männer und Frauen in den hinteren Teil der Wohnung zu Urjakirs Feuer.

Ich setzte mich hin und betrachtete das schlanke Stück Hirschhorn. Es war vorne scharf zugespitzt, und der Junge hatte angefangen, an der Spitze einen nach unten gerichteten dünnen Zacken einzuschneiden. Wie dieses Ding als Speer zu gebrauchen war, das wußte ich allerdings auch nicht.

Ich legte es neben mich und ließ die Blicke wandern. Urjakir saß am Feuer seiner Mutter und redete mit Bersigar. Der alte Mann hörte ihm aufmerksam zu, während er mit den Fingern den Kornbrei, den Gundak ihm gemacht hatte, aus der Schale nahm, zu Kugeln formte und in den Mund schob. Er aß mit Genuß.

Auch ich holte mir etwas Fleisch und eine Handvoll Nüsse und aß. Immer wieder nahm ich das Stück Hirschhorn in die Hand und betrachtete es von allen Seiten. Es war sauber geglättet; der Junge war sehr geschickt im Umgang mit Werkzeug. Aber das Material war trotzdem verdorben. Denn ein Speer, an dem ein spitzer Zinken nach unten zeigte, war wirklich nutzlos. Was der Träumer sich wohl dabei gedacht hatte?

Ich beschloß, ihm bei der nächsten Gelegenheit sein Schnitzwerk zurückzugeben und ihn zu fragen.

Urjakir kam erst sehr spät zu mir herüber, als schon kein Feuer mehr brannte. Wir redeten kaum noch, und wir legten uns bald zum Schlafen nieder.

Schon früh am nächsten Morgen weckte mich Urjakir. «Ich muß dir etwas sagen», meinte er. «Komm mit nach draußen.»

Ich schaute ihn erstaunt an. «Ist es so wichtig?» fragte ich.

«Ja», sagte Urjakir dringlich. «Es geht um etwas, was ich mit Bersigar besprochen habe – gestern abend.»

Er stand auf und ging nach draußen. Ich folgte ihm nach. Ich war gespannt, was Urjakir mir zu sagen hatte. Er setzte sich auf einen Stein, der am Rand des Vorplatzes lag, und wandte sich mir zu. «Ich habe Bersigar erzählt, daß du die Geister und Mata und Tondar nicht kanntest, Uba», sagte er. «Ich habe ihm klargemacht, daß du nicht böse Kräfte haben kannst, wenn du nichts von bösen Kräften weißt. Ich habe ihn gebeten, dich bei uns zu dulden.»

«Das hast du wirklich für mich getan?» fragte ich erfreut. «Du bist mein Freund, nicht wahr, Urjakir?»

«Ich bin nicht dein Freund», antwortete er leise. «Aber du hast mir das Leben gerettet. Ich war verpflichtet, etwas Gleiches für dich zu tun. Jetzt habe ich mich bedankt und stehe nicht mehr in deiner Schuld...»

«Aber ich will keinen Dank dafür, daß ich deinen Arm behandelt habe», flüsterte ich. «Dazu bin ich da, zum Heilen der Kranken. Ich will, daß du mein Freund bist...»

«Das wird nie sein», sagte Urjakir. «Du bist anders als ich, du bist nicht von meiner Art. Wir könnten nie Freunde werden...»

Entsetzt betrachtete ich ihn. «Das kannst du nicht ernst meinen», murmelte ich voller Schrecken. «Urjakir, das glaube ich nicht. Wir haben uns so gut verstanden...»

Er schaute mir in die Augen, und wieder war sein Gesicht unergründlich. Ich konnte seinen Blick nicht deuten, aber es lag eine Spur Traurigkeit darin. «Du bist anders», sagte er noch einmal. «Bersigar hat recht. Wir können dich dulden, aber wir können dich nicht in die Familie aufnehmen.»

Ich wollte etwas erwidern, aber Urjakir stand auf und ging ein paar Schritte weiter. Dann drehte er sich noch einmal um und sagte mit leiser, bekümmerter Stimme: «Ich werde dir keine neuen Wörter mehr beibringen. Du kannst an meinem Kochfeuer bleiben, und ich versorge dich mit Nahrung, solange im Wald noch nichts zu finden ist. Du kannst kommen und gehen, wann du willst, und niemand wird dir zu nahe treten. Aber wir werden nur mit dir reden, wenn es unbedingt nötig ist. Ich soll einmal der Anführer unserer Familie sein, deshalb muß ich ein gutes Beispiel geben und selbst dem Anführer, meinem Vater, gehorchen.» Er schluckte und räusperte sich. «Bersigar hat dies alles befohlen – das mußt du verstehen, Uba ...»

Damit ließ er mich stehen. Mir rollten plötzlich die Tränen über die Wangen. Ich hatte geglaubt, daß Urjakir mir Freundschaft entgegenbrachte, aber er hatte nur an die Bezahlung einer Schuld gedacht. Auch er mochte mich eigentlich nicht. Auch er wollte nichts mit mir zu tun haben.

Ich ging zurück an mein Feuer und nahm das eigenartig zugespitzte Stück Geweih vom Boden auf. Ich steckte es in den Gürtel und verließ die Wohnung.

Dann überquerte ich den Vorplatz und wanderte den Pfad hinauf zum Wald. Mein Herz war schwer, ich brauchte Zeit zum Nachdenken.

21

Als ich die ersten Bäume erreicht hatte, bemerkte ich, daß mir jemand folgte. Ich blieb stehen und schaute mich um. Es war der Junge mit den fuchsroten Haaren, den die anderen «Träumer» nannten.

Er winkte mir zu, und während ich wartete, kam er schnell herangelaufen. Dann stand er schnaufend vor mir.

«Du ... du hast doch das Speerspitzenteil aufbewahrt ...» sagte er stockend. «Wolltest du es behalten – oder darf ich es wiederhaben? Ich schenk es dir natürlich gern ... aber ...»

«Nein, nein», lächelte ich. «Wozu brauche ich wohl eine Speerspitze – noch dazu eine, die so komisch geformt ist?»

«Das ... das hat seinen Grund ...» stotterte der Rotschopf verlegen. «Ich hab die Spitze absichtlich so geschnitten ... weil ... ach, das verstehst du sicher auch nicht ...» Er streckte die Hand aus. «Kann ich sie – kann ich sie bitte haben», murmelte er. «Und vielen Dank auch. Meine Mutter ... meine Mutter weiß nie, was ich eigentlich will ...» Ein verbitterter Ausdruck kam in seine hellgrünen Augen.

«Gut», antwortete ich. «Ich gebe dir das Gerät zurück, wenn du mir erklärst, was es damit auf sich hat. Du mußt dir etwas dabei gedacht haben, als du das Hirschhorn so geformt hast. Ich möchte gern wissen, was ...»

Die Augen des Jungen leuchteten auf. «Du willst es wirklich

wissen?» fragte er ungläubig. «Du ... du bist der erste Mensch, der wissen will ... Ja, gern! Ich erklär dir gern, wozu das gut ist!» Der Träumer wurde ganz aufgeregt. «Komm, wir ... wir suchen uns einen bequemen Sitzplatz ... Wie heißt du eigentlich?» Ich mußte lachen. «Ich heiße Uba», antwortete ich. «Und dein Name ist – Träumer?»

«Ja ... nein», meinte er, und seine Stimme klang wieder unglücklich. «Träumer, das ist ... das ist ein Spottname. Träumer. Eigentlich heiße ich Fulki ... Aber sie sagen, aus mir würde nie ein richtiger Mann, der jagen kann und die Familie schützt und ernährt. Sie meinen, ich ... ich wäre dumm und ungeschickt. Aber in Wirklichkeit ... sie verstehen einfach nicht, was ich ... was ich meine, wenn ich mir etwas ... etwas ausdenke ...»

Ich betrachtete ihn. Sein narbiges, entstelltes Gesicht wirkte traurig und resigniert. Er sah auf einmal viel älter aus, als ich ihn eingeschätzt hatte. Ich wunderte mich. «Wie viele Jahre zählst du, Fulki?» fragte ich ihn ganz offen.

Er wandte sich mir zu und schaute mir in die Augen. «Hat Urjakir dir das nicht gesagt?» fragte er. «Nein ... sicher nicht. Über den Träumer spricht ja keiner. Über den Träumer, da spottet man nur ...» Er kniff die Augen zu. «Ich ... ich bin jetzt zweimal zehn Jahre alt», murmelte er.

Verblüfft starrte ich ihn an. «Dann bist du ja längst erwachsen», sagte ich entgeistert. «Aber du hast doch bei den Kindern und den Halbwüchsigen gesessen! Und deine Mutter – die hat dich wie einen kleinen Jungen herumkommandiert! Das verstehe ich nicht ...»

Fulki senkte tief den Kopf. «Ich gelte nicht als erwachsen. Ich habe meine Mannbarkeit noch nicht bewiesen, denn ... ich habe noch keine erfolgreiche Jagd mitgemacht ...»

Sein Gesicht war flammend rot geworden. Die breiten Narben, die er auf Stirn und Wange hatte, leuchteten weiß und häßlich. «Ich weiß ... jetzt wirst du mich wegschicken, sogar du, obwohl du überhaupt nicht zur Familie gehörst. Mit der Schande der Sippe will niemand ... niemand was zu tun haben. Warum hast du mich bloß gefragt?» Er war so verlegen geworden, daß er mich nicht mehr anschauen konnte.

Fulki tat mir leid. Ich wußte nicht, was ich sagen sollte. Mir wurde klar, daß dieser junge Mann unter seiner verachteten Stellung in seiner Familiengruppe sehr leiden mußte. Niemand nahm ihn ernst, alle lachten über ihn und behandelten ihn immer noch wie ein Kind, obwohl er längst ein Mann war. Aber warum lachten sie denn? Seine Erklärung dafür reichte mir nicht aus. Und der eigenartige Speer interessierte mich noch immer.

«Du wolltest mir das Gerät erklären, das du schnitzt», sagte ich. «Da ist eine kleine Lichtung. Wenn du willst, könnten wir uns dort hinsetzen, und du zeigst mir, was du mit dem Hirschhorn machen willst.»

Fulki nickte stumm. Er hatte seine Verlegenheit noch nicht überwunden. Wir gingen schweigend zu einem Kalksteinblock hinüber und setzten uns in die Sonne. Ich reichte Fulki das Stück Horn.

Er nahm es und strich mit dem Daumen liebevoll über das glatte, schon bearbeitete Ende. Mir fiel auf, daß Fulki sehr feingliedrige, zierliche Hände hatte, die für einen Mann eigentlich zu klein waren.

«Es wird schwierig sein, es dir zu erklären, Uba», murmelte er, «aber ich will's versuchen.»

Er legte das Werkzeug hin und zog ein zweites Stück Horn aus dem Gürtel, das viel dünner und offenbar schon fertig bearbeitet war. «Siehst du», sagte Fulki und hielt mir die «Speerspitze» hin, «das ist das zweite Teilstück.»

Ich betrachtete es genau. Es war etwa so lang wie eine Hand und sehr schlank. Da, wo gewöhnlich die scharfe Spitze sitzt, hatte dieses Ding einen langen, zum Speerschaft zeigenden Haken. Wenn man damit zustieß, konnte man beim besten Willen nichts aufspießen.

«Ich sehe es, aber ich verstehe nicht, was es soll», meinte ich. «Die Spitzen zeigen in die falsche Richtung ...»

Fulki lächelte. Er zog noch ein drittes Stück Horn hervor. Das war länger als die beiden Haken und ebenfalls sehr dünn. Er legte die drei Teile nebeneinander vor sich auf den Boden, so daß die gerade, hakenlose Spitze in der Mitte lag. «Paß auf», meinte er. Er war jetzt wieder begeistert und guter Laune. «Diese drei Teilstücke werden am Speerschaft so zusammengefügt, daß die beiden gebogenen Spitzen mit den Haken nach innen die gerade Spitze flankieren.» Er strahlte mich an.

«Du meinst, die Haken sollen zu beiden Seiten der Speerspitze angebracht werden? Aber wozu brauchst du überhaupt die Haken, wenn die Speerspitze schon da ist? Die hindern doch den Speer nur am Eindringen in das Wild ...»

Fulki blickte verwirrt auf. «Wieso ...?» Er fuhr sich mit den Fingern durch das rote Haar. «Ach so ...» murmelte er dann zerstreut.

«Ich hab vergessen, dir zu sagen, wozu der Speer dienen soll ...» Er nahm die drei Teile wie einen Blumenstrauß in die Hand und ordnete sie dann so an, wie sie auf dem Schaft stehen sollten. «Diese dreiteilige Spitze soll zum Fischen benutzt werden. Mit dem mittleren Zacken spießt man den Fisch auf. Die Haken zu beiden Seiten halten ihn dann fest, damit er sich nicht freizappeln kann. Man müßte mit diesem Dreizack sogar besonders große Fische fangen können ...»

Das leuchtete mir irgendwie ein. Ich sah das merkwürdige Ding jetzt mit ganz anderen Augen. «Aber warum hast du den anderen Männern den Fischspeer denn nicht erklärt?» fragte ich. «Die müßten doch begeistert sein! Wenn das, was du dir ausgedacht hast, wirklich geht, Fulki – dann werden sie dir für diese Verbesserung ewig danken.»

Fulki lächelte verbittert. «Ich habe schon viele Verbesserungen erdacht», sagte er traurig. «Aber keiner benutzt sie. Die Jäger hören sich meine Erklärungen nicht mal an. Sie werfen nur einen Blick auf die Dinge, die ich mache, und dann lachen und spotten sie darüber.» Er wandte sich ab, so daß ich nur die unversehrte Seite seines Gesichts sehen konnte. Sein Profil war genauso merkwürdig wie das der anderen; seine Stirn war viel zu steil, seine Nase zu lang und sein Mund zu klein. Sein Kinn stand zu weit vor. Aber jetzt, wo ich die Narben nicht sehen konnte, wirkte Fulki auf mich nicht mehr häßlich und entstellt. Er hatte auch nichts Kindliches; ich sah das Gesicht eines jungen Mannes, der für einen seiner Art sehr gut aussehen mußte. An Fulki fiel nur auf, daß er im Vergleich mit den anderen Männern seiner Familie zu kurz geraten war.

Während ich ihn betrachtete, begriff ich, daß er etwas mit mir gemeinsam hatte. Er war verachtet wie ich – er gehörte nicht dazu. Er wurde geduldet, aber niemand in der Familie erkannte ihn an. Bei mir war das verständlich, denn ich war ja nicht in diese Familie hineingeboren. Ich hatte nur Urjakir das Leben gerettet, und man behielt mich seinetwegen. Aber Fulki war einer von ihnen. Für ihn mußte es qualvoll sein, mit der Verachtung seiner Leute zu leben.

«Schnitz den Dreizack fertig, Fulki», sagte ich zu ihm. «Und zeig ihn niemandem. Und wenn die Lachse stromaufwärts schwimmen, dann benutz ihn. Wahrscheinlich wirst du viel mehr Fische fangen als die anderen. Dann laß sie staunen und dich bewundern.»

Fulki lächelte wieder. «Sie werden mich beim Fischen nicht zulassen», meinte er. «Bisher haben sie mich immer weggeschickt und andere Arbeiten machen lassen ...»

«Dann gehorch ihnen das nächste Mal einfach nicht. Du bist ein Mann, Fulki. Zeig ihnen, daß du nicht nur der Träumer bist!» Ich legte ihm die Hand auf die Schulter. «Du bist klug – viel klüger als die anderen. Bei uns hat das mehr gezählt als Muskelkraft ...»

Bei meiner Berührung war er zusammengezuckt, als ob er daran nicht gewöhnt wäre. Aber dann sah er mich an, und leidenschaftliche Begeisterung lag in seinem Blick, gemischt mit einer scheuen Zuneigung. «Du machst mir Mut, Uba – warum? Was bringt dich dazu, mit mir zu reden, wo du uns alle eigentlich hassen müßtest?» wollte er wissen.

«Deine Erfindung ist gut», sagte ich. «Und du hast bessere Behandlung verdient ...»

«Du bist freundlich und gerecht», murmelte Fulki. «Du bist gerecht, obwohl man gegen dich ungerecht ist.» Ganz sacht berührte er mit seinen zu zierlichen Fingern meine Hand, die neben seiner grob und braun aussah.

«Ich danke dir», sagte er. «Und wenn du willst, erklär ich dir auch die anderen Geräte, die ich mir ausgedacht habe ...»

Mir fiel auf, daß er nicht mehr stotterte, sondern ganz fließend redete. Er wirkte viel sicherer, viel ruhiger als am Anfang. «Ich will nicht, daß du mir dankst, weil ich dir zuhöre, Fulki», sagte ich. «Jeder sollte dir zuhören. Du verdienst Aufmerksamkeit.»

Er strahlte mich an. Und dann hob er plötzlich meine Hand hoch und preßte sie an die Lippen. Erschrocken zog ich sie zurück, aber Fulki war schon aufgesprungen und rannte den Hügel hinunter. Ehe ich mich gefaßt hatte, war er verschwunden.

Ich verbrachte den Rest des Tages allein. Am Abend, als ich wieder bei Urjakir am Feuer saß, fragte ich ihn: «Warum wird Fulki eigentlich von allen verlacht?»

Urjakir legte noch ein Stück Holz in die Glut. «Der Träumer?» fragte er. «Hat er sich an deine Fersen geheftet? Er versucht immer wieder, Zuhörer für seine irrsinnigen Ideen zu finden ...»

«Aber seine Ideen sind nicht so unsinnig», antwortete ich. «Warum hört ihm denn niemand zu?»

«Das verstehst du nicht, Uba. Wie könntest du auch? Du kennst ihn ja kaum. Der Träumer ist nicht ganz richtig im Kopf. Dauernd bastelt er Dinge, die unbrauchbar sind, aber ein Gerät, das ganz normal ist, hat er noch nie zustande gebracht. Er ist älter als ich, aber er hat bis heute noch kein einziges Stück Wild erlegt.»

Urjakir schaute mich fest an. «Der Träumer ist die Schande der

Familie. Er hat noch nicht einmal seine Männerweihe bestanden. Er ist verrückt, Uba ... Außerdem ist er feige. Rede nicht mit ihm, ich meine es gut mit dir. Sonst folgt er dir überall hin und macht auch dich lächerlich.»

Ich musterte Urjakir. Offenbar meinte er jedes Wort ernst. Aber ich hielt Fulki nicht für verrückt. Ich wollte mehr über ihn wissen. «Seit wann macht er denn diese seltsamen Dinge?» bohrte ich weiter.

Urjakir zuckte die Achseln. «Ach, schon als kleiner Junge hat er sich immer von den anderen abgesondert. Wenn wir mit dem Speer geübt haben, dann saß er irgendwo herum und malte mit einem Stock unverständliche Zeichen in den Sand. Er hat nie gelernt, wie man einen Hirsch stellt und tötet. Statt dessen hat er mit gebogenen Haselstöcken und Sehnen herumgespielt. Er hat winzige Speere geschnitzt, die an den Enden Blätter und Federn hatten, und ich habe einmal einen geworfen, zum Spaß. Das kleine Ding war viel zu leicht und flog nur drei Schritte weit. Sag selbst, was soll ein Speer nützen, der nur zwei oder drei Fuß lang ist und so dünn wie ein kleiner Finger?»

Ich nickte und schüttelte gleichzeitig den Kopf. «Damit kann man wirklich nichts anfangen», murmelte ich. «Was Fulki sich bei diesen kleinen Speeren wohl gedacht hat ...?»

Fulki war also schon immer ein Außenseiter gewesen. Noch nie hatte ihm jemand zugehört. Seit seiner Kindheit wurde er verachtet und verspottet. Man hielt ihn für nicht normal, weil er Dinge tat, die keiner verstand. Dennoch konnte ich nicht glauben, daß Fulki verrückt war. Die dreiteilige Speerspitze zum Beispiel, über die alle lachten – die hielt ich für gar nicht nutzlos und unsinnig. Im Gegenteil ...

Ich entschloß mich, weiterhin mit Fulki zu reden, wenn er das wollte – selbst auf die Gefahr hin, daß ich in der Achtung der Gemeinschaft noch mehr sank. Irgendwie mochte ich den jungen Mann mit den roten Haaren und dem verbitterten Blick.

Es gehörte viel Mut dazu, all den Spott zu ertragen und trotzdem weiter an den verschiedenen Verbesserungen zu arbeiten. Das war mir klargeworden. Nein, feige war Fulki bestimmt nicht. Ich fing an, ihn zu bewundern, weil er so mutig und standhaft war. Es wäre für ihn viel leichter gewesen, sich den anderen anzupassen und seine Ideen und Arbeiten aufzugeben.

Mit diesen Gedanken schlief ich später ein. Ich träumte lauter wirres Zeug. Immer wieder tauchte Fulki in meinem Traum auf;

aber – seltsam – ich fühlte mich in seiner Gegenwart sicher und geborgen, auch wenn die anderen über ihn lachten.

Als ich aufwachte, hatten die Frauen schon längst ihre morgendlichen Arbeiten erledigt und saßen gemeinsam draußen auf dem Vorplatz. Sie reinigten Fell mit erhitztem Korngrieß, den sie in die Pelzhaare einrieben und dann wieder ausklopften. Dabei unterhielten sie sich. Ich trat an den Eingang und hörte zu.

«Bald kommen die ersten Lachse», sagte Gundak und nahm noch eine Handvoll heiße Kleie aus dem Birkenrindengefäß, das neben ihr stand. Sie streute das Mehl auf das Fuchsfell, das sie gerade bearbeitete, und walkte es mit den Fingern gründlich durch.

«Ja», sagte die junge Frau, die neben Gundak saß. «Das gibt viel Arbeit. Mir graust schon jetzt vor dem Fischgestank. Wochenlang muß dann wieder geräuchert und getrocknet werden.»

Die anderen lachten. «Wenn du im Winter Fisch essen willst, Rhona», meinte Gundak trocken, «dann mußt du dir zur Lachszeit den Gestank schon gefallen lassen.»

Rhona rümpfte die Nase. «Ich mag gern geräucherten Lachs», sagte sie, «aber der trockene Stockfisch, der ist nur was für Notzeiten.»

«Richtig», antwortete Gundak. «Nur, woher will man im Sommer wissen, ob der Winter gut wird? Sunnahil und Uhula sind so alt wie ich. Die können dir erzählen von Wintern, als wir froh waren, daß wir den Stockfisch hatten ... Sie deutete auf die beiden älteren Frauen, die zu ihrer Linken saßen und ihre Pelze reinigten.

Ich erkannte eine von ihnen. Es war Fulkis Mutter.

Gundak sagte: «Uhula hat es immer besonders schwer gehabt. Sie ist ja mit diesem ungeratenen Sohn geschlagen, der nicht jagt und nur Vorräte aufzehrt. Wenn Fulkis Vater noch lebte ...»

«Ach», seufzte Uhula, Fulkis Mutter. «Das war ein guter Mann. Fulki hat nur die roten Haare von ihm geerbt. Es ist eine Schande. Gut, daß sein Vater das nicht mehr miterlebt hat ...»

«Wir können froh sein», meinte Sunnahil, «daß unsere Söhne so tüchtig sind, Gundak. Sie bringen genug Wild, daß auch Uhula keinen Mangel leiden muß. Argerif ist fast so ein guter Jäger wie Urjakir.»

Sie wechselten das Thema und sprachen über ihre Männer und Söhne. Ich ging zwischen den Frauen hindurch, und sie machten mir Platz.

Heute wollte ich zum erstenmal Ausschau nach Kräutern halten. Ich wandte mich dem Fluß zu und stieg gedankenverloren den Hang hinunter.

Die Frauen hatten wieder das Wort benutzt, unter dem ich mir nichts vorstellen konnte: «Vater». Was mochte sich bloß hinter diesem Begriff verstecken? Zweifellos war ein Vater ein Mann. Fulki hatte einen Vater gehabt, und Bersigar war Urjakirs Vater. Bersigar war auch Gundaks Mann, und Gundak war Urjakirs Mutter.

Es war verwirrend. Was eine Mutter war, das wußte ich genau. Ich war ja selber eine gewesen. Mutter war eine Frau, die ein Kind geboren hatte. Aber ein Vater? Männer hatten mit der Geburt von Kindern nichts zu tun ... Dennoch, irgendwie mußten die Begriffe «Mutter» und «Vater» eine ähnliche Bedeutung haben.

Während ich langsam weiterging und mit den Blicken den Boden nach Huflattich und Brennesseln absuchte, grübelte ich darüber nach. Fulkis Vater hatte auch rote Haare gehabt ... Fulkis Vater war Uhulas Mann gewesen. Was für ein merkwürdiger Zufall ...

Nein, ich kam nicht hinter das Geheimnis. Ich mußte jemanden fragen, der es wußte. Aber wen?

Ich ging den Pfad am Fluß entlang; mein Sammelbeutel, den ich mir aus einem von Urjakirs Fellen gemacht hatte, war schon fast voll. Auf einmal sah ich Fulki.

Er saß auf einem flachen Stein am Ufer und schnitzte an etwas Kleinem, Weißem.

Ich ging auf ihn zu, und als er mich kommen hörte, fuhr er erschrocken herum. Aber als er sah, daß ich es war, leuchteten seine Augen auf. «Uba!» rief er erfreut. «Ich hatte schon gefürchtet, es wäre einer von den anderen!»

Ich lächelte ihm zu. «Was schnitzt du denn da?» fragte ich, gespannt, das Werkstück zu sehen.

Fulki wurde dunkelrot. Er senkte den Blick und fuhr sich verlegen mit der Hand durch die Haare. «Ach, nichts Besonderes», brummelte er und versuchte, den kleinen, rundlichen Gegenstand in der Hand zu verstecken.

«Bitte», sagte ich leise, «laß es mich doch mal ansehen. Du weißt, ich spotte nicht über das, was du machst ...»

Fulki schloß die Augen und öffnete langsam die Hand. In seiner Handfläche lag ein winziges Köpfchen aus einem Stück Mammutstoßzahn. Es war nur zwei Fingerbreit lang, und – es sah aus wie ich!

Staunend betrachtete ich mein kleines Abbild. Es war fein und zierlich gearbeitet; meine Augenbrauen waren deutlich zu erkennen, und auch meine Nase und mein Mund. Fulki hatte mein Gesicht nicht genau abgebildet; er hatte die Züge vielmehr seinen eigenen ein wenig angeglichen, aber das kleine Bildnis sah mir trotzdem sehr ähnlich. Ich erkannte mich sofort wieder, denn ich hatte mein Spiegelbild schon oft in der Pfütze vor dem Eingang der Wohnung gesehen.

«Fulki!» flüsterte ich bewundernd. «Das ist ja wunderschön! So etwas habe ich noch nie gesehen! Das kann keiner außer dir! Darf ich es mal anfassen?»

«Es ist noch nicht ganz fertig», murmelte Fulki; er fuhr mit dem Daumen über die Stirn des winzigen Gesichtes. Die Bewegung sah aus wie eine zärtliche Liebkosung. Dann faßte er das Köpfchen mit zwei Fingern und hielt es mir hin. Ich nahm es vorsichtig in die Hand.

«Es sieht aus wie ich – wenigstens fast», meinte ich zu ihm. «Du hast mich sehr aufmerksam angeschaut; wie ist dir nur diese Ähnlichkeit gelungen?»

«Ähnlichkeit ... nein, es ist nicht sehr ähnlich ...» sagte Fulki in seiner zerfahrenen Art. «Du bist ...» Er preßte plötzlich die Hand auf den Mund, als ob er sich selbst am Weiterreden hindern wollte. «Es ist nichts ... nur eine – eine Spielerei. Kann ich ... kann ich das Ding wiederhaben?»

Ich reichte ihm das kleine Wunderwerk. «Was willst du damit anfangen?» fragte ich ihn.

Fulki kniff wieder die Augen zu. Seine Lippen preßten sich fest aufeinander, und das Rot in seinem Gesicht vertiefte sich noch. «Nichts ...» flüsterte er fast unhörbar. «Ich schau es mir hin und wieder an.»

Ich wollte etwas sagen, aber ich spürte plötzlich, daß Fulki heute nicht mit mir reden wollte. Irgend etwas bedrückte ihn; er war nicht in der Stimmung, sich zu unterhalten. Ich stand auf und wandte mich zum Gehen, aber er drehte sich zu mir um und sagte leise: «Tut mir leid, Uba ... Ich weiß nicht, was mit mir los ist. Ich möchte, daß du gehst, und gleichzeitig wünsche ich mir, daß du bleibst ... Bleib hier. Aber laß uns nicht über das kleine Bild reden.»

Ich nickte. «Gut, Fulki», sagte ich. «Eigentlich wollte ich dich etwas fragen. Ich habe gehört, daß die Frauen über deinen Vater gesprochen haben. Sag mir: Was ist ein Vater?»

Fulki blinzelte mich verwirrt an. «Ein Vater? Du weißt nicht, was ein Vater ist?» Er wühlte sich wieder in den Haaren. «Nun, ein Vater ist ein Mann, der Kinder hat ...»

Ich lachte laut. «Aber Fulki! Männer können doch keine Kinder bekommen!» Er wußte es wohl auch nicht.

Fulki schluckte. Er blieb völlig ernst. «Nein», sagte er, «aber die Frauen würden ohne Männer unfruchtbar sein. Ein Kind hat eine Mutter und einen Vater.»

Mir war noch immer nicht klar, was er meinte. «Ein Kind braucht also einen Vater, sonst wird es gar nicht erst geboren. Es braucht einen erwachsenen Mann, der es schützt und ernährt. Ist es so?» fragte ich ihn.

Fulki nickte. «Ja. Eine Frau muß mit einem Mann zusammenleben, sonst bekommt sie keine Kinder ...»

Endlich wußte ich, was ein Vater war. Die Seelen von Kindern suchten sich ja immer Frauen, die einen Mann hatten. Der Begriff «Vater» stand also für einen Mann, dessen Frau schon Kinder geboren hatte. Auf einmal fiel mir noch etwas ein. «Fulki», sagte ich, «dein Vater hatte rotes Haar, so wie du. Kannst du mir sagen, wie das kommt?»

«Er war mein Vater! Kinder sehen oft wie ihre Väter aus», meinte er. «Die geschickten Hände habe ich von meiner Mutter ...»

Jetzt begriff ich gar nichts mehr. Ich schüttelte den Kopf. In wenigen Worten hatte Fulki all das, was er mir erklärt hatte, wieder unklar gemacht. Ein Vater mußte doch mehr sein als nur der Mann einer Frau mit Kindern. Womit konnte ein Mann es bewirken, daß die Kinder seiner Frau so aussahen wie er? Ich würde versuchen, es selbst herauszufinden. Es mußte ein Geheimnis sein, wenn selbst Fulki es mir nicht deutlich machen konnte.

Ich setzte mich neben ihn. Wir schwiegen, und er schaute hinaus aufs Wasser. Von der Seite sah sein Gesicht flach aus; seine eingedrückte Nase erinnerte mich an Dor. Ich hatte plötzlich das Gefühl, daß ich Fulki vertrauen konnte. Er strahlte die gleiche Ruhe und Kraft aus wie der Mensch, der einmal mein Mann gewesen war.

Ich hob die Hand und berührte die Narben auf seiner Wange. «Das müssen schlimme Wunden gewesen sein», sagte ich. «Und die gebrochene Nase ist damals nicht gut gerichtet worden ...»

Fulki schaute mich an. «Und was macht man mit einer gebrochenen Nase?» fragte er erstaunt. «Man kann sie doch nur heilen lassen ...»

«Nein», antwortete ich. «Bei deiner Nase wäre ein fester Verband nötig gewesen. Dann wäre sie nicht so flach verheilt.»

Er strich sich übers Gesicht. «Munbrodir hat mich behandelt», murmelte er und verzog den Mund. «Er ist ein guter Zauberer, aber beim Heilen von Wunden und Krankheiten versagen seine Mittel manchmal ... wenn die Geister stärker sind als er ...»

«Ich bin auch heilkundig», meinte ich. «Ich kann Medizin machen, die bei vielen Krankheiten hilft. Eins verstehe ich aber nicht: Deine Leute haben bessere Werkzeuge, als meine sie je hätten machen können. Sie sind auch erfolgreicher auf der Jagd. Wie kommt es, daß sie in manchen Dingen weniger erfahren sind als ich?»

«Wir sind anders», antwortete Fulki. «Wir unterscheiden uns von dir nicht nur im Aussehen.» Seine Hand umschloß fest das geschnitzte Köpfchen, und er schloß die Augen. «Es gibt sicher Dinge, die wir von dir lernen können, denn wir sind dir nur in manchen Dingen überlegen. Aber meine Leute nehmen sich schon, was sie brauchen. Seit ich denken kann, haben wir gekämpft und erobert. Dieses Land hat uns gefallen – wir brauchten eine Unterkunft. Also haben wir sie uns genommen, im letzten Herbst. Die Leute, die oben gewohnt haben, waren von deiner Art. Sie haben sich gewehrt, und sie sind unterlegen ...»

Er schaute mich an und bemerkte, daß meine Augen sich mit Tränen gefüllt hatten. «Uba», fragte er erschrocken, «kanntest du etwa die Menschen, die vor uns hier gelebt haben?»

«Ja», sagte ich mit tonloser Stimme. «Es waren meine Leute. Meine Familie. Die Wohnung, die jetzt euch gehört, war einmal mein Zuhause.»

Fulki war blaß geworden. «Und du bringst es fertig, mit den Eroberern zu leben ...?» flüsterte er.

«Die Toten werden nicht wieder lebendig», sagte ich. «Ich kann nicht hassen.»

Er berührte leicht meine Hand. «Ich bin nur ein Ausgestoßener, eine lächerliche Figur», murmelte er. «Aber wenn ich kann, dann will ich versuchen, dir zu mehr Ansehen bei uns zu verhelfen ...»

Ich zog meine Hand weg. Ein merkwürdiges Gefühl war in mir aufgestiegen, als er mich angefaßt hatte – ein Gefühl, das ich verdrängen wollte. «Du solltest dir selbst Achtung verschaffen, Fulki», antwortete ich. «Du verdienst den Spott der anderen nicht ...»

Ich stand auf. «Wenn ich noch lange hier sitzen bleibe, dann wird meine Sammeltasche nicht voll», sagte ich. Dann ging ich zum Pfad zurück und wanderte weiter.

22

Als ich am Nachmittag nach Hause kam, hatte ich auch Iriswurzeln, Weiden- und Eichenrinde und ein Büschel Scharbockskraut in meinem Beutel. Ich breitete meine Schätze zum Trocknen in einer Ecke meines Schlafplatzes aus und aß dann das Scharbockskraut. Es war gut gegen die Müdigkeit, die im Frühling manchmal auftritt.

Die Frauen, die gewöhnlich gegen Abend immer das Essen vorbereiteten, hockten heute alle in einer Schlafnische zusammen. Sie unterhielten sich mit einer jungen Frau, die dort ausgestreckt lag, während die Männer um die große Feuergrube am Eingang saßen. Die Kinder waren auch vorn; ein alter Mann kümmerte sich um sie und briet ihnen Fleisch.

Ich wunderte mich. Ich schaute zu den Frauen hinüber und beobachtete sie. Nach einer Weile begriff ich, was da vor sich ging. Die junge Frau lag in den Wehen. Sie bekam ein Kind. Hin und wieder hörte ich sie stöhnen.

Es drängte mich, hinzugehen und sie zu untersuchen. Aber als ich aufstand, drehten sich die anderen Frauen wütend und entschlossen um und machten abwehrende, drohende Handbewegungen. Sie wollten meine Hilfe nicht.

Ich setzte mich wieder und machte mir etwas zu essen. Draußen wurde es dunkel – das Stück Himmel, das man durch den Eingang sehen konnte, färbte sich purpurrot. Die junge Frau stöhnte jetzt lauter; die anderen wirkten unruhig. Gundak und Uhula, die beiden ältesten, liefen hin und her. Ich konnte nicht sehen, was sie taten.

Irgend etwas stimmt da nicht, das hörte und sah ich genau. Die junge Frau schrie jetzt laut. Ihre Schreie kamen in immer kürzeren Abständen.

Uhula lief nach vorn zu den Männern. Sie redeten aufgeregt mit einem von ihnen, einem jungen Jäger, der bei jedem Schrei der Gebärenden zusammenzuckte. Uhula packte ihn an der Schulter, und der junge Mann riß seinen Speer vom Boden hoch und rannte hinaus.

Die Zeit verging. Es tat mir weh, das qualvolle Jammern und Stöhnen der jungen Frau anzuhören. Niemand half ihr; die anderen hockten nur da und wischten ihr hin und wieder den Schweiß vom Gesicht. Aber als ich noch einmal versuchte, zu ihr hinüberzugehen, drohten mir die älteren wieder, so daß ich es aufgab.

Es war Nacht geworden. Niemand schlief; alle saßen mit sorgenvollen Gesichtern herum und warteten, während die junge Frau schrie. Dann trat auf einmal der junge Jäger wieder ein. Ihm folgte ein älterer Mann, der eine Auerochsenhaut um die Schultern trug. Auf seinem Kopf saß eine Pelzkappe, an der das Geweih eines Hirsches befestigt war. Sein Gesicht hatte er mit schwarzer und roter Farbe bemalt, so daß man seine Züge kaum erkennen konnte. Ich starrte die furchterregende Gestalt wie gebannt an. Das mußte Munbrodir sein, der Zauberer. Ich atmete auf. Er würde der jungen Frau schon helfen.

Munbrodir trat an das Lager der Gebärenden. Er hockte sich hin, und mit einer herrischen Handbewegung vertrieb er die anderen Frauen. Sie machten ihm voller Ehrfurcht Platz.

«Jetzt wird das arme Ding endlich untersucht», dachte ich. «Es ist auch höchste Zeit. Sie ist ja schon ganz erschöpft...» Ich beobachtete den Zauberer genau.

Munbrodir nahm ein paar eigenartige Gegenstände aus den Falten seines weiten Umhangs. Es waren zwei graue Knäuel, eine Schale aus Stein und eine kurze Röhre aus Knochen. Die kannte ich. Es war Amamas Flöte.

Was mochte er damit nur wollen? Warum half er der jungen Frau denn nicht? Der Zauberer legte mit langsamen, feierlichen Bewegungen eins der grauen Knäuel in die steinerne Schale. Dann nahm er einen brennenden Zweig aus dem Kochfeuer und zündete den Klumpen damit an. Dichter, beizender Rauch verbreitete sich. Munbrodir setzte die Flöte an die Lippen und ließ langgezogene, schrille Töne erklingen. Die junge Frau schrie wild auf und wand sich auf ihrem Lager.

Was machte der Kerl denn bloß? Warum unternahm er nichts, um der armen Frau zu helfen? Ungläubig saß ich da und starrte hin. Die graue, stinkende Masse war bald verbrannt. Munbrodir nahm den zweiten Klumpen, zündete ihn an und spielte auf der Flöte, bis auch der zu Asche geworden war. Ich betrachtete die Gesichter der anderen. Frauen und Männer standen im Kreis um den Zauberer und die junge Frau herum und hörten mit angespannten, konzentrierten Mienen zu. Niemand tat etwas.

Endlich, als das Zeug verbrannt war und der Rauch sich verzogen hatte, hörte Munbrodir auf zu spielen und erhob sich. Die junge Frau schrie nicht mehr; nur ein schwaches, qualvolles Röcheln drang noch aus ihrer Kehle.

«Die Geister wollen nicht, daß sie am Leben bleibt», sagte der Zauberer dumpf. «Ich habe den Geistern ein Opfer gebracht, aber sie wird sterben.» Damit steckte er die Knochenflöte wieder ein und ging zum Ausgang. Er verschwand in der Nacht.

Entsetzt schaute ich hinter ihm her. Wut wallte plötzlich in mir auf, siedende Wut. Ich erhob mich und ging mit festen Schritten zu der jungen Frau hinüber. Die älteren wollten mich daran hindern, aber ich schlug ihre ausgestreckten Hände zur Seite. «Aus dem Weg!» herrschte ich sie an. «Oder wollt ihr wirklich, daß sie stirbt?»

Sie ließen mich durch. Sie waren unsicher geworden, weil ich sie angeschrien hatte. Ich kniete neben der jungen Frau nieder und suchte ihre Halsschlagader. Ihr Puls raste. Sie warf den Kopf hin und her. Ich nahm ihr Gesicht in meine Hände. «Sag mir deinen Namen», befahl ich ihr.

«Elkama», kam es flüsternd über ihre blutleeren Lippen.

«Hör zu, Elkama», sagte ich. «Dein Baby will nicht kommen. Ich sehe jetzt nach, was es aufhält. Und wenn wir das wissen, dann mußt du tun, was ich dir sage. Hast du mich verstanden?»

Elkama nickte. Sie bäumte sich wieder auf. «Ganz ruhig», sagte ich und strich ihr über die schweißnasse Stirn. «Ich will dir helfen.»

Ich schlug die Decke zur Seite, mit der sie Elkama verhüllt hatten, und legte die Hände auf ihren Bauch. Niemand hinderte mich. Die Frauen standen stumm hinter mir und sahen zu.

Ich tastete. Das Köpfchen des Kindes lag unter Elkamas Rippenbogen. Deshalb also war es mit der Geburt nicht vorwärtsgegangen! Ich mußte das Baby im Leib der Mutter umdrehen, damit es geboren werden konnte. Amama hatte die Handgriffe oft mit mir geübt, aber ich hatte sie noch nie wirklich gebraucht.

Ich legte die Hände an die richtigen Stellen und drückte noch einmal – und noch einmal. Ich fühlte, wie das Kind sich bewegte, sich langsam – langsam drehte und herumrollte. Es war gelungen! Das Köpfchen lag jetzt unten, zeigte in die richtige Richtung. Ich untersuchte Elkama. Sie war sehr schmal gebaut. Aber eigentlich mußte die Geburt möglich sein. Ich richtete mich auf und sah die junge Frau an. «Elkama», sagte ich, «wir werden es gemeinsam schaffen, hörst du? Es wird Mühe kosten, aber wenn wir uns anstrengen, dann geht alles gut – ganz bestimmt!»

«Ja», flüsterte Elkama. «Sag mir, was ich tun soll ...»

Ich überlegte. Amama hatte bei schwierigen Geburten immer eine Medizin angewendet, die die Wehen verstärkte. Ich sprang auf und lief zu der Höhlung in der Wand bei Urjakirs Feuer hinüber.

In fliegender Hast nahm ich die Platte ab und tastete in dem dunklen Loch nach den kleinen, länglichen Körnern. Drei oder vier waren noch da. So schnell ich konnte, zerdrückte ich zwei davon und tat die Krümel in eine kleine Schale aus Holz. Ich goß etwas heißes Wasser hinein und ging dann mit dem Trank zu Elkama zurück. Sie lag da wie tot – ein leises, erschöpftes Stöhnen kam über ihre Lippen. Die Frauen standen noch immer stumm an ihrem Lager.

Ich richtete Elkama mühsam auf. «Hier», sagte ich, «trink das!» Gehorsam schluckte sie die bitteren Tropfen. Das Mutterkorn, das an Grassamen wächst, enthält ein schnellwirkendes Gift, das töten, aber auch helfen kann. Ich hoffte, daß die wenigen Körner ihre Wirkung noch nicht verloren hatten, und wartete.

Nach kurzer Zeit verkrampfte sich Elkama. «Jetzt sei stark», sagte ich zu ihr. «Wenn der nächste Schmerz kommt, dann arbeite mit. Hilf deinem Kind nach draußen!»

Elkama nickte kraftlos. Ich legte die Hände auf ihren Bauch. Als ich spürte, wie sich ihr Leib verhärtete und zusammenzog, stemmte ich mich mit aller Kraft dagegen und preßte, während auch Elkama mit zusammengebissenen Zähnen arbeitete.

Noch zweimal kam eine gewaltige Wehe, und wir strengten uns gemeinsam an. Dann war das Köpfchen des Kindes zu fühlen. Ich packte eine von den langen, scharfen Klingen, die neben dem Kochfeuer lagen, und machte mit einem kurzen Schnitt dem Baby den Weg leichter. Elkama schrie auf, und in einem Schwall von Blut und Wasser wurde ihr Sohn geboren.

Die Frauen, die gebannt zugeschaut hatten, brachen in Jubel und Lachen aus. Elkama sank zurück und brachte ein ermattetes Lächeln zustande. Ich strich ihr das feuchte, helle Haar aus der Stirn und sagte: «Das hast du gut gemacht!»

Das Baby begann zu schreien. Ich hob es, blutig und verschmiert wie es war, hoch und hielt es seiner Mutter hin. «Dein Sohn!» sagte ich. «Die Mühe hat sich gelohnt, nicht wahr?» Ich legte ihr den Kleinen in die Arme. Dann kümmerte ich mich um die Nachgeburt und um die Schnittwunde. Ich heftete sie mit einem Buchsbaumdorn, den ich passend zugeschnitten hatte, und wusch dann Elkamas blutbeschmierte Beine.

Sie lag zu Tode erschöpft da, aber sie hatte die Geburt ohne Schaden überstanden. Sie würde durchkommen, und das Baby war kräftig und gesund, trotz der langen Strapaze.

Die Frau, die Sunnahil hieß, hatte das Kind schon abgenabelt. Für mich gab es nichts mehr zu tun. Ich lächelte Elkama noch einmal zu, und sie erwiderte mein Lächeln. Sie war glücklich.

Ich drehte mich um und ging wieder in meine Ecke. Still setzte ich mich hin und atmete tief durch. Ich fühlte mich zum erstenmal seit langer Zeit wieder wohl. Ich lächelte in mich hinein. Amama wäre mit mir zufrieden gewesen.

Ich schloß die Augen und ruhte mich aus. Auch ich hatte mich bei der Geburt angestrengt. Plötzlich hörte ich leise Schritte. Jemand trat an mein Feuer.

Ich blickte auf. Es war der junge Mann, der den Zauberer geholt hatte. Er kniete vor mir nieder und senkte den Kopf. Dann faßte er meine Hände und preßte sie gegen seine Stirn. «Ich bin Argerif, Elkamas Mann», sagte er mit rauher, erstickter Stimme. «Ich danke dir für das Leben meiner Frau und meines Sohnes. Für immer stehe ich in deiner Schuld ...»

Ich entzog ihm sanft meine Hände. «Ich habe geholfen, weil ich helfen konnte, Argerif», antwortete ich. «Dafür verlange ich keinen Dank. Freu dich mit Elkama über ihren kräftigen Sohn! Ich hoffe, sie wird noch viele gesunde Kinder zur Welt bringen.»

Argerif sah mich eindringlich an. In seinem Blick lag Freude und tiefe Verehrung. «Elkama wäre ohne dich gestorben, Uba», sagte er. «Dir allein verdanke ich, daß sie noch bei mir ist. Das werde ich dir nie, niemals vergessen!»

Ich schüttelte den Kopf. «Geh zu ihr, Argerif», antwortete ich ruhig. «Was ich getan habe, das hab ich gern getan.»

Langsam stand der junge Mann auf. Er schaute mich noch einmal mit Ehrfurcht und Hochachtung an und ging dann zu der Gruppe der Frauen hinüber, die noch bei Elkama saßen und sich um sie kümmerten.

Ich mußte wieder lächeln. Früher, bei meinen Leuten, hatte es keinen Zweifel darüber gegeben, daß die Heilerin half. Aber bei diesen Leuten hier gab es niemanden, der mehr konnte als Wunden verbinden. Sie betrachteten meine Hilfe als hohe Gunst, wie Argerif und Elkama, oder als Machtbeweis, wie die anderen Frauen und Männer.

Ich dachte lange darüber nach. Sie waren wirklich anders als ich. Erst sehr spät legte ich mich schlafen.

Am nächsten Tag war bei allen eine deutliche Veränderung zu spüren. Sie benahmen sich mir gegenüber freundlicher als gewohnt.

Es fing damit an, daß ich neben meinem Kochfeuer eine Schale mit frisch gekochtem Grießbrei fand, als ich aufwachte. Ich schaute die Speise verwundert an und fragte mich, wer sie wohl für mich dort hingestellt hatte. Während ich aß, bemerkte ich, daß Sunnahil mich von ihrem Feuer her anlächelte. Ich nahm an, daß sie mir das Essen gegeben hatte, und lächelte zurück. Sie war Argerifs Mutter. Vielleicht wollte sie sich auf diese Weise bei mir bedanken.

Als ich meinen Sammelbeutel nahm und mich auf meinen Streifzug durch den Wald begeben wollte, grüßten mich die Frauen plötzlich, als ich an ihren Feuern vorüberging, und Elkama sagte mir, daß es ihr und dem Kleinen gutginge, ohne daß ich sie gefragt hatte. Ich wunderte mich noch mehr, aber auch ein Gefühl der Freude stieg in mir auf.

Draußen war ein herrlicher, warmer Frühlingstag. Die Sonne strahlte vom hellblauen Himmel, und die Kalkfelsen sahen aus wie frisch gewaschen. Die Knospen der Bäume waren fast über Nacht aufgebrochen; überall zeigte sich zartes, helles Grün. Bald sollte das Fest der Mata stattfinden. Nur noch wenige Tage, dann war der Mond voll. Ich wartete schon gespannt auf die Frühlingsfeier. Urjakir hatte gesagt, es sei das wichtigste Fest des Jahres.

Am meisten interessierte mich, wie Mata, die Große Mutter, verehrt wurde. Ich hatte ja bis vor kurzem nichts von ihr gewußt, und ich fühlte mich zu ihr hingezogen. Sie schenkte Leben, und ich war mit meinen Kenntnissen dazu da, Leben zu erhalten. Eins war ganz klar: Ich würde Mata huldigen; ich war ihr untertan, ich wollte ihr dienen.

Während ich durch den zum Leben erwachten Wald wanderte, dachte ich über die vergangene Nacht nach. Ich war glücklich, daß es mir gelungen war, zwei Menschen zu retten, und ich beschloß, den Leuten zu helfen, wann immer ich konnte. Ich würde wie früher einen großen Vorrat an Heilpflanzen sammeln und trocknen, damit auch im Winter Medizin zur Hand war. Die Frauen hatten sich mir schon offener gezeigt. Vielleicht würden sie mich bald völlig in ihren Kreis aufnehmen, weil ich ihnen nützlich war.

Fröhlich schaute ich mich um. Überall blühte es schon. Ich entdeckte ein paar zarte Löwenzahnpflanzen, kniete nieder und grub sie mit der langen braunen Wurzel aus. Die Blätter kaute ich im Weitergehen. Die Wurzeln würde ich zu Hause trocknen. Sie halfen bei Leibschmerzen und verdorbenem Magen.

Dunkelblaue Veilchen dufteten unter den Holunderbüschen am Rand des Pfades. Auch davon pflückte ich welche. Getrocknet wirkten sie gegen Entzündungen und Husten.

Als ich weitergehen wollte, hörte ich ein hartes, klatschendes Geräusch. Äste brachen – ein Reh sprang aus dem Gebüsch auf den Weg hinaus, machte einen ungeschickten Satz und stürzte zu

Boden. Noch ein Knacken – Fulki kam aus dem Wald. Er hob die kurze Keule, die er in der rechten Hand hielt, schwang sie weit nach hinten und ließ sie dem Reh auf den Schädel sausen. Das Tier stieß einen leisen, wimmernden Schrei aus und sackte in sich zusammen. Fulki kniete neben der erlegten Beute nieder und löste eine lange Leine von den Hinterläufen des Rehs. Am Ende des Seiles hingen zwei Lederbeutelchen, die offenbar etwas Schweres enthielten. Verblüfft starrte ich hin. Das Ganze hatte sich blitzschnell, in wenigen Augenblicken abgespielt. «Was ist denn das für eine merkwürdige Waffe?» fragte ich.

Erst jetzt bemerkte mich Fulki. Er zuckte hoch, und sein Gesicht überzog sich mit tiefer Röte. «Das ... das ist eine Wurfleine ...» stotterte er. «Ich hab sie eben zum erstenmal ausprobiert. Sie ist brauchbar ...»

«Aber wie kommt die Leine um die Läufe dieses Rehs?» wollte ich wissen.

«Man muß sie werfen», sagte Fulki. «Du bist Uba, dir kann ich ja zeigen, wie man es macht. Du lachst mich wenigstens nicht aus.» Er stand auf, rollte die Leine lose zusammen und umfaßte die Schlaufen mit der einen Hand. Dann ergriff er mit der anderen das beschwerte Ende und ließ die daranhängenden, vom Leder eingeschlossenen Steine im Kreis um seinen Kopf herumwirbeln. Die schweren kleinen Lederbeutel zischten durch die Luft und machten ein singendes Geräusch. Plötzlich ließ Fulki die Steine fliegen. Sie sausten geradeaus, von Fulki weg – aber Fulki hielt das Ende der Leine noch in der Hand. Es gab einen Ruck – sein Arm spannte sich. Die Steine wurden abrupt in ihrem Flug gebremst. Und die beiden Teile der Leine, an denen sie hingen, wickelten sich blitzschnell links und rechts um ein schlankes Baumstämmchen. Fulki zog das Seil straff. «So geht das», sagte er einfach.

Schlagartig erfaßte ich die Bedeutung dieses neuen Geräts. «Fulki», sagte ich aufgeregt, «weißt du, was du dir da ausgedacht hast? Diese Leine ist ... einfach großartig! Stell dir vor, was man damit alles fangen könnte! Rentiere – Auerochsen – Pferde ... ach, einfach jedes Tier, das lange Beine hat!»

«Ja, ich weiß», murmelte Fulki. «Aber die anderen lassen sich meine Erfindungen ja gar nicht zeigen ... Die lachen doch bloß.»

«Diesmal nicht», antwortete ich energisch. «Los, wir bringen ihnen das Reh zum Beweis mit! Dann müssen sie doch einsehen, daß deine Erfindung nützlich ist!»

«Meinst du?» fragte Fulki unsicher. «Ich hab noch nie erlebt, daß sie mir auch nur zugehört hätten ...»

«Du mußt lernen, dich durchzusetzen», sagte ich. «Sei nicht so bescheiden. Widersprich ihnen mal, und laß es nicht zu, daß sie sich über dich lustig machen, Fulki!»

Er nickte entschlossen. «Gut», sagte er, «wahrscheinlich hast du recht. Ich werde meine Wurfleine vorführen, auch wenn sie sie nicht sehen wollen.» Er bückte sich und wuchtete sich das Reh auf die Schultern. Zusammen gingen wir nach Hause.

Die Frauen saßen alle draußen und taten ihre Arbeit. Sunnahil mahlte mit Gundak Getreide, während Uhula ein Fell schabte.

Fulki warf das Wild vor ihr auf den Boden. «Dein Sohn bietet dir dieses Reh», sagte er leise.

Die anderen Frauen blickten in höchster Verwunderung auf, während Uhula nach Luft schnappte und nichts sagen konnte. «Das – das ist ja schön ...» brachte sie endlich heraus. Die anderen starrten nur ungläubig hin.

«Wo ist Argerif oder Urjakir?» fragte Fulki. «Ich habe ihnen etwas zu zeigen.»

Uhula zuckte die Achseln. «Argerif ist wahrscheinlich drinnen bei Elkama und seinem Sohn. Du solltest ihn jetzt nicht stören ...»

«Was ist denn los?» Urjakir kam vom Hang her auf den Vorplatz. «Gibt es schon wieder Ärger mit Fulki?»

Ich schaute Urjakir an. «Nein, überhaupt nicht», sagte ich ärgerlich. «Im Gegenteil. Er hat ein wunderbares Gerät erfunden, das er dir zeigen muß. Du solltest es dir genau ansehen.»

«Ach was», brummte Urjakir. «Fulki hat mir oft genug die Zeit gestohlen mit seinen idiotischen Basteleien. Ich hab was Besseres zu tun.» Er wollte in die Wohnung.

Fulki packte ihn am Ärmel. «Ich habe mit meinem Wurfgerät dieses Reh erlegt, Urjakir», sagte er. «Sieh dir die Leine doch wenigstens mal an und laß sie dir erklären ...»

Urjakir drehte sich um, während er sich unwillig von Fulki losmachte. «Ein Reh willst du erlegt haben, Träumer?» fragte er mit ätzendem Spott. «Du hast ja bisher noch nicht einmal eine Schnecke mit nach Hause gebracht! Ein Reh! Wahrhaftig! Du hast es halb krepiert gefunden und ihm eins über den Schädel gegeben, was? Sag die Wahrheit, Träumer – mach dich nicht wichtig mit Dingen, von denen du gar nichts verstehst ...» Damit drehte er sich wieder um und stelzte mit langen Schritten zum Eingang hinüber.

Fulki war blutrot geworden. Er packte die Wurfleine und preßte die Lippen zusammen, bis sein Mund nur noch ein schmaler Strich war. Dann hob er den Arm und ließ die Steinkugeln im Kreis sausen. Blitzschnell flogen sie los, und die Riemen wickelten sich um Urjakirs rechtes Bein. Fulki zog die Leine straff.

Ich hörte das Klatschen der Steine, die an Urjakirs Bein aneinanderschlugen, und ich sah, wie er mitten im Schritt die Balance verlor und schwer auf den Boden krachte. Er hob ruckartig den Kopf, schaute sich um und warf verwirrte Blicke um sich. Er sah so komisch aus, daß ich laut lachen mußte.

«Was ... was war das? Was hast du nach mir geworfen?» stotterte Urjakir.

«Schau dir mal dein Bein an», meinte Fulki trocken.

Urjakir entdeckte die Schnüre mit den daran befestigten steingefüllten Ledersäckchen. «Aber wie ...?» murmelte er, ohne zu begreifen.

«Willst du jetzt wissen, wie man die Leine wirft?» fragte Fulki und lächelte boshaft.

Urjakir dämmerte es. Langsam stand er auf. Ein großes Staunen lag auf seinem Gesicht. «Ja, Fulki», sagte er. «Ja, zeig es mir. Und mach mir auch so eine Wurfleine. Dich ... dich nenn ich nie mehr ‹Träumer›!»

Fulki streckte Urjakir die Hand hin. Der nahm sie und drückte sie ganz fest. Dann führte Fulki die Wurfleine vor. Urjakir war tief beeindruckt. Die beiden warfen nach verschiedenen Zielen, aber Urjakir verfehlte mehrere Male, ehe er den dünnen Stamm einer jungen Birke endlich traf.

«Es erfordert schon ein bißchen Übung», meinte Fulki, «aber man hat den richtigen Schwung schnell heraus. Und dann kann man alle Tiere damit zu Fall bringen, die lange Beine haben ... auch Menschen, wie du weißt ...» Er grinste. Urjakir nickte. «Das ist eine tolle Sache», sagte er. «Die anderen wollen bestimmt auch solche Leinen haben.»

Fulki schaute zu mir herüber. In seinen Augen lag eine tiefe Befriedigung und noch etwas anderes, das mich beunruhigte. Ich wandte den Blick ab und ging nach drinnen, zu meinem Feuer. Fulki kam mir nach.

Ich hockte mich nieder, und er setzte sich neben mich. «Uba», sagte er, «ich hab' dir etwas zu sagen. Zum erstenmal ist es mir heute gelungen, meine Erfindung zu zeigen und zu erklären. Und ... ich hab zum erstenmal eine Beleidigung nicht auf mir sitzenlassen. Das verdanke ich dir ...»

Ich wollte etwas zur Antwort geben, aber er fuhr fort: «Du hast mir Mut gemacht. Du hast erkannt, daß ich nicht herumspiele und daß meine Arbeit nicht sinnlos ist. Ich möchte dir etwas schenken ...»

Er griff in den Ausschnitt seines abgeschabten, alten Lederhemdes und zog etwas hervor. Dann hielt er mir mit feierlicher Geste den kleinen Gegenstand hin.

Es war eine wunderbar geschnitzte und polierte kleine Figur – eine Frau. Ihre Brüste, ihr Bauch und ihre Schenkel waren rund und übertrieben fett, die Schultern und der Hals dagegen sehr lang und schlank. Der Hals ging in einen kleinen, rundlichen Kopf über, an dem kein Gesicht zu erkennen war.

Ich betrachtete das seltsame, herrlich gearbeitete Figürchen voller Bewunderung. Es lag glatt und blank in meiner Hand, und seine Oberfläche fühlte sich warm an, fast wie lebendige Haut. Der Feuerschein ließ die üppigen, großzügigen Rundungen glänzen.

«Was ist das, Fulki?» fragte ich beeindruckt.

«Ein Abbild der Mata», antwortete Fulki, «der Großen Mutter, der Erhalterin des Lebens.» Er schaute mir in die Augen, und wieder lag der beunruhigende Ausdruck in seinem Blick. «Ich habe das Bild für dich gemacht. Es soll bei deinem Feuer stehen. Mögest du immer Fleisch und Korn haben, Uba ...»

Er stand abrupt auf und ging. Ich schaute wieder die Statuette an. Ehrfurcht erfüllte mich plötzlich beim Anblick der gesichtslosen, mächtigen Göttin. Ja, sie sollte über mein Feuer wachen, und ich würde ihr alle Verehrung zuteil werden lassen, deren ich fähig war. Sie war die Mutter allen Lebens, sie schützte sicher besonders diejenigen, die die Heilkunst ausübten.

Während ich dasaß, hörte ich plötzlich draußen laute Stimmen und Geräusche. Ich erhob mich und ging zum Eingang. Männer und Frauen standen zusammengedrängt am Rand des Vorplatzes und redeten aufgeregt durcheinander. In ihrer Mitte stand hoch aufgerichtet Munbrodir.

Der Zauberer trug einen weiten Umhang aus gefleckten Hyänenfellen; seinen Kopf bedeckte die obere Schädelhälfte eines Auerochsen mit Fell und Hörnern, und sein Gesicht war mit schwarzer Erde bemalt. Um den Hals trug er eine Lederschnur, auf die die Klauen eines Adlers aufgezogen waren.

«Was sagt ihr?» fragte der Zauberer mit donnernder Stimme. «Die Frau ist nicht gestorben? Das glaube ich nicht! Die Geister, die sie plagten, waren zu mächtig. Sie haben meinen Beschwörungen nicht gehorcht. Ich konnte sie nicht vertreiben. Die Frau muß tot sein!» Er gestikulierte wütend mit den Händen. «Warum wollt ihr nicht, daß ich die Totenrituale durchführe?»

Sunnahil trat an ihn heran. «Munbrodir, Elkama lebt», sagte sie. «Auch das Kind ist gesund. Uba, die Fremde, hat sie beide gerettet ...»

Munbrodir starrte die alte Frau an. Er rollte die blassen Augen, so daß sie fast weiß aussahen. «Wo ist Elkama?» zischte er. «Ich will sehen, ob du die Wahrheit sagst!»

Sunnahil führte den Zauberer nach drinnen an Elkamas Lager. Ich drückte mich an die Wand, als Munbrodir hereinkam und an mir vorüberschritt. Er trat an die junge Mutter heran und musterte sie. Dann warf er einen Blick auf das Baby und brummte etwas in den Bart. «Mata hat sie geschützt und die Dämonen besiegt», murmelte er. «Sonst wäre sie gestorben, wie ich gesagt hatte ...»

Sunnahil schüttelte den Kopf. «Nein, Munbrodir», sagte sie, «so war es nicht. Uba, die Fremde, hat das Kind in Elkamas Leib gedreht, so daß es geboren werden konnte. Elkama hat auch einen Trank geschluckt, der es ihr leichter machte und ...»

Munbrodir fiel ihr in die Rede. «Wer ist diese Fremde?» brüllte er wütend. «Von wem redest du eigentlich, Weib?»

Sunnahil wich ängstlich vor dem Zauberer zurück. Sie hob zitternd die Hand, drehte sich um und deutete auf mich.

Der mächtige Munbrodir tat einen Schritt auf mich zu und noch einen und noch einen. Schließlich stand er dicht vor mir. Er musterte mich kalt und abschätzend mit seinen eisgrauen Augen, während er langsam und feierlich eine Hand hob.

«Du bist die Fremde?» fragte er langsam, und seine Stimme triefte vor Verachtung. «Aber du gehörst ja zu den Halbmenschen, die vor uns hier lebten und die wir vernichtet haben. Ich wußte nicht, daß noch eine von dem Ungeziefer am Leben ist ...»

Er fuhr mit der Hand in die Falten seines Umhangs, dem noch scharfer Raubtiergeruch anhaftete, und zog einen Stab hervor. Er war aus Knochen und über und über mit Mustern verziert. An seiner Spitze steckte der Schädel einer Wildkatze.

Munbrodir hob den Stab hoch über seinen Kopf und machte dann das Zeichen des Kreises. «Du hast eine Frau dieser Familie berührt und entehrt», murmelte er. «Sei verfolgt von den Dämonen Tondars. Sie sollen dich jagen, sie sollen dich finden – sie sollen dich vernichten!»

Sein bemaltes Gesicht wirkte wie ein Abbild des Hasses und der Mißgunst. Er starrte mich mit seinen eisigen Augen an, und ich starrte zurück. «Mata wird mich schützen, wie sie das Leben schützt und alle, die ihm dienen», antwortete ich mit fester Stimme und trotzte weiter seinem Blick.

Munbrodir war der erste von uns beiden, der wegschaute. Unsicher murmelte er: «Wir werden sehen, wer von uns der Stärkere ist ...»

Dann begriff er plötzlich, daß er mir nachgegeben hatte. Rasende Wut zeigte sich in seinem Gesicht. «Wage es nicht, noch einmal jemanden aus dieser Familie zu berühren», zischte er. «Mein Zauber ist stark. Er wird dich nicht verfehlen!»

Damit drehte er sich um und verschwand mit schnellen, harten Schritten nach draußen. Ich ging hinter ihm her zum Eingang, aber er war schon auf dem Pfad den Hang hinuntergestiegen.

Die anderen hatten dem Zauberer verwundert zugehört. Noch nie hatten sie Munbrodir so wütend gesehen. Gundak war die erste, die etwas sagte. «Uba», meinte sie gelassen, «es ist möglich, daß Munbrodir sich in dir täuscht. Er glaubt, du brächtest uns Schaden und Unglück. Wir meinten das ja auch, eine Zeitlang wenigstens. Aber wenn Mata dich schützt, wie du gesagt hast, dann kann dir eigentlich nichts geschehen. Tondars Dämonen sind nicht allmächtig. Mata wird sie besiegen ...»

Ich schaute Gundak dankbar an. «Du bist sehr freundlich», sagte ich. «Munbrodir hat unrecht. Ich will nicht schaden, ich will helfen. Und ich bin heilkundig. Ich habe Kenntnisse, von denen der Zauberer vielleicht nichts weiß.»

Bersigar trat an mich heran. «Ich trau dir genausowenig wie Munbrodir», sagte er. «Wäre es nicht möglich, daß Elkamas Geburt nur so schwierig verlaufen ist, weil du da warst und die Dämonen angezogen hast? Und dann hast du die Geister, die du selbst gerufen hast, wieder weggeschickt. Ich weiß nicht, was du willst und was du bist ...» Er starrte mich feindselig an. «Ich verbiete dir ebenfalls, meine Leute anzurühren. Du sollst dich von allen fernhalten!»

Ich senkte den Kopf. Bersigar war der Anführer. Ich hatte zu gehorchen. Aus den Augenwinkeln sah ich, daß die Frauen zweifelnd dreinschauten. Sie fanden Bersigars Maßnahme gegen mich offenbar zu hart. Besonders Sunnahil und Gundak, die beiden ältesten, schüttelten unmerklich die Köpfe. Sie waren im Herzen auf meiner Seite. Ich hatte ihr Vertrauen gewonnen. Aber gegen Bersigar durfte man sich nicht auflehnen. Sein Befehl war Gesetz.

23

Am Morgen rief Bersigar die anderen Männer zusammen und ging mit ihnen hinaus. Sie wollten zum Fluß, das hatte ich ihren Worten entnommen. Ich nahm mir vor, ihnen später zu folgen und ihnen bei dem zuzuschauen, was sie vorhatten.

Als ich mit meinen Arbeiten zu Hause fertig war, stand die Sonne schon im Mittag. Ich nahm einen Korb und meinen Grabstock und verließ die Wohnung. Ich stieg den Hang hinunter zum Fluß, dessen Wasser schäumend und brausend zwischen den Felstrümmern dahinschoß.

Jetzt, im Frühling, führte der Fluß Hochwasser; aber spätestens nach dem nächsten Vollmond würde das Wasser wieder seichter werden.

Ich ging hart am Uferrand entlang. Ich hatte vor, Iriswurzeln auszugraben und Weiden- und Eichenrinde zu schälen. Nach einer Weile erreichte ich die sumpfige Niederung, wo die Weiden ein dichtes Gebüsch bildeten.

Ich zog eine der neuartigen langen, schmalen Klingen aus meinem Werkzeugbeutel und ritzte einen Ast rundherum tief ein. Dann machte ich noch einen Schnitt, etwa zwei Handbreit darüber, und lockerte das abgeteilte Rindenstück durch Klopfen mit einem Stein. Nachdem ich es noch einmal senkrecht eingeschnitten hatte, konnte ich es leicht vom Ast ablösen.

Bald hatte ich viele Streifen zusammen. Ich verstaute sie in meinem Korb und wanderte weiter.

Plötzlich klangen Rufe vom Wasser her. Es waren die Männer – Bersigars rollenden Baß konnte ich ganz deutlich heraushören. Leise ging ich den Stimmen nach. Bald sah ich sie. Drei von ihnen, darunter auch Argerif, standen im Wasser, das ihnen um die Beine wirbelte, und Bersigar und Urjakir waren am Ufer damit beschäftigt, den anderen dicke Steine ins Wasser zu reichen.

Ich ging näher heran. Sie bauten im Fluß einen ringförmigen Wall aus Geröllbrocken. An der Seite, die dem Strom entgegengesetzt lag, hatten sie eine Lücke gelassen, durch die das Wasser in den Ring hineinfließen konnte. Die andere Seite war geschlossen.

Welchen Zweck dieses seltsame Gebilde haben sollte, war mir nicht ganz klar. Während ich dastand, grübelte ich darüber nach, aber ich kam zu keinem Schluß. Ich würde Fulki fragen, wenn ich ihn traf – allerdings war Fulki jetzt häufig nicht in der Wohnung. Er verschwand in letzter Zeit oft stundenlang und tauchte erst am Abend wieder auf.

Ich wanderte weiter. Ich hatte noch viel zu besorgen, und es war schon Nachmittag. Bald fand ich eine Stelle, an der die jungen, hellgrünen Blätter der Iris wie Speerspitzen aus dem feuchten Boden sprossen, und ich machte mich an das Ausgraben. Iriswurzeln waren unentbehrlich; sie stillten Schmerzen aller Art und ließen Wunden besser verheilen.

Eichen standen auch in der Nähe. Ich löste die dicke, rissige Borke von einem jüngeren Ast und gab mich für heute damit zufrieden. Gutgelaunt machte ich mich auf den Heimweg.

Die Sonne stand dicht über dem Horizont tief im Westen, als ich zu Hause ankam. Ich betrat die Wohnung. Als meine Augen sich an die Dämmerung gewöhnt hatten, die drinnen um diese Tageszeit immer herrschte, sah ich, daß die Frauen alle an meinem Kochfeuer standen.

Schnell ging ich hinüber. Sie bemerkten mich und traten zur Seite. Sunnahil und Gundak schauten sich verstohlen an. Die anderen lächelten.

Ich wunderte mich. Was wollten die denn alle hier? Dann fiel mein Blick auf mein Schlaffell. Darauf lag, schön ausgebreitet, ein langes Hemd aus Leder, wie es die Frauen dieser Familie trugen. Es hatte enge Ärmel, die an den Schulternähten und um das Handgelenk mit ganz kleinen Schneckenhäuschen verziert waren, und der Halsausschnitt hatte wunderschöne Nähte in Rot.

Ich riß den Mund auf, schluckte dann und wollte etwas sagen. Aber Sunnahil kam mir zuvor. «Uba», sagte sie, «wir Frauen haben uns gedacht, deine Weste aus Wieselfell ist ziemlich zerschlissen und abgetragen. Nicht wahr, Gundak, das dachten wir doch alle ...?» Sie zeigte auf mein kurzes Hemd, das nicht einmal meine Knie bedeckte und, verglichen mit den Kleidern der Frauen, ausgefranst und schäbig aussah. «Dein Fell, mit dem du dich immer einhüllst», fuhr Sunnahil fort, «das ist auch nicht sehr schön. Es mag ja wärmen, aber ... Na, jedenfalls meinten wir alle, du könntest so nicht länger herumlaufen. Und da haben Gundak und Elkama das Leder ausgesucht und die passenden Fäden, und ich habe dir ein anständiges Kleid genäht. Gundak hat die roten Ziernähte gemacht, und Elkama hat die Schneckenhäuschen aufgesetzt. Wir möchten gern, daß du es annimmst ...» Sie zögerte und schaute mich freundlich an. «Und ... vielleicht solltest du es gleich mal anprobieren. Wir wissen nicht, ob es auch paßt.»

Sunnahil musterte mich kritisch. «Es kann sein, daß wir es etwas ändern müssen ...»

Ich wußte einfach nicht, was ich sagen sollte. Das wunderschöne Kleid sollte für mich sein ... für mich, die Fremde? «Sunnahil, Gundak und ... all ihr anderen – das ist viel zu schön für mich!» stotterte ich gerührt. «Ihr habt das für mich gemacht ... für mich?»

Sie nickten und kicherten. «Zieh es doch einfach mal an, Uba», sagte Gundak nüchtern, und Elkama, die das Baby an der Brust trug und schon wieder auf den Beinen war, lächelte mir ermutigend zu.

Ich schlüpfte aus meinen alten Kleidungsstücken und zog mir das schöne, lange Hemd über. Es roch ganz neu und unberührt, als ich es über den Kopf streifte, und das Leder war weich wie meine eigene Haut. Es fühlte sich wunderbar an, und es paßte genau.

Die Frauen betrachteten mich wohlgefällig. «Das ist dir gut gelungen, Sunnahil», meinte Gundak. «Du hast genau Ubas Größe getroffen, und es steht ihr tatsächlich. Das Rot paßt viel besser zu Ubas bräunlicher Haut als zu unserer hellen ...»

«Willst du das Kleid von uns annehmen?» fragte Elkama. «Wir wollten dir so gerne was schenken, weil du ...» Tränen standen plötzlich in ihren Augen. «Wir dachten ... wir danken dir, Uba. Ich ganz besonders ...»

Ich ging auf Elkama zu und nahm sie in die Arme, und ich hatte das Gefühl, als ob ich auf einmal eine Schwester gewonnen hätte. «Ich nehme euer Geschenk gern an», sagte ich leise. «Und ich freu mich sehr darüber ...» Dann dankte ich auch den anderen Frauen und lud sie alle ein, sich zu setzen. Ich erhitzte Wasser in meinem Kochbeutel und tat dann eine Handvoll Anissamen hinein, die ich draußen schon gefunden hatte. Sie schauten mir alle interessiert zu. Nachdem die Mischung eine Weile gezogen hatte, goß ich vorsichtig ein wenig davon in eine Holzschale und bot das heiße Getränk zuerst Sunnahil an.

Sie schnupperte, zog den angenehmen Duft tief ein und nahm einen kleinen Schluck. «Das ist ja köstlich, Uba», sagte sie begeistert. «Was sind das für aromatische kleine Körner?»

Ich reichte die Schale weiter und sagte: «Das ist Anis, und er wächst an ganz steinigen, trockenen Stellen, wo die Sonne im Sommer oft hinscheint. Eigentlich dienen die Samen als Medizin gegen Husten und einen wunden Hals, aber der Tee, den man daraus herstellen kann, schmeckt gut, nicht wahr?»

Die Frauen nickten und tranken abwechselnd. «Ganz besonders köstlich ist der Trank, wenn man Honig hineintut», fuhr ich fort. «Aber mit Honig bekommen ihn nur die Kranken, die Husten haben ...» Ich lächelte spitzbübisch. «Manchmal mache ich allerdings eine Ausnahme», schloß ich.

Die Frauen waren hingerissen von dem Tee. Gundak fragte: «Kennst du noch andere Getränke, die so gut schmecken?»

«O ja», antwortete ich. «Die meisten davon helfen aber auch bei verschiedenen Krankheiten. Wißt ihr, oft ist Medizin gar nicht bitter und unangenehm.»

«Medizin?» fragte Elkama. «Was ist das?» Sie schaute mich neugierig an.

«Medizin ... das sind Mittel aus Pflanzen und Erden, die gegen Krankheit helfen. Wißt ihr das denn nicht?» Ich war verwirrt. Konnte es sein, daß diese Leute keine einzige Medizin kannten?

«Nein», sagte Elkama betroffen, «wir wußten nicht, daß man Krankheit mit Pflanzen bekämpfen kann ...»

«Na, ich kenne viele Medizinen», sagte ich. «Vieles kann man damit heilen.»

Die Frauen nickten. «Wir glauben dir», sagte Gundak. «Du weißt mehr als Munbrodir – das haben wir selbst gesehen.»

Ich schüttelte den Kopf. «Nein, nein», antwortete ich hastig. «Euer Zauberer kennt die Riten, die böse Geister vertreiben, und er führt die Zeremonien durch, die zur Verehrung eurer Götter notwendig sind. Nur von der Heilkunst versteht er nicht so viel ...»

«Das ist wahr», sagte Elkama. «Aber – er ist ein mächtiger Mann und ein großer Zauberer. Wir wollen ihn achten und ehren wie bisher. Auch wenn er sich in dir täuscht, Uba. Vielleicht –» fügte sie hinzu und schaute die anderen fragend an – «vielleicht wird ihm das bald klar?» Sie sah mich an, und ein sanftes, herzliches Lächeln spielte um ihren Mund. «Ich halte jedenfalls viel von Uba», meinte sie.

Die anderen stimmten ihr zu. Sie nickten und tranken Anistee, und wir plauderten noch eine Weile.

«Noch zwei Tage», sagte Sunnahil, «dann ist es soweit.» Sie warf Gundak einen bedeutungsvollen Blick zu. «Dann fängt die große Arbeit mit den Fischen an.»

«Ja», meinte Gundak, «die Männer haben die Steinreuse fast fertig. Morgen müssen wir Gestelle zum Räuchern und Trocknen bauen, damit wir vorbereitet sind und gleich anfangen können, wenn der Fang an Land ist.»

Ich schaute Gundak fragend an. «Steinreuse?» wollte ich wissen. «Das muß der runde Wall sein, den die Männer im Fluß gebaut haben. Aber wozu soll der denn dienen?»

Sunnahil erklärte. «Dieser runde Wall ist an einer Seite offen. Die Fische schwimmen hinein, denn die Männer bauen morgen noch Wälle, die den Fluß nach beiden Ufern hin absperren. Und wenn sich genug Fische in der Reuse gesammelt haben, fangen wir sie mit Speeren heraus.» Ich mußte staunen. «Deshalb braucht ihr auch gleich mehrere Gerüste zum Trocknen», sagte ich. «Auf diese Weise könnt ihr viele Fische auf einmal fangen ...»

Gundak nickte. «Aber ein paar Tage lang haben wir dann schrecklich viel zu tun», meinte sie.

«Ich helfe euch», sagte ich. «Für mich gibt es bei euch allerhand zu lernen. Ihr müßt mir zeigen, wie man am besten Trockenfisch macht.»

Elkama nickte. «Spätestens übermorgen weißt du genau Bescheid. Halte dich in meiner Nähe, dann sage ich dir, wie man es machen muß.»

Auch Rhona und Renawit, die beiden anderen jungen Frauen, boten sich an, mir verschiedene Arbeiten zu zeigen. Rhona verstand sich gut auf das Nähen von Kleidern, wie Gundak und Sunnahil. Sie versprach mir, mich mit der Nadel aus Knochen vertraut zu machen. Ich freute mich sehr darüber, und ich spürte, daß die Frauen auf meiner Seite waren.

Es war schon spät, als sie wieder zurück an ihre Feuer gingen, um den Männern, die nach Hause gekommen waren, Essen zu bereiten.

Urjakir hatte mir seit einigen Tagen das Kochfeuer überlassen, das schon einmal mein eigenes gewesen war. Jetzt gehörte es mir wieder allein. An diesem Abend beschäftigte ich mich damit, die Kräuter, die ich schon gesammelt und getrocknet hatte, zu bündeln, in Netze zu verpacken und an meinem Aufbewahrungsgestell aufzuhängen.

Es war einiges zusammengekommen in den vergangenen Frühlingswochen. Da lagen Huflattichblätter, Veilchen, Löwenzahnwurzeln, Schlüsselblumen, Iriswurzeln ... Bald kam die Blütezeit, da wurde es noch viel mehr. Ich mußte mich beeilen, damit ich Platz hatte für all die Drogen, die im Sommer hergestellt werden mußten.

Erst als alle Kochfeuer aus waren, hatte ich meine Arbeit zu Ende gebracht. Ich legte mich müde hin und schlief tief und traumlos bis zum nächsten Morgen.

Rhona weckte mich mit einer Schale heißer Fleischbrühe. «Draußen ist wunderbares Wetter», sagte sie und lachte mich an. «Und, Uba ... ich muß dir unbedingt was sagen ...» Sie hockte sich bei mir nieder und flüsterte: «Bald ist Matas Fest – Urjakir hat mich gefragt, ob ich seine Frau sein will!» Sie war ganz rot geworden. «Hoffentlich hat mein Vater nichts dagegen ...»

Wieder das unverständliche Wort «Vater». Ich hatte immer noch nicht begriffen, wer damit gemeint war. «Wer ist denn dein Vater?» fragte ich.

Rhona starrte mich verblüfft an. «Aber du siehst doch meinen Vater jeden Tag!» sagte sie. «Er sitzt doch bei den Mahlzeiten immer bei meiner Mutter Sunnahil am Feuer! – Ach so, du willst wissen, wie er heißt?» Sie faßte sich an die Stirn. «Seinen Namen kannst du ja nicht wissen ...»

Ich nickte. Ich konnte vor Rhona irgendwie nicht zugeben, daß mir die Bedeutung des Wortes «Vater» unklar war.

«Er heißt Germakar», sagte Rhona. «Argerif und Ebagran sind meine Brüder.»

Ich wußte jetzt, wie Sunnahils Mann hieß. Mehr hatte ich nicht erfahren. «Warum sollte Germakar denn etwas dagegen haben, daß du Urjakir zum Mann nimmst?» wollte ich wissen.

«Ach, Uba», seufzte Rhona, «zwischen meinem Vater und Urjakirs Vater hat es immer Streit gegeben.» Sie schaute das dreieckige Stück blauen Himmel an, das durch den Eingang zu sehen war. «Die beiden haben sich nie so recht gemocht; Germakar wollte früher einmal Anführer der Familie werden. Er ist etwas älter als Bersigar, weißt du. Es ist gut möglich, daß Bersigars Sohn ihm als Mann für mich nicht recht ist ...»

«Vielleicht wäre es nützlich, wenn du Mata, die Große Mutter, um Hilfe bitten würdest?» riet ich ihr. «Ich habe ein Abbild von Mata an meinem Feuer.»

Rhona riß die Augen auf. «Ein Bild von Mata?» flüsterte sie ehrfürchtig. «Darf ich es sehen?»

Ich nickte. Ich zog das kleine Figürchen unter meinem Schlaffell hervor und hielt es Rhona hin. «Da ist es», sagte ich leise. «Fulki hat es geschaffen.»

Rhona starrte es an. Das Mammutelfenbein, aus dem es gemacht war, glänzte weiß in den Strahlen der Morgensonne, und die weichen, üppigen Rundungen an Brüsten, Bauch und Schenkeln der Statuette waren noch deutlicher zu sehen als im Feuerschein. Ich hielt die Figur fest in den Händen, und wieder hatte ich den Eindruck, daß sie warm war, daß sie sich lebendig anfühlte.

«Die Große Mutter», murmelte Rhona, «die Gütige, die alles im Überfluß hat ...»

«Komm», sagte ich zu ihr, «laß uns nach draußen gehen und eine Gabe für Mata suchen. Wir wollen sie günstig stimmen für deine Bitte.»

Rhona konnte den Blick noch nicht von der Statuette abwenden. Wie gebannt hockte sie da und schaute Mata an. Nach einer Weile endlich fuhr sie sich fahrig mit der Hand über die Augen, stand langsam auf und strich ihr Kleid glatt. «Ja», sagte sie, und ihre Stimme klang ganz leise, «wir wollen Mata ein Geschenk darbringen.»

Wir traten ins Freie und nahmen den Pfad zum Wald. Wir redeten nicht mehr miteinander – Rhonas Gesicht hatte einen träumerischen, abwesenden Ausdruck. Ich ließ die Blicke wandern; ich suchte etwas Besonderes, etwas ganz Seltenes, Kostbares für die Bewahrerin des Lebens.

Am Rand des Waldes stand ein Kirschbaum in voller Blüte. Die Buchen und Birken strahlten in jungem Grün, und hoch am blauweißen Himmel segelte in langsamen, trägen Kreisen ein Adlerpaar.

Ich brach einen der duftenden weißen Zweige von dem Kirschbaum ab; dann sah ich unter den Bäumen im Halbschatten die Blüten, die für Mata geeignet waren. Unzählige Maiglöckchen standen da dicht an dicht zwischen kräftigen breiten, hellgrünen Blättern.

Ich kniete nieder und pflückte einen Strauß von den zarten, milchweißen Blüten. Ihr intensiver Duft stieg betörend zu mir auf. Auch Rhona sammelte ein Sträußchen.

«Maiglöckchen können den Tod bringen», sagte ich, «aber sie können auch wieder zum Leben erwecken; sie enthalten eine starke Medizin. Wußtest du das, Rhona?»

Rhona schüttelte den Kopf. «Nein», antwortete sie erstaunt. «Das habe ich nicht geahnt. Aber dann sind diese Blumen ja ganz besonders als Gabe für die Große Mutter geeignet! Mata schenkt Leben, und sie kann es auch nehmen ...»

Ich nickte. «Wir suchen noch andere Dinge», sagte ich, «Blüten, die sie erfreuen.» Langsam gingen wir weiter. Nach einer Weile fanden wir einen Holzapfelbaum, dessen weißrosa Blüten uns entgegenleuchteten. Auch davon brachen wir einen Zweig. Ich pflückte noch eine Ranke von dem Efeu ab, der den Stamm hochkletterte.

«Efeu ist immer grün, auch im Winter», meinte ich. «Mata muß ihn besonders lieben, weil sie ihm seine Blätter im Herbst nicht nimmt.» Rhona fügte ihrem Strauß noch einen Tannenzweig hinzu. Dann gingen wir mit unseren Schätzen wieder nach Hause.

Die Wohnung war fast leer, als wir ankamen. Nur die steinalte Hullea, die nach Rhonas Angaben schon mehr als fünfmal zwei Hände an Jahren zählte, saß bei ihrem Feuer und reinigte eine

Holzschale mit Sand. Ihr Mann, Wisarat, lag ausgestreckt auf seinem Schlafplatz. Auch er war schon sehr, sehr alt; vor Bersigar war er der Anführer gewesen.

Wir gingen zu meinem Kochfeuer, und ich glättete und fegte ein Stück Boden vor einer Einbuchtung an der Wand der Wohnung. Dann nahm ich die kleine Statuette der Mata und steckte sie mit den fußlosen Beinen an der Wand vor der Höhlung in den Lehm des Bodens, so daß sie aufrecht stand. Ich nahm eine kleine Steinschale, legte ein Stück Hirschtalg hinein und steckte ein Büschel trockenes Moos dazu. Mit einem brennenden Zweig aus dem Feuer zündete ich die Lampe an und stellte sie vor Mata auf.

Dann knieten Rhona und ich vor der kleinen Figur nieder, die vom Schein des flackernden Lämpchens beleuchtet wurde, und wir brachten unsere Geschenke dar. Ich legte meinen Strauß neben Rhonas Frühlingsblumen vor Mata hin und murmelte mit leiser Stimme: «Große Mutter, Schützerin des Lebens, Hüterin der Erde, höre die Bitte, die diese junge Frau an dich richtet . . .»

Rhona neigte sich tief auf den Boden und flüsterte: «Mata, Mutter alles Lebendigen, gib mir den Mann meiner Wahl. Laß nicht zu, daß ich allein bleibe; nimm meine Gaben an, und mach das Herz meines Vaters dem Mann geneigt, den ich nehmen will. Ich bitte dich, Große Mutter . . .»

Sie richtete sich wieder auf. Tränen standen in ihren Augen. Wir verharrten noch eine Weile vor dem Bild der Mata, dann standen wir auf und setzten uns an mein Feuer.

«Ich hoffe, sie hat uns gehört», sagte Rhona leise. «Bis zu ihrem Fest sind es nur noch wenige Tage, und bis dahin muß ich die Zustimmung von meinem Vater haben . . .»

«Mach dir keine Sorgen», antwortete ich zuversichtlich. «Irgend etwas wird geschehen – ich spüre das. Dein Vater wird schon ja sagen . . .»

Rhona sah mich hoffnungsvoll an. «Ich glaube, du bist viel klüger als wir alle, trotz deines . . .» Sie preßte plötzlich die Hand auf den Mund und schloß einen Moment die Augen.

«. . . trotz meines häßlichen Gesichts?» fragte ich und lächelte schmerzlich. «Weißt du, Rhona, ich hab mich daran gewöhnt, daß ihr mich komisch und häßlich findet. Kein Wunder – ich sehe so ganz anders aus als ihr . . .»

«Ich hab das nicht bös gemeint», flüsterte Rhona und wischte sich eine Strähne ihres seidigen, hellen Haares aus dem Gesicht. Sie war dunkelrot geworden. «Wirklich, Uba, . . . die älteren Männer und Frauen haben uns, als wir noch Kinder waren, immer gesagt, Menschen deiner Art seien gar keine richtigen Menschen – eher halbe Tiere. Sie könnten nicht denken und hätten keine Gefühle und keinen Sinn für die eigene Familie. Aber seit ich dich kenne, weiß ich, daß das nicht wahr ist. Du bist anders, aber ich ... ich mag dich sehr!» Rhona faßte plötzlich meine Hände und preßte sie an ihre Stirn.

Ich erinnerte mich daran, als Argerif das nach der Geburt von Elkamas Baby auch gemacht hatte. Es mußte eine Geste der Zuneigung, der Freundschaft sein. Ich nahm Rhonas Hände und wiederholte die Bewegung noch einmal. Rhona schaute mich mit leuchtenden Augen an.

«Du willst meine Freundin sein?» sagte ich. «Ich bin froh!» Dann stand sie auf und ging hinaus. Ich schaute ihr nach; sie war nach den Maßstäben ihrer Leute ein hübsches Mädchen. Ihre Gestalt war hochgewachsen und schlank, ihr helles, welliges Haar reichte bis zur Hüfte, und sie wusch es jeden zweiten Tag. Sie hatte leuchtend graue Augen und eine sanfte Stimme. Sie paßte gut zu Urjakir.

Erst als ich aufstand, bemerkte ich, daß Hullea uns die ganze Zeit beobachtet hatte. Sie legte den Kopf schief, als ich sie anschaute, und lächelte zu mir herüber. Sie nickte, als ob sie mir zustimmte; ihre alten Augen waren groß und strahlend und hatten etwas Eulenhaftes.

Ich lächelte zurück; sie nickte noch einmal und sagte mit ihrer dünnen, greisenhaften Stimme: «Ja, ja. Der Sohn meiner Tochter Gundak wäre ein guter Mann für Rhona.» Sie winkte mich zu sich heran. «Weißt du, Fremde», sagte sie, «Germakar wollte einmal Anführer werden; aber mein Mann Wisarat, der das zu entscheiden hatte, wählte Bersigar zu seinem Nachfolger ... Er hat gut gewählt, aber er hat auch viel Streit damit verursacht. Ja, ja ...»

Ich holte der alten Frau eine Schale Wasser und bot sie ihr zum Trinken an. «Ich wünsche Rhona Glück», sagte ich, «hoffentlich erlaubt Germakar ihr, Urjakir zu nehmen.»

«Du bist kein böser Geist, Fremde», antwortete Hullea, «du bist ein guter Geist. Die Große Mutter selbst hat dich zu uns geschickt, damit du uns hilfst. Das glaube ich ... ja, ja ...»

Damit nahm sie die Wasserschale von mir an und trank. Wieder lächelte ihr zahnloser Mund. Sie wandte sich ihrer Arbeit zu und murmelte leise vor sich hin: «... guter Geist ... ja, ja ... guter Geist.»

Ich verließ die Wohnung. Es war Nachmittag, und die Schatten der Bäume lagen schon lang auf dem Pfad.

Ich wollte sehen, ob ich Fulki nicht finden konnte, denn irgendwie fehlte er mir. In den letzten Tagen hatte er sich von mir ferngehalten und nicht mit mir geredet.

Ich stieg den Hang zum Fluß hinunter. Manchmal hielt Fulki sich im Weidengebüsch am Wasser auf; er saß dann auf einem großen, runden Stein und dachte über «die Welt» nach, wie er es nannte.

Ich brauchte nicht weit zu gehen. Bald sah ich ihn. Er saß mit hoch an den Leib gezogenen Knien auf seinem Lieblingsplatz; die blitzenden Lichtreflexe, die die Sonne im strömenden Wasser funkeln ließen, tanzten auf seinem Gesicht und seinem flammenden Haar.

Ich ging auf ihn zu. Er hielt etwas in den Händen, starrte es geistesabwesend an, hob es plötzlich an die Lippen und schloß die Augen. Er hörte mich anscheinend nicht. Ich trat noch näher an ihn heran, und da sah ich, was er an seinen Mund gepreßt hielt. Es war das kleine Abbild von mir, das er aus Mammutzahn geschnitzt hatte.

Ich blieb stocksteif stehen und hielt unwillkürlich den Atem an. Er flüsterte ein Wort, das ich nicht verstehen konnte; in mir stieg wieder das Gefühl auf, das ich nicht mehr kennen wollte. Ich mußte hier weg, so schnell wie möglich.

Als ich mich umdrehte und gehen wollte, knackte ein Zweig unter meinen Füßen. Fulki zuckte zusammen, als ob er geschlagen worden wäre, und riß die Augen auf. Das Elfenbeinfigürchen kollerte über den felsigen Boden.

«Uba ...!» Er sprang auf – sein Gesicht wurde blaß, dann flammendrot. «Was tust du hier? Du hast mich erschreckt ...»

«Das wollte ich nicht», stotterte ich. «Du bist doch oft hier, und ich hatte mir gedacht, wir könnten wieder mal miteinander reden ...»

Fulkis Blick irrte umher. Er wußte nicht, wohin er sehen sollte. «Nein», sagte er rauh, «ich will nicht mit dir reden, nicht hier ... und auch nicht heute. Geh weg ... und laß mich allein.»

Ich verstand seine Grobheit nicht. «Fulki», fragte ich betroffen, «habe ich dich irgendwie beleidigt? Dann sag es mir doch! Es tut mir leid, Fulki ...»

«Du hast mich nicht beleidigt», antwortete er ganz leise. «Es ist einfach ... ich will nur allein sein. Verstehst du das?» Er sah mich an, und auf seinem verunstalteten Gesicht zeigte sich ein merkwürdiger Ausdruck, gemischt aus Zärtlichkeit, Zorn und Angst. «Ich habe so viel, worüber ich nachdenken muß», fügte er hinzu.

Ich nickte. «Ja», sagte ich, und meine Stimme klang belegt, «das versteh ich ...» Dann drehte ich mich um und ging.

Warum wollte er nichts mehr mit mir zu tun haben? Ich hatte ihm doch nichts getan. Eigentlich hätte ich froh sein sollen, denn Fulki erinnerte mich an eine Zeit, die ich vergessen wollte. Aber ich war nicht froh. Im Gegenteil, es bedrückte mich, daß er mir aus dem Weg ging. Den ganzen Abend, als ich allein an meinem Feuer hockte, dachte ich darüber nach und suchte nach einem Grund für sein Verhalten. Aber ich fand keinen.

24

Am nächsten Morgen waren alle schon in der ersten Dämmerung auf den Beinen. Ich wachte durch den Lärm auf, den Gundaks und Renawits halbwüchsige Jungen machten.

Ich setzte mich auf und beobachtete das Treiben. Zuerst wußte ich nicht, was das alles zu bedeuten hatte, aber dann fiel es mir wieder ein. Heute sollte ja das große Fischen stattfinden! «Wo ist mein Speer?» schrie einer der beiden Jungen. «Bestimmt haben ihn die Kleinen wieder zum Spielen mitgenommen!»

«Ach, mach dich doch nicht so wichtig!» brummte der andere zurück. Er war schon im Stimmbruch; seine Stimme überschlug sich immer wieder, wenn er laut redete, und deshalb vermied er es sorgfältig, zu schreien. «Viel mehr als ein Spielzeug ist das Ding ja wohl nicht ...»

Der erste heulte wütend auf und schoß auf den älteren los, aber ehe sich die beiden in die Haare geraten konnten, dröhnte Bersigars donnernder Baß durch die Wohnhalle.

«Was soll das?» wollte der Anführer wissen. «Jeder ist für seine Waffen selbst verantwortlich. Macht euch fertig, sonst müßt ihr zu Hause bleiben!»

Ich mußte lachen. Die zwei Kampfhähne suchten stumm und eifrig ihre Geräte zusammen und warfen sich dabei aus den Augenwinkeln böse Blicke zu. «Ich fange mehr Fische als du», zischte der jüngere dem älteren zu. «Du wirst es schon sehen! Spielzeug ... ha!»

Halbwüchsige Jungen benahmen sich doch immer gleich. Und erwachsene Männer auch ...

Während ich aufstand und zu Elkama hinüberging, kicherte ich in mich hinein.

Elkama hatte schon Klingen und viele Schnüre zusammengepackt und war dabei, ihren kleinen Sohn in einem Tragefell auf den Rücken zu binden. Ich half ihr dabei; dann folgten wir den anderen Frauen und Kindern, die sich schon auf den Weg zum Fluß gemacht hatten.

Ich war gespannt, wie das Fischen vor sich gehen würde.

Als wir ankamen, standen Männer, Frauen und ältere Kinder schon fast alle bis an die Knie im Wasser innerhalb der Reuse. Nur die alte Hullea, Wisarat, Elkama und ich blieben am Ufer. «Hullea und Wisarat sind zu alt, und ich fühle mich noch nicht kräftig genug», erklärte Elkama, während sie den Beutel mit den Klingen und Schnüren abstellte. «Wir erledigen die Arbeit an Land, kannst bei uns bleiben und zusehen, wie es gemacht wird.»

Ich nickte und setzte mich neben Elkama, die sich auf einem Stein niedergelassen hatte. Wir beobachteten die anderen, die eben mit dem Fischen angefangen hatten.

Urjakir war am Rand der Reuse. Er hielt einen langen, sehr schlankschäftigen Speer in der Hand, dessen schmale, scharfe Knochenspitze über dem Wasser schwebte. Unbeweglich stand Urjakir da; plötzlich stieß er den Speer blitzschnell ins Wasser und zog ihn sofort wieder heraus. An der Spitze hing ein großer, silbriger, zappelnder Salm. Es war einer der jungen Fische, die im Frühling den Fluß hinunter zum Meer ziehen.

Urjakir ergriff einen Knochenspan, den er zwischen den Zähnen gehalten hatte und an dem eine lange Schnur befestigt war. Mit dem spitzen Gerät durchstach er den Fisch direkt an der Kiemenspalte. Dann zog er die Schnur durch und tötete das Tier mit einem kräftigen Schlag auf den Kopf. Er klemmte sich die Knochennadel wieder zwischen die Zähne und hielt nach dem nächsten Fisch Ausschau.

Fasziniert schaute ich zu. Die anderen spießten die Barsche, Forellen und jungen Salme auf die gleiche Weise.

Lange nicht jeder Stoß mit dem Speer traf sein Ziel. Und oft gelang es auch einem schon gefangenen Fisch, sich wieder von der Speerspitze loszuzappeln. Aber die Leinen, die die Frauen und Männer am Gürtel trugen, waren bald voller aufgeschnürter Beute, und die ersten vollen Schnüre wurden schon an Land gebracht.

Jetzt kam unsere Aufgabe. Elkama nahm die gefangenen Fische in Empfang und riß sie von den Leinen ab. Dann winkte sie mir und sagte: «Paß auf, Uba; wir wollen sie ausnehmen und dann zum Trocknen zerlegen. Später müssen sie wieder auf die Schnüre aufgefädelt werden; aber das machen wir, wenn alles andere erledigt ist.»

Sie packte den ersten Fisch und schlitzte ihn mit einer geschickten Handbewegung auf. Dann zog sie mit einem einzigen Griff die Eingeweide heraus, trennte sie ab und warf sie zur Seite.

Ich schaute genau hin und merkte mir, wie sie es machte. Dann nahm ich auch eine Klinge zur Hand und versuchte, es Elkama gleichzutun.

Der erste Fisch machte noch Schwierigkeiten. Ich bekam die Innereien nicht auf einmal heraus und mußte mehrmals zupacken. Aber beim zweiten ging es schon besser, und den dritten erledigte ich genauso schnell wie Elkama. Bald brauchte ich gar nicht mehr hinzusehen.

Beim Arbeiten unterhielten wir uns. «Morgen ist das Fest zu Ehren der Großen Mutter», meinte Elkama. «Die andere Familie, die ein Stück weiter flußabwärts wohnt, feiert mit uns. Da wirst du staunen, Uba! Wer weiß, vielleicht gibt es sogar ein neues Paar? Urjakir hätte eigentlich schon lange eine Frau wählen sollen ...»

«Ich glaube, er hat sogar schon gewählt ...» antwortete ich.

Im gleichen Augenblick durchschnitt vom Fluß her ein schriller Schrei die Luft. Wir fuhren herum.

Zuerst konnte ich nicht sehen, was passiert war. Die Männer und Frauen stürzten hastig durch das Wasser zu der flußabwärts gelegenen Seite der Reuse hin. Und dann erfaßte ich alles mit einemmal.

In den reißenden Strudeln des Flusses hinter der Reuse trieb jemand – eine Frau! Sie warf die Arme hoch und wehrte sich verzweifelt; sie kämpfte gegen die eiskalte Flut an, aber die Strömung riß sie mit.

Die anderen hatten jetzt durch das spritzende Wasser die flußabwärts gelegene Seite der Reuse erreicht. Die Frau war schon ein ganzes Stück weiter abgetrieben; sie schrie laut und keuchend um Hilfe, während sie immer schneller von der glitzernden Flut fortgerissen wurde.

Ich war aufgesprungen; im gleichen Augenblick stürzte sich von der Reuse ein Mann ins Wasser – Urjakir! Er schwamm mit weit ausholenden Stößen der Frau nach, die kaum noch zu sehen war. Die anderen standen auf dem Wall und starrten Urjakir bewegungslos nach.

Ich rannte los. Ich folgte dem Flußufer, lief den uralten, von unzähligen Tieren und Menschen ausgetretenen Pfad entlang.

Bald war ich auf gleicher Höhe mit Urjakir. Er teilte mit kraftvollen Armbewegungen das Wasser; aufspritzende Tröpfchen funkelten bei jedem Schwimmstoß. Ich rannte neben ihm her am Ufer entlang.

Er hatte die Frau fast erreicht. Sie trieb ein paar Längen vor ihm im Wasser dahin, und ich konnte sie erkennen. Es war Sunnahil.

Sie hatte es aufgegeben, gegen die Strömung anzukämpfen, und hielt sich nur mit Mühe über Wasser. Urjakir schwamm an sie heran und umfaßte sie von hinten mit einem Arm. Er ruderte auf der Stelle, hielt sie fest und keuchte ihr ein paar Worte ins Ohr, die ich nicht verstehen konnte. Er wollte mit ihr ans Ufer schwimmen. Plötzlich sackte Sunnahil ab, verschwand unter Wasser. Sie war ohnmächtig geworden!

Mein Herz begann zu hämmern. Urjakir hatte Sunnahil nicht richtig festhalten können! Wie erstarrt schaute ich auf das Wasser hinaus.

Urjakir tauchte. Blitzschnell war er wieder oben. Er hatte sie erwischt. Er hielt ihren Kopf gepackt und ruderte, so schnell er konnte, aufs Ufer zu.

Es kostete ihn viel Kraft und eine gewaltige Anstrengung. Endlich hatte er mit seiner Last im Schlepp das Wurzeldickicht der Weiden und Erlen erreicht, die am Rand des Flusses wuchsen. Ich watete durch den Ufersumpf zu ihm hinab und half ihm, Sunnahil ans Land zu ziehen. Sie war bleich und still; ihre Augen waren geschlossen, und sie gab keine Lebenszeichen mehr von sich.

Triefend stand Urjakir da und starrte auf sie hinab. «Los», sagte ich, «heb ihre Beine an! Wir müssen sie auf den Kopf stellen! Vielleicht hat sie Wasser in den Lungen! Das muß heraus!»

«Es ist schon zu spät», murmelte Urjakir.

Aber er packte trotzdem an. Wir hoben Sunnahil an den Beinen hoch, und wirklich lief Wasser aus ihrem Mund. Aber sie regte sich nicht. Wir legten sie wieder auf den Boden; Urjakir schüttelte den Kopf. «Sie ist tot, Uba», sagte er. Ich kniete nieder und suchte die Stelle an ihrem Hals, wo man den Herzschlag fühlen kann. Aber ich fühlte nichts. Ich preßte meine Fingerspitzen fester auf die kalte Haut. Kein Puls. Ihr Herz hatte ausgesetzt!

Hastig riß ich Sunnahils durchweichte Kleider vorn an der Verschnürung auseinander. Ich setzte den Handballen am unteren Ende ihres Brustknochens fest auf, legte die andere Hand darüber und drückte sie kurz und hart nieder. Von Amama hatte ich gelernt: Dies war die einzige Möglichkeit, das Herz wieder zum Schlagen zu bringen.

Ich wiederholte diesen Druck in rhythmischer Folge. Nach einer Weile kam ein leiser, röchelnder Laut aus Sunnahils Kehle. Ich hielt inne, schaute sie an. Sie atmete ... sie atmete!

Ich richtete mich auf. Mein ganzer Körper war schweißüberströmt. Ich reckte mich und lächelte. Und dann bemerkte ich, daß die anderen alle um mich und Sunnahil herumstanden und mich anstarrten. «Sie war schon tot», flüsterte Urjakir, «Uba hat sie wieder aufgeweckt ...»

«Nein», sagte ich, «ihr Herz war nur eingeschlafen, in dem kalten Wasser. Aber sie war nicht tot ... Urjakir hat sie gerettet. Sie wäre sonst ertrunken ...»

Die Frauen und Männer standen noch immer stumm und staunend da. Ich sah deutlich, daß sie nicht verstanden hatten, was ich sagen wollte. «Uba hat große Macht», flüsterte die alte Hullea, «große Macht ... ja, ja ...»

Ich schüttelte den Kopf. «Ich habe keine Macht, nur Kenntnisse vom Heilen», sagte ich und hob protestierend die Hände. In meinem Eifer, zu erklären, womit ich Sunnahils Herz wieder in Gang gebracht hatte, fing ich stotternd an zu reden. Aber niemand begriff, was ich meinte.

Germakar sagte: «Urjakir hat Sunnahil aus dem Fluß gezogen. Dafür danke ich ihm. Zwischen ihm und mir soll alle Feindschaft begraben sein.» Er bekräftigte die Worte, indem er Urjakir die Hände auf die Schultern legte. Dann wandte er sich an mich. «Du hast Sunnahil das Leben wiedergegeben, das sie schon verloren hatte. Dafür stehe ich für alle Zeit in deiner Schuld, Uba ...»

Ich senkte den Kopf. Ich wollte wieder etwas dagegen sagen, aber ich wußte: Germakar würde mich genausowenig verstehen wie die anderen. Deshalb schwieg ich.

Rhona trat an Germakar heran. «Mein Vater», sagte sie leise und schmeichelnd, «jetzt, wo zwischen dir und Urjakir Freundschaft herrscht, will ich dich auch um etwas bitten. Ich habe mich entschlossen, Urjakir zum Mann zu nehmen, und ich bitte dich um deine Zustimmung.»

Germakar und Urjakir sahen einander an; eine Spannung entstand. «Ich bitte dich um deine Tochter», sagte Urjakir.

Noch vor einer Stunde hätte Germakar auf diese Bitte mit einem Faustschlag geantwortet. Aber jetzt hatte sich alles geändert. Germakar konnte Urjakir den Wunsch nicht abschlagen, wenn er nicht wortbrüchig werden wollte.

Er hob widerstrebend die Hand. «Es sei, wie du willst», sagte er mißmutig. «Ich gebe dir Rhona.»

Alle jubelten. Die Frauen hatten längst gewußt, daß Rhona für Urjakir mehr als nur Freundschaft empfand. Es würde tatsächlich ein neues Paar geben! Morgen, zu Matas Fest, gab es jetzt einen zusätzlichen Grund zum Feiern!

Ich schaute die begeisterten Gesichter an und freute mich mit. Urjakir legte den Arm um Rhona und führte sie den Pfad zurück zur Reuse. Germakar und Bersigar hoben Sunnahil vom Boden auf und trugen sie nach Hause. Sie mußte so schnell wie möglich trockene Kleidung bekommen und am Feuer gewärmt werden.

Ich ging mit den anderen Frauen zurück. Wir erledigten die Arbeit bei der Reuse; gegen Mittag hörten die Männer mit dem Fischen auf. Wir trugen die vielen erbeuteten Fische hinauf zum Vorplatz und hängten sie an Schnüren an den Trockengerüsten auf. Es hatte sich gelohnt. Ich hatte so viele junge Lachse, Forellen und Barsche noch nie auf einmal gesehen.

Der Zwischenfall mit Sunnahil war fast vergessen. Sie lag, warm in Felle eingepackt, an ihrem Feuer, das neu angeheizt worden war, und erholte sich von der Strapaze im eiskalten Wasser. Sie war froh, daß ihr fast tödlicher Unfall etwas Gutes nach sich gezogen hatte. Rhona durfte Urjakir zum Mann nehmen, und das machte auch Sunnahil glücklich. Sie hatte immer darunter gelitten, daß Germakar und Bersigar im Streit lebten.

Am Spätnachmittag sah ich nach ihr. Ich legte die Hand auf ihre Stirn und erschrak. Sunnahil hatte Fieber! Ich hoffte, daß es nur die Anstrengung war, aber ... es konnte auch sein, daß ihre Lunge in der eisigen Kälte des Wassers krank geworden war.

Ich mischte an meinem Feuer einen Trank, der Sunnahil zum Schwitzen bringen sollte. Als ich ihn ihr geben wollte, sah mich Bersigar und befahl mir mit rauher Stimme, die Medizin wegzubringen. «Munbrodir hat gesagt, du sollst keine Kranken mehr anrühren», donnerte er. «Er hat dich verflucht! Du wirst Sunnahil nicht mit deinen Tränken schaden!»

Ich schaute ihn entsetzt an. «Bersigar», antwortete ich, «Sunnahil muß von innen her gewärmt werden, damit die Krankheit ihren Körper nicht befallen kann! Sie hat sich schwer unterkühlt, und ...»

«Du rührst sie nicht an!» brüllte Bersigar noch einmal. «Ich habe hier zu befehlen, und du hast zu gehorchen – Fremde!»

Ich zog mich zurück an mein Feuer. Es hatte keinen Zweck, Bersigar zu widersprechen. Gegen ihn war ich machtlos. Ich hockte mich hin und überlegte.

Nach einer Weile kam mir ein Gedanke. Draußen waren Rhona

und die anderen Frauen noch mit dem Räuchern der Lachse beschäftigt. Ich ging zum Eingang und winkte Rhona zu mir herüber. Sie kam sofort gelaufen.

Ich zog sie in eine stille Ecke der Wohnung. «Rhona», flüsterte ich, «vertraust du mir?»

Rhona nickte. «Gut», sagte ich leise, «dann hör aufmerksam zu. Deine Mutter Sunnahil ist in Gefahr. Niemand weiß es bis jetzt, aber sie hat das Bad im kalten Wasser nicht gut überstanden. Sie hat Fieber, und wenn sie nicht behandelt wird, dann kann ihre Lunge krank werden.»

Rhona starrte mich an. «Und wie kann ich helfen?» fragte sie.

«Ich habe eine Medizin gemischt, die deine Mutter von innen her wärmt», sagte ich. «Es sind Lindenblüten und die Blüten vom schwarzen Holunder darin – auch andere Kräuter, die Schweiß erzeugen.» Ich schaute Rhona eindringlich in die Augen. «Du mußt ihr den Trank geben, denn Bersigar hat mir verboten, Sunnahil zu berühren. Sorge dafür, daß sie die Medizin nimmt. Sie wird ihr helfen, die Krankheit abzuwehren!»

Rhona nickte. «Ich will alles tun, was du mir sagst, Uba», antwortete sie verschwörerisch. «Diese Männer! Du hast schon einigen von uns geholfen, und noch immer begreift Bersigar nicht, daß du uns keinen Schaden bringst. Ich glaube, er fürchtet sich aus irgendeinem Grund vor dir, Uba. Munbrodir auch ...»

Ich hatte auch das Gefühl. Bersigar schaute mich noch immer mit einer Mischung aus Haß, Angst und Abscheu an. Und Munbrodir – bei dem war ich nicht sicher, was es war. «Wenn du mir hilfst, Rhona», sagte ich leise, «dann kann ich deiner Mutter trotz aller Verbote helfen.»

Wir gingen zu meinem Feuer. Die Wohnung war leer, und ich gab Rhona die Schale mit Tee. Sie trug sie zu Sunnahil hinüber, und Sunnahil schluckte die bittere, aromatische Flüssigkeit bis zum letzten Tropfen. Dann wickelte sie sich fest in ihre Pelze und legte sich wieder hin.

Ich hoffte, daß ich das Schlimmste abwenden konnte. Während ich auf meinem Schlaffell saß, schaute ich durch den Eingang hinaus auf den Himmel, der sich schon rot und violett gefärbt hatte. Es wurde schnell dunkel; die Bäume mit ihren jungen Blättern sahen in der sinkenden Dämmerung dunkelblau aus und bewegten sich leise im Abendwind. Vorn in der großen Feuergrube leuchteten die glimmenden Holzstücke wie hellrote Punkte, und der Rauch, der von ihnen aufstieg und nach außen wehte, zog wie ein zarter, durchsichtiger Schleier durch die kühle Luft.

Am Spätnachmittag hatten die Männer große Bündel Feuerholz auf dem Vorplatz aufgeschichtet; die Frauen waren noch immer damit beschäftigt, aus frisch belaubten Zweigen lange Girlanden zu flechten. Hullea zerteilte mit Renawit einen Hirsch, den die Männer vor zwei Tagen erlegt hatten, und Elkama ordnete besonders große Fische auf eine Matte aus Weidengeflecht.

Ich stand auf und ging hinaus. Ich wollte mich an den Vorbereitungen für Matas Fest beteiligen, denn ich hatte das Gefühl, daß ich ganz besonders die Hilfe der Großen Mutter brauchte.

Als Hullea mich kommen sah, legte sie die lange, glänzende, blutgerötete Klinge, mit der sie gerade eine Keule des Hirsches in Stücke schnitt, aus der Hand. Sie neigte tief den Kopf, und ihre grauen, glatten Haarsträhnen fielen bis auf den Boden. «Dank der Großen Mutter für die Fremde», murmelte sie mit zahnlosem Mund. «Dank der Erhalterin des Lebens ...»

Renawit lächelte. «Wie geht es Sunnahil?» fragte sie. «Hat sie sich schon ein bißchen erholt?»

Ich kniff einen Moment die Augen zu. «Ich hoffe, daß sie nicht ernsthaft krank wird», sagte ich. Dann hockte ich mich neben sie. «Darf ich helfen?» fragte ich.

Renawit reichte mir eine neue Klinge. «Wir haben reichlich zu essen für das Fest», meinte sie fröhlich. «Auch die Nachbarn werden Wild und Korn und Rüben mitbringen.»

Wir ordneten das Fleisch auf einem mit frischen Blättern ausgelegten flachen Korb und trugen es nach drinnen. Die lange Girlande aus grünen Zweigen war fertig. Elkama und Rhona hängten sie über dem Eingang auf. Alles war bereit.

Draußen war der Mond aufgegangen. Seine fast runde Scheibe stand silberglänzend am sternbesäten Himmel; morgen war die erste Vollmondnacht des Frühlings.

An den Kochfeuern wurde ein spätes Mahl bereitet; die kleineren Kinder schliefen schon, eingerollt in ihre Schlafpelze. Nur Gundaks Jüngster saß noch mit Renawits ältestem, fast gleichaltrigen Sohn zusammen. Die beiden würden im Herbst in die Rechte und Pflichten der erwachsenen Männer eingeweiht werden, das wußte ich von Rhona.

Ich betrachtete die zwei Jungen. Mager und knochig waren sie, und irgendwie bewegten sie ihre langen Arme und Beine so ungeschickt wie junge Elchkälber. Sie wirkten eckig und ungelenk. Es würde noch einige Sommer dauern, bis sie wirklich erwachsen waren. Gundaks Sohn trug nur einen Lendenschurz aus Hirschleder; er war den ganzen Tag halbnackt herumgelaufen, um zu zeigen, daß er die Kälte leicht ertragen konnte. Und Renawits Junge schnitzte an einer Speerspitze – auch das ein Beweis seiner Männlichkeit. Ich mußte lächeln beim Anblick der beiden lang aufgeschossenen Jugendlichen. So waren sie alle in dem Alter – sie mußten es durchmachen. Es war eine Stufe auf dem Weg zum Erwachsenwerden.

Ich steckte einen der heute gefangenen Fische an eine Weidenrute und hielt ihn über die Glut meines Feuers. Während ich zusah, wie die silbrige Haut des Fisches sich runzelte und Bläschen zu bilden begann, fiel mir zum erstenmal auf, daß ich Fulki heute beim Fischen nicht gesehen hatte. Die Männer hatten ihn wohl doch ausgeschlossen.

Ich zog den gebratenen Fisch an der Rute vom Feuer weg und legte ihn auf eine Bastmatte, die ich beim Essen immer als Unterlage benutzte. Dann nahm ich eine Handvoll junger Löwenzahnblätter aus meinem Sammelkorb und kaute sie langsam, abwechselnd mit Bissen von dem Fisch.

Warum war Fulki nicht dabeigewesen? Er hatte doch den dreizackigen Speer für das Fischen entwickelt. Hatte ihm der Mut gefehlt, sein neues Gerät zu zeigen? Ich verstand den jungen Mann mit den roten Haaren nicht. Ich schaute zu Uhulas Feuer hinüber. Da saß er, still, in sich versunken. Er hatte die schlanken, feingliedrigen Hände vor den hochgezogenen Knien gefaltet und starrte ins Leere. Seine grünen Augen hatten einen so ruhigen und gleichzeitig so unglücklichen Ausdruck, daß es mir weh tat. Aber Fulki, der Träumer, hatte mir ja in den letzten Tagen mehr als deutlich zu verstehen gegeben, daß er meine Gesellschaft nicht schätzte, und ich wagte es nicht, ihn in Gegenwart der anderen anzusprechen. Er würde mich nur wegschicken, und das war für ihn wie für mich peinlich.

Als sich später alle zur Ruhe begaben und die Feuer niederbrannten, konnte ich nicht einschlafen. Ich dachte lange, lange über das unverständliche Verhalten dieser Menschen nach. Bersigar haßte und fürchtete mich, obwohl ich ihm nichts Böses zugefügt hatte; die Frauen waren mir freundlich gesinnt, weil ich ihnen geholfen hatte; Hullea huldigte mir aus irgendeinem Grund, den ich nicht kannte. Und Urjakir war mir dankbar. Und Fulki ... was Fulki zu seinem seltsamen Benehmen veranlaßte, das wußte ich überhaupt nicht.

Zuerst hatte ich gedacht, er brächte mir brüderliche Zuneigung entgegen – aber ich hatte dabei ein komisches, geteiltes Gefühl gehabt. Dann hatte er mich zu seiner Vertrauten gemacht und mir von seinen Erfindungen erzählt, und dann hatte er mir die wunderschöne Statue der Mata geschenkt. Und jetzt wandte er sich von mir ab ... wollte mich nicht einmal mehr in seiner Nähe dulden. Er hatte sich ein kleines Abbild von mir gemacht, das er bei sich trug und oft anschaute, wenn er allein war. Ich konnte das alles einfach nicht verstehen.

Vielleicht war er wirklich verrückt ...?

Immer wieder schaute ich zu Uhulas Feuer hinüber, wo Fulki lag. Ob er auch noch wach war?

Die Buckel des Felsgewölbes über mir waren im schwachen roten Licht der letzten glimmenden Kohlestückchen nur ganz undeutlich zu erkennen. All die Leute, die in dem großen Raum an ihren Schlafplätzen lagen, würden mir immer fremd bleiben. Aber diese Wohnung, die war Heimat, vertraute Umgebung meiner Kindheit und Jugend. Der Gedanke brachte immer wieder Trost. Endlich kam der Schlaf doch noch.

25

Schon vor dem Morgengrauen weckte mich die Unruhe, die in der Wohnung herrschte. Alle waren auf, alle waren beschäftigt.

Während ich mich hinsetzte und mir die Augen klarwischte, kamen Rhona und Elkama von draußen herein. Sie waren schon am Fluß gewesen und hatten Wasser geholt. Sie legten die schweren Wasserschläuche, die aus den im ganzen abgezogenen Häuten von Rehkitzen bestanden, neben der Feuergrube am Eingang nieder und gingen dann beide zu Sunnahil hinüber.

Dort zog Rhona ein neues, wunderschön gearbeitetes Kleid an. Es war aus weichem Hirschleder und hatte breite rote Streifen am Saum und an den Ärmeln. Elkama ordnete Rhonas langes helles Haar und flocht es zu vielen glatten Zöpfen, die sie im Nacken mit einem breiten roten Lederband zusammenfaßte. Dann nahm sie einen frisch gebrochenen blühenden Weißdornzweig und steckte ihn Rhona über der Schläfe ins Haar.

Ich schaute bewundernd zu. Wie hübsch Rhona aussah! Die zarten weißen Blüten unterstrichen ihr ebenmäßiges Gesicht und paßten gut zu den großen hellblauen Augen.

Urjakir trat ein. Er vermied es sorgfältig, zu Sunnahils Feuer hinüberzusehen, und setzte sich zu den Männern, die sich am Eingang versammelt hatten und etwas besprachen.

Gundak, Hullea, Renawit und Uhula trugen Fleisch und Fisch nach draußen auf den Vorplatz. Matten wurden ausgelegt, und im ersten Morgenlicht kamen die Gäste – die Leute der Nachbarfamilie.

Ich stellte mich an den Eingang und beobachtete das Treiben vor der Wohnung. Munbrodir führte eben seine Schar den Hang herauf. Es waren nicht so viele wie bei uns, nur drei Männer, zwei Frauen und eine Handvoll Kinder, die lachend und schreiend herangelaufen kamen und gleich mit unseren Kindern zu spielen und zu balgen begannen.

Munbrodir sah heute besonders eindrucksvoll aus. Sein Umhang war aus dem Fell der Wildkatze, und auf dem Kopf trug er, befestigt an einer Kappe aus Wolfsfell, die Hörner des Urs. Sein Gesicht war mit Ocker rot gefärbt, und seine Augen waren schwarz umrahmt. Als er Bersigar grüßte, leuchteten seine Zähne unheimlich in dem dunklen Gesicht. Für mich hatte sein Ausdruck etwas Raubtierhaftes.

«Willkommen, Munbrodir», sagte Bersigar und senkte ehrerbietig den Kopf, während er den hohen Gast zu dem einzigen Ehrenplatz führte, der durch Blumen gekennzeichnet war.

Ich mußte an meine erste Begegnung mit dem Zauberer denken, und mir wurde plötzlich kalt. Bersigar hatte sich vor dem Zauberer verneigt, und ich wußte plötzlich: Ihn zum Feind zu haben, das war lebensgefährlich. Munbrodir war es, der hier die wirkliche Macht verkörperte – er war zu fürchten.

Während mir das klar wurde, hörte ich Sunnahil drinnen husten. Es war ein keuchendes, trockenes Husten, und ich kannte seinen Klang gut. Sie hatte eine schwere Erkältung.

Zu meiner Furcht vor dem Zauberer kam plötzlich die Sorge um Sunnahil, der ich nicht helfen durfte. Ich ging schnell nach drinnen und winkte Elkama. Sie nickte und kam, und ich sagte, daß Bersigar mir verboten hatte, ihre Mutter zu behandeln.

«Sunnahil braucht Medizin. Sie ist sehr krank. Du hörst ja, wie sie hustet», flüsterte ich. «Ich gebe dir jetzt Kräuter, aus denen du einen Abguß machen sollst. Gib deiner Mutter die Medizin und sorge dafür, daß es ihr nicht zu kalt wird.»

Elkama nickte. «Rhona hat ihr gestern schon einen Tee von dir gebracht. Danach hat sie geschwitzt. Aber wir haben vergessen, sie in neue Pelze zu packen ...»

«Das darf nicht mehr vorkommen», ermahnte ich die junge Frau. «Haltet sie warm und pflegt sie gut.» Dann reichte ich Elkama ein Netz mit einer fertigen Mischung aus getrockneten

Kräutern. «Laß den Tee eine Weile stehen und gib ihn dann Sunnahil zu trinken. Er wird ihr helfen.»

Wieder nickte Elkama und lächelte. «Ich hatte mir wegen meiner Mutter schon Sorgen gemacht. Aber du bist ja da ... Du weißt, was man tun kann. Danke!»

Sie nahm den Kräuterbeutel und ging zu Sunnahil. Ich fühlte mich ein bißchen ruhiger. Elkama würde sicher alles richtig machen.

Draußen hatten sich inzwischen alle im Kreis niedergelassen. Die erste Mahlzeit wurde vorbereitet, und mehrere andere würden im Laufe des Tages noch folgen. Munbrodir saß mit untergeschlagenen Beinen auf seinem geschmückten Platz, während er mit Germakar und Bersigar die Gaben für die Große Mutter aussuchte.

Vor ihm lagen auf Matten und Korbschalen Fische, Fleisch, Korn und Nüsse. Die Mädchen und Frauen hatten Blumensträuße gepflückt und sie dazugelegt. Munbrodir wählte die besten Fleischstücke und die größten Fische aus, die Gundak dann auf einem besonderen, flachen Korb ordnete. Die Blumen wurden obenauf gelegt. Als das geschehen war, stand Munbrodir langsam und feierlich auf. Er nahm den Korb und trug ihn einmal an allen Anwesenden vorüber. Dann setzte er ihn in der Mitte des Platzes nieder und hockte sich davor hin. Er beugte sich nach vorn, bis seine Stirn den Boden fast berührte, und sagte mit merkwürdig langgezogenen, singenden Worten: «Mata, Große Mutter, Geberin allen Lebens, sieh, was wir dir als Geschenk darbieten. Sieh es, Mata, und sei uns wohlgesinnt! Nimm unsere Gabe freundlich an, Große Mutter!»

Er richtete sich auf, beugte sich wieder tief zu Boden und richtete sich wieder auf. Das wiederholte er einige Male.

Staunend schaute ich zu. Der Zauberer stand auf und holte von seinem Platz eine Tasche, aus der er einen schwärzlichen Stein und einen Feuerstein nahm. Dazu legte er einen trockenen Klumpen von einem Baumpilz, den ich kannte.

Bersigar brachte dünnes Reisig und ein paar Holzspäne. Der Zauberer hockte sich wieder in der Mitte vor den Gaben für Mata nieder und legte all die Dinge sorgfältig und ordentlich vor sich aus. Dann nahm er den schwarzen, rundlichen Stein und schlug mit dem Stück Flint fest darauf. Ein heller Funke sprang hoch, fiel auf das Stück Baumschwamm; ein dünner Rauchfaden stieg in die Luft. Der Zauberer schlug noch einmal die Steine zusammen, noch ein Funke sprang. An dem Stück Schwamm züngelte ein winziges Flämmchen empor, leckte hoch, brannte. Munbrodir trennte das brennende Stück schnell ab und legte es auf den Boden. Er ordnete geschickt die Holzspäne und Reiser darüber an und blies in die Flamme, bis auch das Holz Feuer gefangen hatte. Dann richtete er sich hoch auf und legte den Kopf in den Nacken. Er schaute zum Himmel auf, während das Feuer knisterte. «Dein Feuer habe ich angezündet, Große Mutter», sagte er mit lauter, singender Stimme. «Bring uns viel Nahrung, viel Wild, viele Früchte! Mach die Tiere, die wir jagen, zahlreich, und gib unseren Frauen Kinder. Laß eßbare Pflanzen wachsen und Nüsse auf den Bäumen. Höre uns, Mata! Höre uns!»

Ich schaute wie gebannt auf das Feuer, das Munbrodir auf so ungewöhnliche und geheimnisvolle Weise entfacht hatte. Die anderen neigten sich tief. Sie berührten mit der Stirn den Boden und wiederholten die letzten Worte des Zauberers. «Höre uns, Mata, höre uns ...» murmelten sie. Dann stand Munbrodir auf. Er nahm den Korb mit den Opfergaben, hob ihn hoch und warf ihn in die Flammen.

Die Frauen und Männer begannen mit dumpfer Stimme zu singen. Ich verstand nicht alle Worte, aber es war eine Hymne an Mata, die Mutter allen Lebens.

Sie sangen, bis die Gaben zu Asche zerfallen waren. Dann, während die dunklen Rauchschleier vom Feuer aufstiegen, wurden sie still. Munbrodir hob die Hand.

«Die Große Mutter hat die Gaben angenommen», sagte er. «Wir hoffen auf ihre Güte.»

Ich betrachtete die Gesichter der Menschen um mich herum. Die Erwachsenen lächelten plötzlich alle, und die Kinder, die still gewesen waren, lachten und redeten wieder. Munbrodir machte eine weit ausholende Geste, und die Frauen verteilten das erste Essen des Tages.

Gundak reichte mir ein Stück Fisch, das in frische grüne Kohlblätter eingewickelt war. Ich dankte ihr und aß; auch die anderen ließen es sich überall schmecken.

Während ich am Rand der Runde hockte und mich umsah, fiel mir auf, daß Rhona nicht anwesend war. Ich fragte Elkama, die sich neben mir niedergelassen hatte: «Urjakir sitzt da drüben bei den anderen Männern. Aber wo ist Rhona?»

Elkama lächelte verschmitzt. «Sie ist in der Wohnung. Sie wartet darauf, daß ihr Vater sie Urjakir übergibt ... Das kann noch bis zum Ende des Essens dauern, wenn Germakar will.» Sie schaukelte ihr Baby, das in einem schön mit roten Sehnen verzierten Beutel aus Biberfell an ihrer Brust schlummerte.

«Ihr habt sehr umständliche Sitten», murmelte ich. «Warum muß ein Mädchen erst den Mann seiner Mutter fragen, wenn es sich schon für einen Partner entschieden hat? Ich verstehe das nicht...»

Elkama staunte über meine Bemerkung. «Aber Germakar ist ja nicht nur der Mann von Rhonas Mutter, er ist ihr Vater! Natürlich hat er bei ihrer Wahl ein Wort mitzureden!» Sie nahm sich einen saftigen, halbrohen Streifen Fleisch aus dem Korb mit Speisen, der eben vor uns weitergereicht wurde, und biß herzhaft hinein. Ich schüttelte den Kopf.

In diesem Augenblick stand Germakar von seinem Platz zur Linken Munbrodirs auf. Er trat an Urjakir heran. Alle Gespräche verstummten.

«Urjakir, Sohn des Bersigar», sagte Germakar laut und deutlich, «du hast meine Tochter Rhona zum Weib verlangt. Was willst du mir für sie geben?»

Ich riß den Mund auf. Sollte Urjakir etwa Germakar einen Gegenwert für Rhona geben? War das ein Tauschhandel? Während ich noch rätselte, beantwortete Urjakir die Frage.

«Ich gebe dir zwei gute Hirschfelle und einen neuen Speer», sagte er. «Meine nächste große Beute soll dir gehören, und mein erster Sohn soll deinen Namen tragen.»

Germakar nickte. «Damit bin ich zufrieden. Zeig mir die Brautgaben. Danach will ich dir Rhona bringen.»

Urjakir stand auf und ging zur Seite. Er holte seine Geschenke für Germakar. Der verschwand in der Wohnung. Nach wenigen Augenblicken kam er mit Rhona wieder heraus. Er führte sie zu Urjakir hinüber.

Sie sah wunderschön aus mit den Blüten im Haar und in dem neuen Kleid. Sie setzte sich neben Germakar auf den Boden und senkte den Kopf, während Urjakir seine Brautgaben ausbreitete.

Germakar betrachtete die Felle und den Speer sehr gründlich. Endlich nickte er. «Die Sachen sind brauchbar. Rhona kann deine Frau werden.»

Mir kam das Ganze wie ein Handel vor. Eine seltsame Sitte, bei der ein Mann die Tochter seiner Frau gegen Geschenke an einen anderen Mann tauschte. Rhona und Urjakir mochten sich zwar, sie waren sich vorher einig gewesen – aber was war, wenn ein Mädchen sich nicht sicher war? Durfte sie dann trotzdem vom Mann ihrer Mutter auf diese Weise verhandelt werden? Ich würde Fulki fragen, wenn er mir wieder freundlich gesinnt war.

Munbrodir war aufgestanden. Ich schaute gespannt zu bei dem, was jetzt geschah.

Der Zauberer ging zu dem jungen Paar hinüber. Germakar legte Rhonas und Urjakirs Hände ineinander. Munbrodir sagte: «Frau, dein Vater hat dich diesem Mann gegeben. Du gehörst jetzt ihm.» Dann wandte er sich an Urjakir. «Diese Frau gehört jetzt dir. Möge Mata sie fruchtbar machen.»

Dann nahm er aus Gundaks Händen eine kleine, rot bemalte Schale aus Birkenrinde entgegen, die Wasser enthielt. Er reichte sie Rhona. Rhona trank einen Schluck und gab sie dann an Urjakir weiter. Der trank auch.

Der Zauberer hatte von Gundak ein Stückchen Fleisch angenommen, das er jetzt Urjakir reichte. Urjakir zog aus seinem Gürtelriemen eine schlanke neue Klinge, zerschnitt das Fleisch in zwei gleiche Teile und bot eins davon Rhona an. Sie nahm es, und gemeinsam aßen die beiden.

Dann griff Urjakir in Rhonas Haar und löste das breite rote Lederband, das ihre Zöpfe zusammenhielt. Er schlang es sich um den Arm und hob dann die Hand hoch.

Bis jetzt waren alle still gewesen und hatten der Zeremonie ohne Worte zugeschaut. Aber bei Urjakirs Geste brach lauter Jubel aus. Bersigar lächelte voller Stolz, und sogar Germakar machte ein freundliches Gesicht. Die Gaben für die Braut waren sehr reichlich. Er konnte zufrieden sein.

Für mich war die Übergabe Rhonas an Urjakir noch immer unverständlich. Früher, bei meiner Familie, da hatten Frauen und Männer frei gewählt, und niemand hatte außer den beiden Beteiligten etwas zu sagen gehabt. Natürlich holte man sich bei den Älteren Rat, aber es stand jedem frei, diesen Rat zu befolgen oder nicht.

Hier bei diesen Leuten war das anscheinend anders. Hier brauchte ein Mädchen die Erlaubnis des Vaters, wer immer das war. Ich suchte mit den Blicken unwillkürlich in der Gruppe nach Fulki. Später, am Nachmittag, würde ich versuchen, wieder einmal mit ihm ins Gespräch zu kommen. Ich hatte den dringenden Wunsch, die Sitten seiner Leute besser zu verstehen.

Fulki stand abseits der Männer am Rand des Platzes. Als ich ihn entdeckt hatte und zu ihm hinüberschaute, wandte er den Blick ab und senkte den Kopf, als ob ich ihn bei etwas Unerlaubtem ertappt hätte. Offenbar war er noch nicht wieder bereit, sich mir gegenüber freundlicher zu zeigen. Vielleicht heute abend ...

Ich ging zu Rhona und Urjakir hinüber, um den beiden Glück zu wünschen. Als ich vor ihnen stand, nahm Urjakir plötzlich meine Hand und bat laut um Ruhe. «Mein Vater», sagte er zu Bersigar, «du hast mich schon vor einiger Zeit zu deinem Nachfolger bestimmt. Deshalb habe ich das Recht, noch eine zweite Frau an mein Feuer zu nehmen.» Er schaute mich an und lächelte. «Uba, die Fremde, wohnt schon an meinem Feuer, seit wir sie in die Wohnung aufgenommen haben. Ich fordere sie zu meiner zweiten Frau – neben Rhona!»

Ich wurde bleich; Germakar machte ein finsteres Gesicht, Rhona lächelte und freute sich offenbar. «Das ist wunderbar!» sagte sie und klatschte in die Hände wie ein kleines Mädchen. «Dann können wir uns die Arbeit teilen und wären den ganzen Tag zusammen, Uba», strahlte sie.

Ich wußte nicht, was ich sagen sollte. Zweite Frau Urjakirs? Ich? Das konnte ich mir nur schwer vorstellen. Ich öffnete den Mund, um das Angebot abzulehnen, aber dann begriff ich, daß ich dazu bei diesen Leuten gar nicht das Recht hatte.

Bersigar sagte: «Die Fremde ist für einfache Arbeiten und zum Sammeln von Nahrung zu gebrauchen. Du kannst sie ruhig als zweite Frau nehmen, wenn dir ihr häßliches und widerwärtiges Aussehen und ihre Dummheit nicht unerträglich sind.»

«Sie ist sanft und freundlich», meinte Urjakir, «dadurch gleichen sich ihre vielen Mängel zwar nicht aus, aber sie werden gemildert. An ihr mißgestaltetes Gesicht habe ich mich schon gewöhnt.» Er reckte sich hoch auf und nahm mich beim Arm. «Uba, ich nehme dich zur zweiten Frau», verkündete er. Dann drehte er sich um und rief: «Ihr alle habt es gehört. Ihr seid Zeugen!» Damit faßte er mir ins Haar und wollte mich an sich ziehen, um mir das Haarband zu lösen.

«Nein!» schrie gellend eine Stimme. Alle fuhren erschrocken herum. Fulki bahnte sich gewaltsam einen Weg zu uns. Er stellte sich zwischen mich und Urjakir und spannte die Schultern. Die Menschen, die uns umstanden, wichen ein paar Schritte zurück, und ich nahm instinktiv Rhona an der Hand und zog sie weg.

«Nein!» schrie Fulki noch einmal. «Du wirst Uba nicht zur zweiten Frau nehmen!» Sein rotes Haar flammte in der Mittagssonne wie eine Fackel.

«Wer sagt das?» fragte Urjakir höhnisch. «Wer will mich daran hindern?»

Fulkis entstelltes Gesicht verzerrte sich zu einer Fratze. «*Ich* werde dich daran hindern!» sagte er. Seine Stimme war plötzlich eiskalt und drohend.

Urjakir lachte. «Seit wann hast du das Recht, in Männerangelegenheiten mitzureden?» spottete er. «Du bist ja noch kein Mann ... du hast es jedenfalls nicht bewiesen!»

Fulki wurde kalkweiß. Die drei Narben, die sich über seine rechte Gesichtshälfte zogen, sahen wie Feuerstreifen aus. Seine Augen glühten wie die Augen eines Höhlenlöwen. Er holte aus und schlug Urjakir mit voller Wucht mitten ins Gesicht.

Urjakir torkelte einen Schritt rückwärts. Rhona stieß einen kleinen Schrei aus. Ich preßte die Hand auf den Mund. Was war bloß in Fulki gefahren? Warum war er so wütend? Neidete er mir das gesicherte Leben an Urjakirs Feuer?

«Ich bin vielleicht keiner von deiner Sorte», brüllte Fulki, «aber ich bin ein Mann – das beweise ich dir jetzt!» Er ballte die schmale Faust und traf Urjakir noch einmal – und noch einmal.

Der hatte sein Erstaunen überwunden und wehrte sich. Aber seine Schläge fanden kein Ziel. Fulki bewegte sich mit der Eleganz und Geschwindigkeit einer Wildkatze, während Urjakir ungelenk und tapsig wie ein Bär wirkte. Immer wieder mußte er harte Treffer einstecken; seine Nase blutete, und er war offenbar benommen.

Bis jetzt hatten alle, Männer und Frauen gleichermaßen, wie gebannt dagestanden und dem Kampf zugeschaut. Niemand hätte auch nur ahnen können, daß in Fulki so viel Kraft und Mut steckten. Und ich – ich bewunderte seine Schnelligkeit und den Schneid, mit dem er Urjakir immer wieder anging.

Aber auf einmal war Bersigars Stimme zu hören. «Packt den Verrückten und bringt ihn weg!» donnerte er. «Ich habe mir diesen Unsinn jetzt lange genug angesehen!»

Germakar und Argerif traten vor und rissen Fulki mit vereinten Kräften von Urjakir los. Sie drehten ihm die Arme auf den Rükken, und es kostete sie große Anstrengung, Fulki festzuhalten. Sie zerrten ihn an den Rand des Vorplatzes. Urjakir stand da und schüttelte den Kopf. Er war angeschlagen.

«Du wirst Uba nicht zu zweiten Frau machen!» keuchte Fulki. «Sie ist als erste Frau noch zu gut für dich! Ich lasse sie dir nicht freiwillig ... Nie! Nie!»

«Halt den Mund!» grollte Bersigar. «Du bist ausgestoßen, Fulki!» sagte er dann. «Ich weise dich hinaus aus der Wohnung dieser Familie. Du bist ein Quell des Unfriedens gewesen, und du trägst nichts zum Wohl deiner Leute bei. Deshalb verstoße ich dich ...»

Fulki verstummte. Aber die Augen in seinem erhitzten Gesicht glühten noch immer. «Die erste Nacht gehört der ersten Frau, Urjakir», knirschte er. «Und die zweite Nacht wird Uba an deinem Feuer nicht erleben ... Merk dir meine Worte gut!» Dann riß er sich von den beiden Männern los, die ihn festhielten, und starrte mich mit seinen wilden Augen an.

«Ich liebe dich ...» murmelte er so leise, daß ich die Worte kaum hören konnte. Dann drehte er sich um und verschwand im Gebüsch, durch das der Pfad zum Wald führte.

Wie versteinert sah ich ihm nach. Erst nach einer Weile begriff ich, was er gesagt hatte. Mein Herz begann wie rasend zu hämmern, und auf einmal verstand ich sein merkwürdiges Verhalten. Fulki liebte mich! Was sollte ich nur tun?

Das ganze Fest war für mich plötzlich unwichtig geworden. Ich drängte mich an der weinenden Uhula vorbei, an dem wütenden Bersigar und an Urjakir, der immer noch benommen war. Munbrodir starrte mich haßerfüllt an und sagte dann etwas zu Bersigar. Aber ich hörte nichts. In meinem Kopf wirbelten die Gedanken wie strudelndes Wasser.

Fulki war meinetwegen ausgestoßen worden. Hätte er sich nicht mit Urjakir gestritten, wäre das alles nicht passiert. Ich war schuld daran, daß er jetzt kein Zuhause mehr hatte. Ich hockte mich an den Rand des Vorplatzes und versuchte nachzudenken. Aber ich war zu aufgewühlt. Denn plötzlich war mir klargeworden, daß ich Fulki auch liebte.

Nach einer Weile kam Rhona zu mir herüber. Sie setzte sich neben mich und legte den Arm um meine Schulter. «Du brauchst dich nicht zu schämen, Uba», sagte sie sanft. «Es war die Schuld dieses verrückten Träumers, daß das Fest so gestört worden ist. Du kannst ja nichts dafür!»

Ich hob den Kopf. «Nein, Rhona, ich kann nichts dafür. Niemand kann etwas dafür», sagte ich mit rauher Stimme. «Aber ich kann jetzt nicht mehr Urjakirs zweite Frau werden ...»

«Warum denn nicht?» fragte Rhona entgeistert. «Der Verrückte ist doch weg! Niemand hat sonst etwas dagegen!»

Ich lächelte Rhona an, während mir die Tränen über die Wangen rollten. «Mir ist etwas bewußt geworden», sagte ich. «Der Verrückte liebt mich, und ich liebe den Verrückten.»

Rhona riß den Mund auf. Sie sah in ihrer Verblüffung so komisch aus, daß ich laut lachen mußte trotz meines Kummers. «Das kann nicht sein», stotterte Rhona. «Doch», sagte ich.

Rhona schluckte. «Wenn du es wirklich ernst meinst, dann will ich versuchen, Urjakir davon abzubringen, daß er dich zur zweiten Frau nimmt. Du sollst nicht unglücklich sein, Uba ...» Sie streichelte meine Hand. «Ich glaube, wenn du den Träumer liebst, dann kann er gar nicht so verrückt sein. Vielleicht läßt Bersigar ihn in ein paar Tagen wieder zurückkommen, wenn seine Wut sich gelegt hat ...»

Ich nickte. «Vielleicht. Danke, Rhona, weil du mich trösten willst.»

Sie zupfte mich am Ärmel. «Komm wieder zu uns», sagte sie aufmunternd. «Bald tanzen die Frauen. Du sollst dabeisein. Es macht soviel Spaß! Heute ist ein Freudentag, da sollte keiner sich unglücklich fühlen!»

Ich schaute zu den anderen hinüber. Das große Feuer brannte jetzt fast ohne Rauch, und ein paar Gäste hatten angefangen zu singen. Frauen und Mädchen standen in lockerer Reihe und wiegten sich im Rhythmus der Worte. «Komm!» sagte Rhona noch einmal drängend, und ich stand widerstrebend auf und folgte ihr in den Kreis der anderen.

Die Männer klatschten mit den Händen den Takt des Tanzliedes. Sie sangen auch mit, und die Frauen machten die ersten Tanzschritte. Fast automatisch fiel ich in den Gesang ein und ließ mich von dem schwebenden, gleitenden Rhythmus mitreißen. Die Worte des Liedes waren einfach und wiederholten sich oft; die Melodie klang leicht und fröhlich. Ich war gefangen in dieser Melodie, ich tanzte mit in der Reihe der geschmückten, in ihre besten Kleider gehüllten Menschen.

Der Reigen wurde wilder, die Klänge des Liedes leidenschaftlicher, und ich drehte mich mit. Bestickte, mit Muschelplättchen verzierte Röcke wirbelten, helle Haare flogen, Gesichter lächelten, und es roch nach Rauch und Essen. Das Händeklatschen war lauter und lebhafter geworden, wir tanzten schneller und schneller.

Längst hatten die Frauen ein anderes Lied angestimmt, sangen eine andere Melodie. Die Tanzreihe bewegte sich jetzt in kurzen, hüpfenden Sprüngen. Rhona hatte recht, es machte wirklich Spaß! Auch die Männer tanzten mit. Sie waren aufgestanden und zeigten besonders hohe, kunstvolle Sprünge. Auch sie sangen; nur Bersigar, Munbrodir und der alte Wisarat mit seiner Frau machten nicht mit.

Rhona tanzte mit heißem Gesicht neben Urjakir. Die beiden lachten sich an – sie waren glücklich. Urjakir hatte die Schlägerei offenbar schon völlig vergessen.

Wie lange ich im Reigen mittanzte, weiß ich nicht. Aber schließlich waren die Tänzer und Tänzerinnen müde, und einer nach dem anderen trat aus dem Kreis heraus und setzte sich hin. Dann konnte auch ich nicht mehr mithalten und ging zur Seite.

Ich schaute mich um. Die Sonne hatte den Mittag schon längst überschritten; ein leichter Wind war aufgekommen. Am Rand des Vorplatzes wehten die jungen, leuchtenden Blätter der Büsche in der milden Brise, und der blaugraue Rauch vom Feuer, das noch loderte, zog in zarten, durchsichtigen Spiralen über den Hügel davon. Die Frauen, Männer und Kinder saßen fast alle wieder vor den Essenskörben, die Gundak und Hullea neu gefüllt hatten. Abgenagte Knochen und andere Abfälle häuften sich neben dem Eingang zur Wohnung; die kleinen Jungen hatten schon angefangen, den Unrat vom Platz wegzuschaffen. Sie packten ihn in Körbe und leerten sie einfach im Gebüsch am Hang aus.

Elkama saß mit Renawit und anderen Müttern zusammen. Sie stillten ihre Babies und plauderten, während ihre anderen Kinder in der Nähe im Sand spielten. Eine Frau der Nachbarfamilie hatte sich eine Arbeit mitgebracht; sie nähte aus Fellresten und Lederstückchen eine kleine, menschliche Figur für ihr Töchterchen, das mit leuchtenden Augen danebenstand und zuschaute.

Die anderen jungen Frauen sahen aufmerksam hin. «Das wird hübsch», sagte Elkama. «Wenn ich je eine Tochter haben sollte, dann mache ich ihr auch solch ein Baby zum Spielen ...»

«Ja», sagte Renawit. «Die Männer denken immer nur daran, den kleinen Jungen Spielspeere zu machen. Aber die kleinen Mädchen werden dabei ganz vergessen. Ich mache meiner Kalli auch ein Spielkind. Zeigst du mir, wie das geht?»

Die Nachbarfrau lächelte und nickte. «Gern», sagte sie. «Man braucht dazu Abfall vom Nähen – lauter kleine Reste und Schnipsel ...»

Während ich zuschaute, verging das wirbelige Gefühl wieder, das mich beim Tanzen ergriffen hatte. Mein Kopf wurde klar, und alles, was geschehen war, fiel mir wieder ein. Ich setzte mich auf einen Stein am Rand des Platzes und legte den Kopf auf die Arme.

Fulki war verbannt. Aber vielleicht durfte er in ein paar Tagen wiederkommen, wie Rhona gesagt hatte. Und vielleicht nahm mich Urjakir nicht an sein Feuer. Vielleicht ... Alles war unsicher, war von Anfang an unsicher gewesen. Ich wußte nicht, was aus mir werden sollte.

Ich starrte auf den Sandboden zu meinen Füßen. Mehrere Ameisen quälten sich dort damit ab, einen Fleischkrümel wegzuschaffen. Immer wieder mußten sie den sperrigen Nahrungsbrocken über Kieselsteinchen hieven und um Grashalme und Reisigstückchen herumschleppen. Sie ließen nicht ab in ihrer Mühe, setzten immer wieder neu an, wenn der Krümel feststeckte, und zeigten eine Kraft und eine Ausdauer, die für mich ganz erstaunlich war. Endlich, nach langer, mühsamer Schufterei, hatten die kleinen Tiere es geschafft. Der Fleischbrocken lag vor dem Loch ihres Baues, die Arbeit hatte sich gelohnt.

Ich hob den Kopf. Wenn man ein Ziel hat, dann lohnt sich die Mühe – dieser Gedanke setzte sich in mir fest. Nicht aufgeben – auch wenn es hoffnungslos aussieht. Nein, ich würde nicht den Mut sinken lassen. Mein Ziel sollte es sein, mir ein neues Zuhause zu schaffen, eine Zukunft. Und ich würde mich nicht unterkriegen lassen.

Ich schaute mich um. Alle saßen in lockeren Gruppen zusammen; nur Bersigar und Munbrodir waren nirgends zu sehen.

Ich stand auf und ging nach drinnen in die Wohnung. Schon dicht hinter dem Eingang schlugen mir wallende, beißende, scharf riechende Rauchschwaden entgegen. Hohe, schrille Flötentöne durchdrangen die stickige Luft, und ich hörte Sunnahils heiseres, qualvolles Husten.

Schreckerstarrt blieb ich stehen. Was war das für ein fürchterlicher Qualm? Wer in aller Welt zündete denn neben einer kranken, hustenden Frau ein stinkendes Feuer an?

Ich versuchte, die graugrünen, übelriechenden Wolken mit meinen Blicken zu durchdringen. Dann fiel mir Munbrodir der Zauberer wieder ein. Munbrodir glaubte, daß Krankheiten von bösen Geistern verursacht wurden. Die trieb man mit Rauch und Beschwörungen und mit der heiligen Flöte aus.

Aber ich wußte, daß nicht alle Krankheiten mit bösen Geistern zu tun haben. Sunnahil war erkältet; ihre Lunge war angegriffen. Rauch konnte da nur schaden und ihr Leiden verschlimmern. Ich mußte mit Munbrodir vernünftig darüber reden.

Ich atmete ganz flach, um nicht selbst husten zu müssen. Dann nahm ich all meinen Mut zusammen und arbeitete mich zu Sunnahils Lager vor.

Munbrodir saß da und spielte die heilige Flöte. Vor ihm auf dem Boden, direkt neben Sunnahils bleichem Gesicht, stand eine kleine Steinschale, in der allerlei unkenntliche Dinge rauchten. Der ätzende Geruch brachte meine Augen zum Tränen. Hätte ich nicht genau gewußt, daß an Sunnahils Krankheit keine bösen Geister schuld waren, ich hätte Munbrodirs Methode, sie zu vertreiben, für gut und wirksam gehalten. Weder gute noch böse Geister konnten diesen qualmenden Gestank lange ertragen.

Sunnahil bekam wieder einen Hustenanfall. Ihr Atem kam pfeifend und röchelnd. Sie erstickte fast.

Ich tippte Munbrodir auf die Schulter. Der Zauberer zuckte zusammen, als ob eine Schlange ihn gebissen hätte, und fuhr hoch. Er drehte sich ruckartig herum. Mit weit aufgerissenen hellen, wäßrigen Augen stierte er mich an. Als er mich erkannte, wurde er blutrot im Gesicht. Er schnappte nach Luft und riß den Mund auf, als ob er anfangen wollte zu brüllen.

Ich kam ihm zuvor. «Munbrodir», sagte ich ruhig, «Sunnahils Krankheit hat nichts mit den Geistern zu tun. Du brauchst also den heiligen Rauch nicht aufsteigen zu lassen. Es wäre besser, wenn ...»

Munbrodirs Gesichtsausdruck veränderte sich. An seiner Schläfe schwollen zwei Adern dick an, pulsierten, drohten zu platzen. Seine Augen schienen Funken zu sprühen, seine Nasenflügel blähten sich. «Du wagst es ...» würgte er hervor. Und dann explodierte er. «Du störst die heilige Zeremonie!» schrie er. «Du hast die ungeheuerliche Unverschämtheit, dich einzumischen, wenn ich einer Kranken helfen will! Du ... du unwürdiges Halbwesen, wie kannst du mich einfach ansprechen, obwohl du hier nicht einmal anwesend sein darfst!» Er zitterte vor Wut; Schaumflocken bildeten sich an seinen Mundwinkeln.

Ich war einen Schritt zurückgetreten; jetzt bemerkte ich Bersigar, der stumm und entsetzt auf der anderen Seite von Sunnahils Lager am Boden hockte. Er starrte mich in ungläubiger Verwunderung an. «Munbrodir», begann ich noch einmal, «Sunnahil braucht frische Luft. Da keine Geister zu vertreiben sind, schadet ihr der Rauch nur. Du solltest die Schale mit dem Feuer entfernen, damit sie atmen kann ...»

Der Zauberer fletschte die Zähne. Seine Augen rollten, er verlor völlig die Beherrschung. «Du Schmeißfliege!» schrie er. «Du elendes Stück Unrat, wie willst du wissen, was bei dieser Kranken vor sich geht! Hinaus! Hinaus – hinaus!» Seine Stimme schrillte vor Wut. Er holte aus und schlug mich mit der flachen Hand ins Gesicht.

Das war zuviel. All mein Stolz rebellierte. Bei meiner Familie war ich eine Person von hohem Stand gewesen, eine Heilerin. Dieser Mann verstand etwas von den heiligen Riten seiner Leute, aber von der Heilkunst verstand er nichts – gar nichts. Er hatte nicht das Recht, mich zu beleidigen; er war unkundig auf meinem Gebiet, und ich gab ihm dieses Recht einfach nicht. Wir waren von gleichem Rang, was unsere Kenntnisse betraf. Ich, Uba, die Heilkundige, würde mich Munbrodir, dem Zauberer, nicht unterordnen.

Ich reckte mich, straffte meine kräftigen Schultern und schlug zurück. Meine Finger hinterließen augenblicklich rote Striemen auf seinem geröteten Gesicht.

«Die Große Mutter möge dich mit ihrem Zorn verschonen, obwohl du eine von ihren Dienerinnen geschlagen und beleidigt hast», sagte ich mit kalter, ruhiger Stimme.

Munbrodir starrte mich an, als ob er tatsächlich einen Geist vor sich hätte, und griff sich mit einer fahrigen Handbewegung an die Wange. Ich beachtete ihn nicht. Ich bückte mich, ergriff die Schale mit dem rauchenden Inhalt und ging damit zum Eingang. Ich schwang den Arm zurück und schleuderte das Ding weit weg – an den Rand des Platzes.

Als ich wieder an Sunnahils Lager war, stand Munbrodir noch immer wie vom Donner gerührt da. Er hatte sich nicht vom Fleck bewegt. Sein Mund war offen, und er starrte mich mit einer Mischung aus Furcht und Grauen an. Ich ging stumm an ihm vorüber und hockte mich neben Sunnahil.

«Keine Sorge», sagte ich, nachdem ich die Hand auf ihre Stirn gelegt hatte, «du wirst wieder gesund. Nimm die Medizin, die Rhona oder Elkama dir geben werden. Und halte dich warm. Du darfst nicht frieren, weißt du ...»

Sunnahils Blick war voller Ehrfurcht und Bewunderung. Sie nickte. «Ich will mir große Mühe geben, Uba», flüsterte sie.

In diesem Augenblick packte mich eine harte, große Männerfaust an der Schulter. «Verlaß diese Wohnung», sagte Bersigar. «Ich, der Anführer dieser Familie, dulde dich hier keinen Augenblick länger. Komm nie wieder, hörst du? Nie wieder!»

Ich stand auf und drehte mich um. «Wie du willst, Bersigar», antwortete ich mit gleichmütiger Stimme. «Ich hoffe, du brauchst mich in Zukunft nicht ...»

Ich ging zu meinem Feuer und packte die wenigen Dinge zusammen, die ich besaß. Alles paßte in einen Beutel aus Otterfell, den ich mir vor ein paar Tagen gemacht hatte. Als ich mit der leichten Last zum Eingang schritt, bemerkte ich, daß Munbrodir Bersigar aufgeregt am Arm ergriff und ihm etwas zuflüsterte. Aber Bersigar riß sich nur ungeduldig los.

Die Frauen und Männer hatten sich vor dem Eingang zusammengedrängt. Sie wußten schon, was drinnen vorgefallen war. Gundak lief zu ihrem Mann hinüber und bettelte: «Bersigar, du kannst sie nicht einfach wegschicken! Sie bringt uns Glück – kein Unheil! Bersigar, sag ihr, daß sie bleiben soll!»

Aber der Anführer wandte sich von Gundak ab. Ich ging durch

die Gruppe der Menschen hindurch zu dem Pfad, der den Hang hinunterführte.

Als ich mich noch ein letztes Mal umdrehte, sah ich, daß Munbrodir der Zauberer herausgekommen war. Die alte Hullea stürzte auf ihn zu und rief mit zittriger, schriller Stimme: «Du hast sie vertrieben! Unglück über dich, Unglück über uns! Unglück!»

26

Der Himmel strahlte in zartem Violett und Rosa über den Kronen der alten Weiden und Erlen am Fluß. Auf dem schnell dahinströmenden Wasser lagen goldene Lichter, die letzten Strahlen der untergehenden Frühlingssonne. Die Luft war mild und weich wie der Atem des Lebens selbst. Ich streckte mich, dehnte die Arme und Schultern. Ich war jung und lebendig; wer konnte mir schon etwas anhaben?

Ich stieg den Hügel hinab. Ich würde meine alte Erdhöhle wieder aufsuchen. Ich hatte einen Winter darin überlebt, ohne Vorräte. Ich würde dort auch wieder wohnen können, denn der ganze Sommer lag noch vor mir. Ich hatte Zeit, mich einzurichten. Während ich den alten Pfad entlangwanderte und die kühle Erde unter meinen nackten Füßen spürte, fühlte ich mich zum erstenmal nach langer, langer Zeit wieder frei und unbeschwert. Seltsam, daß ich mich auf die Einsamkeit in der kleinen Höhle bei den Buchen freute! Nein, noch etwas ganz anderes tat mir wohl: Ich hatte dem mächtigsten Mann bei den anderen die Stirn geboten – nein, den beiden mächtigsten Männern. Und ich war Sieger geblieben, nicht sie.

Als ich in der sinkenden Dunkelheit die Silhouetten der alten Buchen vor mir sah, die den Eingang meiner kleinen Höhle umstanden, da waren sie für mich wie alte Freunde. Mit festen Schritten ging ich durch das Grasland zu ihnen hinüber.

Ein Geräusch ließ mich zusammenfahren. Das trockene Gras, das noch vom vergangenen Jahr dort stand, rauschte und knisterte. Ich drehte mich um. Ein Mann stand hinter mir, keine drei Schritte von mir entfernt.

«Uba ...»

Ich hatte ihn erkannt. Es war Fulki.

«Ich bin dir vom Fluß aus gefolgt ...»

«Aber Bersigar hat dich doch verbannt. Du durftest nicht in der Nähe der Wohnung bleiben ...»

«Ich wollte wissen, was mit dir geschieht ...» Fulki wischte sich unsicher über die Augen. «Ich hätte dich noch in dieser Nacht rausgeholt, wenn Urjakir dich doch als zweite Frau genommen hätte ...»

Ich sah ihn an. Mir fiel ein, wie er mit Urjakir gekämpft hatte, er war wild gewesen, mutig und schnell. Ich wußte plötzlich: Er hätte mich wirklich weggeholt von Urjakirs Feuer. «Ich bin auch verbannt», sagte ich einfach. Er stand ganz still da. Dann streckte er die Hand aus und berührte meine Schulter. «Komm», sagte er, und seine Stimme klang ein wenig leiser. «Ich baue uns unter den Bäumen da hinten einen Unterschlupf.»

«Nein», antwortete ich, «ich weiß in der Nähe eine kleine Höhle. Man kann darin wohnen ... Ich habe sie schon einmal benutzt.»

Ich ging voran und zeigte den Weg. Fulki blieb dicht hinter mir. Ich bemerkte, daß er einen Speer und einen großen Fellsack bei sich hatte. Das wunderte mich, aber ich fragte nicht.

Wir hatten den Eingang der kleinen Behausung bald gefunden. Das Geflecht aus Haselruten, das ich im Winter zum Schutz gegen Wind und fremde Blicke davorgelegt hatte, war noch an Ort und Stelle. Ich schob es beiseite und ließ mich nach drinnen gleiten. Fulki folgte. In der Höhle herrschte völlige Dunkelheit.

Er hockte sich auf den Boden und kramte in seiner Tasche. Ein paar harte Gegenstände klapperten, dann kam ein kurzer Schlag, und ein Funken sprühte. Ein Glutpünktchen leuchtete auf. Ich konnte Fulkis Hände in der Finsternis der Höhle erkennen.

Er hielt einen Baumschwamm von der gleichen Art in der Hand, wie Munbrodir ihn zum Entzünden des Feuers für Mata benutzt hatte. Der Schwamm glimmte, glühte, brannte. Fulki hielt ein Stäbchen aus Holz daran, um das irgend etwas Weiches, Schwarzes gewickelt war. Das Stäbchen flammte auf und loderte hell.

Er sah sich um. Da lag noch etwas von meinem Feuerholz vom vergangenen Winter. Fulki schob es mit der freien Hand zusammen und zündete es an. Dann erst bemerkte er die Feuerstelle, die ich mir damals gebaut hatte.

«Man kann hier tatsächlich wohnen», sagte er leise.

Ich lächelte ihn an und legte die brennenden Reiser auf die Steine des kleinen Kochfeuers. Er half mir schweigend.

Als das Feuer ordentlich aufgeschichtet war, setzten wir uns. Die kleinen Felle, die mir im Winter als Decken gedient hatten, waren immer noch brauchbar. Wir schwiegen; die brennenden

Zweige knisterten und zischten. Mir war seltsam beklommen zumute. Ich fand keine Worte, die ich hätte sagen können. Der Mann, der da neben mir saß, war mir fremd und dennoch vertraut wie niemand sonst. Aber aus irgendeinem Grund fehlte mir die Kraft, das Schweigen zu brechen.

Nach einer Weile holte Fulki seine Tasche zu sich heran, öffnete sie und zog eine Wildente heraus. Sie war schon gerupft und ausgenommen, und er reichte sie mir wortlos. Ich nahm sie genauso stumm an und zerteilte sie mit einer meiner Klingen in mehrere Stücke. Die legte ich in die Glut und briet sie rundherum leicht an.

Als das Fleisch gut war, aßen wir. Aber wir kauten beide lange an jedem Bissen. Das Essen wollte nicht rutschen.

Wir schauten uns an, und dann lächelte Fulki plötzlich. Das Lächeln zog wie ein Sonnenstrahl über sein merkwürdiges Gesicht, heiter und fröhlich. In seinen roten Haaren leuchtete der Feuerschein, und seine Augen glänzten. «Keine Angst, kleine Uba», sagte er leise, «bei Fulki dem Träumer bist du sicher ...»

«Ja, ich weiß», antwortete ich und schloß die Augen. Wir schwiegen lange Zeit. Endlich sagte Fulki: «Warum hat Bersigar dich eigentlich ausgestoßen?»

Ich blickte auf. «Munbrodir der Zauberer hat bei Sunnahil eine Räucherschale angezündet, um die Geister der Krankheit aus ihr auszutreiben», sagte ich. «Der Rauch war schädlich für sie. Und da habe ich Streit mit Munbrodir bekommen, weil Sunnahil so gehustet hat und weil ich die Räucherschale nach draußen geschafft habe ...»

Fulki starrte mich einen Augenblick ungläubig mit aufgerissenen Augen an. Er zog hörbar die Luft zwischen den Zähnen durch. Dann, ganz plötzlich, begann er schallend zu lachen.

«Du hast dich mit dem mächtigen Munbrodir angelegt?» keuchte er. «Du hast seinen heiligen Rauch für schädlich erklärt?» Er lachte immer lauter. Tränen der Heiterkeit standen in seinen Augen und rollten ihm über die Wangen. «Das ist ... das ist ja unglaublich!» Ich begriff nicht, was daran so komisch war. «Fulki», fragte ich, «wieso lachst du über mich?»

Er wurde auf einmal wieder ernst. «Nicht über dich lache ich, Uba», sagte er, «ich finde es nur komisch, daß ausgerechnet du den Mut gefunden hast, dem Zauberer die Meinung zu sagen. Weißt du, Munbrodir ist bisher noch nie widersprochen worden ...»

«Es war aber nötig», sagte ich. Fulki lachte wieder laut auf. Dann legte er impulsiv die Arme um mich. «Uba», flüsterte er, «ich muß dir etwas sagen ...»

Ich spürte, daß er zitterte. Seine Muskeln waren straff gespannt; selbst seine schmalen Finger fühlten sich starr an. «Was willst du mir sagen?» fragte ich leise.

Er ließ mich wieder los und schaute mich an. «Erlaube mir, daß ich für dich sorge, Uba ...» bat er.

Ich nickte stumm. Irgendwie war ich enttäuscht von seiner Antwort. Warum fand er nicht den Mut, mir noch einmal zu sagen, was ich sowieso schon wußte? Was hielt ihn davon ab?

Schweigend richteten wir uns, so gut es ging, ein Lager ein. Das kleine Feuer war bald niedergebrannt, und wir rollten uns zum Schlafen zusammen. Die alten Felle, die ich im vergangenen Winter gesäubert und getrocknet hatte, rochen nach feuchtem Lehm und modrigen Blättern; in der Feuergrube rauchten noch ein paar verkohlte Ästchen, und die allerletzten Funken glühten rot in der Finsternis. Neben mir hörte ich Fulkis gleichmäßige Atemzüge.

Ich fand keine Ruhe. Immer wieder wechselte ich die Lage; alle Geräusche der Nacht schienen mir überdeutlich. Draußen in den Zweigen der Buche schrie klagend ein Käuzchen, die Blätter rauschten, hin und wieder raschelte ein kleines Tier vorüber.

Ich lauschte, und der Schlaf wollte nicht kommen. Nach einer Weile richtete ich mich auf und rückte leise zum Feuerplatz hinüber. Ich nahm eins von den Reisern, die noch übrig waren, und legte es in die letzte Glut. Vorsichtig blies ich in die Funken, und bald flammte das dünne, trockene Holz auf. Ich hockte mich hin und schaute Fulki an, der ruhig neben mir schlief. Er hatte den Kopf auf die Arme gebettet wie ein Kind, und ich konnte nur die unversehrte Seite seines Gesichtes sehen. Die roten Schnüre, die sein altes, abgeschabtes Lederhemd zusammenhielten, hatten sich gelöst; seine Brust war nackt.

Ich beugte mich über ihn und zupfte sein Hemd wieder zurecht. Seine Haut war warm und hell. Ich spürte, wie er sich leise im Schlaf bewegte. Er murmelte etwas, das ich nicht verstand.

Sein Haar war ganz weich – nicht so fest und glatt wie meins. Er pflegte es alle paar Tage im Fluß zu waschen, das wußte ich. Er hatte mir einmal gesagt, er könne es nicht ausstehen, sich die Haare zu fetten wie die anderen. Ich fuhr mit den Fingerspitzen ganz sanft über die roten Wellen und wickelte mir eine Locke um den Finger. Rhona hatte ich gesagt, daß ich ihn liebte, aber er – er wußte es noch nicht.

Während ich ihn betrachtete, stieg die Sehnsucht in mir auf, wieder von ihm umarmt zu werden, und ich rückte dicht an ihn heran. Ich konnte sein Gesicht jetzt besser erkennen; plötzlich wirkte er wie der Mensch, der er war – wie ein Mann, erfahren und klug. Er besaß mehr Mut als alle übrigen Männer seiner Familie zusammen. Noch nie hatte ich Gelegenheit gehabt, ihn so genau anzusehen; seine Stirn war hoch und stark gewölbt, seine eingedrückte Nase wirkte trotz des Bruches nicht formlos, seine Lippen waren fest und voll und gut geformt, und das kräftige, vorspringende Kinn gab Fulkis Gesicht einen energischen, sicheren Ausdruck. Er war der Beste von allen.

Vorsichtig, um ihn nicht zu wecken, zog ich eine seiner Hände zu mir heran und preßte mein glühendes Gesicht darauf. Seine Finger zuckten leicht, und er bewegte sich. «Fulki», flüsterte ich, «irgend etwas muß geschehen, ich halte es nicht bei dir aus ...»

Er schlug die Augen auf. «Uba ...?» murmelte er schlaftrunken. «Uba ...»

Ich senkte den Kopf ganz tief, bis meine Stirn seine Wange berührte. Das Gefühl der Fremdheit zwischen mir und ihm war auf einmal sehr stark; ich begriff plötzlich, daß Fulki und ich uns nicht nur äußerlich unterschieden. Die Kluft war tiefer, viel tiefer – ich war anders als er, wie die Wölfin Wu anders war als die anderen Wölfe. Dennoch sehnte ich mich danach, zu ihm zu gehören.

Er zog mich zu sich auf den Boden. «Was hast du, Uba?» fragte er besorgt. «Warum weinst du denn?»

Ich wischte mir über die Augen. Ich hatte gar nicht bemerkt, daß Tränen über meine Wangen rollten. Ich lehnte den Kopf an seine Brust und streichelte seine Hüfte. «Ich liebe dich, Fulki», sagte ich leise, «und ich möchte deine Frau sein ...»

Er starrte mich mit großen Augen an. Ein wilder, leidenschaftlicher Ausdruck lag plötzlich in seinem Gesicht; seine schmalen Nasenflügel zitterten. «Du willst ...?» fragte er heiser.

Ich nickte, während ich die Schnur an seinem Hemd weiter löste und meine Hand zärtlich über seine nackte Brust gleiten ließ. Die warme Haut unter meinen Fingern bebte – Fulki erstarrte einen Augenblick lang. Dann preßte er mich an sich. «Du willst Fulki den Träumer ...» flüsterte er noch einmal.

Er öffnete den Verschluß am Halsausschnitt meines Kleides und streifte es mir langsam ab. Dann beugte er sich tief über mich und berührte mit seinen Lippen die Höhlung an meiner Kehle. Sein welliges, langes Haar fiel über meine Schultern wie ein warmes Fell.

Ich schnürte sein Hemd vollständig auf, und zog es aus. Wir lagen Brust an Brust; das einzelne Reis in der Feuergrube war fast verbrannt, und wir fühlten einander nur noch in der Dunkelheit.

Fulki war sanft zu mir. Er ließ mir Zeit; er nahm mich nicht mit der Wildheit, die ich von früher in Erinnerung hatte. Er erforschte meinen Körper mit seinen empfindsamen Händen, und ich genoß seine Liebkosungen. Für mich war seine Zärtlichkeit ganz neu – ich hatte nicht geahnt, wie stark man so leise Berührungen empfinden kann. Dann kam ein Augenblick, als ich ihn in mir spürte, tief in meinem Innern. Ich war wie eine straff gespannte Sehne, die angerissen wird, und die in immer stärker anschwellenden Tönen schwingt und vibriert. Seine Arme, seine Beine lagen um mich, die Wellen des Gefühls durchfluteten uns beide gleichzeitig. Aber er war der Meister, er lenkte all meine Bewegungen und nahm mich vollständig in Besitz. Er brachte mich zu einem Höhepunkt, bei dem ich glaubte, ich müsse sterben.

Ich sank an seiner Brust zusammen und spürte lange, lange nichts anderes mehr als die herrliche Spannung und Entspannung, die in meinem Körper in schneller Folge wechselte.

Dann war alles vorbei; ich lag in Fulkis Armen, und ich hörte seinen heftigen Herzschlag, der langsam ruhiger wurde. Fulki sagte nichts; nur seine Hände streichelten meinen Rücken. Ich schmiegte mich an ihn; ich liebkoste seinen glatten, unbehaarten muskulösen Rücken, und das Gefühl der Fremdheit zwischen ihm und mir war vergangen. Ich fühlte mich als Besiegte und als Siegerin zugleich – besiegt, weil er mir – anders als Dor – in allem, auch in der Liebe überlegen war, und siegreich, weil er mich liebte. Das gab mir Macht über ihn.

Nach einer Weile spürten wir beide wieder, wie kühl die Nacht war, und Fulki zog die alten Felle, an denen noch ganz schwach der Geruch nach Fett und Rauch haftete, über uns.

Wir konnten nicht schlafen. Die Erinnerung an das Wunderbare, das zwischen uns geschehen war, hielt uns wach.

«Uba», flüsterte Fulki, während seine schmalen Finger ganz sacht über die weichen Härchen an meinen Schenkeln glitten, «für mich war es das erste Mal mit einer Frau ... Ich hab oft gesehen, wie die anderen Männer es machen – viel schneller und heftiger. Bist du sehr enttäuscht?»

Ich konnte sein Gesicht in der Dunkelheit nicht erkennen, aber ich berührte mit den Fingerspitzen seinen Mund. «Enttäuscht?» antwortete ich leise. «O Fulki ... noch nie habe ich etwas Schöneres erlebt ...»

«Weißt du», murmelte er, «ich glaube, ich liebe dich seit dem Tag, an dem wir zum erstenmal miteinander geredet haben. Du warst anders als die Mädchen meiner Art – du hast zugehört und mich ernst genommen.» Er legte den Kopf an meine Schulter und küßte meine festen Nackenmuskeln. «Du hast aus Fulki dem Träumer einen Mann gemacht. Aber ...» fuhr er fort, «ich hatte Angst, daß du mich als Mann nicht anerkennen könntest. Ich hab mir ein kleines Abbild von dir gemacht, und wenn die Sehnsucht nach dir zu groß wurde, dann ...» Er nahm meine Hand und legte sie zwischen seine Schenkel. Ich fühlte, daß er wieder stark und bereit war.

«Das Elfenbeinfigürchen war ein armseliger Ersatz für dich», flüsterte er und zog mich an sich.

27

Die Tage, die dieser Nacht folgten, waren für mich eine Zeit der Wunder. Jeder Streifzug, den ich mit Fulki unternahm, war ein Abenteuer – jede Stunde, die ich mit ihm verbrachte, war voller Glück. Er lehrte mich, die Welt mit seinen Augen zu sehen; jedes Tier, jede Pflanze veränderte sich aus seiner Sicht, und alles war für mich neu und unbekannt.

Früher hatte ich mich nie gefragt, warum der Schneehase im Sommer ein braunes und im Winter ein weißes Fell hat; Fulki erklärte es mir. Ich hatte nie gewußt, warum auf der flachen Dolde der wilden Möhre mitten in den weißen Blüten eine einzelne dunkelrote Blüte sitzt – Fulki wußte warum. «Ich hab oft dagesessen und die Dolde betrachtet», sagte er. «Die Fliegen und Mücken werden durch die einzelne dunkle Blüte angelockt. Sie glauben, es sitzt schon eine andere Mücke darauf, direkt in der Mitte ...»

Ich konnte nur staunen über die vielen Dinge, die er wußte. Ich fühlte mich wie damals, als mich Amama in die Geheimnisse der Heilkunst einweihte. Immer deutlicher verstand ich, in welcher Hinsicht sich die Menschen meiner Art von Fulki unterschieden: Ich kannte Pflanzen und Tiere und alle anderen Dinge nur nach ihrer äußeren Gestalt, aber ich hatte mir darüber hinaus niemals Gedanken über sie gemacht. Fulki war neugierig. Er fragte nach dem Warum, er forschte nach, um hinter die Geheimnisse der Dinge zu kommen.

Eines Morgens zeigte mir Fulki ein neues Gerät, an dem er seit einigen Tagen gearbeitet hatte. Es war ein hölzerner Stab, drei Handspannen lang. An dem einen Ende hatte er einen kurzen, breiten Haken.

«In den Haken kann man das Ende eines Speerschaftes einlegen», erklärte er mir. «Das Gerät verlängert meinen Arm um drei Handspannen. Mit einem längeren Arm müßte man eigentlich den Speer schneller und weiter schleudern können ...»

Ich nickte, obwohl ich nicht verstand, wie er das meinte. Fulki lächelte. «Wir wollen es heute ausprobieren», sagte er, «an einem Hirsch ...»

Wir gingen los. Im Grasland ästen am Vormittag häufig Rothirsche, aber es war sehr schwierig, nah genug an die wachsamen Tiere heranzukommen, um sie noch mit dem Speer zu treffen. Es gab nur wenige Sträucher, hinter denen man Deckung nehmen konnte.

Als wir ankamen, sahen wir ein kleines Rudel; der Wind stand günstig, so daß die Hirsche uns nicht wittern konnten.

Fulki machte mir mit Handzeichen klar, daß ich zurückbleiben sollte, und schob sich langsam und vorsichtig hinter den niedrigen Büschen näher an das Rudel heran. Als er noch zwanzig Schritte von den Hirschen entfernt war, nahm er das Schleuderholz aus dem Gürtel und legte den Speer in den Haken ein. Er hob das Gerät mit dem Speer, stützte es an der Schulter ab und zielte den Speer mit der freien Hand auf eine junge Hirschkuh, die mit gesenktem Kopf im jungen Gras stand.

Ich schüttelte den Kopf. Fulki war viel zu weit von den Tieren entfernt, als daß er hätte treffen können. Kein Speer konnte auf dreißig Schritte noch sein Ziel erreichen und töten. Fulki würde das Wild verfehlen.

Dann sah ich das Unglaubliche: Fulkis Speer zischte mit einer Geschwindigkeit durch die Luft, die ich nie für möglich gehalten hätte. Die lange, schlanke Waffe traf die Hirschkuh, steckte zitternd in ihrer Schulter.

Das Tier brach in die Knie, die anderen Hirsche stoben davon. Fulki stieß einen Freudenschrei aus. «Es geht!» jubelte er, «ich hab mich nicht geirrt!»

Er schwenkte die Speerschleuder und rannte zu mir herüber. «Uba!» sagte er begeistert. «Hast du gesehen? Es geht!»

Er schaute mich an wie ein Kind, dem sein schönster Wunsch in Erfüllung gegangen ist. Dann küßte er mich fest auf den Mund und lachte.

Ich freute mich mit ihm, und ich bewunderte ihn maßlos. Zusammen gingen wir zu dem verendeten Hirsch hinüber.

Der Speer war bis zum Ansatz des Schaftes eingedrungen. Er hatte das Schulterblatt durchschlagen und das Herz des Tieres getroffen. Ich wußte nicht, was ich sagen sollte. Fulki war glücklich.

Wir zerlegten die Hirschkuh an Ort und Stelle. Als ich die Eingeweide herausnahm und beiseitelegen wollte, hörte ich plötzlich ein Rascheln im Gebüsch. Ich drehte mich um.

Keine vier Schritte hinter mir stand – Wu!

Auch Fulki hatte sich umgeschaut. Ich rief: «Wu, lauf weg!» Aber die Wölfin blieb stehen, und Fulki lächelte mich an. «Ich kenne das Tier», sagte er ruhig, «keine Angst, ich tu ihm nichts.»

Wu kam näher, und Fulki reichte ihr ein Stück Hirschmagen, das sie zutraulich annahm. «Woher kennst du sie denn?» fragte ich verwundert.

«Ich habe oft allein gejagt», sagte er. «Und die Tiere, die ich erlegte, konnte ich nicht mit nach Hause nehmen, weil ... weil die Männer mich wegen eines Hasen oder Kaninchens nur verspottet hätten. Also habe ich sie allein gegessen oder mit dieser Wölfin geteilt. Sie war immer in der Nähe, wenn ich meine Fallen und Geräte ausprobierte.» Er lachte. «Meistens hat es sich für sie gelohnt ...»

«Seit wann kennst du Wu denn?» fragte ich.

«Oh, schon lange», sagte Fulki nachdenklich. «Sie ist mir nachgelaufen, als wir im letzten Jahr hier ankamen. Und als wir die Wohnung eroberten, da war sie schon lange bei mir.»

Die Wölfin hatte also die Menschen schon kennengelernt, ehe sie im Winter zu mir kam. Deshalb war sie vor mir nicht weggelaufen. Ich wunderte mich über den seltsamen Zufall.

Wir teilten das erlegte Wild in Stücke, die wir leicht tragen konnten, und überließen Wu die Eingeweide. Dann luden wir uns das Fleisch auf und machten uns auf den Heimweg. Fulki meinte: «Du hast der Wölfin einen Namen gegeben. Das war eine gute Idee. Ich hab sie nie gerufen, sondern immer nur nach ihr gepfiffen. Wenn sie einen Namen hat, kann man viel leichter mit ihr umgehen.»

Der Wind war aufgefrischt und trieb dunkle Wolken vom Westen zu uns her. Die Schwalben, die schon vor Wochen wiedergekommen waren, schossen tief über die Erde dahin; es würde bald regnen. Ich schaute Fulki an, der trotz seiner schweren Last so leichtfüßig neben mir ging; seit wir zusammen waren, wirkte er kräftiger und größer auf mich. Er hatte jede Spur von Unsicherheit verloren, und jeden Tag bewunderte ich ihn mehr.

Er bemerkte meinen Blick, ließ mit dem einen Arm das Fleischbündel los und streichelte mir übers Haar. Ich fettete es jetzt auch nicht mehr, es hing lose in blanken, dunklen Strähnen über meine Schulter bis in die Taille.

«Du hast das schönste Haar von allen, die ich kenne, Uba», sagte Fulki. «Und deine Augen sind so sanft und dunkel wie die Augen der Hirsche. Ich glaube, ich hab mein ganzes Leben lang auf dich gewartet ...»

Ein Sonnenstrahl glänzte in seinen roten Locken; beim Gehen legte ich einen Augenblick meine Wange an seine Schulter. Die ersten schweren Tropfen des Sommerregens fielen auf uns hinab wie Freudentränen.

An einem herrlichen Sommermorgen, als die Sonne schon hoch in den leuchtenden Zweigen der Buchen stand, wachte ich mit einem üblen Geschmack im Mund auf. Ich setzte mich hin; Fulki war schon wach. Er hatte mich schlafen lassen und etwas zu essen für mich gemacht.

Als er sah, daß ich mich geregt hatte, kam er zu mir herüber und gab mir einen Kuß. «Es ist ein schöner Morgen», sagte er und reichte mir ein frisch gebratenes Stück Fleisch.

Der Duft stieg mir in die Nase, und mir wurde schlecht. Ich würgte – Galle war in meiner Kehle. Ich sprang auf und kletterte, so schnell ich konnte, nach draußen. Dort, unter dem Haselstrauch, erbrach ich mich heftig. Es war fürchterlich, weil ich nichts im Magen hatte.

Fulki war mir nachgekommen. Er stand erschrocken hinter mir und fragte besorgt: «Was ist los mit dir, Uba? Du bist doch nicht krank?»

«Nein, nein», wehrte ich mit heiserer Stimme ab. «Es ist nichts. Ich weiß selbst nicht, was über mich gekommen ist. Mir ist einfach schlecht geworden. Aus keinem bestimmten Grund ...»

Fulki nahm mich in die Arme. «Liebste, paß gut auf dich auf», sagte er zärtlich. «Du weißt, ich brauche dich.» Ich folgte ihm wieder nach drinnen. Aber der Fleischgeruch brachte mich erneut zum Würgen. Erst am Mittag konnte ich etwas essen, ohne daß mir übel wurde. Fulki blieb die ganze Zeit an meiner Seite. Er machte sich Sorgen und ließ sich nicht beruhigen. Am Nachmittag ging es mir besser, und er begleitete mich in die Hügel, wo ich Thymian für meinen verdorbenen Magen suchen wollte.

Abends, als wir wieder zu Hause waren, kochte ich mir einen starken Tee von dem Heilkraut. Aber der Geruch, den ich immer so angenehm und aromatisch empfunden hatte, trieb mir diesmal den Schweiß auf die Stirn, und mein Magen krampfte sich zusammen. Ich konnte nichts von dem Tee trinken. Ich fühlte mich elend und krank.

Am nächsten Morgen war es noch viel schlimmer. Kaum hatte ich mich von meinem Lager erhoben, da mußte ich mich schon übergeben. Ich hatte keine Zeit mehr gehabt, nach draußen zu laufen.

Fulki war entsetzt. Er brachte mich dazu, daß ich mich gleich wieder hinlegte, und wich nicht von meiner Seite, selbst als es mir seltsamerweise gegen Mittag wieder besserging. Ich wußte nicht, was mir fehlte. Diese Krankheit hatte ich noch nie erlebt. Nichts half gegen die ekelhafte Übelkeit, die mittags auf wunderbare Weise verschwand.

Fulki versorgte mich liebevoll; er las mir jeden Wunsch von den Augen ab, und ich spürte, daß er Angst um mich hatte.

Auch in den nächsten Tagen änderte sich nichts. Die morgendliche Übelkeit blieb, aber im Gegensatz zu Fulki machte ich mir bald keine Sorgen mehr. Mir fehlte ja nichts. Ich fühlte mich sogar ab mittags ausgesprochen wohl – ich konnte nicht krank sein. Das Ganze mußte irgendeinen anderen Grund haben.

Beim nächsten Vollmond blieb meine Regel aus. Ich wunderte mich. Fulki sagte ich nichts davon, damit er sich nicht noch mehr sorgte.

Wir hatten angefangen, Vorräte für den kommenden Winter zu sammeln, den wir ja allein durchstehen mußten. Ich trocknete Erdbeeren, die ich am nahen Waldrand massenhaft fand, und Fulki jagte mit der Speerschleuder, wie er sein neues Gerät nannte. Unsere Tage waren randvoll mit Arbeit – ich reinigte und räucherte Felle, trocknete Fleisch, sammelte das erste Getreide im Grasland, ich dörrte Fische und Früchte und legte mir einen großen Vorrat von Heilkräutern an. In einer Ecke unserer kleinen, engen Höhle hingen an einem Gestell aus Holzstangen schon viele Netze, die ich aus Bast geknüpft und mit duftenden Kräutern gefüllt hatte.

Es war ein wunderbarer Frühsommer. Die Nächte waren hell vom silbernen Licht des Mondes, der schon wieder zunahm, und die Tage strahlten im Sonnenglanz. Der Himmel war tiefblau und weiß, das Grasland lag da wie ein goldener See, wenn der warme Sommerwind darüberstrich.

Fulki zeigte mir, wie man aus Flint die scharfen, langen Klingen schlug, die ich bei seinen Leuten so bewundert hatte.

Eines Morgens holte er einen großen Steinknollen herbei, den er vor ein paar Tagen gefunden hatte, und rief mich zu sich.

«Schau mal zu, Uba», sagte er, «es ist eigentlich ganz einfach, wenn man weiß, wie es gemacht wird.» Er zwinkerte mir zu, und ein lustiges Blitzen war in seinen hellgrünen Augen.

Ich hockte mich neben ihn. Er nahm einen Hammerstein und begann von den rundlichen Knollen an den Seiten Splitter abzuschlagen, so daß der Flint bald wie ein Stück von einem Baumstamm aussah, rund und länglich.

«Aber was machst du denn da?» fragte ich entsetzt. «Die kleinen Stückchen, die du abschlägst, kann man doch zu nichts gebrauchen! Du verschwendest ja den ganzen Stein!»

Fulki lächelte. «Sag nichts, und mach dir auch keine Sorgen», meinte er. «Schau mir nur zu.» Und er hämmerte weiter, schlug immer noch mehr vorstehende Ecken ab, bis das Stück Flint ganz regelmäßig geformt war.

Ich schaute zu und beherrschte mich, obwohl ich das, was er tat, für ganz falsch hielt. Kein einziger brauchbarer Abschlag war dabei herausgekommen.

Fulki nahm jetzt ein Stück Hirschhorn, das unten eine abgerundete Spitze hatte, stellte das Flintstück auf eine der flachen Seiten vor sich hin und setzte das Horngerät fest auf die obere Fläche auf, ganz nah am Rand. Dann packte er den Hammerstein und schlug damit einmal kurz und kräftig auf das obere flache Ende des Horngeräts.

Ich hörte ein helles, scharfes Geräusch, und – eine ganz flache, ganz lange und sehr scharfe Klinge sprang von dem Knollen ab. Ich hielt den Atem an. Ich war fasziniert.

Fulki lächelte wieder. «Siehst du, Uba? So geht das», sagte er.

An der Seite des Knollens, wo die Klinge abgesprungen war, sah ich jetzt einen langen, senkrechten Grat. Fulki setzte das Stück Horn genau über diesem Grat an, schlug zu, und wieder fiel eine wunderbar scharfe, lange Klinge zu Boden. Ich lachte, klatschte in die Hände wie ein kleines Kind.

«Nichts wird verschwendet», sagte Fulki. «Das bißchen, was ich anfangs von dem Flint abgeschlagen habe, war nicht so wichtig. Aber von einem geformten Stein kann ich gute Klingen schlagen, bis er ganz aufgebraucht ist. Ohne Abfall ...»

Ich nahm eine der schönen Klingen vom Boden auf und betrachtete sie genau. Sie war dünn, gerade und glatt. «Paß auf!» sagte Fulki warnend, «man muß die eine Seite erst stumpf machen, sonst schneidet man sich in die Finger.»

Ich nickte und legte das wunderbare Ding vorsichtig wieder hin. «Du kannst viel bessere Abschläge machen als der alte Zat von meiner Familie», meinte ich leise. «Wenn Zat dich noch kennengelernt hätte ... Er wäre aus dem Staunen nicht herausgekommen.»

Beim nächsten Vollmond wartete ich wieder vergeblich auf meine Regel. Diesmal wunderte ich mich nicht mehr. Wenn die Regel mehr als einmal nacheinander ausblieb, dann konnte das nur eins bedeuten: Eine Kinderseele war in mich gefahren, und in mir wuchs ihr ein Körper.

An dem Tag, an dem ich sicher sein konnte, ging ich, als ob ich Flügel hätte. Ich war so glücklich, daß ich die ganze Zeit vor mich hin lächelte. Fulki bemerkte das und schüttelte verständnislos den Kopf, weil mir ja immer noch schlecht war. Ich entschloß mich, ihm noch am gleichen Nachmittag den Grund meiner Freude zu verraten. Um die Mittagszeit, als die Sonne hoch über unseren Köpfen stand und auf uns niederbrannte, saß ich vor unserer Behausung und flocht eine neue Schlinge aus Hirschdarm. Die langen, fest zusammengedrehten Schnüre glänzten matt; ich hatte sie gut mit Talg eingefettet, damit sie elastisch blieben.

Fulki saß ein Stückchen von mir entfernt auf einem flachen Stein. Er hatte die Knie hochgezogen und schnitzte aus Horn eine zweite Speerschleuder.

Hin und wieder warf ich einen Blick zu ihm hinüber; die weißen Späne flogen unter seiner Klinge zu Boden, und in seinen Haaren ließ die Sonne rote Funken tanzen.

«Fulki», sagte ich nach einer Weile und strich mir eine Haarsträhne aus dem Gesicht, «ich habe eine Überraschung für dich ...» Er blickte erstaunt auf. Seine Haut hatte von der Sommersonne lauter kleine braune Flecken bekommen, so daß er gesprenkelt war wie ein Taubenei.

«Eine Überraschung?» fragte er. «Was meinst du damit?»

Ich strahlte ihn an. «Du würdest es nie raten!» sagte ich. «In mir ist ein Kind! Wie findest du das?»

Fulki starrte mich an, als ob er kein Wort verstanden hätte. Er riß die Augen und den Mund auf, und dann schnappte er nach Luft. Plötzlich warf er sein Werkzeug hin, sprang auf und stürzte zu mir herüber. Er schlang die Arme um mich und preßte mich so heftig an sich, daß ich einen Augenblick lang kaum atmen konnte.

«Ein Kind ... du bekommst ein Kind, Uba?» stotterte er. «Das ist wunderbar ... o Uba! Wir bekommen ein Kind!»

Ich lachte und machte mich von ihm los. Er erdrückte mich ja fast. «Nicht so wild, nicht so wild!» sagte ich. «Schone mich ein bißchen, sonst wird es nichts ...»

Er streichelte mir übers Haar. «Ich hab nie im Leben darauf gehofft, jemals Vater zu werden», sagte er leise, «deshalb freue ich mich so darüber.»

Vater. Da war das unverständliche Wort wieder. Wann würde ich erfahren, was damit gemeint war? Ich legte den Kopf an Fulkis Schulter und grübelte einen langen Augenblick darüber nach. Ich würde es wohl nie herausbekommen ...

28

Während wir noch eng aneinandergeschmiegt in der Sonne saßen, hörte ich plötzlich ein Geräusch. Ein trockener Zweig zerbrach, Schritte näherten sich, langsame, schleppende Schritte.

Ich richtete mich auf und schaute in die Richtung, aus der die Geräusche kamen. Die tiefhängenden Zweige der Buchen bewegten sich, wurden zur Seite geschoben. Ein hochgewachsener Mann in einem Umhang aus Katzenfell trat in die Sonne – Munbrodir der Zauberer.

Fulkis Hand fuhr zum Speer, der neben mir lag. Ich zuckte zusammen und starrte Munbrodir an. Er war mein Feind – ich hatte seine heilige Schale aus der Höhle geworfen. Seinetwegen war ich verbannt. Er konnte nur Böses gegen mich im Sinn haben.

Fulki hob langsam den Speer und richtete die Spitze auf Munbrodirs Brust. «Was willst du hier?» fragte er den Zauberer; seine Stimme klang gefährlich und drohend.

Munbrodir hob die Hände und löste langsam und feierlich die rote Schnur, die seinen prächtig schimmernden, gefleckten Umhang am Hals festhielt. Er zog den wunderbar gearbeiteten Mantel aus und legte ihn zusammen. Dann bot er ihn mir mit einer gemessenen, ehrerbietigen Geste dar. «Dieses Geschenk habe ich ausgewählt, um es der Heilerin zu bringen, der Fremden, die Matas Tochter ist», sagte er leise, während er mir den Umhang hinhielt und den Kopf neigte. «Ich, Munbrodir, bitte dich, alle Feindschaft zwischen uns ruhenzulassen und heimzukehren in die Wohnung der Menschen, die dich lieben und ... brauchen.»

Ich riß die Augen auf. Munbrodir – ausgerechnet Munbrodir kam und bat mich, wieder nach Hause zu kommen? Das war mir unbegreiflich. Ich wußte nicht, was ich sagen sollte.

Fulki faßte sich als erster. «Wie kommt es», fragte er mißtrauisch, «daß Uba auf einmal wieder willkommen ist? Bersigar hat sie doch hinausgeworfen, und du warst auch dafür, daß sie geht. Warum habt ihr eure Meinung geändert? Das will ich wissen ...»

Munbrodir blickte auf und schaute mich bittend an. «Als Bersigar dich verbannte, Uba, da war mir schon klargeworden, daß es ein Fehler war. Ich hatte begriffen, daß du in manchen Dingen mehr Macht hast als ich. Die Große Mutter hat dir Weisheit gegeben – eine Weisheit, die ich nicht besitze. Ich habe versucht, mit Bersigar zu reden, damit du zurückgeholt wirst, aber er blieb hart. Und jetzt Uba, Bersigar ist sehr krank. Er wird sterben, wenn du nicht zurückkommst, denn ich kann ihm nicht helfen. Ich bitte dich – wir alle bitten dich: Komm zu uns. Wir brauchen dich!»

Er neigte sich tief und legte den Mantel aus Katzenfell quer vor mir auf den Boden. «Die Katze ist der Großen Mutter heilig. Nimm den Umhang aus dem Pelz der Katze von uns an. Sei uns wohlgesinnt, Uba ...»

Er schaute mich wieder an. Zum erstenmal bemerkte ich, daß er alt war. Um seine hellblauen Augen waren viele feine Linien, und seinen Mund umrahmten tiefe Falten. Die rote Ockerfarbe, mit der er Stirn und Wangen bemalt hatte, glänzte vom Schweiß seiner langen Wanderung und hatte sich in den vielen Furchen des Alters festgesetzt. In seinen hellen, glatten Haaren waren graue Strähnen. Kein mächtiger, gefährlicher Zauberer stand vor mir, nein – ein müder alter Mann, der mich um Hilfe bat.

«Steh auf, Munbrodir ...» sagte ich, «du sollst dich nicht vor mir verneigen. Wir hatten keinen Streit ... wir haben einander nur nicht verstanden.» Ich lächelte ihn an. «Du bist ein weiser Mann – du verstehst das Wesen der Geister. Aber ich habe Kenntnisse von der Heilung der Krankheiten. Wäre es nicht für alle am besten, wenn du mit mir zusammenarbeiten würdest?»

Munbrodir starrte mich verwundert an. Dann glitt plötzlich ein verstehendes Lächeln über sein faltiges Gesicht, und er nickte. «Du sollst dich um die Kranken kümmern», sagte er, «und mein ist die Aufgabe, den Geistern und Göttern in den heiligen Riten zu dienen. Meintest du es so?»

«Ja», antwortete ich. Munbrodir richtete sich auf. Fast hatte er wieder die ehrfurchtgebietende Haltung, die ich an ihm kannte, und seine hagere Gestalt straffte sich. Aber der Blick, den er mir zuwarf, war deutlich: Er hatte genau verstanden, daß ich es ihm durch meine Zustimmung ersparte, vor seinen Leuten das Gesicht zu verlieren. Munbrodir war – dankbar!

«Dann kommst du mit mir?» fragte er, und seine Stimme hatte wieder die gewohnte Festigkeit. «Ja», sagte ich, «wenn Fulki auch willkommen ist.»

Munbrodir musterte Fulki kurz. «Deine Freunde können nicht unsere Feinde sein, Uba», meinte er nach einem Augenblick des

Schweigens. «Ich will dafür sprechen, daß er wieder in die Familie aufgenommen wird.»

Wir kamen noch einmal auf Bersigar zu sprechen. «Was fehlt ihm denn?» wollte ich wissen. Es mußte schlimm um ihn stehen.

Munbrodir zuckte die Achseln. «Ich weiß es nicht», sagte er zögernd. «Er hatte sich an der Hand verletzt; die Wunde wollte nicht richtig heilen. Sie ist rot geworden; dann hat sie geeitert. Und jetzt sind Hand und Arm geschwollen, und Bersigar hat rasendes Fieber. Er glüht vor Hitze, er erkennt niemanden – es geht ihm sehr schlecht ...»

Ich überlegte. Eine Wunde, die schmutzig ist, heilt nicht und eitert. Die Hand war vergiftet ... so mußte es sein. Wenn nicht schnell etwas geschah, dann starb Bersigar.

Ich stand schnell auf. «Fulki», sagte ich, «wir müssen sofort los, wenn wir Bersigar noch helfen wollen. Vielleicht ist es schon zu spät, aber vielleicht auch nicht!»

Mein Mann nickte. Er hatte begriffen, wie dringend es war. Er raffte seine Klingen, seinen Speer und die Speerschleuder vom Boden auf und lud sich noch meine Kräuternetze auf den Rücken. Sonst nahmen wir nichts mit. Fulki löschte unser Feuer und zog den Schutzschirm vor den Höhleneingang. Die Dinge, die noch darin waren, konnten wir später holen.

Schweigend wanderten wir mit Munbrodir durch das Grasland nach Hause. Die Sonne stand schon hoch über dem westlichen Horizont; ihre warmen, gelben Strahlen leuchteten auf den Grasähren, die fast reif waren und sich schwer von Körnern im sanften Wind wiegten. Tiefgrün und üppig standen die Buchen in ihrem Sommerlaub, und der Thymian, der am kalkigen Hang wuchs, verströmte aus unzähligen rosavioletten Blütenköpfchen seinen betörenden Duft. Der rote Fingerhut blühte; in den blauen Kerzen des Salbeis summten die Hummeln.

Im Vorübergehen pflückte ich einen Strauß von verschiedenen Kräutern; ich nahm Salbei mit und Fingerhut und einen Zweig Tollkirsche, an dem schon schwarze Beeren glänzten. Auch Kamille wuchs hier und da. Die konnte ich gut gebrauchen. Aber ich mußte unbedingt noch eine besondere Heilpflanze für Bersigar haben.

Während wir schnell ausschritten, ließ ich meine Blicke aufmerksam umherwandern. Ich suchte eine Droge, die stark war und betäubende Wirkung hatte – Schlafmohn.

Erst als wir fast zu Hause waren, entdeckte ich ein paar von den Pflanzen. Zarte weiße Blüten standen auf blaugrünen, wachsigen

Stengeln, und es waren auch ein paar halbreife Samenkapseln daran, wie ich sie brauchte. Ich brach sie ab und steckte sie in meinen Strauß aus Kräutern.

Dann waren wir da.

Der Vorplatz lag verlassen. Alle waren in der Wohnung. Drinnen brannten nur zwei Feuer – das große am Eingang und Gundaks Kochfeuer. Sie hockten alle um Bersigar herum, der sich unruhig auf seinem Schlaffell wälzte. Als die alte Hullea mich sah, lächelte sie mich an und murmelte: «Gut, daß du da bist, Tochter der Mata ... Gut, daß du da bist ...»

Die anderen schauten mich voller Furcht und Hoffnung an. Sie rückten beiseite und machten mir Platz, so daß ich Bersigar untersuchen konnte. Fulki und Munbrodir hielten sich im Hintergrund. Ich kniete in der dämmrigen Wohnung neben Bersigar nieder und betrachtete ihn einen Augenblick. Er war bleich, aber dicke Schweißperlen standen auf seiner Stirn. Seine Augen glänzten unnatürlich, er warf sich hin und her und stöhnte.

Verletzung an der Hand, hatte Munbrodir gesagt. Ich mußte nicht lange nach der Wunde suchen. Seine linke Hand war dunkelrot und dick geschwollen; als ich sie anfaßte und hochhob, stieß Bersigar einen wilden Schrei aus und holte mit der anderen Hand aus. Er schlug hart zu; der Schlag traf mich am Kopf. Ich flog zur Seite – vor meinen Augen tanzten rote Funken.

Einen Augenblick lang war ich benommen. Die anderen starrten mich besorgt an. Ich riß mich zusammen und nickte ihnen beruhigend zu. «Es war nicht so schlimm», sagte ich, «aber ein paar Männer sollten ihn festhalten, wenn ich mir die Wunde ansehe. Er hat starke Schmerzen.»

Urjakir und Germakar packten den Anführer der Familie an den Armen und Beinen. Ich sah mir die verletzte Hand noch einmal an.

Der kleine Finger war dunkel verfärbt, fast schwarz. An der Handkante entlang lief ein tiefer Schnitt, der dick vereitert war. Am Unterarm war ein roter Streifen auf der Haut zu sehen, der sich fast bis zum Oberarm zog.

«Mit welchen Mitteln ist die Wunde behandelt worden?» fragte ich Gundak.

«Munbrodir hat Kot der Eule und Asche aus dem heiligen Feuer darauf gestrichen. Aber die Verletzung ist immer schlimmer geworden», sagte sie.

Ich schüttelte voller Grauen den Kopf. Die Wunde, nein, die

ganze Hand war vergiftet. Wahrscheinlich von dieser «Behandlung». Amama hätte die Hände über dem Kopf zusammengeschlagen. Eins war mir klargeworden: Ich konnte Bersigar vielleicht das Leben retten, aber die Hand war verloren. Ich würde sie abnehmen müssen.

Ich schaute die Leute an, die um mich herumsaßen und mich erwartungsvoll anschauten. Sie alle vertrauten mir jetzt; ihre gespannten Gesichter drückten Hochachtung aus.

Die alte Hullea sah mich begeistert und mit Verehrung an, und Rhona und Elkama lächelten sogar. Aber wie würden sie es auffassen, wenn ich ihrem Anführer die Hand abschnitt und ihn damit verkrüppelte? Würden sie verstehen, daß ich Bersigar nur damit – vielleicht – retten konnte, oder würden sie mich hindern?

«Gundak», sagte ich und gab mir Mühe, meiner Stimme einen festen, energischen Klang zu geben, «Bersigars Hand ist voller Gift. Er wird sterben, wenn ich die Hand und damit das Gift nicht entferne.» Ich zeigte ihr den roten Streifen auf seinem Unterarm. «Siehst du, bis hierher ist das Gift schon gekommen. Wenn es weiterwandert, bis zu seinem Herzen, dann ...»

«Uba, du mußt tun, was nötig ist», fiel mir Gundak in die Rede. «Rette meinen Mann. Was nützt ihm die Hand, wenn er tot ist?»

Ich schaute mich in der Runde um. Im Feuerschein sahen mich die alten und jungen Gesichter zustimmend und vertrauensvoll an. Keiner war gegen meine Entscheidung, keiner hatte etwas dagegen einzuwenden. Ich sah all die seltsamen, hellen Augen, und zum erstenmal hatte ich das Gefühl, zu diesen Leuten zu gehören. Sie brauchten mich wirklich – und ich würde ihnen helfen.

Ich mußte schnell handeln. Ich winkte Rhona zu mir herüber und ging mit ihr zu meinem Feuer in der hinteren Seitennische der Wohnung. «Rhona», sagte ich, «du mußt mir heißes Wasser machen. Eine ganze Menge.»

Rhona nickte. Sie holte Glut aus der großen Feuergrube, und in ganz kurzer Zeit brannte das Feuer bei mir. Kochsteine waren schon erhitzt; Rhona benutzte die aus Gundaks Grube.

Während das Wasser im Kochbeutel heiß wurde, zerstampfte ich in einer kleinen Steinschale die Mohnkapseln. Ich goß ein wenig Wasser dazu und trug die Mischung zu Bersigar hinüber. Mit einer Handbewegung machte ich den Männern klar, daß sie den Kranken wieder festhalten mußten. Als er sich nicht mehr bewegen konnte, bemühte ich mich, ihm einen Teil des Trankes einzuflößen.

Bersigar versuchte sich loszureißen. Er spuckte den bitteren Saft immer wieder aus, und es dauerte eine Weile, bis die Droge endlich ihre Wirkung zeigte. Aber allmählich kam die Betäubung, auf die ich wartete, und Bersigar wurde ruhiger. Er hörte auf zu toben und zu stöhnen. Schließlich rollte sein Kopf zur Seite. Er war eingeschlafen.

Ich hatte mir schon alles zurechtgelegt, was ich brauchen würde. Vor mir lagen mehrere scharfe neue Klingen, Fell und Lederstücke, Schnüre und Baststreifen und eine Nadel aus Knochen. In einer Schale aus Birkenrinde, die neben mir auf dem Boden stand, war ein Aufguß aus Salbeiblättern und Kamillenblüten. In einer zweiten, größeren Schale dampfte warmes Wasser. Außerdem hatte ich den blutstillenden Stein aus meiner Tasche herausgeholt und bereitgelegt.

Ich nahm noch einmal Bersigars verletzte Hand und betrachtete sie. Im Schein des Feuers wirkte sie dunkel und wie aufgebläht, aber am schlimmsten sah der kleine Finger aus. Dort war die Haut braunviolett und fühlte sich an wie ein feuchter Schwamm. Aus dem langen Riß an der Handkante quoll blutiger Eiter heraus, als ich darauf drückte.

Die anderen starrten mich sorgenvoll an. In der Dämmerung der Wohnung glänzten ihre Augen wie farblose Funken. Ich sah sie undeutlich wie durch einen Nebel, denn ich überlegte angestrengt, ob es möglich war, Bersigars Hand doch noch irgendwie zu retten.

Vielleicht reichte es schon, wenn ich den kleinen Finger und den dazugehörigen Knochen weiter oben in der mittleren Hand abnahm ... Ja, das wollte ich versuchen. Es war schwieriger, als wenn ich die ganze Hand abtrennte, aber es lohnte sich. Eine Hand mit drei Fingern und dem Daumen war noch gut zu gebrauchen ...

Es war entschieden. Ich nahm ein Stück Fell und wusch die Hand sauber ab. Dann sagte ich zu Urjakir: «Halte Bersigar am Unterarm fest, und die anderen sollen ihn an den Beinen binden. Auch der andere Arm muß festgebunden werden.»

Urjakir nickte wortlos. Sein Gesicht war sehr bleich. Germakar band den Anführer mit festen Riemen, so daß er sich nicht losreißen konnte, auch wenn er meine Schnitte spüren sollte.

Ich packte die Klinge, faßte die Hand und fing an, mit kurzen, sägenden Schnitten den Knochen freizulegen, der im Inneren der Hand zum kleinen Finger gehört.

Es war schwierig – viel schwieriger, als ich mir das vorgestellt hatte. Einmal war ich dabeigewesen, als Amama einige Zehen abgetrennt hatte, die erfroren waren, aber selbst hatte ich so eine Behandlung noch nie durchgeführt. Amamas Worte klangen mir im Ohr, als ob sie jetzt neben mir stände: «Schnell mußt du arbeiten, schnell und sauber. Denk immer daran: Der Mohn wirkt nicht sehr lange, und wenn die Wunde schmutzig wird, dann kann das tödlich sein ... Schone die Sehnen beim Schneiden ... Fleisch, das dunkel verfärbt ist, muß weg ...»

Ich schwitzte. Der Schweiß rann mir aus der Stirn in die Augen. «Wenn du schwitzt, laß dir den Schweiß von einem anderen abwischen ... Halte deine Hände sauber ...»

Ich machte Rhona ein Zeichen, und sie tupfte mir mit einem Stückchen Fell die Stirn ab. Alle schauten gebannt zu, auch Munbrodir der Zauberer. Fulki lächelte mich aufmunternd an.

Ich hatte den inneren Knochen freigelegt und trennte ihn jetzt vorsichtig und behutsam mitsamt dem kleinen Finger und der verfärbten Haut von der Hand ab. Ich war ganz ruhig. Meine Hände zitterten nicht. Mit sicheren Schnitten löste ich auch einige Muskelbündel, die verdächtig dunkel aussahen, aus dem Fleisch heraus und entfernte sie mit einem glatten Schnitt.

Der Boden vor mir schwamm von Blut. Ich wusch mir die Hände mit warmem Wasser und reinigte dann die seltsam schmale Hand Bersigars, indem ich das restliche saubere Wasser darüber goß. Danach trocknete ich sie um die Wunde herum mit einem frischen Stück Fell und betupfte die Wunde selbst mit dem blutstillenden Stein.

Bersigar stöhnte leise und bewegte sich. Weitermachen, sagte ich mir. Ich war ja noch nicht fertig.

«Eine Wunde, deren Ränder glatt und fest zusammengefügt sind, heilt gut», hatte Amama gesagt. «Und eine Wunde mit zakkigen, schlecht gehefteten Rändern heilt langsam und schlecht ...»

Ich nahm die Nadel auf und zog eine feine Schnur aus Hasendarm durch das Öhr. Die Idee, zum Heften von Wunden eine Nadel zu benutzen, war mir erst vor kurzem gekommen. Ob Amama so etwas wohl gutgeheißen hätte?

An Bersigars Handgelenk, wo die lange Schnittwunde am breitesten war, stach ich zuerst durch beide Wundränder. Ich zog die Schnur durch und heftete die Hautränder zusammen, indem ich den Faden verschränkte und fest verknotete. Bis zum Fingeransatz waren noch vier von diesen Knoten nötig. Aber die Ränder der Wunde lagen glatt und sauber aneinander – viel besser, als das mit einer Dornheftung möglich gewesen wäre.

Ich war schweißgebadet, aber mein Werk sah gut aus. Amama

wäre sicher damit zufrieden gewesen ... «Wasch die Wunde mit Absud aus Salbei und Kamille ...», das war der letzte Schritt nach dem Heften. Ich tauchte ein Stück sauberes Fell in die heilende Flüssigkeit und betupfte die «Naht» damit. Jetzt konnte ich verbinden – ganz locker, damit Luft an die Wunde kam.

Als ich endlich fertig war und mich aufrichtete, kam Bersigar schon wieder zu sich. «Bindet ihm die verletzte Hand fest», sagte ich mit einer Stimme, die vor Erschöpfung ganz zittrig klang. «Er darf nicht damit um sich schlagen ...»

Ich stand auf und strich mir das Haar aus der Stirn. Fulki kam zu mir und legte den Arm um meine Schulter. «Das war großartig», sagte er. «Noch nie habe ich so etwas gesehen ...»

Ich lächelte. «Und ich habe so etwas noch nie gemacht», meinte ich. «Hoffentlich hat es ausgereicht.» Dann wandte ich mich an Gundak. «Du mußt dafür sorgen, daß Bersigar Ruhe hat», sagte ich. «Außerdem muß er jeden Tag einen neuen Verband bekommen, und ich sehe mir auch die Wunde täglich an.»

Gundak war voll Vertrauen. «Was du für richtig hältst, Uba, das werde ich tun. Wenn nur Bersigar wieder gesund wird.» Sie war sehr blaß, aber sie wirkte ruhig und gelassen.

Ich ging mit Fulki zu meinem Feuer hinüber. Erst jetzt fiel mir auf, daß der Platz sauber und aufgeräumt wirkte. Meine Feuergrube war gereinigt und mit Steinplatten umlegt worden, und auf meinem Schlafplatz lagen neue Felle. In der Wandnische, in der ich immer Vorräte zum Essen lagerte, stand ein Korb mit Fleisch und Früchten, und daneben lag ein kleiner Blumenstrauß.

Sie hatten mir zu meiner Rückkehr Geschenke gemacht – sie freuten sich alle, daß ich wieder da war. Ich gehörte jetzt wirklich zu ihnen. Sie hatten mich nicht nur als eine der Ihren angenommen, obwohl ich anders war als sie – nein –, sie waren stolz auf mich. Sie vertrauten mir. Das machte mich glücklich.

Rhona stand plötzlich neben mir. «Uba», sagte sie, «wir haben deinen Wohnplatz ein bißchen gemütlicher eingerichtet. Gefällt es dir? Sag uns, was du noch brauchen kannst ...»

«Rhona», flüsterte ich, und plötzlich waren meine Augen voller Tränen. «Ich freu mich so, daß ich wieder hier bin. Ihr braucht mich nicht auch noch zu beschenken ...»

«Meine Schwester ...» sagte Rhona und nahm mich in die Arme. «Geh nie wieder weg, hörst du?»

Ich streichelte ihr über das helle, weiche Haar, das so wunderschön glänzte. «Schwester» hatte sie mich genannt; ich wollte ihr eine Schwester sein.

Wir setzten uns ans Feuer, und ich bereitete für Fulki und uns eine Schale Tee aus den Blättern der Pfefferminze. Der Duft des heißen Getränkes mischte sich mit dem Geruch des Rauches, der in einer dünnen Spirale von meinem Feuer aufstieg, und wir plauderten.

Fulki briet ein paar Fleischstreifen für uns. Rhona wollte zuerst nicht mit uns essen. «Wie kann ich das?» sagte sie. «Dann habt ihr beide ja nicht mehr genug.»

Aber ich machte ein grimmiges Gesicht, und wir mußten alle lachen. «Du siehst richtig furchterregend aus, wenn du deine breiten Augenbrauen so runzelst», sagte Fulki. «Wenn ich nicht genau wüßte, daß du lieb und freundlich bist, Uba, dann würde ich dir aus dem Weg gehen, wirklich.» Er zwinkerte mir zu und küßte mich dann plötzlich.

29

Als an diesem Abend die Kochfeuer erloschen waren und Fulki und ich eng aneinandergeschmiegt auf dem Schlaffell lagen, streichelte er ganz sacht über meinen Bauch.

«Wie geht es unserem Kind?» flüsterte er.

Ich lachte leise in der Dunkelheit. «Es geht ihm gut, meinem Kind», sagte ich.

«Ich möchte eine Tochter haben», sagte Fulki.

«Aber Männer bekommen doch keine Kinder», gab ich zurück. Wieso sprach er denn immer von «unserem Kind»? *Ich* erwartete doch ein Baby, nicht er.

«Ach, Uba», murmelte Fulki, «hältst du so wenig von mir? Ich verspreche dir, ich werde der beste Vater sein, den du dir vorstellen kannst ...» Er legte den Arm um mich; kurze Zeit später schlief er friedlich.

Bei mir dauerte das Einschlafen länger, obwohl ich schrecklich müde war. Er will eine Tochter, dachte ich. Als ob das Kind auch ihm gehörte. Aber es wuchs ja in mir – also gehörte es mir allein. Die Seele des Babys war nur in mich gefahren, weil Fulki mich schützte und für mich sorgte ... Irgendwie ärgerte ich mich darüber, daß er einen Anspruch auf mein Kind erhob, obwohl er doch nichts damit zu tun hatte.

Aber er liebte mich ja. Warum sollte er nicht auch mein Kind lieben dürfen? Es war dumm von mir, ihm das abzuschlagen. Ich kuschelte mich an ihn; es war schön, so nah bei ihm zu sein. Ich strich ihm leise über die runde Stirn, und ich nahm mir fest vor, nicht mehr über den Ausdruck «Vater» nachzugrübeln und das Baby, wenn es da war, mit ihm zu teilen.

Schließlich schlief ich ein. Ich träumte, Amama säße bei mir am Feuer. Sie lächelte ihr uraltes, faltiges, weises Lächeln und sagte: «Du hast gut gearbeitet, Uba. Was ich dich gelehrt habe, hast du nicht vergessen. Und deine Tochter soll von dir lernen ...»

«Meine Tochter, Amama?» fragte ich. Amama lächelte wieder, und ihr weißes Haar glänzte im Feuerschein. «Aber das weißt du doch, Kind», murmelte sie. «Ich habe dir gesagt, deine Tochter wird leben ...»

Ich wollte sie wegen Bersigar fragen, aber sie stand auf, hob leise die magere Hand und ging hinaus.

«Amama!» rief ich. «Bleib doch noch ...»

Ich wollte ihr nach ... Ich wachte auf.

Fulki war schon lange vor mir wach gewesen. Das Feuer brannte; ein Streifen gebratenes Fleisch und frisches Gemüse lagen für mich da.

Ich schlang meinem Mann die Arme um den Hals. «Es ist ein wunderschöner Morgen», lächelte ich ihn an.

Fulki küßte mich auf die Wange und grinste. «Draußen gießt es in Strömen», sagte er, «aber ich stimme dir trotzdem zu.»

Wir aßen ein bißchen, und danach ging ich zu Bersigar. Ich nahm den Trank aus Linden- und Holunderblüten mit, den ich für ihn hergestellt hatte.

Es ging ihm nicht gut; er fieberte noch und warf sich unruhig hin und her. Aber er erkannte mich sofort.

«Was willst du hier?» stöhnte er. «Ich habe dich verbannt ... du darfst hier nicht sein ...»

«Du bist sehr krank, Bersigar», antwortete ich. «Wenn ich dir gestern nicht die Wunde behandelt hätte, dann wärst du heute nicht mehr bei uns.»

Bersigar starrte mich böse an. «Es ist wahr, Mann», sagte Gundak, die neben ihm kniete. «Wir haben Uba zurückgeholt, weil wir dich nicht verlieren wollten und weil wir alle ihre Hilfe brauchen.»

Bersigar wollte etwas sagen. Er versuchte, sich aufzurichten; Schweißtröpfchen standen auf seiner Stirn. Aber Gundak drückte ihn wieder auf das Lager nieder und legte ihm die Hand auf den Mund.

«Still, Mann, still», sagte sie. «Selbst Munbrodir ist dafür, daß sie bleibt. Laß sie jetzt deine Hand ansehen.»

Der starrköpfige alte Bär wehrte sich nicht, als ich den Verband abnahm. Die geheftete Wunde war hellrot und geschwollen, aber es hatte sich kein Eiter gebildet. Gut.

Ich spülte die «Naht» mit Salbeiabsud und wickelte einen frischen Verband um die Hand. Gundak schaute mich fragend und besorgt an. Ich beruhigte sie. «Ich glaube, er hat Glück und behält die Hand. Sicher kann ich es noch nicht sagen, aber es ist wahrscheinlich.»

Sie lächelte. Sie freute sich.

«Gib Bersigar diesen Tee», sagte ich und reichte ihr die Holzschale mit der Mischung. «Später mache ich noch mehr. Er schwitzt davon. Das ist gut für ihn, damit sein Fieber bald nachläßt.»

Gundak nickte. «Wenn du etwas brauchst, Uba», sagte sie, «dann sag es mir sofort. Ich will dir helfen, wo ich kann.»

Sie meinte das ernst. Und die anderen Frauen und Männer benahmen sich mir gegenüber auch ganz anders als vor meiner Verbannung.

Als ich zu meinem Feuer zurückkam und mich daranmachen wollte, Getreide zu stampfen und die Asche auszuräumen, da hatten Elkama und Rhona schon alles erledigt. Am Nachmittag kam Renawits kleines Mädchen von draußen herein und stellte mir einen Korb voll Sanddornbeeren hin. Die Kleine strahlte; ihre strohblonden Haare waren schweißnaß, und das heiße Gesichtchen war ganz rot von der Sonne.

«Ich hab eine ganze Hecke aus Sanddorn gefunden», sagte sie. «Probier mal! Die schmecken süß ...»

«Dann nimm dir aber auch ein paar Handvoll», lachte ich. Wir setzten uns und aßen von den mehlig-süßlichen Beeren. Den größten Teil davon würde ich für den Winter trocknen, wenn solche Leckereien draußen nicht zu finden waren.

In den nächsten Tagen stellte ich fest, daß ich kaum noch Arbeiten erledigen mußte, die nichts mit meiner Aufgabe als Heilkundige zu tun hatten. Die Frauen machten alles an meinem Feuer, vom Fellereinigen und Kochen bis zum Säubern des Schlafplatzes. Fleisch und Getreide, Wurzeln und Gemüse wurden mir reichlich gegeben, und die Kinder brachten mir Blumen und Früchte, um mir eine Freude zu machen.

Bersigar fieberte noch eine Zeitlang, aber die Wunde heilte gut. Langsam, ganz langsam erholte er sich.

Eines Abends, als ich von einem Streifzug aus den Hügeln zurückkehrte, wartete Bersigar in der Wonung an meinem Feuer.

Zuerst bemerkte ich ihn gar nicht. Ich stellte meinen Korb mit Wegwartenblüten und -wurzeln und den Johanniskrautbündeln auf den Boden. Die blauen und die gelben Blumen strömten ihren herben, bittersüßen Duft aus. Ich legte eine Rehhaut neben mein Trokkengestell und breitete meine Ernte darauf aus.

Dann sah ich Bersigar. Er hockte neben meinem Schlafplatz; sein graudurchzogenes Haar hing ihm in zwei glattgeflochtenen Zöpfen über die nackte Brust, auf der viele Narben von Jagdverletzungen waren. Die Reifen aus Mammutzahn an seinen knochigen Handgelenken glänzten weiß. Er schaute mich ruhig an – er wartete, bis ich Zeit für ihn hatte.

«Bersigar», sagte ich überrascht und auch ein bißchen erschrokken. «Was bringt dich an mein Feuer?»

Der alte Mann fuhr sich mit der unverletzten Hand unsicher über das Kinn. Er räusperte sich und zog die Schultern hoch. «Ich ... ich hatte das Gefühl, als ob wir einmal miteinander reden sollten», sagte er mit belegter Stimme. «Vieles ist zwischen uns, was noch nicht ausgesprochen worden ist ...»

Ich verstand nicht, was er meinte. «Bersigar», fragte ich, «worüber wolltest du denn ausgerechnet mit mir reden? Schmerzt deine Wunde noch?» Ich schaute besorgt die verletzte Hand an, die noch verbunden war.

«Nein, nein», meinte Bersigar, «das ist es nicht. Aber ich ... Schau, Uba, als wir herkamen, die Familie und ich – da fanden wir durch Zufall diese gute Unterkunft. Nur – sie war schon bewohnt. Von Leuten deiner Art. Ich hab sie töten lassen – alle. Wir brauchten ja den Platz. Und ich dachte damals ... ich dachte, ihr wärt so eine Art ... Tiere.» Er senkte den Blick, nahm ein Stöckchen vom Boden auf und stocherte damit im Feuer.

Für Tiere hatten sie uns gehalten. Der Gedanke traf mich tief wie eine Speerspitze. Ich schwieg und starrte den alten Mann an, der sich einmal so erhaben über uns vorgekommen war. Auch Bersigar sagte lange Zeit nichts. Dann fuhr er mit leiser, bedrückter Stimme fort: «Ich hab mich geirrt. Ihr ... wißt in manchen Dingen mehr als wir, wenn auch nicht in allen. Du, Uba, du sprichst so undeutlich wie ein kleines Kind, aber du verstehst von der Kunst des Heilens mehr als unser Zauberer, der alle heiligen Rituale kennt und auch die Magie der Jagd und der Dämonen.» Er schaute mir voll in die Augen und richtete den hageren Oberkörper auf.

«Als mir klarwurde, daß du mächtiger bist als Munbrodir, da

habe ich dich gehaßt. Mein Gewissen hat mir gesagt, daß auch die anderen von deiner Art Menschen waren und keine Tiere und daß wir sie auf meinen Befehl ermordet hatten. Immer mußte ich daran denken, solange du da warst. Dann hab ich dich verbannt. Ich hätte es auch getan, wenn das mit Fulki nicht passiert wäre.»

Ich begriff langsam, was er meinte. Ich war für ihn eine wandelnde Erinnerung an den großen Mord gewesen. Deshalb hatte er mich aus den Augen haben wollen.

«Du bist gekommen und hast mich gesund gemacht», murmelte Bersigar. «Deinen Todfeind hast du geheilt, und viele aus seiner Familie.» Er senkte den Blick. «Ich habe nicht das Recht, dich zu hassen ... im Gegenteil.»

«Bersigar», sagte ich sanft, «ich habe es vergessen. Vergiß du es auch ...»

Ich bückte mich und nahm eine Schale mit Brombeeren vom Boden auf. Ich bot sie ihm an. Bersigar nahm zögernd eine Handvoll von den schwarzglänzenden Früchten, aber er aß sie nicht. Er ließ sie wieder in die Schale fallen. Dann griff er nach dem kleinen ledernen Beutel, der an seinem Leibriemen hing.

«Ich will nichts von dir nehmen», sagte er, «ich will dir etwas geben, zum Zeichen, daß ich dich in diese Familie aufnehme ... wenn du willst.»

Er machte den Beutel los und reichte ihn mir.

«Was ist das?» fragte ich erstaunt.

«Mach auf und sieh nach», sagte Bersigar.

Ich betrachtete das Säckchen. Es war fein gearbeitet; sein Inhalt mußte kostbar sein. Vorsichtig zog ich die Schnur auf, die es zusammenhielt. Dann drehte ich es um.

Drei Bärenzähne – große, gekrümmte Fangzähne – fielen in meine aufgehaltene Hand. Sie waren durchbohrt und auf eine rotgefärbte, gedrehte Schnur aus Sehnen aufgezogen. Sie glänzten im Feuerschein.

«Den Bären, von dem sie stammen, habe ich als junger Jäger allein erlegt», murmelte Bersigar. «Es war meine erste große Jagd, dieser Sieg über den Bären ...»

Voller Ehrfurcht schaute ich die Zähne des mächtigen Tieres an. Wir hatten damals den Höhlenbären verehrt, dessen Schädel und Gebeine in der heiligen Halle der Jäger aufbewahrt wurden. «Nein», sagte ich, «so etwas Wertvolles kann ich nicht von dir annehmen, Bersigar.» Nach der Länge der Fangzähne mußte es ein riesiges Tier gewesen sein.

Ich wollte ihm die Schnur zurückgeben, aber Bersigar wehrte

ab. «Es ist ein Schmuck, Uba», sagte er, «du sollst ihn um den Hals tragen zum Zeichen deiner Würde und unserer Dankbarkeit.» Er stand auf und nahm mir die Bärenzähne aus der Hand. Dann trat er hinter mich, legte mir die kostbare Trophäe um den Hals und verknotete die Schnur.

Ich spürte das Gewicht ganz deutlich. Der Schmuck lag warm auf meiner Haut, und ich hatte das Gefühl, als ob etwas von der Kraft des Bären mich durchflutete.

«Gut», sagte ich und richtete mich hoch auf, «ich will diese Halskette tragen; ihr sollt meine Familie sein. Ich werde euch nicht im Stich lassen.»

Bersigar stellte sich vor mich hin. In der Dämmerung der Wohnung wirkte sein graues Haar wie das Fell eines alten Wolfes. Seine Augen leuchteten.

«Ich danke dir, Uba», sagte er rauh. In seiner Stimme klang Erleichterung und Freude mit.

30

Fulki war der erste, der meinen neuen Schmuck bemerkte. Er starrte mich mit höchstem Erstaunen an und stotterte: «Das ... das ist ja Bersigars Talisman! Wieso ... wieso hast du ihn ...?»

Ich lächelte ihn an. «Fulki», antwortete ich, «Bersigar hat ihn mir geschenkt. Er will, daß ich ihn aus Freundschaft trage.» Ich legte die Hand ganz leicht auf die Bärenzähne. Ich war stolz darauf.

Fulki staunte noch mehr. Aber dann nahm er mich ganz plötzlich in die Arme und preßte mich an sich.

«Jetzt verstehe ich, warum der Anführer auch mich wieder in die Familie aufgenommen hat», sagte er. «Dich wollte er bei sich haben – und ich hätte dich freiwillig nicht hergegeben.» Seine Stimme klang ein bißchen verletzt.

«Fulki», murmelte ich und vergrub mein Gesicht in seinem roten, lockigen Haar, «das war bestimmt nicht sein einziger Grund.»

Eine Idee kam mir. Ich machte mich abrupt von Fulki los. «Weißt du was, mein Mann?» sagte ich, ganz aufgeregt über den herrlichen Gedanken. «Wir rufen die Jäger an unserem Feuer zusammen, und du zeigst ihnen, wie man die Geräte handhaben muß, die du erfunden hast. Und – und dann ...» Ich stolperte über die Worte, brach ab und schaute Fulki erwartungsvoll an.

Der runzelte die Stirn. Er strich sich mit dem Zeigefinger über die langen Narben, die sein Gesicht entstellten; das tat er immer, wenn er nachdachte. Nach einer Weile brummte er: «Es könnte tatsächlich nicht schaden, wenn die Jäger die neuen Geräte vor dem Winter noch benutzen lernten. Noch zwei Monde, dann kommen die Lachse den Fluß herauf – mein dreiteiliger Fischspeer ist für die großen Fische viel besser geeignet ...»

«Dann willst du den anderen alles zeigen?» fragte ich begeistert. «Auch die Speerschleuder?»

«Ja», sagte Fulki energisch. «Es wird endlich Zeit, daß sie aufhören, über meine Erfindungen Witze zu reißen.»

Noch in dieser Nacht fand das Treffen statt. Die Männer hatten nicht schlecht gestaunt, als Fulki sie zu uns rief, aber sie waren alle gekommen. Und dann hatten sie noch mehr gestaunt, als Fulki die Speerschleuder und das dreizackige Gerät zum Fischen vorführte. Alle hatten verwundert und aufmerksam dagesessen, und keiner hatte gespottet oder gelacht – das lag daran, daß sie alle schon die mit Steinen beschwerte Wurfleine benutzten, die auch nach Fulkis Ideen entstanden war.

Besonders Germakar und Urjakir hatten sich die beiden neuen Geräte sehr genau angesehen. Ich glaube, sie waren die einzigen, die ihren Sinn verstanden hatten und sich ein Bild davon machen konnten, wie sie funktionierten.

Es war für Fulki ein wunderbarer Abend gewesen. Man hatte ihn zum erstenmal in seinem Leben ernst genommen; für mich hatte es ausgesehen, als ob er ein Stückchen größer geworden wäre. Ich war stolz auf meinen Mann und auf meinen neuen Status, und als wir schlafengingen, war ich wunschlos glücklich. In Fulkis Armen kam der Schlaf bald.

Die Wochen bis zum Herbst vergingen schnell. Dann, eines Morgens, trat ich auf den Vorplatz, und die Bäume strahlten gelb und braun und rot im kühlen, blassen Sonnenschein. Die Erde hatte sich fast über Nacht mit einem goldenen Teppich aus gefallenem Laub bedeckt; in der kalten, klaren Luft lag der Geruch nach Frost und sterbenden Blättern.

Ich trat an den Rand des Hanges. Die Grashalme am Pfad waren mit unzähligen blitzenden Tauperlen besetzt; der Fluß, der die Kalkfelsen umströmte, lag unter einer flauschigen Decke aus Nebel.

Es war eigentlich ein gutes Jahr gewesen. Wir hatten viele

Früchte und viel Getreide gesammelt; die Gruben waren voll. Auch Fleisch gab es im Überfluß – Fulkis Speerschleuder hatte sich auf vielen Jagdzügen bewährt. Die Nachbarn besaßen das nützliche Gerät auch schon.

Die Zeit des Kräutersammelns war vorbei. Heute wollte ich einfach einen Streifzug am Fluß entlang machen. Meinen Beutel aus Bast nahm ich zwar mit, falls ich etwas Brauchbares fand, aber ich hatte kein bestimmtes Ziel.

Der Wind war kalt; die ersten Zeichen des nahen Winters waren schon zu spüren. Ich zog den schönen Umhang aus Wildkatzenfell fest um die Schultern und ging los.

Ich folgte dem Lauf des Flusses, der hell aus dem Nebel zu mir herüberblitzte. Die bunt belaubten Zweige der Büsche am Pfad hingen schwer von Feuchtigkeit. Ein Fuchs, der meine Schritte gehört hatte, verschwand mit lang ausgestrecktem Schwanz zwischen den Bäumen.

Nach einer Weile bog ich vom Pfad ab und stieg einen Wildwechsel entlang den Hang hinauf. Als ich oben war und mich umschaute, sah ich dicht vor mir den Eingang zur Halle der Jäger.

Nachdenklich blieb ich stehen und betrachtete den dunklen Bogen, durch den es zum Heiligtum ging. Früher, bei meinen Leuten, hatte ich allein von allen Frauen die Erlaubnis gehabt, es zu betreten. Wer huldigte heute dem Geist des Bären, den Geistern der wilden Tiere, die hier wohnten?

Ich legte meine Tasche hin und holte den Feuerstein, den Zunder und das Stück Schwefelkies heraus, das Fulki mir gegeben hatte. Ich beherrschte das Feuerschlagen jetzt sehr gut. Bald brannte der trockene Ast, den ich mir in der Nähe gesucht hatte. Ich hob ihn auf und betrat mit meinem Licht die Halle.

Zuerst kam mir alles unverändert vor. Aber dann entdeckte ich an einer Seitenwand tief eingegrabene Rillen – die Zeichnung eines Wisents.

Erstaunt und verzaubert starrte ich das Bild an. Es schien zu leben ... es lebte wirklich! Es war die Seele, der Geist des Wisents. Noch andere eingeritzte Zeichnungen waren da: Hirsche, Rentiere, ein Mammut. Jemand hatte die Geister der Tiere sichtbar gemacht. Sie waren immer hiergewesen, aber jetzt konnte man sie sehen und mit den Blicken erfassen.

Neben dem Eingang lag ein Klumpen roter Ocker. Ich nahm ihn auf und ging damit zu den Geisterbildern der Tiere hinüber. Dann steckte ich die Farbe in den Mund und zerkaute sie mit Speichel. Ich legte meine rechte Hand auf den Fels und blies die flüssige Farbe darüber. Als ich meine Hand wegnahm, war ihr Umriß mit allen Fingern deutlich an der Wand zu sehen.

Ich verneigte mich. «Mächtige Geister, ich weihe euch meine Hand», murmelte ich, «schützt mich, und bringt mir Glück...»

Vor den Bildern blieb ich am Boden hocken, bis meine Fackel abgebrannt war. Dann stand ich langsam auf, um wieder nach draußen zu gehen. Im gleichen Augenblick bewegte sich zum erstenmal mein Kind.

Es war eine ganz schwache, zitternde Bewegung; sie erinnerte mich an den Herzschlag eines Rotkehlchens, das ich einmal in der Hand gehalten hatte. Ein großes Glücksgefühl wallte in mir auf. Den ganzen langen Heimweg konnte ich an nichts anderes mehr denken als an das Baby, das ich mit Fulki teilen würde.

31

Die Blätter fielen, der Wind brachte die Kälte und den ersten Schnee. Die Zeit der großen Winterlachse kam. Vom Ufer des Flusses und von den Steinwällen der Reuse zischten die dreispitzigen Fischspeere ins aufspritzende, eiskalte Wasser. Keiner der großen, silberschimmernden Fische konnte sich jetzt mehr vom Speer befreien. Die Männer machten reiche Beute.

Schwärme von Krähen und unzählige kleine Raubtiere – Marder, Wiesel, Iltisse, Frettchen und Vielfraße – umlagerten die Stelle am Fluß, wo wir die Fische ausnahmen und säuberten. Die halbwüchsigen Jungen nutzten das aus und lagen mit Steinschleudern und kurzen Kinderspeeren im Hinterhalt.

Als der letzte Lachs geräuchert in der Vorratsstube lag, hatten Urjakirs kleiner Bruder und Renawits Ältester so viele von den kleinen Räubern erlegt, daß wir uns um Pelz für warme Beinlinge und Handhüllen keine Sorgen mehr zu machen brauchten.

Fulki, dem die Jungen immer nachliefen, seit wir wieder in der Familie waren, hockte draußen neben dem Eingang und erklärte den beiden Halbwüchsigen, wie man gute Speere macht. Die Jungen hörten mit glänzenden Augen zu.

«Die feuergehärtete Holzspitze», sagte Fulki gerade, «die ist gut, wenn man nichts anderes hat. Aber eigentlich benutzt man sie heute nicht mehr.» Er fuhr sich mit den Fingern durch die wirren roten Locken. «Heute nehmen wir Speerspitzen aus Knochen oder Horn, und ich glaube, es ist auch möglich, welche aus Flint zu schlagen...»

Die beiden Jungen nickten begeistert. «Flint ist hart und scharf», sagte der eine, «aber wie kann man eine Klinge aus Stein so befestigen, daß sie nicht abfällt?»

Fulki antwortete nicht. Er starrte vor sich hin und machte mit dem Zeigefinger Rillen in den Sand zu seinen Füßen. Die Jungen warteten noch einen Augenblick, ob er nicht weitererzählen wollte. Aber sie wußten: Wenn ihr Lehrmeister so dasaß und stumm blieb, dann war in der nächsten Zeit nichts mehr aus ihm herauszukriegen.

Fulki stand abrupt auf und verschwand nach drinnen. Er war den ganzen Abend lang schweigsam und probierte mit roh geschlagenen Klingen und einem Speerschaft alle Möglichkeiten aus, die ihm zur Befestigung einfielen.

Als es ihm endlich gelungen war, die Klinge in einem tief eingeschnittenen Schlitz im Schaft einzusetzen und sie mit Sehnen ganz sicher und straff festzubinden, fiel er mir begeistert um den Hals.

Ich hatte dagesessen und noch an einem Hemd aus Biberfell genäht. Deshalb war ich auf den Überfall nicht vorbereitet gewesen. Ich verlor das Gleichgewicht und rollte auf den Rücken.

«Fulki», schimpfte ich halb lachend, «willst du mein Kind schon erdrücken, noch ehe du es gesehen hast?»

Er half mir schnell wieder auf. «Hab ich dir weh getan, Uba?» fragte er erschrocken.

«Nein», sagte ich und zog das Kleid über meinem runden Bauch wieder glatt. Ich streichelte seine schmale Hand und lächelte ihn an.

«Die Speerspitze aus Stein», sagte Fulki, «man kann sie genauso befestigen wie die Spitzen aus Horn.» Er zeigte mir sein Muster. «Sieht gut aus, nicht?» fragte er voller Stolz. «Morgen früh schlage ich den Jägern vor, Steinspitzen zu benutzen.»

Ich nickte und betrachtete die neuartige Waffe. Immer wieder versetzte mich Fulki in Erstaunen. Er war so klug, ihm fielen so viele Dinge ein, er machte sich über alles Gedanken. Er war so anders als ich. Meine Leute hatten versucht, sich der Natur anzupassen, aber Fulki ... Fulki versuchte, sie zu überlisten und zu besiegen. Er gab sich nicht mit dem zufrieden, was er hatte – er erfand Dinge, mit denen er noch mehr Beute machen konnte, Dinge, die ihm und seinen Leuten das Leben erleichterten. Fulki war unbegreiflich für mich. Und ich liebte ihn.

Fulki und ich genossen hohes Ansehen in der Familie. Die Männer hatten inzwischen erkannt, daß er von allen den klügsten Kopf hatte. Eines Abends, als ich mit ihm am Kochfeuer saß und Fleisch briet, erzählte er mir auch, woher die Narben stammten, die sein Gesicht so entstellten.

«Ich war damals noch nicht ganz sieben Sommer alt», sagte Fulki und strich sich mit dem Zeigefinger über die eingedrückte Nase. «Ich hatte darüber nachgedacht, wie man Raubtiere mit dichten Pelzen – Wölfe, Füchse oder Luchse – fangen könnte, ohne daß die Felle Löcher von Speeren bekommen.» Er nahm ein Stöckchen und stocherte damit im Feuer herum. «Und da kam ich darauf», fuhr er fort, «daß man solche Tiere mit einer Keule totschlagen könnte, wenn sie in einem engen Raum eingesperrt wären.»

Das leuchtete mir ein. Ich nickte.

Fulki erzählte weiter. «Ich habe dann aus Ästen im Wald einen Käfig gebaut, dessen Vordergitter man nach oben hochklappen konnte. Es war eine schwere Arbeit, aber als ich fertig war, ging das Öffnen und Schließen ganz leicht. Dann habe ich an das untere Querholz der Klappe ein Seil gebunden, es durch die Dachstäbe des Käfigs nach drinnen geführt und die Klappe damit hochgezogen.»

Ich hatte Mühe, Fulkis Erzählung zu folgen; er dachte zu komplizierte Gedanken. Aber bis jetzt hatte ich ziemlich alles verstanden.

«Dann nahm ich ein Stück Fleisch als Köder», fuhr er fort, «band es an das Seil und beschwerte es mit einem Stein. Wenn jetzt ein Luchs den Fleischbrocken annahm, dann verrutschte der Stein, und die Klappe mußte zuschlagen. Sie war so schwer, daß sich das gefangene Tier nicht befreien konnte ...»

Ich schaute Fulki gespannt an. Aber ich sagte nichts, denn ich mußte mir erst vorstellen, wie die Falle ausgesehen hatte, damit ich verstehen konnte, wie sie arbeitete. Endlich hatte ich mir ein Bild gemacht. «Und hast du ein Tier gefangen?» fragte ich.

«Nein», antwortete Fulki. «Als ich den Käfig verlassen wollte – ich stand ja drinnen, weißt du –, da bin ich mit dem Fuß über das Seil gestolpert. Der Stein verrutschte, und die Klappe knallte zu – mir genau ins Gesicht, weil ich mit dem Kopf schon halb draußen war.» Er lächelte und fuhr sich wieder über die Narben. «Ich hatte solide gebaut – meine Nase war gebrochen, und ich hatte ein paar böse Risse im Gesicht. Aber die Falle – die war brauchbar. Trotzdem haben mich damals alle ausgelacht. Sie haben es einfach nicht begriffen ...»

«Sie sind eben nicht so klug wie mein Mann», sagte ich leise. «Weißt du, Fulki ... mit so einer Falle könnte man auch Otter und

Biber fangen», fügte ich hinzu, «die sind im Wasser so schwer zu kriegen ...»

Fulki nickte. «Auch Wisente könnte man in große Pferche treiben und sie dann leichter erlegen», murmelte er. «Ich werde die Sache mit der Falle noch einmal anpacken ... im nächsten Sommer.»

Es wurde Winter. Der erste Schnee war gefallen, und die Luft war klar und trocken. Vom grellen blauen Winterhimmel strahlte die Sonne auf all das saubere Weiß. Wir waren gesund und hatten reichlich Nahrung, und die Kinder waren glücklich.

Sie tobten den ganzen Tag im Schnee herum, sie rutschten, warm eingepackt in Winterpelze, auf dem Hinterteil den Hang hinunter und kamen nur zum Essen mit rotgefrorenen Nasen wieder ans warme Feuer nach drinnen.

Die Männer hatten in der Wohnung für den Winter an jedem Kochfeuer ein Schlafzelt aus Rentierhaut aufgestellt. Darin lag man warm, wenn nachts nur die Kohlen in der Feuergrube am Eingang noch glimmten.

Es war eine herrliche Zeit. Die Männer gingen nur selten auf die Jagd, denn die Vorratsgruben waren voll bis zum Rand. Wir alle verbrachten viel Zeit damit, uns Geschichten zu erzählen und dabei Arbeiten zu erledigen, die nicht unbedingt für das tägliche Leben notwendig waren.

Fulki schnitzte und ritzte Bilder von Tieren in Speerschleudern aus Knochen ein; Rhona und Elkama machten prächtige Hemden und Beinlinge für die Männer und Kinder. Und ich lernte die Kunst des Nähens mit der Nadel.

Oft, wenn ich am Feuer saß und an einer Naht arbeitete, erinnerte ich mich daran, wie hart die Winter damals für meine Leute gewesen waren. Wir hatten in der Kalten Zeit nie genug zu essen gehabt, und auch Schlafzelte in der Wohnung hatte es nicht gegeben. Wenn ich neben Fulki in der engen Wärme unseres Zeltes lag, mußte ich an die grausam kalten Nächte von früher denken, als ich jeden Morgen steifgefroren und todmüde mit klammen Fingern das Feuer angezündet hatte. Fulkis Leute kannten so etwas nicht. Bei ihnen war es leicht, den Winter zu überleben.

Mein Baby wuchs in mir heran. Es strampelte schon kräftig; ich konnte seine Beinchen und Ärmchen deutlich durch die Haut meines Bauches fühlen. Manchmal, wenn es sich regte, überkam mich eine große Sehnsucht nach diesem noch ungeborenen Kind. Ich stellte mir dann vor, wie es aussehen würde, mein Kleines.

Es würde natürlich mir gleichen, es würde von meiner Art sein wie der kleine Dor. Bei dem Gedanken, daß ich wieder einen Menschen haben würde, der mir ähnlich war, lächelte ich voller Glück. Ich sah schon das runde, dunkelhaarige Köpfchen vor mir, die flache, breite Stirn und die schwarzen Augen, die tief unter den Augenbrauenwülsten lagen. Ein kleiner Mensch, der so war wie ich ... dessen Kinn keinen Höcker hatte und dessen bräunliche Haut von seidigen Haaren bedeckt war. Jede Winternacht schlief ich mit dem beglückenden Gefühl ein, daß ich bald nicht mehr der letzte Mensch meiner Art sein würde.

Der Winter verging, und die Tage wurden wieder länger. Von den spitzen Eiszapfen, die draußen vom Fels herabhingen, tropften blitzende Wasserperlen und machten Kringel in der Pfütze am Eingang. Die Sonne ließ den Schnee schmelzen, und hier und da war schon wieder die braune Erde zu sehen.

Munbrodir hatte mir die Knochenplatte gezeigt, mit der er feststellen konnte, in wieviel Tagen der Mond wieder voll war. Auf der langen, weißgrauen Platte waren mehrere Reihen kleiner, verschieden geformter Löcher zu sehen, von denen jedes einen Tag darstellte. Man mußte jetzt nur noch am Abend nachsehen, welche Form der Mond hatte, und dann auf der Platte das entsprechende Zeichen suchen. Dann konnte man die Punkte zählen, die bis zum Vollmondzeichen noch übrig waren, und hatte die Zahl der Tage.

Ich schüttelte den Kopf. Wozu brauchte man so etwas? Wann Vollmond war, das zeigte einem ja der Mond selbst, wenn man in Ruhe abwartete. Zählen war schwierig – man zählte nur, wenn das unbedingt notwendig war.

«Du sagst, dein Kind wird zum ersten Frühlingsvollmond geboren?» fragte Munbrodir. Ich nickte.

«Dann mache ich dir eine Zeittafel, damit du mitrechnen kannst», meinte er. «Noch zweimal die achtundzwanzig Tage, dann ist es soweit.»

Noch zweimal achtundzwanzig Tage. Ich konnte die kleinen Punkte auf der Knochenplatte mit Farbe durchstreichen, dann wußte ich genau, wie viele Tage ich noch warten mußte. Ganz so unnütz war die Zeittafel doch nicht ...

«Ich danke dir, Munbrodir», sagte ich. «Dein Geschenk will ich gern annehmen, wenn du dir dafür von mir deine schmerzenden Gelenke behandeln läßt.» Ich wußte, der Zauberer litt schon lange unter Schmerzen in den Schultern und Knien, besonders im Winter. Er hatte es mir nie gesagt, aber ich hatte ihn oft beobachtet, wie er mit verkniffenem Gesicht aufstand oder sich setzte. Ich kannte das Übel genau; es war die Krankheit der alten Leute.

Munbrodir riß die Augen auf. «Woher weißt du ...» fragte er ungläubig. Als ich nur lächelte, meinte er: «Wenn es ein Mittel dagegen gibt, dann wende es bei mir an. Es wäre wunderbar, wenn ich die Schmerzen loswürde.»

32

Meine Behandlung half schon nach wenigen Wochen, während der Zeitpunkt der Geburt immer näher rückte. Munbrodir kam jeden Morgen an mein Feuer und ließ sich einreiben; es ging bald viel besser, und er schenkte mir aus Dankbarkeit eine Schnur von Habichtskrallen für mein Kind.

«Der Habicht hält Unglück und böse Geister fern», sagte er. «Leg dem Kleinen das Halsband um, sobald es geboren ist.»

Ich freute mich sehr. «Du weißt viel, Munbrodir», sagte ich, «du bist erfahren und weise. Nun kann meinem Baby nichts mehr geschehen. Danke für das Amulett.»

Der alte Mann ging wieder. Ich schaute ihm nach, wie er den Hügel hinabstieg. Wir waren fast Freunde geworden.

Der Winter ging zu Ende. In der Nacht hatte der Frühlingssturm die Wolken vom Himmel gefegt, und die Bäume reckten ihre Zweige mit den prallen Knospen in den blauen Himmel, als ob sie sich nach langem Winterschlag wohlig im Sonnenschein dehnten.

Ich war auf den Vorplatz hinausgetreten, um mein Schlaffell auszuschütteln und zu lüften.

Heute morgen fühlte ich mich besonders wohl. Rhona hatte mir für mein Kind einen Tragbeutel aus Rehleder geschenkt. Ich sog die milde Frühlingsluft tief in die Lungen. Es war ein herrlicher Tag.

Renawits kleine Tochter kam herangelaufen. «Uba, Uba», rief sie, «schau mal, was ich schon gefunden habe!» Sie hielt einen dikken Strauß blauer Veilchen in der runden Faust und streckte sie mir entgegen. Die kleinen Blüten dufteten stark; es waren die allerersten. «Wunderschön», sagte ich, während ich mich bückte, um mein Schlaffell auf dem Boden in der Sonne auszubreiten. Da spürte ich den wohlbekannten, ziehenden Schmerz im Rücken.

Langsam richtete ich mich wieder auf. Es war soweit. Ich lächelte mit zusammengebissenen Zähnen.

«Uba, was hast du?» fragte das kleine Mädchen und schaute erschrocken drein. «Tut dir was weh?»

Ich mußte lachen, obwohl ich schon die nächste Wehe spürte. «Ja, Kind», antwortete ich, «mir tut schon was weh, aber ich freu mich darüber ...»

Ich ging schnell nach drinnen. Ich mußte alles vorbereiten. Verständnislos starrte das kleine Mädchen mir nach.

Elkama und Rhona sahen gleich, daß ich Hilfe gut gebrauchen konnte. Sie packten mit an, als ich meinen Schlafplatz herrichtete und das Fell für die Geburt auslegte und mit trockenem Gras bestreute. Sie legten auch ein sauberes Kaninchenfell für das Baby bereit und wärmten Waschwasser in ihren Kochbeuteln. Dann setzten sie sich zu mir, und wir warteten gemeinsam.

Es dauerte nicht lange. Als die Preßwehen kamen, stützten mich die beiden Frauen, die meine Freundinnen waren. Ich hockte mich auf das Rehfell; leichter und mit weniger Anstrengung als beim ersten Mal wurde mein Kind geboren.

Rhona räumte das blutige, nasse Fell mit dem durchweichten Gras und der Nachgeburt fort, nachdem Elkama das Neugeborene abgenabelt hatte. Ich lehnte mich ein bißchen müde mit dem Rükken gegen die kühle Felswand.

Es war geschafft. Alles war gut gelaufen. Ich atmete glücklich auf. «Zeig mir mein Kind», sagte ich zu Elkama.

«Es ist ein Mädchen», sagte sie und reichte mir das Baby. Sie hatte es in das weiche Kaninchenfell eingehüllt. Ich nahm es in die Arme und schaute es zum erstenmal an.

Es sah rosig aus; sein Atem ging ganz gleichmäßig. Es hatte einen üppigen Schopf aus rotgoldenem Haar. Seine Nase war winzig und zierlich, seine Augenbrauen ganz hell und flach, und seine Stirn war rund und hoch gewölbt. Sein Kinn unter dem winzigen, zartlippigen Mündchen hatte einen kleinen Höcker wie das Kinn bei Elkamas kleinem Jungen.

Ich starrte das Baby an, und Tränen schossen mir in die Augen. «Das ist nicht mein Kind», flüsterte ich entsetzt. «So sieht mein Kind nicht aus! Wo ist mein Baby? Das Kind, das ich eben geboren habe!» Vor Verwirrung und Schrecken fing ich an zu stottern. Elkama machte ein bestürztes Gesicht.

«Aber Uba», sagte sie unsicher, «es ist wirklich dein Töchterchen! Und es ist hübsch und gesund – freust du dich denn nicht?»

Ich schluchzte vor Enttäuschung. «Es sieht nicht so aus wie ich», stieß ich hervor. «Es hat helle Haare und ein Gesicht wie ihr! Es kann nicht mein Kind sein!»

Das Kleine schaute mich aufmerksam aus dunkelblauen Augen an. Dann machte es seinen viel zu kleinen Mund auf und begann kräftig zu schreien. Ich legte es neben mich auf den Boden. «Nehmt es weg», sagte ich mit tränenerstickter Stimme. «Ich will es nicht.»

Ich weinte krampfhaft vor mich hin. Ich bemerkte Fulki gar nicht, der von draußen eilig und freudestrahlend hereingekommen war. Ich sah nicht, wie er bei meinem Anblick wie versteinert stehenblieb und dann mit schreckgeweiteten Augen zu Elkama hinüberstarrte. «Ist das Baby ... krank?» fragte er erschrocken.

«Nein, nein», sagte Elkama. «Dem Kind geht es gut. Aber Uba – Uba will es nicht haben ...»

«Was?» Fulkis Stimme klang völlig verwirrt. Er hockte sich neben mich und legte den Arm um meine Schultern.

«Uba, was ist denn los mit dir?» fragte er sanft. «Du willst unser Kind nicht? Das kann ich nicht glauben.»

Ich blickte auf und schaute ihm in die Augen. «Es sieht mir überhaupt nicht ähnlich», schluchzte ich. «Es hat nicht einmal dunkle Haare, und Augenbrauen fehlen ihm auch, und sein Kinn ist spitz, und ...» Ich brach wieder in Tränen aus. «Fulki, es kann einfach nicht meins sein ...»

Fulki sah mich an. An seinem Gesichtsausdruck erkannte ich, daß er angestrengt nachdachte. Dann lachte er plötzlich und küßte mich auf die Wange.

«Liebling», sagte er, «wie kann das Baby genauso aussehen wie du, wenn ich sein Vater bin?» Er lachte noch einmal und drückte mich an sich. «Es muß ja eine Ähnlichkeit mit mir haben, Uba! Warte ab – irgendein Merkmal hat es sicher auch von dir.»

Ich schüttelte den Kopf. «Wie kann ein Kind dir ähnlich werden, das ich getragen und zur Welt gebracht habe?» fragte ich fassungslos.

Da streichelte mir Fulki übers Haar und erklärte es mir. In einfachen Worten, so daß ich es verstehen konnte.

Ich erfuhr, daß ein Kind nur entstehen kann, wenn ein Mann und eine Frau sich paaren.

Es kam mir unglaublich vor, fast noch wunderbarer als das, was ich bisher geglaubt hatte. Fulki ließ in meinen Gedanken noch einmal die erste Nacht aufleben, die wir miteinander verbracht hatten. Damals also war der Keim gelegt worden für das fremde kleine Wesen, das meine Tochter war.

Nachdem Fulki zu Ende erzählt hatte, wußte ich, was das Wort «Vater» bedeutet. Ich wußte, daß das Baby Anlagen von uns beiden in sich trug, daß es gemischt war – aus Fulki und mir.

Ich schaute es an, und ich sah es plötzlich mit anderen Augen. Ich hatte bei seinem Anblick das seltsame Gefühl, als ob ich durch dieses kleine Menschlein mit der Vergangenheit und der Zukunft zugleich verbunden wäre.

Meine Tochter würde mein Wissen erben und es in die Zukunft tragen, wie Amama prophezeit hatte.

Ich hob das Baby auf und nahm es fest in die Arme. «Gilthara soll mein Kind heißen», sagte ich leise. «Es hat so wunderschönes goldrotes Haar ...»

Fulki streichelte dem Kleinen ganz sanft über die rosige Wange. «Nicht dein Kind, Uba», erinnerte er mich lächelnd. «Unsere Tochter ...»

Epilog

Im Jahre 1883 untersuchten zwei französische Forscher eine Höhle in der Nähe des kleinen Ortes Brassempuy. Sie vermuteten dort urzeitliche Siedlungsspuren.

Die Höhle lag auf halber Höhe an einem Hang. Der halbrunde Platz vor dem Eingang war in strahlenden Sonnenschein getaucht, und die Büsche, die den Vorplatz zu beiden Seiten umstanden, leuchteten tiefgrün und rauschten leise im Morgenwind. Vorn fiel das Gelände zum Fluß hin steil ab.

Schweigend und konzentriert trugen die beiden Männer die Erdschichten ab. Plötzlich bückte sich der eine Wissenschaftler und hob einen kleinen, weißlichen Gegenstand auf. Dann rief er seinen Kollegen und öffnete langsam die Hand. In seiner Handfläche lag ein winziges Köpfchen, geschnitzt aus einem Stück Mammutstoßzahn. Es war nur zwei Fingerbreit lang.

Staunend betrachteten die Forscher das kleine Abbild einer jungen Frau. Es war fein und zierlich gearbeitet. Die Augenbrauen waren deutlich zu erkennen, auch die Nase und der Mund.

«Das ist ja wunderschön», murmelte der Entdecker des kleinen Wunderwerks. Er fuhr mit dem Daumen über die Stirn des winzigen Gesichts. Dann faßte er das Köpfchen mit zwei Fingern und hielt es dem anderen hin. Der nahm es vorsichtig in die Hand ...

Heute steht die «Dame von Brassempuy» im Museum St. Germain en Laye. Man schätzt ihr Alter auf ungefähr 30000 Jahre.

Cornelius Fischer

Goyas Hand

288 Seiten, gebunden, Schutzumschlag

»Am Karfreitag des Jahres 1814 bemerkte Don Tántalo Ortega, der Stellvertretende Inspektor der Staatlichen Tabakwarenmanufaktur in Sevilla, zum erstenmal, daß seine rechte Hand ganz unverkennbar und ohne jeden Zweifel nicht zum Rest seines Körpers gehörte...«
Goyas Spanien, prächtig und düster, ein unruhiges Spanien der zum letztenmal wütenden Inquisition: Don Tántalo Ortega begibt sich auf die Suche nach seiner rechten Hand. Die Suche wird zur Obsession, zur Irreise von Sevilla nach Rom, durch halb Europa und wieder zurück, führt in Paläste, Klöster und Kerkerlöcher – und zu leidenschaftlicher Liebe...
Fischers originäre Erzählkunst treibt das Geschehen zwischen Witz und kulinarischem Grauen bis zum traumatischen Höhepunkt – ein heiteres Nachspiel löst den magischen Bann.